Wie WIR leben
WOLLEN

Emilia Roig
Alexandra Zykunov
Silvie Horch (Hrsg.)

unlearn patriarchy 2

Wir müssen immer noch und immer wieder darüber sprechen, wie tief das Patriarchat mit nahezu allen Bereichen unseres Lebens verwoben ist. Teil 2 der feministischen Bestseller-Anthologie macht genau das und gibt neue Impulse, den so hartnäckigen patriarchalen Prägungen und Strukturen in allen Aspekten unseres Alltags nachzuspüren und diese endlich und ganz konkret zu verlernen. In 13 ehrlichen und radikalen Essays entwerfen die Beitragenden eine diskriminierungsfreie Gesellschaft und helfen dabei, internalisierte Muster zu erkennen und aufzugeben. Ein *Must-read* für alle, die mit der andauernden Ungleichheit zwischen den Geschlechtern, *weiß* und Schwarz, hetero und queer, cis und trans*, behindert und nichtbehindert, arm und reich sowie den zugrunde liegenden Strukturen nicht einverstanden sind und diese endlich aufbrechen wollen.

Emilia Roig
Alexandra Zykunov
Silvie Horch (Hrsg.)

unlearn ~~patriarchy~~ 2

Ullstein

intro

Schon als im Herbst 2022 der erste Band *Unlearn Patriarchy* erschien, war offensichtlich, dass wir alle mit den Impulsen aus diesem Buch das Patriarchat nicht vollständig verlernen können, sondern dass dies nur der Anfang sein konnte. Es war klar, dass es zu viele Themen, zu viele Bereiche in der Gesellschaft gibt, die vom Patriarchat durchdrungen sind und unser aller Leben massiv prägen. Bereiche, von denen viele Menschen gar nicht denken würden, dass dort das Patriarchat überhaupt eine Rolle spielt. Im Recht etwa, der Architektur oder der Medizin. Sind vor dem Gesetz nicht alle Menschen gleich? Können wir uns nicht auf das Gleichheitsrecht im Grundgesetz berufen, das Benachteiligung aufgrund von Geschlecht, Abstammung, Sprache, Behinderung und weiteren Identitätsmarkern verbietet? Bauen wir nicht etwa Gebäude und Städte, die für alle Menschen, unabhängig vom Geschlecht, gleich geeignet sind und in denen sich alle gleich wohl fühlen sollen? Ist das Medizin-System nicht so beschaffen, dass in der Notaufnahme, bei der Verschreibung von Medikamenten und Therapien allen Menschen gleich geglaubt und geholfen wird? Und weil die Antwort auf all diese Fragen heute immer noch Nein lautet, lag für das Herausgeberinnenteam des ersten Bands auf der Hand, dass noch viele neue Themen patriarchatskritisch durchleuchtet werden müssen. Getragen vom

Erfolg und überwältigenden Feedback auf die von ihnen initiierte Anthologie war den beiden Herausgeberinnen Lisa Jaspers und Naomi Ryland klar: Es muss einen zweiten Band geben.

Nun heißt Unlearnen auch, nicht einfach so weiterzumachen wie bisher, die Welt nicht als unveränderbar zu betrachten, sondern, die vermeintliche »Normalität« immer wieder zu hinterfragen. Es geht ja gerade darum, alte Regeln, Muster und Einstellungen infrage zu stellen und abzulegen, damit Platz für Veränderung und Neues entstehen kann. Und so entschieden Naomi und Lisa, einem neuen Herausgeberinnenteam Platz zu machen, damit auch hier etwas ganz Neues geschaffen werden kann. Als sich dann die neuen Herausgeberinnen zusammenfanden, standen wir drei – Emilia Roig, Alexandra Zykunov und Silvie Horch – vor der gleichen großen Herausforderung: Wohin nur mit den ganzen Themen? Ständig entdeckten wir Bereiche unseres Alltags, die wir alle auch noch in das neue Buch hätten packen können. Wir hätten locker dreißig Kapitel benennen und viele hundert Seiten füllen können. Dabei war uns der Leitsatz, der sich schon durch den ersten Band zog, besonders wichtig: nicht in die Falle des privilegierten *weißen* Feminismus zu tappen. Ja, wir können uns über den Gender Pay Gap von 18 Prozent aufregen – aber nur, wenn wir genauso wütend darüber werden, dass der Gender Pay Gap bei Schwarzen Frauen mehr als 30 Prozent beträgt. Ja, wir können uns darüber echauffieren, dass Frauen eine schlechtere medizinische Behandlung bekommen und mehrere Jahre länger auf eine Diagnose warten als Männer – aber nur, wenn wir uns genauso stark darüber empören, dass Schmerzen und Symptome bei Frauen of Color oder behinderten Frauen noch seltener geglaubt und noch schlechter behandelt werden. Sprich: Uns war zu jeder Minute der Konzeption und der Diskussion mit den Beitragenden bewusst, dass wir nur dann ein zweites *Unlearn Patriarchy* herausbringen können, wenn Intersektionalität unser größter Anspruch ist und es bis zur letzten Seite bleibt. Denn ein Feminismus – davon sind wir drei ganz fest überzeugt –, der nicht zugleich rassistische, trans*- und homofeindliche, klassistische, ableistische und viele andere diskriminierende Strukturen mitdenkt und gegen diese Unterdrückungsformen kämpft, ist kein echter Feminismus – sondern nur ein Girl-Power-Slogan im patriarchalen Schafspelz.

Dieser zweite Band erscheint in einer Zeit, in der der Backlash groß ist: Das weltweite Reformtempo in Sachen Gleichberechtigung ist auf einem 20-Jahres-Tief angekommen, analysierte die Weltbank 2023. Auch hier, in einem ach-so-aufgeklärten und modernen Land wie Deutschland. Deshalb ist es so wichtig, gerade jetzt und gerade in unserem Land über das Patriarchat zu sprechen, über sein Überdauern, seine stetige Wandlung und sein allerletztes Aufbäumen. Und darüber, wie sehr sein Fortbestehen gerade durch andere Diskriminierungsformen gestützt und am Leben erhalten wird.

Und wenn wir schon bei Unlearn sind: Lasst uns auch endlich diesen ganzen Empowerment-Ansatz unlearnen. Heißt es doch immer: Frauen und anders marginalisierte Gruppen müssten endlich selbstbewusster werden, sie müssten einfach mehr fordern, mehr auf den Tisch hauen, sich vernetzen, unterstützen, ermächtigen – einfach mehr tun. Aber wisst ihr was? Vielleicht sind wir endlich mal an einem Punkt in der Geschichte, an dem Frauen einfach gar nichts mehr müssen. Stattdessen sind jetzt endlich mal die Institutionen dran. Und die Männer, in deren Hand die meiste Macht heute immer noch liegt. Vielleicht sind also endlich mal sie dran, zu lernen und zu unlearnen, Platz zu machen und endlich etwas zu verändern.

Hamburg und Berlin im Januar 2024
Alexandra, Emilia, Silvie

glossar

ableistisch

Der Begriff »Ableismus« wurde in den 1980er-Jahren von der US-amerikanischen Behindertenbewegung entwickelt. Er leitet sich ab aus dem Englischen *ableism* und beschreibt Vorurteile und Diskriminierungen gegenüber Menschen mit Behinderung, die als weniger fähig (englisch: *able*) konstruiert werden. Er stellt Körper, Psyche, Geist und Sinne des Menschen als eine bestimmte Norm dar, die es zu erfüllen gilt; dadurch entwertet er und grenzt Individuen mit davon ›abweichenden‹ Merkmalen aus.

BIPoC

BIPoC ist die Abkürzung von Black, Indigenous, People of Color – und ist die politische Selbstbezeichnung von Schwarzen, Indigenen und nicht *weißen* Menschen. Die Begriffe entstanden aus Widerstand zu diskriminierenden Fremdbezeichnungen und symbolisieren den Kampf gegen Unterdrückung und für Gleichberechtigung.

cis

Mit dem lateinischen Wort »cis« (deutsch: binnen, innerhalb) werden Menschen bezeichnet, deren Geschlechtsidentität mit dem bei der Geburt zugewiesenen biologischen Geschlecht übereinstimmt. Also ein Mädchen, das sich später auch als Mädchen und Frau versteht oder ein Junge, der sich später auch als Junge oder Mann identifiziert. Es ist der sprachliche Gegenpart zum lateinischen Begriff »trans« (deutsch: darüber hinaus). Der Begriff »cis« unterstreicht, dass nicht alle Menschen sich mit ihrem zugewiesenen Geschlecht identifizieren müssen und vermeidet die Konstruktion, dass nur heteronormativ lebende Menschen als »normal« gelten.

FLINTA*

Das Akronym FLINTA* steht für **F**rauen, **L**esben, **i**ntersexuelle, **n**icht binäre, **t**rans* und **a**gender Personen – also all jene, die aufgrund ihrer Geschlechtsidentität patriarchal diskriminiert werden. Das Gender-Sternchen * am Ende dient als Symbol, um alle weiteren nicht benannten marginalisierten Geschlechtsidentitäten mit einzubeziehen. Dabei sollte FLINTA* aber nicht einfach als Synonym für weiblich gelesene Personen benutzt werden, da auch männlich gelesene trans* und nicht binäre Personen dazugehören.

Frau/Mann

»Frau« und »Mann« verstehen wir nicht als unveränderliche und objektive biologische Kategorien, sondern als Konstrukte, die sozial, historisch, kulturell und politisch beeinflusst werden. »Den« Mann oder »die« Frau gibt es so natürlich nicht, auch wenn das Patriarchat uns das zu gern einreden würde. Die Vielfalt der Geschlechtsidentitäten wird im Buch durch das Gender-Sternchen * in Personenbezeichnungen repräsentiert.

intersektional

Der Begriff der Intersektionalität wurde 1989 von der afroamerikanischen Juristin Kimberlé Crenshaw geprägt und beschreibt die Verschränkung und Wechselwirkung (englisch: *intersection*) verschiedener Unterdrückungssysteme und Diskriminierungsformen wie Sexismus, Rassismus, Ableismus, Klassismus, Homo- und Transdiskriminierung. Ein intersektionaler Feminismus trägt dem Rechnung, indem er nicht allein patriarchale Strukturen gegenüber *weißen* heterosexuellen cis Frauen bekämpft, sondern etwa auch die *weiße* Vorherrschaft, Rassismus, Klassismus, Transfeindlichkeit und viele andere parallel ablaufende Diskriminierungsformen mitdenkt und gleichermaßen kritisiert.

klassistisch

Unter Klassismus versteht man ein Denken und Handeln, das Menschen aufgrund ihrer sozialen Herkunft diskriminiert und sie am gesellschaftlichen Aufstieg hindert. Klassistisch sind Menschen, wenn sie andere aufgrund ihres Bildungsstands oder Kleidungsstils, ihrer Ausdrucksweise oder Herkunft, ihres Berufs- oder Kontostandes, ihres Elternhauses und anderer ähnlicher Vorurteile abwerten und benachteiligen. Diese Erfahrung geht bei den Betroffenen oft mit Schuld- und Schamgefühlen und sozialer Isolation einher.

Schwarz

Schwarze Menschen ist eine Selbstbezeichnung und beschreibt eine von Anti-Schwarzem Rassismus betroffene gesellschaftliche Position. Wir schreiben Schwarz groß, weil es sich nicht um eine (Haut)Farbe handelt, sondern um eine soziale und politische Konstruktion in einem globalen Machtgefüge *weißer* Dominanz.

»*weiß*« schreiben wir kursiv, weil es sich nicht auf eine biologische Eigenschaft und reelle Hautfarbe bezieht, sondern als Kategorie ebenfalls politisch und sozial konstruiert ist. *Weiße* Menschen haben eine vorherrschende und privilegierte Position innerhalb des Machtverhältnisses Rassismus inne, die durch die kursive Schreibung sichtbar gemacht wird. *Weiß*sein ist ein so unbewusstes wie prägendes Selbst- und Identitätskonzept, das das Verhalten *weißer* Menschen beeinflusst und sie mit Privilegien ausstattet.

unlearn körper

Yassamin-Sophia Boussaoud

Wenn ich über mich selbst sage oder schreibe »Ich bin fett«, dann fühlen sich sehr viele Menschen verunsichert, überrumpelt oder sogar angegriffen. Vor allem dünne, normschöne Menschen. Und ich könnte hier natürlich mit einer witzigen, leicht verdaulichen Anekdote in dieses Kapitel einsteigen. Es euch Leser*innen angenehm gestalten. Aber das möchte ich nicht. Denn diese Gesellschaft macht absolut gar nichts dafür, dass mein Leben als fette Person auch nur erträglich ist. Fett zu sein bedeutet, jeden einzelnen Tag in meinem Leben gegen ein System anzukämpfen, das meine Existenz nicht aushalten kann. Ein System, das mich lieber sterben sehen würde als leben. Das klingt hart? Ja, das ist es. Dünne Menschen denken beim Thema Fettfeindlichkeit vielleicht an Diskussionen über Schönheit und an fette Körper als Gegenpol zu ihrer Existenz. Menschen denken an Krankheiten, Diäten, Faulheit, Trägheit, mangelnde Disziplin, Dummheit und individuelles Versagen. Ich denke an den täglichen Kampf. Darum, dass ich gesehen werde. Als Mensch.

Geschlecht, Körper und andere intersektionale Diskriminierungsformen

Wann immer wir uns über Körper im Patriarchat unterhalten, sprechen wir eigentlich über den Ursprung patriarchaler Strukturen.

Im Körper manifestiert sich die Unterdrückung, die nicht allein auf der Geschlechtszugehörigkeit basiert, sondern zu der weitere Diskriminierungsformen hinzukommen. Deshalb betrachte ich den Körper aus intersektionaler Perspektive und spreche über Anti-Schwarzen Rassismus, Fettfeindlichkeit, Ableismus, Transfeindlichkeit und Transmisogynie.

Ich schreibe dieses Kapitel aus der Sicht einer fetten, rassifizierten, nicht binären Person, der bei der Geburt das weibliche Geschlecht zugewiesen wurde. Und aus der Sicht einer Person, die zwei Kinder zur Welt gebracht hat. Das führt uns gleich zum ersten Aspekt in einer Reihe vieler Gewissheiten, die wir sehr gern verlernen dürfen.

Insbesondere das Bild der züchtigen, tugendhaften, christlichen Frau wurde im Kolonialismus bewusst genutzt, um nicht *weiße* Körper zu entmenschlichen und Gewalt an ihnen zu legitimieren. Ein wirklich schreckliches Beispiel für diese Entmenschlichung ist Sarah »Saartjie« Baartman. Sie wurde um 1789 in Südafrika geboren und war eine Khoikhoi. Kolonialisten nannten Menschen wie Saartjie »Hottentotten« – ein gewaltsamer Begriff für die Völkerfamilie der Khoikhoi, der bis heute als Beschreibung für vermeintlich unzivilisiertes Verhalten verwendet wird. Saartjie war eine fette, Schwarze Frau. Mit nicht einmal 20 Jahren wurde sie nach Europa gebracht und dort als »Kuriosität« ausgestellt. *Weiße* Menschen betrachteten ihren Körper als Form der absurden Unterhaltung. In Großbritannien bekannt als »Hottentot Venus«, in Frankreich als »Vénus hottentote«, wurde Saartjie begafft, verspottet, fetischisiert – entmenschlicht. Ihr Körper war für *weiße* Menschen nichts weiter als ein Ding, das ihnen »Spaß« bringen sollte. Und das bis über ihren Tod hinaus. Saartjie starb am 29. Dezember 1815, mit nur 26 Jahren. Ihr Körper wurde seziert und konserviert. Und Saartjie ist nur ein Beispiel von unzähligen. Fette, Schwarze und

Braune, indigene Menschen und ihre Körper wurden von *weißen* Menschen ausgebeutet und konsumiert. Sie waren »Forschungsobjekte«, »Vergnügen«, »Besitz«. Diese Verbrechen *weißer* Menschen müssen als solche benannt und verurteilt werden.

Und die Gewalt wirkt bis heute fort. Nicht normschöne, nicht *weiße*, dicke, fette, dick_fette, mehr- und hochgewichtige Körper werden auf unterschiedliche Arten entmenschlicht. Ein Teil dieser Entmenschlichung basiert auf geschlechtlichen Stereotypen. Das binäre Geschlechtssystem kennt zwei Kategorien: »Männlichkeit« und »Weiblichkeit«. Was »weiblich« ist, kann nicht »männlich« sein und umgekehrt. »Weiblichkeit« wird von der patriarchalen Gesellschaft als minderwertig abgewertet. Doch noch weiter unten in der Rangfolge befinden sich Personen, die von dieser rigiden Darstellung der Weiblichkeit abweichen: diejenigen, die nicht »weiblich« genug sind, weil sie die fragile, unterwürfige, *weiße* Schönheit nicht verkörpern. Diese wird definiert von Anti-Schwarzem Rassismus und von Fett- und Transfeindlichkeit.

Auch die Kategorie der gesellschaftlichen »Männlichkeiten«, die innerhalb patriarchaler Strukturen nicht männlich genug oder der »Weiblichkeit« zu ähnlich sind, ist konstruiert. Und spätestens jetzt wird deutlich, wie absurd diese Konstrukte sind: Unsere Körper sind im Patriarchat entweder »weiblich« und somit schwach, sie sind nicht »weiblich genug« und somit wertlos oder sie sind dem »weiblichen zu ähnlich« und somit ebenso Abwertung und Gewalt ausgesetzt. Alle diese Kategorien legitimieren unterschiedliche Arten von Gewalt an nicht normschönen Körpern.

Wir glauben, wir könnten Geschlechter an bestimmten körperlichen Merkmalen festmachen und aufgrund eines Penis oder einer Vulva das Erleben und Handeln eines Menschen oder einer ganzen Personengruppe erklären und festlegen. Doch das ist ein

Trugschluss. Ich bin eine Person mit Vulva und Vagina. Ich habe Kinder zur Welt gebracht. Aber ich bin keine Frau. Ich bin nicht binär. Meine Pronomen sind they/them. Das Paradoxe ist, dass mir Menschen vor meinem Outing als nicht binäre Person »Weiblichkeit« immer abgesprochen haben. Als fette, Braune Person war ich nicht »weiblich« genug. Als nicht binäre Person wird mir diese Weiblichkeit dann plötzlich zugesprochen und aufgezwungen.

Die Entmenschlichung und daraus folgende Unterdrückung und Nutzung dieser Körper ist wesentlich für den Erhalt patriarchaler Privilegien. Um es mit einem plakativen Beispiel zu verdeutlichen: Fette Schwarze und Braune Frauen und nicht binäre Menschen dürfen der Gesellschaft gerne dienen und dafür dann auch noch dankbar sein. Wir dürfen putzen, kochen, Nanny sein, in Fabriken arbeiten, überall dort arbeiten, wo man uns nicht sieht. Wir dürfen keine Rechte einfordern, sind nicht sichtbar, werden nicht repräsentiert. Denn es soll uns nicht geben. Aber es gibt uns. Und wir wollen uns nicht verstecken. Wir wollen nicht versteckt werden. Jedoch sind wir vor allem für cis Männer oft nicht mehr als ihr geheimster Fetisch.

Sabrina Strings arbeitet in *Fearing the Black Body – The Racial Origins of Fat Phobia* heraus, wie die gegensätzlichen Kategorien Weiblichkeit und Männlichkeit entstanden sind, wie sehr sie auf Misogynie und Transmisogynie basieren und mit der Dämonisierung von dicken und fetten Schwarzen und Braunen Körpern verknüpft sind. Auch heutzutage ist das Idealbild einer Frau: zierlich, dünn, untergeben, diszipliniert – und eben auch: *weiß*. Die Verwirklichung patriarchaler Machtstrukturen. Im Gegensatz dazu steht der üppige, runde, kurvige, dicke, fette Schwarze und Braune Körper. Ein Körper, der in diesem System die allerschönste Rebellion und Revolution darstellt. Schwarzen und Braunen Frauen wurde und wird ihre Weiblichkeit abgesprochen. Denn Weiblichkeit war gleichbedeutend mit Schwäche, und »schwache, weibliche Körper« hätten keine körperlich so extrem harte Arbeit auf Plantagen leisten können. Indem man Schwarze und Braune Frauen nicht als Frauen anerkannte, konnte man ihnen dieselbe Arbeit wie Männern zumuten. Das Absprechen ihrer Weiblichkeit legitimierte Entmenschlichung und Ausbeutung.

In der patriarchalen Gesellschaft ist ein »schöner Körper« ein *weißer*, dünner Körper. Und ein »guter« Körper ist ein *weißer*, dünner, gesund erscheinender. Da'Shaun L. Harrison schreibt in *Belly of the Beast – The Politics of Anti-Fatness as Anti-Blackness*: »Die Schreibweise von Hübsch mit großem H meint viel mehr als nur das äußere Erscheinungsbild und erfordert, über die daraus folgenden strukturellen Vorteile gegenüber Hässlichen Personen nachzudenken. Wenn ich das H in Hübsch, das S in Schön und das H in Hässlich großschreibe, dann möchte ich damit benennen, wer Zugang zu Attraktivitätskapital hat und wer nicht, das heißt, wer Identitäten verkörpert oder besitzt, die zu mehr Chancen, Macht und Ressourcen führen. Genauer gesagt sind ›hübsch‹, ›schön‹ und ›hässlich‹ – wenn sie kleingeschrieben werden – subjektiv. Sie sind keine Identitäten, sondern werden vom Individuum bestimmt. Sie sind dann immer noch im Anti-Schwarzen Rassismus verwurzelt, aber keine strukturellen Identitäten. Wenn Hübsch, Schön und Hässlich großgeschrieben werden, gründen sie im Gegensatz dazu auf den Strukturen, die zur Marginalisierung von Menschen aufgrund ihres Schwarzseins, ihrer Gender(freien)- Präsentation und ihres Körpers führen. Insbesondere in den USA basieren Schönheitsstandards auf Anti-Schwarzem Rassismus, Fettfeindlichkeit, einem normierten Verständnis von Körperformen (Anti-Unförmigkeit), Cis-Heterosexismus und Ableismus. Daher haben Menschen, die Schwarz, fett, behindert oder trans* sind, in der Regel keinen

Zugang zu dem, was als Schön gilt. Allerdings ist es möglich – genau wie in Bezug auf andere Formen des Kapitals –, gleichzeitig verschiedene Identitäten zu verkörpern, die in der modernen Gesellschaft einerseits geschätzt und andererseits marginalisiert werden, weshalb der Begriff ›Privileg‹ nicht konkret genug ist und oft nicht weit genug geht. Attraktivität ist komplex. Die Vorstellung, ein Privileg zu haben, suggeriert, dass Menschen sich gegen dieses Privileg entscheiden könnten, dass diejenigen, die sich nicht schön fühlen, unmöglich vom Schön-Sein profitieren könnten oder dass sie nicht unter der Gewalt gegen das Hässlich-Sein leiden würden. Die befähigende Attraktivitätspolitik und das Attraktivitätskapital legen jedoch nahe, dass Menschen sich nicht hübsch fühlen müssen, um Hübsch zu sein. Sie müssen sich nicht schön fühlen, um Schön zu sein. Sie müssen sich nicht hässlich fühlen, um Hässlich zu sein.«[1]

Da'Shaun L. Harrison findet hier sehr deutliche Worte für einen Umstand, den wir nur allzu gerne verleugnen: Schönheit ist *weißes* Kapital und Hässlichkeit mehr als subjektive Wahrnehmung, sie sind gesellschaftlich definiert. Daraus ergibt sich das sogenannte »Pretty Privilege«. Demnach werden als attraktiv geltende Menschen bevorzugt behandelt; ihnen werden positive Eigenschaften zugeschrieben, mit all den daraus resultierenden Vorteilen im Job und Privatleben. Das ist strukturell bedingt und beschreibt, welchen Diskriminierungen normschöne Menschen nicht ausgesetzt sind.

Während normschöne Menschen nicht diskriminiert werden, geht fett und Schwarz zu sein, fett und Braun zu sein, fett und trans*, fett und genderqueer, fett und behindert zu sein mit unterschiedlichen Abwertungen einher. Diese ziehen sich durch vermeintlich »harmlose« Bereiche wie Freund*innenschaften und Dating, über den erschwerten Zugang zu Bildung und Arbeit, bis in den medizinischen Bereich, wo fetten Körpern notwendige Maßnahmen verwehrt bleiben. Ärzt*innen etwa schieben gesundheitliche Komplikationen oft auf das Gewicht und raten den Patient*innen zur Diät, statt weitere Untersuchungen und Therapien zu veranlassen. Oder Medikamentendosen und medizinische Behandlungen werden nicht auf das Gewicht angepasst. Das kann im schlimmsten Falle Menschenleben kosten, und das tut es immer wieder.

Der männliche, eurozentrische, koloniale Blick

Wir wissen ganz genau, dass es Gründe dafür gibt, warum wir bestimmte Menschen automatisch als attraktiver wahrnehmen, als potenzielle Partner*innen in Betracht ziehen und dass dies nur bedingt mit individuellen Vorlieben zu tun hat. Denn in einer Gesellschaft, in der intersektionale Diskriminierungsformen zur alltäglichen Erfahrung marginalisierter Menschen gehören, ist unser ästhetischer Geschmack, ist unser Blick auf Menschen geprägt von sehr stabilen Stereotypen. Das trifft ganz besonders komplex mehrfach marginalisierte Menschen.

Nehmen wir das Beispiel Dating: Die Erfahrungen dicker, fetter, dick_fetter, mehr- und hochgewichtiger Menschen lassen sich zunächst in zwei grundsätzliche Kategorien unterteilen – in Fetischisierung und in eine spezifische Art der Asexualisierung. Die kollektive Fetischisierung zeigt sich vor allem darin, dass dick_fette Körper die mit am meisten gesuchte Kategorie auf Pornoseiten ist, Menschen jedoch öffentlich nicht zugeben würden, dass sie fette Körper anziehend oder gar schön finden. Wir sind der schmutzige Fetisch, das dunkle Geheimnis. Ist ein Mann mit einer dicken oder fetten Frau in Beziehung, so wird ihm ein Fetisch unterstellt. Echte Liebe, nicht fetischisierte Sexualität gibt es für dick_fette Menschen, in dieser Gesellschaft, nicht.

Der andere Pol ist die systematische Asexualisierung. Vor allem Schwarze, Braune dick_fette, mehr- und hochgewichtige

Frauen und Schwarze, Braune dick_fette, mehr- und hochgewichtige weiblich gelesene und weiblich misgenderte Personen berichten davon, dass sie als »Big Mama«, als Familienmitglieder, als Schwestern, Geschwister, als Kümmerer*innen eingeordnet werden und nicht als potenzielle Partner*innen in Betracht kommen. Dies liegt am kolonialen, eurozentrischen Gaze. Wir kennen den Begriff Gaze vor allem im Kontext des Male Gaze. Dieser bedeutet übersetzt das »männliche Starren« oder auch der »männliche Blick« und steht für die Darstellung von Frauen und weiblich misgenderten Personen durch die metaphorischen »Augen eines Mannes«. Frauen und weiblich misgenderte Personen werden so entmenschlicht, aus Individuen werden unspezifische Objekte und Projektionsflächen. Meines Erachtens lässt sich diese Theorie auch auf dicke, fette, dick_fette, mehr- und hochgewichtige, nicht normschöne Schwarze und Braune Frauen, weiblich gelesene und weiblich misgenderte Personen anwenden. Denn kaum etwas widerspricht dem *weißen,* patriarchalen Narrativ so sehr wie ein fetter Schwarzer, Brauner, weiblicher oder weiblich misgenderter Körper.

Um das koloniale Narrativ hinter diesen Zuschreibungen zu verstehen, ist es hilfreich, die Geschichte des Begriffes »Mammy« zu kennen. »Mammy« oder »Mammie« war eine bewusst abwertende Bezeichnung für »Nanny« und wurde ausschließlich für Schwarze versklavte Frauen genutzt, die in *weißen* Haushalten die Erziehung der Kinder übernehmen mussten. Diesen Frauen wurde häufig die Erziehung, Betreuung und sogar das Stillen ihrer eigenen Kinder untersagt. Sie waren die »Kümmererinnen« *weißer* Kinder, ohne das Recht auf eigene Grenzen und Bedürfnisse.

Ich selbst bin eine fette, rassifizierte, nicht binäre trans* Person, der bei der Geburt das weibliche Geschlecht zugewiesen wurde. Eines meiner Elternteile ist nordafrikanisch indigen. Ich habe drei Schwangerschaften und zwei Geburten hinter mir. Mein Körper, mein Aussehen, meine Existenz widersprechen dem eurozentrischen, kolonialen Narrativ. Ich gelte nicht als schön, nicht als anziehend oder sexuell reizvoll. Auch mich lesen Menschen als »mütterlich«, als Kümmerer*in, als besonders lieb, als Teil ihrer Familie. Als alles Mögliche, aber gefühlt nie als potenzielle Partner*in, nie als sexuelles Wesen. Meinem fetten, Braunen Körper, meiner Existenz wird Sexualität oft ganz und gar abgesprochen. Das geschieht vor allem durch *weiße*, normschöne Menschen, aber nicht nur. Es ist keine Seltenheit, dass auch mehrfach marginalisierte Menschen mich in ihrem Leben die Rolle einer Partner*in, eines Partners* einnehmen lassen, ihr Leben und ihren Alltag mit mir teilen, mich aber nicht als romantische, als sexuelle Partner*in in Betracht ziehen.

Natürlich müssen mich nicht alle Menschen attraktiv finden. Darum geht es nicht. Es geht darum, dass ich als asexuelles Wesen betrachtet und damit abgewertet und entmenschlicht werde. Schließlich ist Sexualität eines der ursprünglichsten menschlichen Bedürfnisse. Ich darf alles sein, aber keine Sexualpartner*in. Und auch mir sehr nahestehende Menschen dachten, es sei in Ordnung, mir Dinge zu sagen wie »Ich finde dich schon attraktiv, aber du bist für mich halt so geschwister- und familienmäßig – mit solchen Menschen kann ich keinen Sex haben« oder »Ich sehe dich einfach nicht so«, ohne diese Haltung als Folge ihrer Sozialisierung zu verstehen und kritisch zu hinterfragen. Denn es ist kein Zufall, es hat nichts mit persönlicher Präferenz zu tun, dass Menschen wie ich eben so gelesen und eingeordnet werden, dass wir auf »unseren Platz verwiesen« und ausgegrenzt werden. Es ist ein gewaltsames Zusammenspiel unterschiedlicher intersektionaler Diskriminierungsformen.

Fette Menschen sind in dieser Gesellschaft keine romantischen und/oder sexuellen Partner*innen. Wir sind die angenehmen Freund*innen, bei denen Mensch er*sie*they selbst sein kann. Wir sind anregende Diskussionspartner*innen, die besten Ratgeber*innen. Alles. Aber Sex wollen Menschen dann natürlich lieber mit jenen, deren Körper näher am normschönen Ideal sind. Davon kann sich durch die seit Jahrhunderten fortgeschriebenen und durch Werbung und Social Media verfestigten Körperbilder niemand freisprechen. Diese Prägung gilt sogar für Menschen, die selbst von Fettfeindlichkeit und anderen intersektionalen Diskriminierungsformen betroffen sind. Denn der koloniale, eurozentrische Gaze beschränkt sich nicht auf einen bestimmten Raum. Er ist längst Teil der kollektiven menschlichen Wahrnehmung.

Das Verheerende ist: Selbst wenn wir als mögliche Sexualpartner*innen betrachtet werden, geht das keinesfalls damit einher, dass wir Menschlichkeit zugesprochen bekommen. Da'Shaun L. Harrison findet auch hier sehr starke Worte: »Lassen wir uns nicht täuschen: Fickbar und attraktiv/befähigt zu sein, bedeutet nicht, dass Menschen, die Sex mit einer Schwarzen fetten Person haben, diese als ein gut zu behandelndes Lebewesen betrachten. Und das ist der Grund dafür, dass fette Subjekte oft mit Unsicherheiten leben. Die eigene Fickbarkeit wird nicht von uns selbst, sondern von anderen bestimmt, und es kommt darauf an, ob andere Attraktivität in uns erkennen oder nicht. Für diese Art des Begehrens ist eine politische Auseinandersetzung nicht unbedingt notwendig. Es könnte sich auch um einen Fetisch handeln, fette Menschen als nichts weiter als sexuelle Objekte zu begehren. Fickbarkeit als Attraktivität/Befähigung bedeutet, dass Attraktivität/Befähigung zur Erfahrung des Menschseins gehört. Und als unAttraktiv zu gelten, was Schwarze, fette Personen besonders betrifft, bedeutet, dass die Trennung zwischen dem, was als menschlich und nicht menschlich gilt, aufrechterhalten wird.«[2]

Warum Body Positivity alles andere als positiv ist

Was das Schreiben dieses Textes für mich so schwierig macht, ist nicht etwa meine eigene Betroffenheit, sondern der fatale Umstand, dass es keine deutschen Quellen und keine Übersetzungen ins Deutsche von Büchern und Beiträgen zum Zusammenwirken von Rassismus und Fettfeindlichkeit gibt. Denn im deutschsprachigen Raum finden Diskurse zu Körpern fast ausschließlich in relativ privilegierten Personengruppen statt. Dies zeigt sich sehr deutlich anhand von deutschsprachigen Onlinebeiträgen unter dem Hashtag #bodypositivity.

Die Body-Positivity-Bewegung entwickelte sich aus der Fat-Acceptance-Bewegung, die in den späten 1960er-Jahren in den USA entstand. Sie steht für die Befreiung dicker, fetter, dick_fetter, mehr- und hochgewichtiger Schwarzer und Brauner Körper von kolonialen, rassistischen und ableistischen Körperbildern. Doch dieser Hashtag und die damit einhergehende Revolution wurden längst zweckentfremdet. Body Positivity steht nun für die grundsätzliche Abschaffung unrealistischer und diskriminierender Schönheitsideale und stärkt somit vor allem Menschen, deren Körper näher an *weißer* Normschönheit sind. Normschönere Menschen sind unter diesem Hashtag sichtbarer, bekommen Werbedeals, Buchverträge, werden eher gehört und geachtet und haben darüber Zugang zum *weißen* Kapital. Patriarchale Wunschbilder und die Kapitalisierung von Körpern verbinden sich. Indem vermeintliche Diversität suggeriert wird, bleiben mehrfach marginalisierte Menschen weiterhin unterdrückt.

Ich möchte, dass wir gewaltvolle Narrative über Körper verlernen, während mein Körper in dieser Gesellschaft das Schlimmste ist, was die meisten Menschen sich vorstellen können. Und dabei befinde ich mich in meinem Fettsein gar nicht mal am Ende des Spektrums. Fette Körper sind hochpolitisch.

Und dass uns dies unter dem Deckmantel wachsender, gesellschaftlicher Diversität abgesprochen wird, ist es ebenso. Wir werden unsichtbar gemacht. Nicht zufällig. Nein, wir sollen nicht existieren. Uns soll es nicht geben.

Stigmatisierung in der Medizin

Wie politisch fette Körper sind, wird besonders spürbar in der Medizin und in der Geburtshilfe, wie ich selbst erlebt habe. Ich war schwanger. Und bevor ich gefragt wurde, wie es mir geht, ob die Schwangerschaft gewollt war oder nicht, ob ich Fragen habe, wurde mir von meiner Ärztin erklärt, dass mein Gewicht ein Problem sei. Dass ich als Veganer*in mit meinem fetten Körper sicherlich zu viele Kohlenhydrate zu mir nehme und das in der Schwangerschaft gefährlich werden könne. Es fielen Begriffe wie Risiko, Fettleibigkeit, Diabetes, Schwangerschaftsdiabetes, Verantwortung, Abnehmen, Diät während der Schwangerschaft, Gewicht des Embryos. Ich habe das als extrem übergriffig und taktlos empfunden und sah mich in meinen Erfahrungen bestätigt, dass fette Körper innerhalb der patriarchalen Norm ausgegrenzt und bewusst als krank und defizitär dargestellt werden.

Während meiner Schwangerschaft hatte ich Schmerzen, Blutungen, Kreislaufprobleme und musste ins Krankenhaus. Und auch hier: Niemand wollte wissen, wie es mir geht. Dabei war ich ja gekommen, damit mir geholfen wird und Komplikationen ausgeschlossen werden. Bereits bevor ich untersucht wurde, hieß es: »Durch Ihr Gewicht ist das Risiko für eine Fehlgeburt signifikant erhöht. Wenn Sie eine gesunde Schwangerschaft und ein gesundes Kind möchten, ist eine Abnahme zwingend notwendig.« Während und nach der Untersuchung bekam ich kaum Informationen. Mir wurde nicht erklärt, was in den nächsten Tagen passieren kann, wie ich damit umgehe, bei welchen Symptomen ich zurück ins Krankenhaus gehen sollte. Ich wurde nicht gefragt, ob äußere Einflüsse zur Blutung geführt haben könnten. Ich wurde nicht gefragt, ob ich eine*n Partner*in habe. Mein*e Partner*in durfte mich zu keinem Termin begleiten, obwohl dies zu diesem Zeitpunkt der Corona-Pandemie wieder möglich war. Auf Nachfrage wurde mir erklärt, ich würde dies schon »alleine schaffen«. Wie es mir ging, war vollkommen egal. Als würde mein fetter, Brauner Körper ohne Kopf, ohne Seele, ohne Verstand existieren. Als wäre ich ein Objekt.

Ich war also schwanger – und auf einmal war ich es nicht mehr. In mir waren sehr viele Gefühle. Zu viele, um sie in Worte fassen zu können. Und bevor ich gefragt wurde, wie es mir damit ging, was ich empfand, ehe ich über weitere Schritte nach dem Abgang informiert wurde, bekam ich Tipps, wie die nächste Schwangerschaft besser verlaufen würde. Natürlich hatten alle mit meinem Körper zu tun. Dass ich zwei relativ komplikationslose Schwangerschaften ausgetragen hatte, meinen Körper gut kenne, wurde mir abgesprochen. Die Ärzt*innen taten, als hätte ich zuvor einfach »Glück gehabt«, und mir wurde vermittelt, ich sei selbst schuld an diesem Abort. Mir wurde nicht erklärt, dass statistisch jede dritte Schwangerschaft vor der zwölften Woche endet. Ich wurde nicht ausreichend aufgeklärt. Mir wurde nicht gesagt, dass ich Anspruch auf eine Hebamme habe. Ich war quasi einfach selbst schuld. Als dick_fette, Braune, nicht binäre Person wurde mir das verwehrt, was wesentlich sein sollte in so einer Situation: Empathie, ein achtsamer Umgang und – am wichtigsten – mein Recht auf Aufklärung und eine sorgfältige Behandlung.

Ich weiß, dass ich nicht der berühmt-berüchtigte Einzelfall bin. Mir ist bewusst, dass auch andere schwangere, nicht mehrfach marginalisierte Menschen häufig nicht so betreut werden, wie es richtig und angemessen wäre. Meine marginalisierte Identität spielte hier jedoch eine wesentliche Rolle. Ich war schwanger. Und Ärzt*innen fanden es in Ordnung, meine Grenzen zu missachten und mich zu verletzen – Rassismus und Fettfeindlichkeit unter dem Deckmantel der »Besorgnis«.

Mir war vermutlich nie bewusster, dass mein Körper politisch ist, als im Jahr 2022. In einem Jahr, in dem ich mein Zuhause mit meinen Kindern zusammen und meinen Job verloren habe. Mich selbst fast verloren, fast aufgegeben habe. Ich hatte endlich, endlich eine Antwort auf meine starken Schmerzen. Nach Jahren, in denen ich im Medizinbetrieb ausschließlich rassistische und fettfeindliche Gewalt erfahren hatte. In denen mir genau diese Schmerzen abgesprochen und mein Körper entmenschlicht wurde. Am 29. November 2022 wurde ich nach über zehn Jahren Schmerzen am Unterleib operiert. Ich hatte Ärzt*innen gegenüber immer und immer wieder versucht deutlich zu machen, dass ich während meiner Periode unverhältnismäßig starke Schmerzen habe, dass ich mich bei Bewegungen einschränken muss. Dass ich Schmerzen beim Geschlechtsverkehr habe und das Gefühl, dass da etwas ist, was da auf jeden Fall nicht hingehört. Es war ein kleinerer Eingriff geplant. Drei kleinere Schnitte, eineinhalb, maximal zwei Stunden im OP-Saal, um mich von meinen Schmerzen zu befreien. Ich stellte mich darauf ein.

Um neun Uhr morgens begann meine OP. Als ich um 16 Uhr mit heftigeren Schmerzen denn je aufwachte, wusste ich, dass etwas nicht stimmen konnte. Während der OP hatten sie sich notfallmäßig entschieden, meine Kaiserschnittnarbe zu öffnen, wegen einer überraschenden, aber sehr eindeutigen Entdeckung. Mein Unterleib war überwuchert von einem Tumor, der linke Eierstock als solcher nicht mehr zu erkennen, sondern ein einziges Geschwulst. Der Tumor und damit mein Eierstock wurden entfernt.

Damit hatte ich nicht gerechnet – aber es erklärte, warum ich so viele Jahre unter schlimmen Unterleibsschmerzen gelitten hatte. Nun wartete ich auf die Befunde. Darauf, ob ich mit 32 Jahren Eierstockkrebs hatte oder nicht. Nach vier Tagen kam die Entwarnung. Es waren gutartige Tumore. Ich saß auf meinem Krankenhausbett und weinte. Vor Erleichterung. Vor Freude. Vor Schmerz. Seitdem versuche ich zu heilen. Mein Bauch verändert sich mit jedem Tag. Die Schmerzen werden immer weniger. Ich kann meine Beine endlich so bewegen, wie ich es möchte. Ich spüre, dass da endlich nichts mehr ist, was da nicht sein sollte. Dass mein Körper gut ist, nicht das Problem ist.

Dieser Prozess war nicht so einfach. Denn die Schmerzen nach der OP waren extrem. Die Wochen und Monate danach waren extrem. Mein Körper, meine Seele, mein Herz, mein Bauch – sie erholten sich von sehr viel Schmerz. Und von sehr viel Gewalt. Von all dem, was zu mir gesagt wurde, wie ich angefasst wurde. Die Erfahrungen in der Klinik vor und nach der OP waren noch mal um einiges diskriminierender als während meiner Schwangerschaften. Denn Fettfeindlichkeit ist mehr, als dass es keine passende Kleidung zu kaufen gibt. Fettfeindlichkeit und Rassismus sind mehr als »sich nicht schön finden zu können«. Es geht um unseren Schmerz. Um Leid. Um Leben. Ich bin kein Einzelfall. Die Diskriminierung von fetten Körpern im Gesundheitssystem, insbesondere in der Gynäkologie, ist keine Seltenheit. Der *Fat Studies Reader*[3] – eine Sammlung wissenschaftlicher Essays – hat der strukturellen Benachteiligung fetter Körper in der Medizin ein ganzes Kapitel gewidmet. Und natürlich ist auch dieses 2009 erschienene Werk ausschließlich auf Englisch verfügbar.

Ein weiteres Beispiel dafür, wie unsere Vorstellung von einem gesunden Leben und gesunden Körper von der Medizin geprägt wird, ist der Body Mass Index (BMI). Der belgische Mathematiker Adolphe Quetelet gilt als Erfinder des BMI, der heute als

Standard für die Bewertung des Körpergewichts in Relation zur Größe zugrunde gelegt wird. Mit seiner Formel wollte er jedoch keine Aussage über gesunde und ungesunde Körper treffen, sondern eine mathematische Darstellung des »Normalen« finden. Und was wurde als »normal« zugrunde gelegt? Natürlich der *weiße*, mitteleuropäische Mann. Und so verwenden wir bis in die heutige Zeit eine zutiefst rassistische Formel und nutzen diese aktiv, um Menschen notwendige medizinische Behandlung zu verwehren. Dies ist besonders relevant in der Gynäkologie und Geburtshilfe. In Deutschland wird beispielsweise vom BMI abhängig gemacht, ob eine Kinderwunschbehandlung durchgeführt wird und ob die Kosten dafür übernommen werden. Auch wird es Menschen mit höherem BMI grundsätzlich untersagt, in einem Geburtshaus zu gebären. Möchte eine gebärende dick_fette Person eine Wassergeburt versuchen, so ist es dem medizinischen Personal gestattet, diese aufgrund des BMIs zu untersagen. Und ja, alle fette Menschen kennen das Argument der Gesundheit und dass ihr Körper krankhaft sei. Dies ist nicht nur ableistisch, sondern auch schlichtweg heuchlerisch. Denn die meisten Krankheiten, die mit fetten Körpern in Verbindung gebracht werden, könnten durch eine diskriminierungssensible Medizin vorzeitig erkannt und nachhaltig behandelt werden. Fettfeindlichkeit verhindert dies. Fette Menschen gehen beispielsweise tendenziell seltener zu Ärzt*innen, denn Ärzt*innen nehmen unsere Symptome nicht so ernst und schieben unsere gesundheitlichen Beschwerden auf das Gewicht. Sie beschämen und stigmatisieren fette Menschen und sorgen so dafür, dass Krankheiten unbehandelt bleiben und sich sogar verschlimmern. In einer Übersichtsarbeit der Yale University aus dem Jahr 2017 zeigte sich, wie sich die Benachteiligung von dicken Menschen in ärztlichen Behandlungen niederschlägt: Für mehrgewichtige und fette Patient*innen nehmen sich Ärzt*innen deutlich weniger Zeit als für dünne Patient*innen und es findet eine mangelnde Aufklärung statt.

Die psychische Belastung, der dicke, fette, dick_fette, mehr- und hochgewichtige Menschen ausgesetzt sind, resultiert aus einer Gesellschaft, die uns schlichtweg hasst. So sehr, dass sie bewusst lieber auf risikoreiche, teilweise lebensgefährliche Operationen wie eine Magenverkleinerung oder einen Magenbypass setzt, als ihren Umgang mit fetten Körpern zu hinterfragen.

Unlearn Körper – das ist so viel. Kaum definierbar. Kaum einzuschränken. Denn es ist mehr als das Akzeptieren eines dicken Körpers, mehr als individuelle Wahrnehmung, mehr als Selbstliebe. Ich kann mich nicht einfach aus meiner Diskriminierung herauslieben. Vor allem nicht in einer Gesellschaft, die bereit ist, alles zu geben, nur um nicht auszusehen wie ich.

Unlearning ist so komplex, weil Fettfeindlichkeit selbst in diskriminierungssensiblen Räumen nicht als intersektionale Diskriminierungsform anerkannt wird. Wir müssen in all diesen Räumen über fette Körper sprechen. Fettfeindlichkeit ist eine intersektionale Diskriminierungsform. Und sie ist genauso schlimm wie alle anderen Formen der Diskriminierung.

Fettfeindlichkeit schließt strukturell aus.

Fettfeindlichkeit verletzt.

Fettfeindlichkeit tötet.

Fettfeindlichkeit zu verlernen ist eine Lebensaufgabe. Für alle. Selbst für davon betroffene Menschen. Sie ist in jedem sozialen Kontext relevant. Dies bestätigen mittlerweile auch Studien, die die Erfahrungen unzähliger Betroffener, deren Expertise in dieser Gesellschaft abgewertet wurde und wird, sichtbar machen. Denn wenn wir fette Körper mit einem nicht verbinden, dann mit Intellekt. Fette Menschen gelten als dumm, disziplinlos, faul, schmutzig, ekelhaft. Das haben wir vor allem einem ach so großen deutschen Denker zu verdanken: Immanuel Kant definierte

1781 in seiner *Kritik der reinen Vernunft* den vernunftbegabten Menschen. Dieser war natürlich männlich, *weiß* und existierte im Gegensatz zum »wilden, unzivilisierten« Braunen und Schwarzen Menschen.

Ich könnte noch so lange weiterschreiben. So viele Zusammenhänge versuchen zu erklären. Ich könnte jede fettfeindliche Situation in meinem Leben schildern und aufarbeiten. Aber ich entscheide mich bewusst dafür, dieses Kapitel sanft zu beenden. Denn eines der schlimmsten Dinge, die wir in dieser Gesellschaft erfahren, ist, dass uns als fetten, rassifizierten Menschen unsere Sanftheit abgesprochen wird.

Dein dicker Körper, dein fetter Körper, dein mehrgewichtiger Körper, dein hochgewichtiger Körper darf sein. Du darfst Raum einnehmen. Du darfst tief einatmen und deinen weichen, dicken, fetten, Bauch mit Luft füllen. Ein- und ausatmen und all den Raum einnehmen, der dir zusteht. Du bist wertvoll. Dein Körper ist wertvoll. Du bist nicht das Problem. Du, ja du. Du bist die allerschönste Revolution.

Unlearn Body – unlearn everything.

unlearn architektur

Karin Hartmann

Bei mir um die Ecke wurde kürzlich ein neuer Park eingeweiht. Ein echter Kiezpark, mit einer in Beton gegossenen Skatebahn, einer Graffitiwand, vielen neuen Bäumen und einer Liegewiese. Er ist sogar inklusiv gestaltetet mit Angeboten für sehbehinderte Kinder und rollstuhlgerechten Wegen und Spielflächen. Eigentlich ein echtes Vorzeigeprojekt – gäbe es genügend Sitzgelegenheiten. Denn kaum waren die letzten Baustellenbänder entfernt, brachten die ersten Leute ihre Campingstühle mit. Die vielen Personen, die ihren Kindern beim Spielen oder Skaten zuschauen – meist Mütter – können sich zwar auf sehr hochwertig gestaltete Bänke aus anthrazitfarbenem Stahl mit Holzlamellen setzen, aber nur wenn sie einen freien Platz erwischen. Nicht jede*r kann und möchte sich auf eine Wiese legen, und auch nicht alle können unbegrenzt lange stehen. Ich selbst war zur Zeit der Eröffnung eingeschränkt und konnte nicht lange laufen. Nach 15 Minuten musste ich wieder gehen. Die Liegewiese war nass und die Bänke waren besetzt. Und damit sind wir beim ersten Problem einer Stadtplanung, die theoretisch für alle konzipiert ist, in der Praxis aber zu einseitig gedacht ist und damit viele von uns ausschließt. Denn wer nutzt am meisten Sitzbänke? Personen, die sich ausruhen oder schlicht Zeit im öffentlichen Raum verbringen möchten, sprich Ältere, Kinder oder Menschen mit Einschränkungen – meistens begleitet von Frauen. Und Eltern, die ihre Kinder begleiten, auch hier meistens Frauen. Wie viele Bänke also in Parks, Fußgängerzonen oder auf Plätzen stehen, zeigt deutlich, welche Lebensrealitäten für die Planung eine Rolle spielten – und welche weniger.

So ist es vielleicht kein Zufall, dass in unserem Park auch Toiletten fehlen. Denn um sich in öffentlichen Räumen länger aufhalten zu können, brauchen vor allem Frauen Toiletten. Sie nutzen sie öfter und länger, weil sie Periodenprodukte wechseln müssen und Krämpfe aushalten oder sie begleiten kleine Kinder oder Ältere dahin. Deshalb brauchen sie viele saubere öffentliche Toiletten und im Verhältnis zu Männern mehr Kabinen für mehr Toilettengänge. Es bleibt unfassbar, dass dieser natürliche (und soziale!) Bedarf nicht längst in den Baunormen verankert ist und Frauen sich stattdessen immer wieder anhören müssen, sie hätten eine »Mädchenblase«. Und auch für Frauen jenseits der Menopause und darüber hinaus bemisst sich die Länge eines Spaziergangs an der Entfernung zur nächsten erreichbaren Toilette. Allein der Anteil von Frauen über 70 Jahren hat sich seit 1970 von 9,9 Prozent auf 17,9 Prozent erhöht.[1] Das waren 2018 ca. 7,5 Millionen Frauen. Saubere Toiletten in öffentlichen Räumen haben sie immer noch nicht.

Aber von Sitzbänken und Toiletten mal abgesehen: Was macht eine lebenswerte Stadt überhaupt aus? Ein Ziel der Planung öffentlicher Freiflächen – sei es eine Strandpromenade, ein Opernplatz oder eben ein Quartierspark – ist eine hohe Aufenthaltsqualität. Genau das macht attraktive, lebendige Städte aus: öffentliche Räume, die aus vielfältigen Gründen möglichst lange und von möglichst vielen Menschen allen Alters genutzt werden. Kopenhagen etwa liegt seit einigen Jahren im Ranking der lebenswertesten Städte der Welt unter den ersten Plätzen.[2] In ihren lokalen Leitlinien für Architektur und Stadtplanung setzte sich die Stadt 2009 zum Ziel, ihren Bewohner*innen vielfältige öffentliche Flächen anzubieten, die dazu einladen, sie oft und lange zu nutzen: »Unser Ziel lautet: Bis 2015 werden die Kopenhagener 20 Prozent mehr Zeit im städtischen Raum verbringen als heute.«[3] Dabei erfüllen öffentliche Räume bei einer intensiven Nutzung ein tiefes soziales Bedürfnis: Teil einer Gemeinschaft sein, sich gegenseitig anschauen, beobachten, sich anlächeln. In Kontakt gehen zu können, ohne es zu müssen. Die kanadische Stadtforscherin Jane Jacobs beschrieb schon 1961, wie viele Augen, die auf den öffentlichen Raum gerichtet sind, auch zu mehr Sicherheit und Verbindlichkeit führen.[4] Dieses Wissen ist da und wurde durch die Arbeit des dänischen Architekten Jan Gehl in die ganze Welt exportiert: Ihm und der damals vor Ort zuständigen Janette Sadik-Khan ist es zu verdanken, dass am New Yorker Times Square nun mehr Menschen als Autos zu sehen sind und am Herald Square mittags die Yogamatten ausgerollt werden. Jan Gehl zeigte die Bedeutung des Maßstabs »Mensch« für die Attraktivität von Städten.[5]

Keine Daten zu Mädchen

Und doch sind Bedarfe einiger Gruppen von Nutzer*innen im Verhältnis bis heute so gut wie unerforscht. Gerade zu den Bedürfnissen von Mädchen und jungen Frauen gibt es kaum Daten. Denn wen sprechen Bewegungsflächen, Skatepark und Klettergerüste in erster Linie an? Bewegungsfreudige Kinder und Jugendliche. Aber haben sie alle das gleiche Bedürfnis, sich zu bewegen? Erst seit einigen Jahren wächst das Bewusstsein dafür, dass Mädchen und Jungen öffentliche Räume unterschiedlich nutzen. Hier geht es nicht um Klischees entlang der Geschlechterlinie, denn alle Jugendlichen mit wenig Interesse an Sport werden mit diesen kostspielig zu errichtenden Angeboten nicht erreicht. Immer noch gibt es eklatant wenige Untersuchungen dazu. Zwar werden schon seit Jahrzehnten Jugendprojekte ausgewertet, aber die Daten wurden selten nach Geschlecht erhoben. Es gibt kaum konkrete Informationen, die in die Planung einfließen könnten. Anders zum Beispiel als zur baulichen Barrierefreiheit, die in den Landesbauordnungen verankert ist und bei öffentlichen Räumen und Gebäuden inzwischen angewendet werden muss.

Da Mädchen tendenziell anders sozialisiert sind und grundsätzlich mehr »unter Beobachtung« stehen, wünschen sie sich zum Beispiel Orte, an denen sie sich ungestört treffen und unterhalten können.[6] Damit ist nicht gemeint, an den Rändern von Spielfeldern herumzuhängen und Jungen beim Bolzen zuzuschauen. Die britische Initiative *»Make Space for Girls«* bemerkt auf ihrer Internetseite lakonisch: »Die meisten Stadtverwaltungen haben mehr Zeit und Geld für Hundekot ausgegeben als für weibliche Teenager.«[7] Mit Case Studies in Barcelona, Kopenhagen, im schwedischen Umeå und eigener Forschung trägt die Initiative Wissen zusammen und bereitet gute Beispiele auf. Eine erschreckende Erkenntnis ihrer Untersuchung ist, dass Mädchen öffentliche Freiräume meiden, wenn zu viele Jungen, insbesondere in Gruppen, anwesend sind, die sie beobachten und ihr Verhalten kommentieren. In einer britischen Studie gaben 59 Prozent der Mädchen an, sie fühlten sich in Parks nicht willkommen, weil die Räume von Jungen dominiert seien.[8] Die vierzehnjährige Lily wird mit den Worten zitiert: »Warum sollte ich in den Park gehen? Dort gibt es nichts für mich.«[9]

»Make Space for Girls« fordert, Mädchen bei der Entstehung von Parks grundsätzlich zu beteiligen, auf sie zugeschnittene Angebote zu machen und das dominante Verhalten von Jungen aktiv einzuschränken. Aber was bedeutet das? Gerne würde ich erläutern, wie das konkret aussehen könnte und welche Städte hier längst Vorreiterinnen sind. Aber *»Make Space for Girls«* zu-

folge gibt es in Europa erst genau einen Park, der ausschließlich mit, von und für Mädchen gestaltet wurde: Rösens Rodda Matta in Malmö. Nachdem die Stadt mehrere Restflächen für Jugendliche umgestaltet hatte und deutlich wurde, dass diese zu 80 Prozent von Jungen genutzt wurden, entwickelte sie mit einer Mädchengruppe einen Park mit Kletterflächen und einer Bühne, mit Gymnastikstangen und kleinteiligen Flächen, die nicht nur von einer Gruppe benutzt werden können.[10] Natürlich kann dominantes Verhalten von männlichen Jugendlichen wie von Männern im öffentlichen Raum nicht durch gestalterische Lösungen unterbunden werden – es bleibt eine gesamtgesellschaftliche Aufgabe, dieses Verhalten nicht länger zu entschuldigen und damit zu fördern, sondern es aktiv einzuschränken.

Aber nicht nur Mädchen werden nicht als zentrale Zielgruppe bei der Entstehung von öffentlichen Orten wahrgenommen. Auf einer Schwedenreise beobachtete ich zwei Rentner auf einer Bank. Sie saßen entspannt nebeneinander, der eine hatte ein Bein auf die Knie des anderen gelegt und ließ sich von ihm die Füße massieren, dabei unterhielten sie sich angeregt. Sie waren offenbar Freunde, saßen gerne im Park und genossen es, in der Öffentlichkeit zusammen zu sein. In Deutschland scheitert ein solches Szenario schon daran, dass man nicht entspannt zusammensitzen kann. Die Bänke sind oft durch Armlehnen unterbrochen und spationieren sie in einzelne Sitzplätze; Abhängen wie in Schweden wird da unmöglich. Ziel ist es, die Bänke durch sogenanntes *unpleasant design* für Obdachlose ungemütlich zu machen.[11] Doch dadurch sind die Bänke natürlich für alle ungemütlich. Es ist erstaunlich, dass öffentliche Gelder nicht lieber dafür eingesetzt werden, Obdachlosigkeit abzuschaffen. Finnland etwa hat mit seinem Progamm *»Housing First«* innerhalb weniger Jahre die Zahl der Obdachlosen stark verringert.[12] In Deutschland gibt es stattdessen *unpleasant design* und überhaupt nur sehr wenige Sitzplätze im öffentlichen Raum, und wenn, dann sind sie nur zum Sitzen da und für nichts anderes.

Feministische Stadtplanung für alle

Es stellt sich die Frage, wie es eigentlich möglich ist, dass ganze Gruppen von Nutzer*innen bei Stadtplanungsprozessen nicht bedacht werden. Und wie kann das geändert werden? Die Antwort ist eine feministische Stadtplanung. Diese zielt darauf ab, eine Stadt für alle zu planen. *Gender Planning* ist das planerische Instrument, um *Gender Mainstreaming* in der räumlichen Ebene umzusetzen. Die Expertin für gendergerechte Planung und Obersenatsrätin bei der Stadt Wien Eva Kail hat *Gender Planning* bereits in den Neunzigerjahren in Wien eingeführt und weiterentwickelt. Sie führt aus, dass *Gender Planning* die »soziale Intelligenz« der Planung schärfe.[13] Was vielleicht sehr theoretisch klingt, ist in der österreichischen Hauptstadt beim Spazierengehen zu erleben: Die sogenannten »Grätzelparks« – benannt nach dem Wiener Begriff für Wohngegend oder Kiez – steigern die Lebensqualität im Viertel und bieten Anlaufpunkte insbesondere für Ältere und Eltern mit kleinen Kindern. In den Straßen gibt es auffällig viel Grün durch die Entsiegelung auch kleiner Randflächen, zum Beispiel durch Beete an Baumscheiben, Kreuzungen oder in verkehrsberuhigten Straßen. Quartiersparks, in deren Planung unterschiedliche Lebensrealitäten mit einbezogen werden, sorgen für hochwertige Erholungsräume. Auf dem Wiener Reumannplatz etwa gibt es nicht nur Toiletten und eine niedrige Bepflanzung, die den Platz auf lange Sicht einsehbar macht, sondern auch vielfältig gestaltete Sitzplätze – überdacht (!), in Reihe, gegenüber – die sich insbesondere Mädchen wünschten, die in die Planung eingebunden wurden, aber auch von Rentner*innen und Familien viel genutzt werden. In einem einzigen Park befinden sich hier insgesamt mehr als einhundert Sitzbänke, die zur Begegnung und zur Erholung einladen. Mädchen haben eine eigene Bühne für Aufführungen bekommen.[14]

Um so eine feministische Stadtplanung durchzusetzen, braucht es Fachwissen, Zeit und Engagement. Damit sich auch die Öffentlichkeit dafür interessiert und begeistert, so Eva Kail, bietet die Stadt Wien daher vielfältige Angebote an wie Workshops vor Ort, Begehungen und digitale Beteiligung. Schwer erreichbare Zielgruppen wie Alleinerziehende oder Eltern mit kleinen Kindern werden direkt angesprochen.[15] Es braucht also ganz klar ausgeklügelte Formate, sehr viel Kommunikation und am Ende auch einfach Geld und eine gerechte Verteilung der Budgets. Ohne, wie geschehen 2023 in Berlin-Neukölln, durch Kürzungen bei der Müllentsorgung, der Reinigung von Schulen und der Pflege von Parks die dringend notwendige Qualität von öffentlichen Räumen in armen Stadtvierteln zu verringern und damit insbesondere Menschen zu treffen, die mehrfach diskriminiert sind, die vielleicht auf engem Raum zusammenleben müssen und auf hochwertige Freiflächen als Ausgleich zur eigenen Wohnung angewiesen sind. Fehlen der Verwaltung aber diese Ressourcen, wie es in Deutschland in vielen Kommunen der Fall ist, kann der Wunsch, viele zu beteiligen, schnell zu einem unnötig empfundenen Extra werden – und schon ergibt sich wieder das bekannte Bild. Denn wer hat die meiste Zeit für Abendveranstaltungen, Flyerdesigns, verbreitet seine Meinung gern öffentlich und schreibt fleißig lange Kommentare und Beschwerdebriefe? Ihr kommt von selbst darauf. Daher ist es besonders wichtig, dass besonders Frauen sich einbringen.

Nie war es leichter, mit der Kommune oder Lokalpolitiker*innen über Social Media in Kontakt zu kommen, selbst eine Initiative zu gründen oder mit Online-Petitionen gute Ansätze zu unterstützen. Ob öffentliche Räume wirklich für alle gleich gut zugänglich, nutzbar und erreichbar sind, ist schließlich eine Gerechtigkeitsfrage, weil sie aus Steuergeldern finanziert und gestaltet werden und somit auch alle ein Recht haben sollten, sie gleich gut nutzen zu können.

Angst

Doch selbst wenn Sitzbänke und Toiletten vorhanden sind und die Beteiligung von marginalisierten Gruppen vorbildlich abläuft, ändert dies noch nicht die patriarchalen Machtverhältnisse, die sich in unseren Städten widerspiegeln. Wenn aktuell in Medien und Co. von feministischer Stadtplanung gesprochen wird, geht es oft darum, Angsträume für Frauen, also zum Beispiel Unterführungen, dunkle Straßen oder Parks, zu beleuchten oder einsehbarer zu gestalten. Aber kann die Stadtplanung Frauen wirklich die Angst nehmen? Leslie Kern, die Autorin des Buches *Feminist City,* führt aus, wie die Angst vor Übergriffen dazu führt, dass Frauen unsicher wirkenden Wegen ausweichen und längere Strecken in Kauf nehmen. Kern legt dar, dass Stadtplanung kaum Abhilfe schaffen kann, solange für Frauen statistisch gesehen ihr Zuhause der gefährlichste Ort ist und ihr Partner im Falle einer Trennung die gefährlichste Bekanntschaft ihres Lebens.[16] Die Angst von Frauen vor Männergewalt ist im Patriarchat schlicht und einfach berechtigt. In der eingeschränkten Nutzbarkeit unserer Städte wird das Machtgefälle offenbar, das im Patriarchat für Frauen buchstäblich an jeder Häuserecke zu spüren ist. Die Angst im öffentlichen Raum ist kein pathologisches Gefühl, das behandelt werden muss, sondern sie ist nachvollziehbar und beeinflusst den Alltag und die Wahl der Wege von Frauen zu ihrem eigenen Nachteil maßgeblich.

Liegen Daten vor, die diese Angst belegen, werden sie von Fachleuten offenbar nicht ernst genommen. Bei der Befragung von Mädchen, jungen Frauen und Fachleuten zur Sicherheit von

Parks im englischen West Yorkshire ergab sich folgendes Meinungsbild: »Während 89 Prozent der befragten Fachleute der Meinung sind, dass die Parks in West Yorkshire für Frauen und Mädchen sehr oder ziemlich sicher sind, sind es nur 37 Prozent der befragten Frauen und 22 Prozent der Mädchen.« Die Mädchen und jungen Frauen hatten formuliert, Parks könnten nicht sicher sein, solange von Männern potenziell Gewalt ausgehe.[17] Statt Ängste von Frauen zu delegitimieren, sollten deren Ursachen bekämpft werden und Männer für ihr dominantes Verhalten im öffentlichen Raum zur Verantwortung gezogen werden. Schließlich sind öffentliche Räume auch Räume der Demokratie, in denen wir leben, wo wir uns begegnen, uns entwickeln – und auch hier handeln wir unsere Gesellschaft aus. Was sagt es aber über unsere Gesellschaft aus, wenn in ebendiesen Räumen ganze gesellschaftliche Gruppen ausgeschlossen werden, wenn sie dort Angst haben müssen, sich aus ebendiesen öffentlichen Räumen zurückziehen, damit de facto verdrängt werden und so dort als gesellschaftliche Gruppe nicht mehr stattfinden?

Legitime Ängste von Frauen werden sogar dort zu wenig berücksichtigt, wo es durch häusliche Gewalt eine konkrete Bedrohungslage gibt. Denn was sagt es aus über unsere Gesellschaft, dass es zu wenig Plätze in Frauenhäusern gibt? Die Anwältin für Familienrecht Asha Hedayati legt in ihrem Buch *Die stille Gewalt* dar, wie von Gewalt betroffene Frauen durch die fehlende Aussicht auf eine Wohnung in der Nähe ihrer überlebenswichtigen Alltagsorte, sprich Arbeit, Schule, zum Ausharren bei ihren gewalttätigen Partnern genötigt werden: »Der Mangel an bezahlbarem Wohnraum ist eines der drängendsten sozialen Probleme unserer Zeit und wirkt sich direkt auf die Situation betroffener Frauen und Kinder aus.«[18] Sie legt dar, dass Frauen im Anschluss an ihren Aufenthalt keine Wohnung finden und somit länger im Frauenhaus bleiben müssen. So werden

Plätze für andere Frauen mit akuter Bedrohungslage nicht frei. In der Summe würden Frauen durch den Mangel an bezahlbarem Wohnraum immer wieder vor die Wahl gestellt, mit ihren Kindern in Armut zu leben und sie aus ihrem sozialen Umfeld herauszulösen oder bei ihrem gewalttätigen Partner zu bleiben.[19]

Dass unsere gebaute Umwelt in Stadträumen wie im Wohnungsbau all diese in der Gesellschaft vorherrschenden Ungleichgewichte widerspiegelt, liegt daran, dass wir nur das planen und bauen können, was wir auch sind. Jane Darke, Mitglied des feministischen Planerinnenkollektivs *Matrix*, nannte dies »patriarchy written in stone, brick, glass and concrete«.[20] Und so stellt sich auch hier die Frage danach, wie es so weit kommen konnte: Woran liegt es, dass unsere Städte und Architekturen samt ihrer Entstehungsprozesse alles andere als universell sind und nicht alle gleich berücksichtigen? Ressourcen für feministische Stadtplanung sind das eine, die fehlende Beteiligung von allen marginalisierten Gruppen das andere. Es gibt aber noch einen weiteren Aspekt, der viel früher ansetzt.

Antiquierte Berufsbilder

Wie ich in meinem Buch *Schwarzer Rolli, Hornbrille* schreibe, und darauf spielt der sprechende Titel des Buchs an, ist das Berufsbild »Architekt« bis heute stark männlich geprägt und eng mit den Idealen der klassischen Moderne verknüpft, die vor allem eine westlich geprägte neue Sicht und Formensprache in die Welt brachte und für »gute Architektur« bis heute Maßstäbe setzt. In der historischen Entwicklung des Berufs wurden weiblich gelesene Eigenschaften immer wieder abgespalten.[21] In der Moderne schließlich fand die Stilisierung des Architektenbilds seinen Höhepunkt: Mit Backenbart, Zigarre und einer Hornbrille, die insbesondere zu *weißer* Haut einen prima Kontrast bildete, schmückten sich die »Meister« wie etwa Le Corbusier. Die schwarze Kleidung wurde zur Uniformierung, hinter der die Identität verschwand.

Verhaltensweisen, Insignien, ja sogar lobende Beschreibungen von gelungener Architektur sind bis heute verknüpft mit Männlichkeit. So wurden die ausgezeichneten Entwürfe des jährlich vergebenen Pritzker-Preises, sozusagen der Nobelpreis in der Architektur, von den jeweiligen Jurys seit 1979 mehrheitlich als *meisterhaft*, *mächtig* und *heldenhaft* bezeichnet.[22] All das wirkt in die Tiefe – und spiegelt sich in der dramatischen Statistik zum Verlauf der Berufsbiografien von Architektinnen wider: Obwohl inzwischen 59 Prozent Frauen das Architekturstudium abschließen, kommen im Architekturbüro nur 2 Prozent Frauen in der Führungsebene an.[23, 24]

Das bedeutet übersetzt: Die Entscheidung darüber, was auch heute im öffentlichen Raum geplant ist und welche Projekte als relevant erachtet und umgesetzt werden, wird weiterhin von *weißen* cis *ablebodied* Männern dominiert. Deren Lebensrealitäten prägen unsere gebaute Umwelt überproportional, denn sie machen in der entscheidenden Altersklasse, in der Karriere gemacht wird, gerade mal circa 15 Prozent der deutschen Gesamtbevölkerung aus. 15 Prozent entscheiden also darüber, wie 100 Prozent leben sollen. Kann das gut gehen?

Einer der Gründe für die Schieflage ist nicht das biologische Geschlecht, sondern es sind die unterschiedlichen Erfahrungen im Alltag. Auch in Deutschland ist die Care-Arbeit ungleich verteilt: Der Gender Care Gap liegt im Durchschnitt bei 52,4 Prozent, das sind 87 Minuten pro Tag.[25] Das heißt, was care-arbeitende Frauen im öffentlichen Raum benötigen, wird allein deswegen schon nicht mitbedacht, weil Männer in dem Beruf dominieren und sie gleichzeitig die Erfahrungen und Hindernisse eines Alltags als *Care-Giver* schlichtweg nicht erleben – und sie daher auch nicht in ihre Planung einbeziehen können.

Dieser Umstand wirkt sich aus: Zwar werden Planer*innen im Studium angehalten, sich in diverse persönliche Belange und jede Lage hineinzuversetzen, aber unsere gebaute Umwelt zeigt, dass dies faktisch nicht der Fall ist. Die Lebensrealitäten von Personen ab 70 Jahren, behinderten oder queeren Personen, BIPoC und Frauen werden zu wenig berücksichtigt. Das klingt abstrakt, wirkt sich aber sehr konkret im Alltag aus. Wer etwa einen Kinderwagen oder einen Rollstuhl schiebt – in beiden Fällen sind dies statistisch wiederum eher Frauen –, erlebt die Stadt als Barriere. Fehlende Aufzüge und abgesenkte Bordsteine, zu enge Wege und fehlende Rampen führen zu Umwegen. In der Summe muss viel mehr Zeit einkalkuliert werden, um die gleiche Strecke zurückzulegen. Der zusätzliche Aufwand erschöpft und raubt Kraft. Für andere Tätigkeiten wie etwa Erwerbsarbeit fehlen dadurch dauerhaft Ressourcen.

Und all das passiert, obwohl Planer*innen doch auch Eltern kleiner Kinder sind, oder? Schließlich handelt es sich bei der benannten Personengruppe *in charge* nicht um Singles ohne Sozialkontakte, sondern ein Großteil sind Väter. Und, setzen sie sich für die Belange ihrer Kinder ein? Leider nein, zumindest nicht als Priorität. Der ungeschützte Radfahrstreifen zwischen zwei Autospuren wird dennoch geplant, offenbar ohne dass Väter sich vorstellen, wie ihre neunjährige Tochter ihn auf dem Weg nach Hause benutzt. Na klar ist die Ausfallstraße prima, um flüssig von A nach B mit dem Auto zu fahren, aber für die Alleinerziehende, die dort wohnt, weil die Miete bezahlbar ist, wird es jahrelang zur nervenaufreibenden Aufgabe, ihr Kind von der gefährlichen Straße fernzuhalten.

Es geht also weniger darum, ob die planende Person Mutter oder Vater ist, sondern ob sie eine längere Erfahrung als *Care-Giver* hat. Schon 1984 beobachtete das erwähnte Kollektiv *Matrix*, wie sich die individuellen Lebensrealitäten von Planer*innen auf ihre Arbeit auswirken. Sie interviewten mehrere Architekt*innen, die Vorschläge zu einem öffentlichen sozialen Wohnungsbauprojekt unterbreitet hatten. Die Gespräche belegen, wie wenig die Planer*innen mit den potenziellen Nutzer*innen gemein hatten: »In ihren Antworten wurde die enorme Kluft zwischen ihnen und den Nutzer*innen ihrer Gebäude deutlich.« Während die einen etwa funktionale Unterkünfte entwarfen, die Gefängnissen glichen, war einzig der Architekt mit einem *working-class background* in der Lage, sich in die Nutzer*innen hineinzuversetzen und die Bedürfnisse der im Vorfeld befragten Nutzer*innen ernst zu nehmen. Er entwarf für die unterschiedlichen Bedürfnisse so, dass trotz der dichten Bebauung Nachbarschaftskonflikte möglichst gar nicht erst entstanden.[26]

Leider machen viele Architekt*innen alles andere als vielseitige Erfahrungen im Alltag. Sie haben einfach keine Zeit. Der Beruf ist Berufung, viele verausgaben sich 24/7 für die Sache. Dieses Klischee wird romantisiert, gepflegt und verteidigt. Die Romantisierung und Aufladung mit Sinn sind auch dringend nötig, schließlich verlangt dieses Narrativ nicht weniger, als der Architektur einen erheblichen Teil des Lebens zu widmen. Für eine Tätigkeit, in der es lustigerweise immer wieder darum geht, sich in das Leben ganz unterschiedlicher Gruppen von Nutzer*innen empathisch hineinzudenken und daraus wegweisende Schlüsse für die Planung abzuleiten. Wie aber, wenn auf Dauer alle Sozialkontakte andere Architekt*innen sind und statistisch sogar oft untereinander geheiratet wird (andere Personen sind gestalterisch einfach kaum auszuhalten)? Wie aber, wenn es zum Erlernen des Berufs gehört, die eigenen Grenzen zu überschreiten? Wenn es zum Berufseinstieg heißt, erst mal fünf Jahre unterm Schreibtisch zu schlafen? Die Lehre konzentrierte sich lange stark auf die Ausbildung einer »Architektenpersönlichkeit«

mit starkem Ego und schulte eine Haltung, in der die künstlerische Autor*innenschaft über alles gestellt wurde. Als im Rahmen einer Fachveranstaltung in Nordrhein-Westfalen diskutiert wurde, inwieweit Bürger*innen mitsprechen dürfen bei Planungsaufgaben in ihrem Ort, entgegnete ein renommierter Architekt, im Konzerthaus dürfe man schließlich auch nicht mitsingen.

Auf der Suche nach der guten Form wird gelehrt, den eigenen Gestaltungswillen über die Meinung der Nutzer*innen zu stellen: Das eine ist Kunst, das andere Geschmack. Nichts fürchten Architekt*innen daher mehr, als wenn in der Bürger*innenversammlung die Skizzenrolle herausgeholt wird. *Matrix* analysierte ebenfalls, wie die künstliche Distanz zu Auftraggeber*innen beschaffen ist: »Architekten lehnen die Abhängigkeit von ihren Bauherren ab, so wie manche Ärzte ihre Patienten hassen.«[27]

Und so crashen die obsoleten Narrative einer Allzeitverfügbarkeit, aber auch einer gewissen Allmacht als planender, Kultur schaffender Entwerfer aktuell mit voller Wucht auf längst überfällige Forderungen nach Diversität, einer Generation Z mit einem neu justierten Wertesystem und einer Klimakrise, die andere Handlungspraktiken erfordert, als grau meliert und selbstvergessen mit Graphit Entwürfe auf ein weißes Blatt zu scribbeln.[28]

Wie eindimensional und verhaftet das anachronistische Berufsbild »Architekt« auch heute immer noch ist und wie toxisch es in der Lehre wirkt, liest sich im *ENGAGE D-ARCH Report*, einer Untersuchung an der renommierten Architekturfakultät der Eidgenössischen Technischen Hochschule (ETH) Zürich. Die Studie wurde in Auftrag gegeben, nachdem sich 2015 mit der Gründung der *»Parity Group«* aus Studierenden und Lehrenden die Forderungen verstärkten, ungerechte Lehrbedingungen zu thematisieren. Im Ergebnis der Befragung der Studierenden sieht eine idealtypische ETH-Architekt*in wie folgt aus: »akademisch, intellektuell, männlich, *weiß*, westlich sozialisiert, heterosexuell, wohlhabend oder aus einer Architektenfamilie stammend, an der ETH studiert (oder an anderer Elite-Universität), arbeitssüchtig, [...] kinderlos oder keine elterliche Verantwortung übernehmend, [...] individualistisch, ego-getrieben, nicht interessiert an Architektur als Dienstleistung, nicht auf gesellschaftliche oder ökologische Fragen ausgerichtet [...].«[29] Studierende beschreiben im Report, wie sie sich an einer *fitting-in culture* aufreiben, die diesen Typus Architekt*in als unsichtbare Norm definiert. Es ist erschreckend, wie einfach und stark die alten Bilder heute noch sind – und wie exkludierend.

Dies sind einige der Aspekte, die insgesamt und sich überlagernd eine Branche prägen, die in der Folge für Diversität nicht gerade offen ist: Fachkulturelle und strukturelle Faktoren, exkludierende Narrative und subtile Diskriminierung signalisieren Frauen und allen anderen, die keine *weißen* cis Männer sind, dass in der Architektur wenig Platz für sie ist. Oft steigen sie aus und sorgen dabei gut für sich selbst, denn sie entziehen sich einer Arbeitssituation, die ihnen absurd hohe Anpassungsleistungen abverlangt. Das alles beantwortet auch die Frage, warum viele Frauen und marginalisierte Gruppen das Arbeitsfeld der Architektur verlassen.

Architektinnen als Avantgarde

Durch diese ungeplante Auslese gehen der Architektur jede Menge Talente verloren. Sehr viele bestausgebildete Frauen, BIPoC, queere Personen und viele andere, die nicht ins enge Korsett »klassischer Architekt« passen, wünschen sich menschenfreundliche Arbeitsbedingungen und eine würdige Arbeitsatmosphäre. Zum Glück prägen viele Aussteiger*innen die Architekturbranche dennoch weiter. Sie revolutionieren die Lehre, sie prägen einen neuen, kollaborativen Führungsstil und bringen überfällige inhaltliche Debatten voran. So haben drei deutsche Absolventinnen 2019 die Gründung von *»Architects for Future Deutschland«* angestoßen und mit dafür gesorgt, dass die Branche sich endlich ihrer Verantwortung stellt, für mindestens 50 Prozent des CO_2-Ausstosses verantwortlich zu sein. Mit dem Schlagwort der »Bauwende« haben sie auch inhaltlich eine neue Bewegung in der Architektur initiiert. Und so ist auch das Gesicht der Klimabewegung innerhalb der Architektur weitgehend weiblich, ebenso wie für wegweisende Themen, die sich unter der »Bauwende« subsumieren, wie zirkuläres Bauen, Lehmbau, Holzbau, Kreislaufwirtschaft und Bauteilbörsen.

In Zukunft und für den Erhalt unseres Planeten wird es viel weniger Neubauten geben – geben müssen. Die kommenden Aufgaben liegen in Umbau, Umnutzung und Recycling des Bestands. In der Vergangenheit galten sie eher weniger als 1-a-Aufgaben, sie versprachen weniger Renommee und boten weniger Gelegenheit, die eigene Autor*innenschaft zu untermauern – in der hochkompetitiven Branche ein zentraler Punkt. Nicht zufällig ist der Planungswettbewerb seit hundert Jahren der Königsweg, um an renommierte öffentliche Aufträge zu gelangen.

Doch genau diese dahinterstehende autor*innenzentrierte und kolonial geprägte eurozentrierte Haltung der Branche ist es, die mit zu der aktuellen verheerenden Klimabilanz geführt hat: Eine Profession, in der Selbstausbeutung zum Arbeitsethos gehört, beanspruchte die Natur als unendliches Ressourcenlager. Der Impetus, als Mann mit Neubauten Kultur zu schaffen, wurde von einigen Kritiker*innen gar als Versuch gesehen, der fehlenden Fähigkeit zur Reproduktion etwas entgegenzusetzen – je größer das realisierte Projekt, umso größer das Gefühl, etwas Bleibendes zu schaffen. Ein Flughafen oder ein Wolkenkratzer kommen da gerade recht.

Während Frauen in der Architektur nachhaltige Themen maßgeblich voranbringen, zeigt sich bei der Realisierung, wie innovative Lösungen auf den letzten Metern von – meist männlichen und älteren – Kollegen in Entscheidungspositionen vereitelt werden. So berichtet Wiebke Ahues, Studio Director in Berlin, wie gute Lösungen oftmals im letzten Moment ausgebremst werden: »Es ist erschütternd, wie wenig Kollegen in Fachjurys oder Verwaltung offen sind für innovative, nachhaltige Lösungen. Das Know-how in den Büros wächst – aber sie haben größte Mühe, Nachhaltigkeit nicht als Trend, sondern als integralen Bestandteil eines notwendigen neuen Baukultur-Begriffs zu verstehen.«[30]

Die Stadt als Spiegel der Gesellschaft

Viele Jahrzehnte lang war zu beobachten, wie die Stadt die Prioritäten unserer Gesellschaft abbildete, indem der Faktor Geld und nicht der Faktor Mensch die Messlatte setzte. Orte, an denen bezahlter Arbeit nachgegangen wird und wo sich Kapital bündelt, sind oft heute noch zentral gelegen und gut angebunden. Verkehrswege sind auf das Auto und damit mehrheitlich auf Männer ausgerichtet.

Denn 62 Prozent der Autos sind auf Männer zugelassen, sie fahren bis zu viermal öfter einen Dienstwagen und bevorzugen Neuwagen.[31] Insbesondere teure Autos stellt man(n) nicht so gerne auf die Straße, besser ist es schon, von Garage zu Garage zu fahren. So ist es vielleicht kein Zufall, dass in Deutschland sogar via Baunorm geregelt ist, dass an einigen Orten pro dreißig Quadratmeter neu gebauter Bürofläche ein Stellplatz realisiert werden muss. Mit den Zu- und Abfahrten ist das in Summe das halbe Gebäude, das für ein privates Luxusgut geplant, finanziert und errichtet werden muss. Doch nicht nur das, die Stellplatzmaße in den Untergeschossen bedingen das Stützenmaß der Statik und gliedern das Gebäude mit seinen notwendigen Stützen bis in die Grundrisse und Fassaden hinein. Niemand hinterfragt, ob optimale Bürogrundrisse wirklich auf Parkplatzrastern beruhen oder ob es viel bessere Lösungen geben könnte.

Stehen die Autos euphemistisch als »ruhender Verkehr« in unseren Straßen, wird es auch nicht besser. Sie behindern Fußgänger*innen, bilden gefährliche Sichtbarrieren, und da sie sich wie Häuser bei Sonneneinstrahlung aufheizen, belasten sie die Stadt bei Hitze zusätzlich – dabei könnten Parkplätze sehr gut für neue Baumpflanzungen genutzt werden, wenn die Flächen denn frei wären. Wie konnte es so weit kommen, dass Autos aus unseren Städten kaum wegzudenken sind?

In Deutschland bot die Zerstörung vieler Innenstädte nach 1945 die Gelegenheit, sie zur »autogerechten Stadt« umzubauen. Paradebeispiele des Wiederaufbaus wie »Das Wunder von Hannover« lassen uns heute noch erschaudern. Obwohl sich früh Kritik regte und der Umbau oft gegen den Wunsch der Bevölkerung durchgesetzt wurde, überwog der Wunsch nach der großen städtebaulichen Geste, die Utopien der Moderne im Hinterkopf. Der Hannoveraner Stadtbaurat Rudolf Hillebrecht verargumentierte seine Verkehrsschneisen quer durch die Stadt mit dem Bild einer zu dichten Innenstadt, einem »Hexenkessel«[32]. Ich wundere mich nicht, dass hier ausgerechnet Hexen bemüht wurden, um das unberechenbare Szenario einer »zu lebendigen« Stadt als drohendes Chaos darzustellen.

Zur Zeit der Realisierung der funktionalen Stadtumbauten wurde die »Hausfrauenehe« zum Standard gemacht und beförderte die Männer trotz Frauenüberschusses wieder an die Spitze der produktiven Arbeit. Die Planung der Pendlerrouten von der Innenstadt in die Vororte zementierte im Wortbild das traditionelle Gesellschaftsbild: Der Mann ging arbeiten und erwirtschaftete den Wohlstand im Vorort. Im Gegenzug kümmerte sich die Ehefrau um den Haushalt und das leibliche Wohl. Die zur Steigerung des Wohlstands und Wohlbefindens benötigten Konsumgüter musste der *Breadwinner* wiederum mittels seiner Arbeit produzieren und erwirtschaften.

Heute haben sich sowohl die gesellschaftlichen als auch die planerischen Ideale glücklicherweise gewandelt. Der Mensch wird wieder mehr zum Maßstab der Planung, die Hochstraßen werden nach und nach zurückgebaut, und auch Hannovers Zentrum wird nach einem im September 2023 vorgestellten Mobilitätskonzept weitgehend autofrei werden.

Anne Hidalgo, die Bürgermeisterin von Paris, machte ihr Konzept der 15-Minuten-Stadt für Paris 2020 sogar zum Teil ihres Wahlkampfs: Die Idee einer Stadt, in der Bürger*innen alle wesentlichen Bereiche des Alltags – Betrieb, Schule, Kita, Apotheke, Einkauf, Altersheim und vieles mehr – zu Fuß innerhalb von 15 Minuten erreichen können, gründet auf den Ideen der bereits erwähnten kanadischen Stadtforscherin Jane Jacobs und der feministischen Stadtkritik der Achtzigerjahre. Ihre heutige Umsetzung, in Paris etwa, wirkt sich insbesondere für *Care-Giver* enorm entlastend im Alltag aus.

Hier spielt auch der ÖPNV eine erhebliche Rolle: Aus Untersuchungen wissen wir, dass Frauen und insbesondere Alleinerziehende und Frauen mit Migrationsgeschichte zu zwei Dritteln den ÖPNV oder das Rad nutzen oder zu Fuß gehen. Dabei haben sie zusätzlich oft Einkäufe dabei, begleiten Ältere oder Kinder. Sie legen meist mehrere Wege zurück, und diese dauern in der Summe natürlich länger.[33] Der Aufwand für ihre Alltagswege ist also eine zusätzliche Belastung, die sie in ihrer Situation hält und es schwierig macht, zum Beispiel eine besser bezahlte Arbeit aufzunehmen. Der kausale Zusammenhang von aufwendigen

Pendelwegen, Kita-Schließzeiten und dem Fachkräftemangel ist kaum thematisiert. Für betroffene Kinder bleiben knappe Zeitbudgets jedoch nicht folgenlos: Laut einer Studie des Familienministeriums von 2012 sind zum Beispiel die Kinder von Alleinerziehenden seltener in einem Verein aktiv. Als Gründe hierfür werden neben der schlechteren finanziellen Situation »knappe Zeitbudgets, beispielsweise in Bezug auf das Holen und Bringen«[34] genannt. Zum Glück reagieren einige Städte heute und steuern nach: Ein kreisförmig angelegter ÖPNV, mit ergänzenden Buslinien, die Stadtteile verbinden, und dazu ein Zeitticket, das Umstiege nicht als neue Fahrt wertet, können Alltagswege von *Care-Givern* bezahlbarer machen und insgesamt erleichtern. Und doch haben wir es insbesondere politisch immer noch mit einer Situation zu tun, in der das Auto als Inbegriff individueller Mobilität überhaupt verstanden wird – und das trotz Klimakrise.

Aber auch andere Bereiche der Stadtentwicklung belasten unverhältnismäßig vulnerablere Gruppen. Die erwähnte Leslie Kern untersuchte Gentrifizierung im Hinblick auf Klasse, *race* und Gender. Sie analysiert, wie durch eine *weiße*, meist von Investor*innen erzeugte Aschenputtelgeschichte die Rettung eines vermeintlich heruntergekommenen Viertels durch Gentrifizierung unvermeidbar erscheint und zur Heldengeschichte stilisiert wird. Für die bestehende Nachbarschaft, insbesondere für migrantisch gelesene oder arme Personen, ändert sich der Alltag nachhaltig, sobald ein großes Wohnprojekt in ihrer Nachbarschaft umgesetzt wird und viele neue Menschen aus der *weißen* Mittelschicht hinzuziehen. Kern stellt dar, wie, teilweise unterstützt von Sicherheitsdiensten privater Investor*innen, *Racial Profiling* durch die Polizei zunimmt, und Personen, die seit jeher im Viertel wohnen, bei alltäglichen Handlungen überprüft und damit bedrängt werden. Sie zitiert einen Bewohner von Harlem, den die Polizei dabei beobachtete, wie er auf dem

Bürgersteig mit seinen Nachbar*innen Domino spielte: »Das fühlt sich nicht gut an. Ich lebe hier immerhin seit mehr als vierzig Jahren.«[35] Kern stellt dar, wie etwa Musik zu Polizeieinsätzen führt, weil neue *weiße* Bewohner*innen sie als Lärmbelästigung empfinden. Dieses als Teil von Gentrifizierung systematische Re-Framing ist nicht nur unfassbar despektierlich, sondern erhöht die Gefahr für die Betroffenen und führt nachweislich zum Tod Unschuldiger. So werden Einheimische zu Fremden im eigenen Viertel – weil remote arbeitende Hipster im veganen Café für *whiteness* und somit die »gute Zivilisation« stehen, die erstrebens- und auch polizeilich als schützenswert gilt.[36]

Die Zukunft der Architektur ist weiblich

Architektur und Planung sind auf mehreren Ebenen stark andro-zentrisch, *weiß* und mittelschichtlich geprägt: als Branche, die viele Investitionen verantwortet, als technisch orientierter Ingenieurberuf und mit dem Habitus des Künstlerarchitekten mit einem exkludierenden, westlich und *global north* zentrierten Genius-Narrativ. Solange die Branche sich neuen Handlungspraktiken nicht öffnet und vielfältige Lebensperspektiven und Erfahrungen einlädt, wird es schwierig, rechtzeitig einen adäquaten Teil zur Bewältigung der Klimakrise und auch zur Abschaffung patriarchaler Zementierungen im öffentlichen Raum beizutragen. Gleichzeitig ist es spannend und erstaunlich, wie schnell und intensiv sich die Debatte innerhalb der Branche entwickelt und auch durch das öffentliche Interesse an gerechteren Räumen aktuell alle Bereiche der Profession(en) berührt werden: Lehre, Praxis und Fachdiskurs.

In *Whose Story Is This?* skizziert auch die US-amerikanische Kulturhistorikerin und Autorin Rebecca Solnit, wie sich in der gebauten Umwelt die Machtverhältnisse einer patriarchalen Gesellschaft widerspiegeln. Gleichzeitig stellt sie fest, dass in der aktuell stattfindenden Transformation der Gesellschaft Frauen und BIPoC ihre Stimmen erheben, mehr Raum einnehmen – und gehört werden.[37] So bleibt die Hoffnung, dass sich durch diesen Shift, verbunden mit dem Machtverlust von *weißen*, westlich denkenden Männern, auch das Machtgefälle in der gebauten Umwelt ändern kann.

Wir dürfen gespannt bleiben, ob sich das dominante Konzept von Männlichkeit in öffentlichen Räumen hält oder durch die Aushandlungen in der Gesellschaft in Kürze so untragbar wird, dass Frauen und marginalisierte Personen auch in unseren demokratischen analogen Räumen buchstäblich mehr Raum zugestanden wird – und sie ihn einnehmen. Ob auf dem Fußweg, im Planungsausschuss oder an der Ampel. Und wer weiß, vielleicht ist es irgendwann für eine Frau sogar möglich, nach 22 Uhr gefahr- und bedenkenlos joggen zu gehen.

unlearn erziehung

Anne Dittmann

»Als du schwanger warst, hattest du dir da eigentlich einen Jungen oder ein Mädchen gewünscht?«, fragte mich mein Sohn kürzlich. Das war ganz klar einer dieser Momente, in denen eine romantische Lüge à la »Ach, das war mir ganz egal« so viel leichter gewesen wäre als die Wahrheit. Aber ich hatte mir mal geschworen, mein Kind möglichst nicht anzulügen, ihm stattdessen die Grautöne des Lebens zuzumuten, und dabei wollte ich bleiben. »Eigentlich hatte ich mir ein Mädchen gewünscht, und deshalb war ich erst traurig«, sagte ich, »aber dann bekam ich weder *irgendein* Mädchen noch *irgendeinen* Jungen, sondern *dich*. Und du warst für mich perfekt.« Mein Sohn grinste verlegen. Dann fragte er: »Und warum hast du dir ein Mädchen gewünscht?« *Chapeau,* dachte ich, *du triffst mal wieder ins Schwarze.* Ich hatte mich selbst lange gefragt, was der Wunsch nach einem Mädchen über mich aussagte. War ich damit progressiv oder sexistisch?

Warum wir ein Geschlecht bevorzugen

Mädchen zu bevorzugen kann sich angesichts unserer patriarchalen Geschichte feministisch anfühlen – insbesondere, weil traditionell immer Jungen bevorzugt wurden; denken wir nur an Stammhalter, Thronfolger oder Söhne, die einmal Vaters Geschäft übernehmen sollten. Jungen durften schon immer erben und Besitz verwalten, Mädchen nicht. Auch deshalb war männlicher Nachwuchs für Eltern nützlicher, logisch. Aber die Gesetze sind heute anders, und mit ihnen hat sich auch das Wunschgeschlecht geändert.

Wunschgeschlechter sind nicht schicksalhaft, sondern politisch. Einen Hinweis darauf finden wir in den vergangenen fünfzig Jahren: In der DDR – wo Frauen selbstverständlich arbeiten gingen und Kinder ab dem ersten Geburtstag die Krippe besuchten – haben sich Eltern vor allem Mädchen gewünscht, in der BRD waren bis in die Mitte des 20. Jahrhunderts eher Jungen gefragt. Dann kam die zweite feministische Welle, mit ihr dürfen seit 1977 endlich auch Frauen in der BRD ohne Erlaubnis ihres Ehemannes erwerbstätig sein. Und zack, seitdem tendieren Eltern in ganz Deutschland zu Mädchen – bis heute.[1] Woran sich das erkennen lässt? An Statistiken zur aktuellen Familienplanung: Eltern geben sich öfter mit nur einem Kind zufrieden, wenn es ein Mädchen ist. Wenn Eltern allerdings schon zwei Mädchen oder zwei Jungen hätten, dann würden sie häufiger zu einem dritten Kind tendieren als Eltern, die ein Mädchen und einen Jungen haben. Eltern wünschen sich heute also an erster Stelle Mädchen und ansonsten das typische »Paar« aus Mädchen und Junge.[2] Aber wenn wir heute mehr Gleichberechtigung haben als vor fünfzig Jahren, woher kommt dann plötzlich der Wunsch nach Mädchen? Warum habe ich mir ausgerechnet ein Mädchen und keinen Jungen gewünscht? Warum war es mir nicht egal? Gleichberechtigung müsste doch die Wunschgeschlechter statistisch ausbalancieren.

»Der potenzielle Nutzen von Mädchen für die Familie ist größer geworden, während sich der von Jungs nicht verändert hat«, sagt der Soziologe und Experte für Familienplanung Karsten Hank in einem *Zeit*-Interview.[3] Eltern erwarten, so Hank, dass Mädchen in Deutschland einerseits genug Geld verdienen und eine Familie ernähren könnten, und sich andererseits um eben diese Familie und die später pflegebedürftigen Eltern kümmern würden. Damit sind im 21. Jahrhundert geborene Mädchen in der Vorstellung vieler Eltern der Hauptgewinn – *Care-Giver* und *Breadwinner,* also Kümmernde und Versorgerinnen, in einem. Und die Realität gibt ihnen recht: Mehr als 70 Prozent der heute pflegenden Angehörigen sind Frauen, die sich oft parallel um die Kinderbetreuung kümmern und dazu erwerbstätig sind.[4] Ob diese weiblichen pflegenden Angehörigen auf dem Zahnfleisch gehen? Natürlich. Ob diejenigen, die durch die viele Sorgearbeit nicht erwerbstätig sein können, gerne finanziell abhängig von ihren Partner*innen sind? Sicher nicht. Die Lebenserwerbseinkommen von Müttern und Vätern klaffen um mehr als eine halbe Million Euro auseinander.[5] Es sollte uns zu denken geben, dass wir von Jungen weiterhin weniger Sorgearbeit erwarten als von Mädchen.

Also jetzt mal Hand aufs Herz: Habe ich mir ein Mädchen gewünscht, damit es mich später pflegt, wenn ich alt bin? Wünschen sich Eltern deswegen Mädchen? Sind wir so berechnend, wie die Soziologie es uns unterstellt? »Ich kann mich in solchen Überlegungen nicht wiederfinden«, sagte kürzlich eine schwangere Bekannte, als ich die Frage an sie weitergab. Ihr Wunsch sei mehr ein emotionaler: »Ich wünsche mir zwar auch ein Mädchen, aber das liegt eher daran, dass ich bei einem Mädchen viel mehr Anknüpfungspunkte habe. Ich kann mich da stärker verbinden als mit meiner Vorstellung von einem Jungen – die ist eher begrenzt.« Es fiel mir lange schwer, meine diffusen Gefühle so in Worte zu fassen, aber es stimmt: Wir knüpfen unsere Vorstellungen vom Familienleben, von gemeinsamen Hobbys wie Backen, Zelten oder Fußballspielen an das Geschlecht des Kindes – und damit auch an die Art, wie wir unsere Kinder lieben und erziehen. Wir fragen uns also: Wie möchte ich als Elternteil sein? Wie soll unser Alltag aussehen? Was möchte ich dem Kind zeigen und beibringen? Anders ausgedrückt: Wie sehe ich mich als Mutter oder Vater und welches Geschlecht muss mein Kind haben, damit ich meine Elternschaft so leben kann, wie ich es mir wünsche? Und selbstverständlich kann ein Mädchen im Fußballverein sein und natürlich kann ein Junge gerne Kuchen backen. Aber trotzdem haben Eltern immer auch sexistische Vorstellungen von Mädchen und Jungen verinnerlicht, die sie im Laufe ihres Lebens erlernt haben. Die Tendenz zu Mädchen zeigt, dass wir – im Gegensatz zu Jungen – in Mädchen mittlerweile alle möglichen eigenen Vorlieben hineinprojizieren können. Von der Prinzessin bis zur späteren Astronautin.

Alles nicht sooo schlimm? Leider doch, denn der Wunsch nach einem bestimmten Geschlecht und der dadurch entstehende Druck belastet Eltern: Für die Enttäuschung, wenn das Geschlecht des Kindes den elterlichen Erwartungen nicht entspricht, gibt es einen Begriff: *Gender Disappointment.* Das war einem Vater kürzlich in einem *Gender-Reveal*-Video deutlich anzusehen: Er stand neben seiner schwangeren Frau und ihren vier Töchtern. Als ihm die Konfettikanone rosa Schnipsel um die Ohren ballerte – was bedeutet, dass sein ungeborenes Baby eine Vulva haben wird –, ließ er theatralisch den Kopf hängen. Als Zuschauende verstehe ich die Situation ohne weitere Erklärung: Er wollte doch nur einen einzigen Junior, aber wieder wurde es nichts. Abgesehen davon, dass auch seine Töchter die Reaktion gesehen haben, kann *Gender Disappointment* manche Eltern nicht nur kurz traurig stimmen, sondern sogar auch zu nachhaltigen Bindungsschwierigkeiten führen – manchmal sogar ein Leben lang. Wie können Eltern also mit dem Druck hinter dem Wunschgeschlecht umgehen? Der Vater aus dem Video könnte sich fragen, welche Vorstellungen er von sich als Vater und vom Familienleben mit einem Jungen verwirklichen wollte. Er könnte überlegen, ob er das, was er mit einem Sohn erleben wollte, nicht auch seinen Töchtern anbieten könnte – etwa Vater-Tochter-Gespräche beim Angelausflug? Der Punkt ist: Eltern, die sich für ihr Kind eine ganzheitliche, freiere Entwicklung wünschen, setzen sich besser mit ihren Vorurteilen auseinander, statt ihren Nachwuchs in sie hineinzuzwängen oder sich selbst immer wieder zu enttäuschen.

Ja, ich wünschte mir ursprünglich ein Mädchen. Die Gründe dafür sind vielschichtig, etwa konnte ich die Vorstellungen an meine Mutterschaft eher an das Geschlecht ›Mädchen‹ knüpfen. Als mir aber klar wurde, dass mein Kind nicht mein Wunschgeschlecht haben würde, nahm ich ein Bild nach dem anderen in meinem Kopf auseinander: Ich stellte mir meine nicht existente Tochter vor; wie wir lachten, wie ich sie im Arm hielt, wie wir gemeinsam Dinge unternahmen. Und dann ersetzte ich sie ganz bewusst in jedem dieser Momente durch einen Jungen. Und ich fühlte, wie Bild für Bild meine emotionale Verbindung zu diesem kleinen, ungeborenen Menschen wuchs.

Keine Unterschiede machen? – was geschlechtergerechte Erziehung wirklich bedeutet

»Wir wollen das Geschlecht nicht wissen«, erklärte eine andere Bekannte kürzlich beim gemeinsamen Kochabend. So konnten sie und das Umfeld nicht alles in Rosa oder Blau einkaufen. »Aber dann ist da noch das Leben nach der Geburt«, warf ich ein. »Stimmt«, sagte eine zweite Freundin: »Wir hatten damals erst auch nichts verraten, aber als unsere Tochter auf der Welt war, rannten meine Schwiegereltern los und tauschten alles in rosa um.« Ob wir wollen oder nicht, die Welt unterteilt unsere Kinder ständig in Mädchen und Jungen, ab der Geburt gut sichtbar markiert durch Rosa und Blau. Und es geht dabei weder um die Farbe noch um das Geschlecht an sich, sondern um zwei Geschlechterrollen, die einander ergänzen sollen: Kürzlich etwa hielten zwei Freundinnen ihre Babys nebeneinander und spekulierten scherzhaft darüber, ob die Kleinen später einander heiraten werden. Hätten sie das auch getan, wenn beide Babys eine Vulva oder beide einen Penis gehabt hätten? Vermutlich nicht. Weil wir lernen, ›Jungen‹ und ›Mädchen‹ als Paare zu sehen, die nur gemeinsam »ganzheitlich« sein können. Wie Yin und Yang. Das Problem: Wenn heranwachsende Kinder von ihren Eltern immer wieder hören, wer sie sein und wen sie lieben sollen, beschränkt sie das in ihrer Sexualitäts- und Identitätsentwicklung. Darum glauben immer mehr Eltern an das Konzept der geschlechtsneutralen oder geschlechtsoffenen Erziehung. Mit ihr sollen Kinder den Raum bekommen, sich selbst zu entdecken und zu entfalten, ohne die ausgedachten Glitzer- und Traktorkategorien. Die geschlechtsneutrale Erziehung nimmt Kindern gar nichts weg, vielmehr kommen mehr Angebote hinzu; Traktoren gesellen sich zum Glitzer und andersherum. Das Schwierigste ist dabei wohl, dass Eltern immer wieder selbst daran denken müssen, ihren Kindern sowohl die Puppe als auch das Fußballspielen nicht vorzuenthalten, weil sie etwa erwarten, dass gewisse Dinge ihren Kindern »sowieso nicht gefallen«.

Was an sich total logisch klingt, stößt nicht nur auf Begeisterung: Kritiker*innen der geschlechtsneutralen Erziehung sagen, dass Kinder dadurch verwirrt würden. In aktuellen Debatten verweisen sie auf das biologische Geschlecht und setzen es mit dem ›wahren‹, dem ›echten‹ Geschlecht gleich. Nur: Nach dieser Logik würden trans* oder nicht binäre Menschen die angebliche Realität ihrer ›echten‹ Geschlechter ignorieren und sich ihre Identitäten zurechtfabulieren. Darum an der Stelle ein kurzer Fakten-Check: Das biologische Geschlecht ist nicht das ›echte‹ Geschlecht, darüber ist sich die Forschung mittlerweile einig.

Beim biologischen Geschlecht geht es um die zwei von der Natur festgelegten Rollen bei der Fortpflanzung: das Geben und das Empfangen von Keimzellen, die Genmaterial enthalten. Die Rollen werden über Faktoren wie Vulva und Vagina, Penis, Eierstöcke, Hodensäcke und Chromosomen festgelegt – die einen werden als weiblich bezeichnet, die anderen als männlich. Übertragen auf den Alltag: Frau und Mann.

Nun leben wir Menschen aber nicht in einem Biolabor, sondern in einem zwischenmenschlichen gesellschaftlichen Gefüge. Heißt: Diese Zweiteilung hält nicht nur für die Fortpflanzung her, sondern auch für soziale oder intellektuelle Zuschreibungen, die Kinder schon in jungen Jahren erlernen. Und die wohl fast alle Eltern kennen: Das Kind kommt aus dem Kindergarten und behauptet, nur Rosa und Silber wären für Mädchen, alle anderen Farben für Jungen. Oder dass nur Frauen Ballerinas werden und nur Männer bei der Feuerwehr arbeiten können.

Hier mag die Sache mit ein paar Gegenbeispielen oder dem gemeinsamen Blick in den Kleiderschrank eines Elternteils schnell geklärt sein. Aber irgendwann geht es nicht mehr um Farben und Berufe. Unsere Kinder bemerken, dass Mädchen sich anders verhalten als Jungen oder nicht dieselben Fähigkeiten zeigen – Dinge, die sich überfragte Eltern im Zweifel mit biologischen Unterschieden erklären, nach dem Motto: Na ja, ganz gleich können sie doch auch nicht sein. Aber wenn ein Mädchen in Mathe schlechter abschneidet als ihr Bruder, liegt es dann an ihrem Geschlecht oder daran, dass sie weniger gefördert wurde oder sogar *gelernt* hat, als Mädchen schlechter in Mathe zu sein?

Indem wir Kinder auf ihre Körpermerkmale reduzieren, begrenzen wir sie auch in ihrer geistigen und sozialen Entwicklung und damit in ihrer persönlichen Entfaltung. Was banal klingt, hat tatsächliche Folgen – und die beginnen schon sehr früh: Laut dem Institut für Wirtschaftsforschung glauben Mädchen schon im Alter von sechs Jahren daran, dass Jungen intelligenter seien und vermeiden darum Aktivitäten, die Intelligenz erfordern.[6] Andere Studien zeigen, wie sich sexistische Vorurteile und die Reduzierung auf das Geschlecht in Mathetests auf die Studierenden auswirken: Wurde vor dem Test betont, dass weibliche Studierende in der Regel schlechter abschneiden als männliche, dann hatten weibliche Studierende tatsächlich schlechtere Ergebnisse. In der Kontrollgruppe, wo nicht vorher auf das Geschlecht hingewiesen wurde, gab es dagegen keine Geschlechtsunterschiede bei den Leistungen. Wir haben es hier also mit selbsterfüllenden Prophezeiungen zu tun – und die lassen sich auf weitere Themen und Geschlechter übertragen, wie etwa die (Un-)Fähigkeit von Männern, sich um ihr Baby zu kümmern. Das klingt klischeehaft, ich weiß, aber wenn wir ganz ehrlich sind und darüber nachdenken, dann erwarten wir, auch geprägt durch unsere Erfahrung, von Jungen und Männern auch heute noch schlicht nicht, ihre Freund*innen zu trösten, Geburtstagstische für ihre Kolleg*innen vorzubereiten, Kuchen für den Kita-Bastelnachmittag zu backen oder besonders sanftmütig und umsorgend zu sein.

Die geschlechtsneutrale Erziehung hingegen gibt unseren Kindern einen größeren Entfaltungsraum – aber wie kann sie genau aussehen? Das zeigt eine *funk*-Reportage am Beispiel der Eltern Jule und Fin_ja: Ihr Kind ist vier Jahre alt und möchte Nova genannt werden – den Namen hat es sich selbst ausgesucht.[7] Die Eltern bieten alle Pronomen an, bis Nova selbst das passende wählt – das biologische Geschlecht soll keine Rolle spielen. Nova wird nicht in einer speziell genderneutralen Kita betreut, aber ihre Erzieherin ist grundsätzlich offen: »Mir ist nur wichtig, dass alle Kinder ihre äußeren Geschlechtsmerkmale benennen können, denn das schützt auch vor Übergriffen.«

Schwierigkeiten sieht sie aber auch, denn Nova sei häufiger von Entscheidungen überfordert: »Was muss dieses Kind so alles entscheiden? ›Was möchtest du anziehen‹, ›Wie möchtest du heißen‹, ›Was möchtest du essen‹, ›Möchtest du in den Kindergarten gehen oder nicht‹ – Und ich bin mir eigentlich ziemlich sicher, dass Kinder auch Erwachsenenführung, Anleitung und Orientierung brauchen. Mir fehlen da die Zwischentöne.« Hat die Erzieherin recht?

Die Studienlage in Deutschland zu geschlechtsneutraler Erziehung ist dünn und erlaubt über den Erziehungsansatz von Jule und Fin_ja (noch) kein Urteil – die Eltern sagen selbst, sie vermittelten Nova ihre Werte, die dem Kind genug Orientierung gäben. Expert*innen sagen, es komme auch hier – ähnlich wie beim Wunschgeschlecht – darauf an, dass Eltern ihre *eigenen* Erwartungen nicht dem Kind aufdrücken. Offenheit ist wichtig, auf das Kind und dessen Bedürfnisse zu achten. Wann immer Eltern auf das Verhalten ihrer Kinder ablehnend reagieren, sollten sie sich fragen: Würde ich mich genauso verhalten, wenn mein Kind ein anderes Geschlecht hätte? Dem kleinen Jungen pinke Shirts anzuziehen, mag sich noch erfrischend anfühlen. Aber was, wenn sie zur Einschulung eine Kopfrasur will und er sich die Haare wachsen lassen? Oder wenn ein 12-Jähriger sehr nahe am Wasser gebaut ist und jedes Problem mit Tränen übergießt, weil er sich so nun mal am besten regulieren kann? Oder sich gerne schminkt? Was, wenn das Kind äußert, dass es gar kein Junge oder kein Mädchen sein will? Klar kann man das mit der Hand wegwischen und sagen: Wir haben schließlich 2024, das alles sind doch keine Probleme, unsere Gesellschaft ist da längst weiter und offener. Oder man kann sich eingestehen, dass die Realität hierzulande an vielen Orten immer noch eine andere ist. Und dass solche Situationen Eltern auch Sorgen oder sogar Angst machen können. Nicht wenige hinterfragen dann vielleicht doch ihre Erziehung à la *Hab ich mein Kind vielleicht doch verwirrt?*

Hier ein klares Nein: Die geschlechtsneutrale Erziehung will unsere Kinder nicht verwirren. Das kann sie auch gar nicht. Es geht vielmehr darum, die Kinder – gemeinsam mit ihnen – immer besser kennenzulernen und zu fördern. Die feinfühlige Begleitung kann allein deswegen schon niemanden ›verwirren‹, weil das, was unser Geschlechtsverständnis prägt, schon im Mutterleib beginnt. Dafür müssen wir verstehen, dass Geschlecht mehr ist als die sichtbaren Körpermerkmale: »Ein wichtiger Faktor bei der Ausprägung des Geschlechtes sind neben den Chromosomen die Geschlechtshormone«, schreibt die Biologin Meike Stoverock in *Female Choice*.[8] Fürs Verständnis: Je nach Geschlechtschromosom werden beim Embryo Hoden- (XY-Chromosom) oder Eierstockgewebe (XX-Chromosom) gebildet, und die geben wiederum die Hormone Testosteron und Östrogene ab – Kinder mit Hoden haben meist zehnmal so viel Testosteron, aber manchmal eben auch weniger. Wie stark sich die Hormone auswirken, hängt zudem vom Hormonspiegel ab – und der schwankt, auch durch Stress und andere Umwelteinflüsse. Und jetzt kommt's: Der gesamte Cocktail, vor allem das Testosteron im Mutterleib, beeinflusst unsere körperliche Erscheinung und auch unsere Gehirnstruktur. Es geht nicht nur etwa um Körperbehaarung, sondern auch darum, wie das primäre Geschlechtsmerkmal – Penis oder Vulva – aussieht. So gibt es etwa Körper mit männlich definierten XY-Chromosomen, aber mit weiblichen Geschlechtsmerkmalen. Möglich ist Stoverock zufolge auch ein weiblich gelesener Körper mit XY-Chromosomen und, durch viel Testosteron im Mutterleib, eine penisartig vergrößerte Klitoris, ein kantigeres Gesicht oder ruppiges, konkurrenzorientiertes Verhalten.

Und es gibt noch mehr natürliche Varianten, nämlich Menschen mit XXY-Chromosomen, die Brüste und ansonsten männliche Merkmale ausbilden können. Man spricht dann von intergeschlechtlichen oder Inter* Menschen, wenn die manifesten Körpermerkmale sowohl männlich als auch weiblich sind. Manche Menschen wissen ihr Leben lang nicht, dass sie inter* sind, weil sie nie eine Chromosomenanalyse gemacht haben und auch keinen Anlass dazu hatten. Trans* Personen wiederum können sich mit ihren körperlichen Geschlechtsmerkmalen nicht identifizieren – auch das hat eindeutig biologische und neurologische Gründe, die allerdings noch nicht vollständig erforscht sind. Kinder, die trans* sind, können das schon früh äußern, viele spüren es ab einem Alter von sieben Jahren. Ebenso verhält es sich übrigens mit der Sexualität.

Das eigene Kind geschlechtsoffen zu erziehen, muss nicht so kompliziert sein, wie es manchmal in Medien dargestellt wird. Die Eltern sollten erstens ihre Kinder nicht ständig mit »dem anderen Geschlecht« verkuppeln wollen und stattdessen das Kind als von sich aus vollständigen Menschen begreifen – oder wie Ravna Marin Siever in *Was wird es denn? Ein Kind!* schreibt: »Kinder haben ein Bedürfnis danach, gesehen zu werden, als die Menschen, die sie sind.« Und zweitens sollten Eltern keine bestimmte Sexualität des Kindes voraussetzen. Sie müssen dafür auch nicht unbedingt in den ersten Lebensjahren des Kindes auf Pronomen verzichten, wenn sich das für sie nicht richtig anfühlt. Viel wichtiger ist es, dass sie dem Kind auch Auswege aus diesen Zuschreibungen anbieten. Was ich meine: Ich habe die Pronomen »er/ihm« für mein Kind genutzt und gleichzeitig immer wieder mal mit ihm darüber gesprochen, dass manche Kinder sehr früh merken, dass diese Zuschreibungen gar nicht auf sie zutreffen. Ich habe ihm vermittelt, dass ich offen und ansprechbar bin, falls die falsche Zuschreibung auch ihn betrifft. Und nein, damit habe ich ihn nicht ›verwirrt‹. Tatsächlich konnte er mir im Alter von sechs Jahren klar sagen, dass er ein Junge ist und auch ein Junge bleiben möchte. War die weitere Erziehung dann klar auf Junge ausgerichtet? Natürlich nicht. Unser Gespräch hat lediglich die Pronomen geklärt. Denn: Geschlecht ist nicht binär. Es ist ein Spektrum, das sich aus Chromosomen, Hormonen und Umwelteinflüssen ergibt, oder wie der verstorbene Sexualwissenschaftler Volkmar Sigusch 2018 in einem *Zeit*-Interview sagte: »Es gibt so viele Geschlechter, wie es Menschen gibt.«[9] Wir sind also nicht alle gleich, sondern alle einzigartig. Somit haben Eltern die Aufgabe, ihre Kinder individuell dabei zu begleiten, sich selbst zu entdecken und zu entfalten. Und ob wir unseren Kindern gerecht werden, erfahren wir früher oder später nur von ihnen.

»Hilfe, mein Kind ist ein Klischee!« – wie wir Entfaltung von Angepasstheit unterscheiden

Wie viele Gedanken ich mir noch machen würde, um mein Kind geschlechtsoffen zu begleiten, ahnte ich zum ersten Mal, als ich hochschwanger einen ersten Strampler für meinen Sohn kaufen wollte: Im Laden gab es für die kleinste Größe etwa dreißig verschiedene Strampler in Blau und ebenso viele in Pink. Ich dachte, Blau ist zu konform, aber Pink ist zu offensichtlich gegen Blau. Und ich wollte kein Statement gegen Blau setzen, sondern einfach nur einen besonderen ersten Strampler für mein Kind aussuchen. Am Ende steckte ich den einzigen Strampler in Mintgrün ein. Hatte ich mich nun frei entschieden? Oder wollte ich eigentlich doch Blau nehmen, fühlte mich aber von meinen eigenen Ansprüchen an mich selbst gedrängt, es nicht zu tun?

Eltern, die sich für ihre Kinder eine ganzheitliche Entwicklung wünschen, bekommen einen ähnlichen Knoten im Gehirn, wenn es plötzlich ihre Kinder sind, die sich auffällig ›geschlechtskonform‹ verhalten. »Kannst du bitte meinem Kind erklären, dass es nicht immer nur Pink anziehen kann?«, fragte mich eine Freundin, als wir von unserem Ausflug aufbrechen und nach Hause gehen wollten. Was war passiert? Ihre dreijährige Tochter hatte ihre Kleidung beim Planschen komplett nass gemacht und sollte nun eine trockene, blaue Jogginghose anziehen. Aber die lehnte sie mit voller Überzeugung ab; Blau sei nur für Jungen, sie wolle Pink tragen. Ich zeigte ihr meine blaue Jeanshose als Gegenbeweis, mein Sohn stellte sich mit seinem rosa Pullover daneben. Aber nach ihrem Verständnis wäre sie lieber halbnackt in die Bahn gestiegen, als eine blaue Hose zu tragen.

Ein solches Verhalten ist in diesem Alter typisch. Und nein, es ist kein Beweis dafür, dass Mädchen eben doch tief in sich drin nur Pink anbeten und Jungs nur Blau: »Da Kinder durch genaueste Beobachtung und Nachahmung lernen, aber noch nicht wissen können, dass ihre Identität nicht von anderen und deren Wahrnehmung bestimmt wird, verwandeln sie sich im Alter von ungefähr vier Jahren häufig zu den strengsten Wächter*innen rollenkonformen Verhaltens«, schreibt Anne Waak in *Kümmern und Kämpfen*.[10] Wir brauchen also nicht gleich in Panik ausbrechen, wenn Kinder bis zu einem gewissen Alter – sogar mit voller Überzeugung – nichts als pinken Tüll auf ihre Haut kommen lassen oder das Farbspektrum ihrer Klamotten nur aus Blautönen besteht. Ab der Grundschule differenziert sich der Kleidungsstil wieder aus.

Aber kaum hat man sich einmal umgedreht, sind die Kinder – zack – älter und alles ist nur noch komplizierter: Zieht sich das Kind zurück, weil es seine Ruhe genießt oder weil es Probleme wälzt? Schminkt es sich, um sich auszudrücken und zu experimentieren oder weil es sich nicht schön genug fühlt? Wird es dünner, weil es so viel Sport macht und Spaß an Bewegung hat, oder trainiert es, um abzunehmen? Für Eltern wird es zunehmend schwierig zu unterscheiden, was freie Entfaltung ist und was auf Druck durch Geschlechterrollen zurückgeht. »Während von Jungen Stärke und Athletik erwartet wird, sollen Mädchen nicht nur sanftmütiger, sondern auch sanft-aussehend sein«,[11] schreibt die Kleinkindpädagogin und Bestsellerautorin Susanne Mierau in *New Moms for Rebel Girls*. Mädchen würden zunehmend von Schönheitsidealen unter Druck gesetzt, die sie auf ihren Körper reduzieren und ihn sexualisieren. Ihnen werde die Durchsetzungsfähigkeit aberzogen, Wut richten sie vermehrt gegen sich selbst, während Jungen ihre Wut weiterhin nach außen richten – und dafür Verständnis bekommen, weil es testosteronbedingt in ihrer Natur läge. Gleichzeitig büßten Jungen an Beziehungsfähigkeit ein, weil sie sich von ihrer Verletzlichkeit abkoppelten. Viele Eltern beobachten solche Entwicklungen und wissen, dass ein geschlechtskonformes Leben weitreichende Auswirkungen haben kann, auf das Einkommen ebenso wie auf die mentale Gesundheit. Während in Deutschland jeder dritten Frau Altersarmut droht, haben männliche Jugendliche schon ab etwa 17 Jahren seltener mindestens einen engen Freund und sterben als Männer dreimal häufiger an Suizid.[12]

Und das Geschlecht ist nur eines von vielen Identitätsmerkmalen: Noch mehr verschärfen sich solche Entwicklungen bei unseren Kindern, wenn sie in weiteren Punkten von der *weißen* cis-hetero und nicht behinderten Norm abweichen und sich anzupassen versuchen. So erzählt Lupita Nyong'o in ihrem Kinderbuch *Sulwe*, wie ein Schwarzes Mädchen verzweifelt versucht, die eigene Haut aufzuhellen – in der Realität greifen manche Schwarze Menschen zu Bleaching-Cremes und glätten ihre Haare mit krebserregenden chemischen Stoffen.[13] Also ja, es ist wünschenswert, dass sich Kinder nicht anpassen. Gleichzeitig gilt: Nur weil Kinder nicht konform aussehen, heißt das noch nicht, dass sie sich darüber gerade frei entfalten.

Eine Freundin aus Frankreich, die in einem sehr linken, queeren Umfeld lebt, hatte mir vor einigen Jahren Folgendes berichtet: Sogar als Erwachsene in ihren Zwanzigern habe sie sich auch deshalb ihre Haare abrasiert und ihren Kleidungsstil geändert, weil sie einen gewissen äußeren Anpassungsdruck gespürt hatte, um in ihrer Community wirklich als Gleichgesinnte anerkannt zu werden. Das hat mir damals bewusst gemacht, dass sich eine pinke Barbie genauso dem Konformitätsdruck verweigern kann wie der coole Punk. Wichtig ist, dass wir nicht den Fehler machen, Weiblichkeit und all das, was wir mit Weiblichkeit assoziieren, herabzusetzen, dass also Kinder auswählen, experimentieren und schließlich sein dürfen, wer sie sind – und dass sie von ihren Eltern dafür nicht abgewertet werden. Das gilt nicht nur für Kleidung, sondern auch für Frisuren, Hobbys oder Körperformen. Apropos: Wer lange genug durch Instagram mit Darstellungen von immer gleichen Körpern scrollt, wird sich im Freibad oder am Strand merklich entspannen können. Denn nirgends gibt es so viele verschiedene Körper wie an diesen Orten. Um die Schönheitsnorm, die unsere Töchter sowieso erreichen wird, zu relativieren, können wir etwa schon früh immer wieder »gemeinsam Orte wie eine Frauensauna, einen Hamam oder öffentliche Schwimmbäder aufsuchen«, schreibt Susanne Mierau.

Und wie sieht es bei den Jungs aus? Wenn wir etwa sehen, dass ausgerechnet unsere Söhne nur schwer Zugang zu ihren Gefühlen finden oder die eigene Verletzlichkeit nicht zeigen wollen, können wir spielerisch üben: Mit meinem Sohn im Grundschulalter führe ich zum Beispiel ein Gefühlstagebuch. Wir schreiben in ein oder zwei Sätzen auf, wie der Tag verlief und kreuzen dann aus etwa zwanzig Gefühlen diejenigen an, die er durchlebt hat. Eigentlich eine Sache von fünf Minuten, aber wenn er dann schon mal Gefühle wie Scham oder Angst oder Mut oder Geliebt ankreuzt, dann erzählt er mir auch gerne von den Erlebnissen, die diese Gefühle in ihm ausgelöst haben – ganz nebenbei erfahre ich seitdem viel mehr von seinen Tagen als zuvor.

»Im weiten Feld der Kindererziehung war das Beste, das ich Gibran vermitteln konnte, die Liebe für Geschichten«, schreibt die Journalistin Sonora Jha in *How to Raise a Feminist Son.*[14] Der Trick ist, das eigene Kind so vielen gegensätzlichen Narrativen wie möglich auszusetzen – von Prinzessinnen, die lieber Ritterinnen sein wollen (wie in Cornelia Funkes Buch *Igraine Ohnefurcht*), über ein Kind namens Julian, das davon träumt, sich in eine Meerjungfrau zu verwandeln (wie im Kinderbuch *Julian ist eine Meerjungfrau*), bis hin zu Harvard-Absolventinnen mit Pink-Obsession (*Natürlich Blond*) und einem Jungen, der zum Box-Training gehen soll, aber sein Talent für Ballett entdeckt (*Billy Elliot*).

Klar, wir können nicht verhindern, dass unsere Kinder auch Geschichten hören, die Geschlechterrollen stützen. Aber Eltern können sie nutzen, etwa zu Schulungszwecken für kritisches Denken. Sie können mit ihren Kindern die reduzierenden und herabwürdigenden Aussagen hinter den Darstellungen besprechen. So oder so müssen wir mit unseren Kindern reden und herausfinden, wie sie die Dinge sehen. Denn wie auch bei der Rezeption der Geschichten kommt es bei der Frage, ob sich Kinder mit ihrem Verhalten entfalten oder anpassen, am Ende auf die innere Haltung an.

»Und wenn mein Kind verletzt wird?« – mit Angst und Angriffen umgehen

»Mein Sohn darf seine Kleidung frei wählen, aber ein Shirt mit Rüschen würde ich ihm dann doch nicht erlauben«, erzählte mir kürzlich eine Bekannte. Viele Eltern ziehen bei der geschlechtersensiblen Erziehung dort die Grenze, wo ihre Kinder verletzt werden könnten. Sie befürchten, ihr Kind könnte gemobbt oder körperlich angegangen werden. Jungs mit Rüschen oder Spitze an der Kleidung, Nagellack und Schminke fallen auf, da scheint der Ärger programmiert – also lieber vermeiden, was vermeidbar ist? Einerseits total nachvollziehbar. Andererseits stellt sich hier die schmerzliche Frage: Was vermitteln wir damit unseren Kindern?

Mobbing ist leider ein Problem, und natürlich wünschen wir unseren Kindern keine schmerzhaften Erfahrungen. Ich erinnere mich an den Moment, als ich meinem Kind erstmals seine kleinen Fingernägelchen lackiert hatte. Er war vier Jahre alt und hatte den roten Nagellack an meinen Fingernägeln entdeckt, ihn befühlt und bestaunt. »Darf ich das auch haben?«, hatte er mich gefragt. Er durfte. Und ich erinnere mich, wie stolz und fröhlich er war, als wir danach unsere Finger aneinanderhielten. Wir waren gleich. Am nächsten Tag jedoch hatte ein Junge aus seiner Gruppe zu ihm gesagt: »Nagellack ist doch nur für Mädchen!« Wir redeten darüber, warum der Junge das gesagt haben könnte und was das mit ihm und seinen eigenen Erfahrungen und Regeln zu tun hat. Wir redeten über Farben und darüber, was es bedeutet, »wie ein Mädchen auszusehen«. Ich fragte: »Soll das etwa eine Beleidigung sein? War die Mutter des Jungen nicht auch mal ein Mädchen?« Wir lachten. Aber leider bekommen viele Jungen, die Nagellack tragen, vermittelt, dass das nicht normal sei: So auch der Sohn einer Freundin, der sich darüber beschwerte. Sie fragte ihn dann: »Wäre das nicht total unfair, dass Jungs keinen Nagellack tragen dürften?« – »Jaaa, das wäre es«, antwortete ihr Sohn empört über die offensichtliche Ungerechtigkeit. Manchmal lassen sich die Kinder dann nicht weiter irritieren. Mein Kind trug einige Zeit danach keinen Nagellack mehr in der Kita. Wenn wir zu Hause doch mal welchen aufgetragen hatten, dann bat er mich darum, ihn wieder zu entfernen, bevor er zur Kita ging – und es fühlte sich an, als würden wir ein Stück von ihm verstecken. Wenn das Schutz ist, dachte ich in dem Moment, warum fühlt es sich dann so schlecht an, so beschämend?

Es ist verständlich, dass Eltern das Bedürfnis haben, ihre Kinder vor Gewalt zu schützen, aber gehen sie dabei auch logisch vor? Das Beispiel ›knappe Kleidung‹ verdeutlicht die Sackgasse, in die unser Schutzkonzept immer wieder führt: In einem *Zeit*-Interview von November 2022 erklärte eine systemische Therapeutin, wie Eltern reagieren sollten, wenn ihre Tochter bei ihrer Ausgehkleidung viel Haut zeigt: Kleidung verhandeln, Sorgen äußern, Pullover oder lange Jacke für den Nachhauseweg mitgeben, war der Ratschlag.[15] Was wir uns damit erzählen, ist eine alte Geschichte, die sich hartnäckig hält und etwa so geht: »Wenn du knappe Kleidung trägst, dann brauchst du dich über Belästigungen nicht wundern.« Obwohl längst belegt ist, dass sexualisierte Gewalt erstens keiner Kleiderordnung folgt, sprich, dass Opfer die unterschiedlichsten Klamotten trugen – Hoodies, ausgebeutelte Jeans und eben nicht immer knappe, enge Röckchen. Und dass zweitens diese Gewalt oft im näheren sozialen Umfeld stattfindet – Sportvereine, Schulen, die eigene Familie –, weil Täter auf das Vertrauen ihrer Opfer aufbauen und es ausnutzen.[16] Bessere Ratschläge wären daher: Erstens, geh nicht allein von der Party nach Hause, sondern begleitet einander – und passt während der Party aufeinander auf. Zweitens, wenn du dich in der Nähe eines Freundes/Bekannten/Lehrers/Trainers unwohl fühlst, dann kannst du dich uns – deinen Eltern – immer anvertrauen, denn wir stehen auf deiner Seite und glauben dir.

Wenden wir hier also diese Schutzlogik an, drängt sich folgende Frage auf: Sollen wir unsere Kinder demnach auch von Sportvereinen, Schulen und den eigenen Familien fernhalten?

Natürlich nicht, das ist unverhandelbar. Aber gleichzeitig schrecken wir vor kurzen Röcken bei Mädchen und Rüschen für Jungen immer noch zurück?! Wie können wir dann behaupten, die Rechte von trans* Kindern verteidigen zu wollen? Eine aktuelle Studie aus Kanada zeigt nämlich, dass 14 Prozent der trans* Jugendlichen in den Monaten vor der Befragung ernsthaft an Suizid gedacht hatten – und Mobbing spielte dabei die größte Rolle.

Die feministische Forderung »Protect your Daughter Educate your son!« zielt genau darauf ab: Anpassung verhindert Gewalt nicht, sondern lässt sie, gut versteckt, ins Private eindringen. Wir müssen uns fragen: Wen verdächtigen wir und warum? Schwule Paare dürfen erst seit 2017 Kinder adoptieren und haben immer noch mit Vorurteilen über ihre Erziehungsfähigkeiten und angeblichen Absichten zu kämpfen. Schwarze, arabische, muslimische und Roma-Jungs werden im Zweifel immer noch als Erste verdächtigt, von der Polizei kontrolliert und gewaltvoll festgehalten. Und laut Familienministerium sind Mädchen und Frauen mit Behinderung dreimal häufiger von sexualisierter Gewalt betroffen – dabei haben wir doch keine grundsätzliche Skepsis gegenüber Menschen in der Pflege, oder?[17] Wir müssen Schutz anders denken.

Es ist so leicht wie faszinierend: Kinder können sich frei entfalten, indem wir die *Räume* schützen, in denen sie sich bewegen. Viele Eltern machen etwa die eigene Wohnung babysicher und passen sie dann nach und nach den Interessen und Fähigkeiten des Kindes an. Außerdem lernen Eltern, adäquat auf die Äußerungen der Kinder zu reagieren, weil auch das zu geschützten Räumen gehört. Herausfordernd ist, dass Kinder ihre Räume schnell erweitern – aus dem Hinterhof wird der Spielplatz um die Ecke, wird der gesamte Kiez, wird die Kita, die Schule, der Sportverein. Bis sie erwachsen sind, dürfen wir ihnen zeigen, wie Veränderung möglich wird – immer mit dem Ziel, dass sich noch mehr Menschen in der Öffentlichkeit sicher fühlen und frei entfalten können. Und schon kleine solidarische Gesten können viel bedeuten: Zum Beispiel ging mein Kind zum ersten Mal wieder mit Nagellack zur Kita, nachdem ich am Tag davor nicht nur ihm die Nägel nachtblau lackieren durfte, sondern auch seinem Papa – er wollte unseren Sohn damit bestärken. Ich sagte, sie sähen rockig aus und zeigte unserem Sohn Fotos von Rockstars mit dunkel lackierten Fingernägeln. Abends, als mein Kind schlief und sein Papa nach Hause gegangen war, kaufte ich im Internet zwei günstige Bilder von geschminkten, männlich gelesenen Personen, die ich an die Wand hängen wollte. Generell können Eltern ihren Kindern durch Bücher, Musik oder Bilder schon früh vermitteln, wer und was alles zu Hause gern gesehen ist und zum Leben dazugehört. Ich möchte behaupten, dass viele Jugendliche unbeschwerter erzählen könnten, dass sie homosexuell sind, wenn die Eltern zuvor klare Zeichen der Wertschätzung für alle liebenden Menschen gesetzt haben. Und solche Zeichen braucht es natürlich auch in öffentlichen Einrichtungen.

Eltern können sich an Erzieher*innen und Lehrer*innen wenden und sie fragen, mit welchen Strategien sie Kinder schützen – auch hier können Gespräche, Geschichten und Pädagog*innen, die selbst mit Rollenklischees brechen, viel bewirken. Und auch klare Regeln helfen: »Nein heißt Nein« verstehen schon Vorschulkinder. »Stopp« sagen, sich wegdrehen, weinen – all das bedeutet: sofort aufhören! Wenn Kindern klar vermittelt wird, dass diese Regel einzuhalten ist, dann achten sie mehr aufeinander. Das beobachte ich, wenn mein Sohn mit anderen Kindern rauft. Natürlich werden da Grenzen ausgetestet, aber ein Zeichen reicht, und der Schwitzkasten wird sofort aufgelöst.

In Island, das weltweit auf Platz eins in Sachen Geschlechtergerechtigkeit steht, erhalten Kinder an manchen Grundschulen eine »kompensatorische« Erziehung.[18] Jungen lernen dort in verschiedenen Kursen, etwa über das Spiel mit geschlechtsneutralen Puppen, wie man sich respektvoll verhält, wohlwollend miteinander kommuniziert und Beziehungen pflegt. Mädchen kommen in Kontakt mit ihrem eigenen Selbstvertrauen, lernen, aktiv für sich einzustehen und zuversichtlich zu sein.[19] Das Konzept scheint zu fruchten, erlernte Hilflosigkeit und rettende Prinzen scheinen diese Mädchen nicht zu kennen: »Wenn ich eine Prinzessin wäre und da wäre ein böser Drache, dann würde ich schon einen Ausweg finden«, sagte ein Mädchen bei der Befragung für eine Studie der Universität Reykjavík. Außerdem hätten die Kinder ein größeres Bewusstsein für Geschlechtergerechtigkeit.[20] Warum also gibt es solche Konzepte nicht für Kitas und Schulen in Deutschland?

All die Extragedanken und Bemühungen bringen eben doch etwas, vieles braucht neben der Unterstützung auch einfach Übung und Zeit: Als zum Beispiel ein Schulfreund im Hort zu meinem Sohn sagte, dass er wegen seines Nagellacks aussehe wie ein Mädchen, zuckte er nur unbeschwert mit den Schultern – er hatte über die Jahre einen Weg gefunden, mit solchen Aussagen umzugehen, und überließ die Irritation ganz seinem Freund. »Patriarchatsresilienz«, so bezeichnet Susanne Mierau die trainierbare Fähigkeit, mit auftretenden Ungerechtigkeiten immer besser umgehen zu können.[21] Und die kann einen Domino-Effekt auslösen: Wenige Wochen nach dem Schulterzucken meines Kindes kam sein Freund mit Nagellack zur Schule.

Bad Feminists – Müssen Eltern 50:50 betreuen, um gute Vorbilder zu sein?

Kinder beobachten ihre Eltern. Sie sehen, wer zu Hause kocht, putzt, die Wäsche in die Waschmaschine räumt, aufhängt und in die Schränke sortiert. Sie sehen, wer sich die Nägel lackiert, wer Regale an die Wand bohrt, wer sich schminkt und wer das Kinderfahrrad repariert. Sie sehen, wer für gewöhnlich in der Küche steht und wer morgens zur bezahlten Arbeit geht. Darum mache ich alles: Ich bohre mit meinem Kind zusammen Regale an die Wand, repariere sein Fahrrad, schminke mich oder auch nicht, rasiere mir mal die Beine und mal nicht. Fahre Auto und lerne Motorrad fahren, vor seinen Augen. Ich backe und koche und nehme ihn vollen Herzens in die Arme – an vier Tagen pro Woche, in der restlichen Zeit macht das sein Papa in seinem eigenen Haushalt. Was Kinder bei ihren Eltern beobachten, prägt ihr Denken: Die Entwicklungspsychologin Phyllis A. Katz hat in den 1990er-Jahren untersucht, aufgrund welcher Faktoren Kinder stereotype Rollenvorstellungen verinnerlichen. Und ein Faktor stach dabei besonders hervor: das Verhalten der Eltern.[22] Was können Eltern beachten?

Zum einen fallen Kinder weniger auf Geschlechterstereotype zurück, wenn ihre Mütter erwerbstätig sind: Söhne glauben dann seltener, dass der Haushalt nur Frauensache sei, Töchter sind später beruflich erfolgreicher. Was bedeutet das für die aktuell 30 Prozent der Mütter in Paarfamilien, die nicht erwerbstätig sind?[23] Erziehen sie ihre Kinder antifeministisch? Nicht unbedingt! Die Frage ist, wie sich Kinder die Hausfrauentätigkeit ihrer Mutter erklären. Eltern können mit ihren Kindern über das eigene Familienmodell sprechen und so ein Gespräch anzetteln: Wenn Kinder glauben, dass sich Frauen um Kinder kümmern sollen oder es einfach besser können, weil sie Frauen sind, dann sollten Eltern den Hintergrund ihrer Aufgabenverteilung erklären. Kinder können kaum überblicken, dass die Gründe für das traditionelle Rollenbild politisch sind. Das können ja selbst viele Eltern nicht. Beispielsweise zahlt es bei werdenden Eltern in die Haushaltskasse ein, wenn der weniger verdienende Elternteil die Betreuung der Kinder übernimmt – durch den Gender Pay

Gap trifft das meist die Mütter. Wenn der Papa also mehr verdient, nimmt er oft keine Elternzeit und auch keine Teilzeit, damit die Familie kein Geld verliert. Was Eltern ihren Kindern bei dieser Begründung aber auch nicht verschweigen sollten: Wenn ein Elternteil, oft die Mama, kein eigenes Geld verdient, macht sie sich finanziell vom anderen Elternteil abhängig. Es ist wichtig, dass Kinder diese Konsequenz kennen, ohne dass Eltern abwinken und behaupten, sie würden sich »aber sowieso nie trennen« und damit Trennungen zum Tabu verklären. Dass Eltern sich trennen können, ist eine emanzipatorische Errungenschaft, eine Freiheit, die auch ihren Kindern später ermöglicht, sich aus ungesunden oder unbefriedigenden Beziehungen zu lösen. Statt also das Thema vom Tisch zu wischen, können Eltern darüber sprechen, wie sie mit finanzieller Abhängigkeit umgehen: Sie können ihren Kindern erklären, wie der Lohn des erwerbstätigen Elternteils genutzt wird und ob damit auch die private Altersvorsorge des care-tätigen Elternteils bezahlt wird – und wenn nicht, warum nicht. Wenn Kinder diese strukturellen Hintergründe kennen, tendieren sie weniger dazu, Geschlechterrollen zu naturalisieren.

Aber es geht nicht nur um die finanzielle Gerechtigkeit zwischen den Eltern. Die Herausforderung ist auch, Töchtern wie Söhnen zu vermitteln, dass sie sich auch im Haushalt gleichberechtigt einbringen müssen. Und wohl kaum eine erzieherische Maßnahme ist so eindrucksvoll wie die pure Notwendigkeit, ergo: Mütter, die schlicht nicht verfügbar sind. »Ich glaube nicht, dass die Hausfrauen unter meinen Freundinnen keine Feminist*innen großziehen werden«, schreibt Sonora Jha in *How to Raise a Feminist Son*, »aber ich habe die Erfahrung gemacht, dass Mütter, die auch außerhalb jeglicher Hausfrauenrollen Erfüllung suchen und finden, eher zu Hause anrufen und ihre Söhne bitten, die Wäsche zusammenzulegen.«[24]

Söhne profitieren also von Müttern *mit eigenen Interessen* durch einen Zugewinn an Selbstständigkeit – allerdings auch nur dann, wenn nicht Omas, Tanten oder ihre Schwestern die Mutter ersetzen müssen: Ich erinnere mich, dass meine alleinerziehende Mutter von mir mehr Hilfe im Haushalt erwartete als von meinem zwei Jahre älteren Bruder. »Ich will dir ja helfen«, hatte ich ihr damals gesagt, »aber warum fragst du immer *mich* und nie *ihn*?« – »Weil er's eh nicht macht, auf dich kann ich mich wenigstens verlassen«, hatte sie geantwortet. Meine Familie ist ostsozialisiert, meine Großmütter standen mit meinen Großvätern beruflich immer auf Augenhöhe, sie waren Zahnärztin und Ingenieurin. Alle Frauen in meiner Familie haben immer in Vollzeit gearbeitet. Trotzdem blieben die Hausarbeit und die Kindererziehung vor allem an ihnen hängen, in jeder Generation. Wenn wir bei meiner Oma zu Besuch waren, tummelten sich die Frauen in der Küche, während die Männer und Jungen auf der Couch vor dem Fernseher saßen. »Warum müssen *die* nicht in der Küche stehen?«, hatte ich gefragt, wenn meine Tanten mich zu sich riefen. »Ach, lass die Kerle«, sagten sie und winkten ab. Ich spürte die Ungerechtigkeit, aber gleichzeitig war diese Küche ein schöner Ort – ein Ort, an dem meine Mutter, meine Tanten, meine Oma und ich lachten, tanzten und uns Geheimnisse erzählten. Zu diesen warmen Erinnerungen gesellt sich heute ein Bedauern, weil ich etwas Fundamentales erst viel später verstehen und erklären konnte: Die Frauen in meiner Familie hatten ihre Männer und ihre Söhne ein Stück weit aufgegeben – sicher auch, um einfach Ruhe zu haben. Das ist jedoch nur vordergründig bequem, am Ende können wir die Verhältnisse so nicht ändern. Sollten wir uns also öfter Konflikten stellen?

Kommen wir zur Studie von Phyllis A. Katz und ihrem Forschungsteam zurück: Der Erziehungsstil ist beim Verhalten der

Eltern der zweite wichtige Aspekt, der laut der Untersuchung beeinflusst, wie sehr Kinder an Geschlechterrollen glauben. Als vorteilhaft erwies sich, wenn die Eltern ihren Kindern mehr Freiheiten ließen, sich nicht autoritär und eher warmherzig verhielten. Was Katz beschreibt, wird von Pädagog*innen heute als demokratischer Erziehungsstil bezeichnet: Er nimmt durch Regeln und Standards Einfluss auf das kindliche Verhalten. Wird von diesen abgewichen, reagieren Eltern verhältnismäßig – und hinterfragen unter Umständen gemeinsam mit den Kindern, ob die Regeln womöglich noch sinnvoll sind.[25] Der demokratische Erziehungsstil ist anspruchsvoll; Kinder und Eltern halten sich nicht länger an ein altes Skript mit zugeschriebenen Rollen, sondern dürfen sich stattdessen als Individuen wahrnehmen und mit ihren Interessen im Familienalltag einbringen. Und Diskussionen sind das Herz dieses Erziehungsstils – aber die Mühe lohnt sich: Denn wenn Familienmitglieder miteinander im Gespräch bleiben, können Eltern ihre Kinder nicht einfach aufgeben und irgendwelchen Geschlechterrollen überlassen. Töchter können sich darüber beschweren, wenn ihre Brüder zu wenig im Haushalt anpacken – und ihre Anliegen sollten ernst genommen und überprüft werden. Fakt ist: Kinder nehmen Freiheiten gerne an, aber Pflichten brauchen oft etwas mehr elterliche Begleitung.

Was können Eltern also tun? Wie immer, wenn ich eine Herausforderung für die ganze Familie sehe, stelle ich sie meinem Kind vor und frage nach seiner Meinung: »Eltern können ihren Söhnen immer wieder auf den Latz gehen«, sagt er. Ich muss grinsen, frage: »So, wie ich dir manchmal auf den Latz gehen muss?« – »Ja, das macht halt keinen Spaß. Aber ich weiß schon, die Küche zu putzen ist auch nicht *dein* Hobby«, antwortet er. Wir diskutieren darüber, wie oft ein Kind den Müll runtertragen müsste, damit es genauso viel beiträgt wie ein Kind, das den Geschirrspüler ausräumt. Dann kommen wir wieder auf unseren Haushalt zurück, denn so richtig feste Pflichten hat er immer noch nicht. Am Ende einigen wir uns darauf, dass wir es mit einem Haushaltsplan versuchen – er will regelmäßig kochen und staubsaugen. Damit sind wir beide zufrieden.

unlearn sport

Ireti Amojo

In meiner Erinnerung begann die Differenzierung zwischen Mädchen und Jungen schon auf dem Schulhof. Meistens spielten wir Fußball. Wenn Teams gebildet wurden, war es für Jungen immer besonders schlimm, erst nach einem Mädchen gewählt zu werden. Kinder lernen schon früh, in klassischen Mustern zu denken, zu fühlen und zu handeln. Entgegen den vorgeschriebenen Geschlechterrollen war ich ein Mädchen, das immerzu mitspielen und vor allem gewinnen wollte. Sport und Bewegung waren und sind Teil meines Selbst und gehörten auch zur strengen Erziehung meines Vaters. Sport war für unser Aufwachsen genauso wichtig wie gute Noten in der Schule und ein gepflegtes Erscheinungsbild. Ich durfte morgens nicht ungeduscht in die Schule gehen. Nach dem Unterricht ging ich mehrmals die Woche zum Training in den Leichtathletikverein und jeden Sonntagmorgen musste ich mit meinem Vater im Tiergarten joggen gehen.

Mein Vater traf die grundlegenden Entscheidungen für unsere Erziehung. Ihm war es wichtig, dass seine Schwarzen Kinder in Deutschland – dem Land, in dem er studiert, sich aber nie richtig wohlgefühlt hatte, wo er seine Promotion begonnen, aber nie zu Ende gebracht hatte – erfolgreicher waren als er selbst. Ich habe schon oft gehört, dass Eltern afro-diasporischer Herkunft große Erwartungen an die Leistungen ihrer Kinder in der Wahlheimat stellen. Mein Vater war keine Ausnahme. Ich glaube, er betrachtete eine gute Ausbildung und ein tadelloses Benehmen seiner Kinder in der Öffentlichkeit als notwendige Voraussetzung dafür, in der deutschen Gesellschaft zu bestehen. Wir durften nie negativ auffallen und sollten in allem immer ein bisschen besser sein als die anderen. Zuletzt hat der ewige Leistungsdruck vor allem zu Konkurrenzdenken geführt und bewirkt, dass wir Geschwister uns voneinander abgewendet haben.

In meiner Erinnerung setzte sich die Differenzierung zwischen Mädchen und Jungen, die ich vom Schulhof kannte, auch zu Hause fort. Ich hatte oft das Gefühl, dass ich als Mädchen viel weniger durfte und gleichzeitig viel mehr leisten musste, um von meinem Vater gesehen zu werden. Jungen waren entweder die Prinzen, die alles durften, oder die Entscheider, die nach der Scheidung meiner Eltern stellvertretend für meinen Vater als »Männer im Haus« fungieren sollten und sogar versuchten, mir Dinge vorzuschreiben. Wenn ich heute mit meinem Vater über diese Eigenschaften meiner Brüder diskutiere, hebt er nur abwehrend die Hände.

Als Erwachsene war ich viele Jahre professionelle Basketballspielerin. Doch die Erlaubnis meiner Eltern, Basketball spielen zu dürfen, war hart erkämpft. Es war für mich vor allem eine Befreiung von dem Leistungsdruck, da mein Vater die Sportart nicht kannte und sich auch nicht dafür interessierte. Damit hatte ich zwar seine Aufmerksamkeit verloren, musste mich aber auch nicht mehr tadeln lassen, wenn ich seinen Ansprüchen nicht genügte. Erst als mein jüngerer Bruder anfing, im gleichen Verein wie ich Basketball zu spielen, tauchte mein Vater in der Halle auf.

Zur neunten Klasse wechselte ich auf eine Sportschule, um mich im Frühtraining als Basketballspielerin entwickeln zu können. Dazu gehörte ein Stundenplan, der besser als reguläre Stundenpläne auf die wachsenden Anforderungen durch den Vereinsbasketball mit teilweise späteren Trainingszeiten und längeren Auswärtsfahrten abgestimmt war. Da ich auch im Frühtraining mehrere Jahre lang das einzige Mädchen war, musste ich bei den Jungs mittrainieren. Die Jungs, gegen die ich spielen musste, waren oft der Häme der anderen ausgesetzt, wenn ich gegen sie punktete oder gute Aktionen hatte. Ich war nie nur eine Mitspielerin oder Trainingspartnerin. Ich war immer das Mädchen, das gut genug war, um dabei zu sein, aber nie so richtig dazugehörte. Denn gegen Mädchen spielen, das gehörte sich eigentlich nicht und gegen sie verlieren erst recht nicht.

»Du bist bestimmt mit vielen Brüdern aufgewachsen, oder? Du spielst wie ein Junge.« Ich werde diesen Spruch einer Mutter auf einem Berliner Basketballfreiplatz im Jahr 2003 nie vergessen. Ich muss ungefähr 13 Jahre alt gewesen sein und schämte mich sehr, dass mir unterstellt wurde, ich würde mich wie ein Junge bewegen. Danach habe ich als Jugendliche nie wieder auf einem Freiplatz gespielt und brauchte noch lange, um mich in meiner Spielweise richtig wohlzufühlen. Wenige Jahre später hörte ich diesen Satz immer wieder und lernte, ihn als Kompliment zu verstehen. Aber warum müssen Frauen[1] per Default eigentlich immer mit Männern verglichen werden, um ihre Leistung zu bewerten? Warum spielte ich vor allem dann besonders guten Basketball, wenn meine Athletik der von Männern ähnelte oder wenn meine Art zu verteidigen als männlich wahrgenommen wurde?

Sport und Geschlechtervergleich

In vielen Sportarten werden Geschlechterunterschiede hervorgehoben, um das vermeintliche Argument zu stärken, dass Männersport attraktiver und spektakulärer anzusehen ist. Männer seien größer, stärker, schneller, ergo: den Frauen überlegen. Es stimmt, dass Männer beim Schwimmen oder Laufen auf der gleichen Strecke oft schnellere Bestzeiten erzielen. Doch die vorgebrachten Argumente gegen Frauensport sind oft sexistisch und gründen eher auf gelernten geschlechtsspezifischen Stereotypen als auf einer objektiven Bewertung.

Gerade im Mannschaftssport wird häufig zwischen der Leistung und Qualität von Männer- und Frauenteams der gleichen Sportart verglichen. Objektiv betrachtet ist zum Beispiel das Argument, Männerfußball sei technisch und taktisch besser als Frauenfußball, widerlegt: Im Vorlauf der FIFA-Frauen-Weltmeisterschaft 2023 wurde eine Studie im Fachjournal *Sport Management Review* veröffentlicht, in der Proband*innen die Leistung und Qualität einzelner Fußballszenen bewerten sollten. In der Experimentalgruppe wurden dafür die äußeren Merkmale der Spieler*innen unkenntlich gemacht, sodass Rückschlüsse auf das Geschlecht nicht möglich waren, während in der Kontrollgruppe keine optischen Veränderungen vorgenommen wurden. Das Experiment zeigte, dass die Leistung der Spieler*innen von den Proband*innen nur dann signifikant besser bewertet wurde, wenn Männer in den Clips erkennbar waren.[2] Zuschauende haben also häufig nicht die Fußballszenen, sondern vielmehr das Geschlecht der Spielenden bewertet. Im Umkehrschluss führen also vor allem Vorurteile und eine kritische Erwartungshaltung dazu, dass Frauenfußball technisch und taktisch als schlechter empfunden wird. Während der FIFA-Frauen-Weltmeisterschaft 2023 spielte das französische Telekommunikationsunternehmen Orange in einem medienwirksamen Werbeclip mit genau diesen Vorurteilen: Darin wurden mitreißende Torschussszenen der Stars der französischen Männer-Fußballnationalmannschaft gezeigt. Erst am Ende des Clips erfolgte die Auflösung, dass alle Torschussszenen in Wahrheit von der Frauen-Fußballnationalmannschaft waren und die Körper der Spielerinnen mithilfe von künstlicher Intelligenz optisch in die der männlichen Stars verwandelt worden waren. Ein Deepfake, das vor allem zeigen sollte, dass Frauen genauso kicken können wie Männer.

Auch um den Gender Pay Gap im Frauenfußball wird seit 2019 eine öffentlichkeitswirksame Debatte geführt. Ausschlaggebend war die eingereichte Sammelklage der US-amerikanischen Frauenfußball-Nationalmannschaft gegen den US-amerikanischen Fußballverband aufgrund von Diskriminierung. Die Nationalmannschaft klagte, dass sie trotz höherer Auszeichnungen und größerer Erfolge (viermal Olympia-Gold, viermal Weltmeistertitel) verglichen mit der US-amerikanischen Männerfußball-Nationalmannschaft jahrelang strukturell und finanziell benachteiligt wurde. Der Kampf der US-Frauen und die internationalen Debatten um *Equal Pay* im Fußball trugen Früchte: In den USA einigte man sich auf eine tariflich vereinbarte Gleichstellung der Teams, nach der beispielsweise die von der FIFA ausgezahlten Prämien für die Teilnahme an Großturnieren fortan zentral gesammelt und dann an alle Spieler*innen der Frauen- und Männermannschaft ausgezahlt werden.[3] Auch wenn es immer noch eine Diskrepanz in den ausgezahlten FIFA-Prämien für Frauen und Männer gibt, so wurde bei der FIFA-Frauen-Weltmeisterschaft 2023 zum ersten Mal eine Prämie in Höhe von circa 28.000 Euro für alle Teams aus der Gruppenphase an die Spielerinnen ausgezahlt.[4] Für den Weltmeistertitel gab es circa 252.000 Euro. Bei der FIFA-Männer-Weltmeisterschaft 2022 in Katar wurden im Vergleich circa 400.000 Euro für den Weltmeistertitel ausgezahlt.[5]

Nicht nur im Fußball sind die USA ein medienwirksames Beispiel für den Kampf um Gleichberechtigung. In der Leichtathletik machte die mehrmalige Olympiasiegerin Allyson Felix 2019 auf die fehlende finanzielle Absicherung und Sicherheit in Sponsoringverträgen von schwangeren Athletinnen aufmerksam und sorgte dafür, dass Sportlerinnen »nicht länger für die Geburt ihres Kindes bestraft werden«, so Felix. Aufgrund der leistungsorientierten Incentives in ihrem Sponsoringvertrag brachen nach der Geburt ihres Kindes ungefähr 70 Prozent ihres Gehalts weg.[6] Der öffentliche Disput führte dazu, dass zumindest der involvierte Sporthersteller neue Richtlinien in den Sponsoringverträgen von Athletinnen einführte, nach denen Gehaltskürzungen für 18 aufeinanderfolgende Monate beginnend ab dem achten Monat vor dem Geburtstermin für Frauen ausgeschlossen werden.[7] Dennoch bleiben viele Fragen offen, was die Praktiken anderer Hersteller in der Branche betrifft. Vor allem auch der von Allyson Felix kritisierte Umstand, dass überwiegend Männer Sponsoring- oder Profiverträge mit Athletinnen aushandeln, erschwert die notwendigen Veränderungen in der Sportindustrie.[8]

Auch Sportverbände stehen in der Kritik, Krankenversicherungen für Athletinnen auszusetzen, wenn sie während ihrer Babypausen nicht am Wettbewerb teilnehmen.[9] Einer der Gründe: Viel zu häufig werden Verträge männlicher Athleten automatisch für Frauen adaptiert, ohne Rücksicht auf deren Lebensumstände. Dadurch bleiben Themen wie Schwangerschaft oder Elternzeitregelungen im toten Winkel der Sportwelt.

Auch im deutschen Frauenbasketball wird in Interviews neuerdings gerne gefragt, ob Frauen so viel verdienen sollten wie Männer. Ich finde es schwierig, das Beispiel aus dem US-amerikanischen Frauenfußball einfach auf den deutschen Frauenfußball oder -basketball zu übertragen. Die Probleme sind die gleichen, die Strukturen allerdings grundlegend anders. In den USA ist die strukturelle Ausgangssituation für viele Sportlerinnen besser als in Deutschland. In der professionellen Basketball-Liga in den USA trainieren und spielen die Frauenteams in modernen Arenen. Ich habe an einer US-amerikanischen Universität studiert und Basketball gespielt und hatte schon als 18-Jährige jederzeit Zugang zu einer Basketballhalle, einem Kraftraum und zu physiotherapeutischer und akademischer Betreuung. Ich wurde ausgestattet, an Spieltagen gab es immer Verpflegung und bei Auswärtsfahrten sind wir so gereist, dass wir uns optimal auf das Spiel vorbereiten und danach regenerieren konnten. Ich hatte andere Frauen als Coaches, Physiotherapeutinnen oder Betreuerinnen zur Seite. Viele Sportlerinnen in Deutschland haben viel schlechtere Rahmenbedingungen mit Blick auf Trainingsstätten, Umstände, unter denen Wettkämpfe ausgeführt werden, sowie Möglichkeiten für die Regeneration und Verletzungsprävention. Wir müssen also nicht nur für faire Bezahlung kämpfen, sondern vor allem die strukturelle Benachteiligung von Frauen im Sport thematisieren. Wir brauchen einen Perspektivwechsel, in dem nicht immer nur Frauen in Interviews gefragt werden, ob sie genauso viel verdienen möchten wie Männer. Ich erwarte, dass Entscheidungsträger*innen auch mal erklären müssen, weshalb Mädchen und Frauen im eigenen Sportclub keinen gleichberechtigten Zugang zu den besten Hallen und Trainingszeiten bekommen und weshalb im gesamten Verein kaum bis keine qualifizierten Trainerinnen, Physiotherapeutinnen oder Betreuerinnen für die Belange der Mädchen und Frauen zur Verfügung stehen.

Sport, Politik, Geld

Um zu verstehen, weshalb die strukturelle Ausgangssituation im amerikanischen Frauensport so viel besser ist als in Deutschland, hilft ein Blick in die Vergangenheit. Die Bürgerrechtsbewegung der 1960er-Jahre war prägend für viele Antidiskriminierungsgesetze in den USA, die bis heute Bestand haben. Dass Bildung in den USA eine nationale und keine Ländersache ist, verankerte der Präzedenzfall in einer Highschool in Arkansas im Jahr 1957, in dem Minnijean Brown und eine Gruppe von Mitschüler*innen, später bekannt als die *Little Rock Nine*, erst dann eine ausschließlich *weiße* Schule besuchen durften, als sich der damalige US-Präsident Dwight D. Eisenhower über den Gouverneur von Arkansas hinwegsetzte.[10] Ähnlich war es im Jahr 1972, als der damalige US-Präsident Richard Nixon das Antidiskriminierungsgesetz *Title IX* unterzeichnete. Ab diesem Zeitpunkt durfte keiner Person aufgrund ihres Geschlechts der Zugang zu aus Bundesmitteln finanzierten Bildungseinrichtungen verwehrt werden.[11] In diesem Gesetz gab es auch eine Klausel für Sport, derzufolge Männer und Frauen gleichberechtigt behandelt werden müssen. Es ist diesem Gesetz zu verdanken, dass es heute in den meisten US-amerikanischen Schulen und Universitäten einen gesetzlich festgeschriebenen Zugang zu Trainingsstätten, Ausstattung und anderen Rahmenbedingungen in Sportabteilungen für Frauen gibt. Trotzdem gibt es auch bei *Title IX* Kritik und Schlupflöcher: Einige Universitäten schaffen es, trotzdem mehr Geld für Männer- als für Frauenmannschaften auszugeben.[12] Sportabteilungen von Universitäten müssen im Rahmen des *Equity in Athletics Disclosure Act* (EADA) beispielsweise jedes Jahr angeben, wie viel sie für operative Kosten, Recruiting oder Sportstipendien pro Frauen- und Männerteams ausgeben. Daneben gibt es allerdings auch geschlechtsunspezifische Kategorien wie Reise- und Hotelkosten oder Verpflegung, die nicht für jedes Team nachvollzogen werden und dadurch einen Spielraum für Ungleichbehandlung erlauben.[13]

Ein weiteres Beispiel ist der unzureichend definierte Umgang mit Einkünften aus Marketingkampagnen oder die Verteilung von Marketingressourcen (zum Beispiel Fernseh- oder Werbeverträge) in Sportabteilungen, da die Regularien des EADA aus der Sportindustrie der 1990er-Jahre stammen. Damals waren die heutigen Möglichkeiten wöchentlicher Fernsehübertragungen oder die Vermarktungspotenziale durch Social Media im College-Sport noch nicht denkbar und sind daher bis heute kaum reguliert.[14]

Trotz der Schlupflöcher betrachte ich *Title IX* als ein notwendiges Instrument, um eine gleichberechtigte Ausgangssituation für Frauen und Männer im Sport herzustellen. Die USA sind uns da meilenweit voraus. In Deutschland wurde das Frauenfußballverbot für die Teilnahme am organisierten Spielbetrieb erst in den 1970er-Jahren vom Deutschen Fußball-Bund aufgehoben. Ein Antidiskriminierungsgesetz nach dem Vorbild von *Title IX* gab es nach meinem Kenntnisstand in Deutschland nie. Von einer gleichberechtigten Ausgangssituation sind wir in Deutschland noch weit entfernt. Auch im Basketball ist das nicht anders.

In Deutschland gibt es auf nationaler Ebene für jede Sportart einen Sportfachverband. Im Basketball ist das der Deutsche Basketball-Bund (DBB). Der DBB soll die Weichen für die Sportförderung sowie Entwicklung des deutschen Frauenbasketballs stellen. In der Praxis hat der DBB mit der Deutschen Damen-Basketball-Bundesliga (DBBL) einen sogenannten Grundlagenvertrag geschlossen, in dem die Rechte für die Planung und Durchführung aller nationalen Wettbewerbe an die DBBL veräußert werden. Weiterhin stellte der Grundlagenvertrag fest, dass die DBBL die Jugend fördert und dass in einem gemeinsamen Lenkungsausschuss Ziele zur Förderung des »Damen-Basketballs« beschlossen werden sollen. Der ehemaligen Basketball-Nationalspielerin Linda Fröhlich zufolge steckt der deutsche Frauenbasketball noch in den Kinderschuhen. Eine Beobachtung, die ich teile, denn gefördert wurde in den letzten zehn Jahren meiner Wahrnehmung nach nichts, und auch die andauernde Bezeichnung von Frauen als »Damen« ist längst nicht mehr zeitgemäß. Im Präsidium des DBB sitzen im Jahr 2023 sechs *weiße* Männer mit einem Durchschnittsalter von 60 Jahren,[15] die zu einer Zeit in Deutschland groß geworden sind, als Frauen noch nicht mal organisierten Fußball spielen durften. Der Geschäftsführer und die Vorstandsvorsitzenden der Ersten und Zweiten DBBL sind ebenfalls *weiße* Männer. Auf insgesamt zwanzig administrative Ämter im DBB und in der DBBL kommen zwei Frauen, die allerdings keine Funktionen mit Entscheidungsbefugnis haben. Für den Moment kann ich festhalten, dass die Entwicklung des deutschen Frauenbasketballs stagniert. Im Kader der Frauenbasketball-Nationalmannschaft spielen für die FIBA Women's EuroBasket 2023,[16] also die letzte Basketball-Europameisterschaft, nur zwei von zwölf Spielerinnen in der ersten Bundesliga in Deutschland. Der Rest des Frauenteams macht Karriere und entwickelt sich, zum Glück, im Ausland. In Deutschland trägt der größte Teil der Bundesligvereine im Frauenbasketball den Spielbetrieb in Mehrzweckhallen aus. Es gab in der Geschichte der Liga noch nie moderne Standards den Hallenboden, die Korbanlagen, das Budget oder das Fassungsvermögen der Hallen betreffend. Ohne Ziele und Visionen bleibt der deutsche Frauenbasketball in den Kinderschuhen – was meines Erachtens vor allem mit der Basketball-Sportpolitik und den Strukturen der Sportfachverbände in Deutschland zu tun hat. Im Jahr 2024 soll sich das langsam ändern. Es wird erstmalig solche Standards geben. Trotzdem bleibe ich dabei: Eine Umstrukturierung und ein grundsätzliches Umdenken sind überfällig.

Intersektionale Herausforderungen

Als nicht *weiße* Person in der deutschen Sportlandschaft hatte ich an der Intersektion Frau und *Black, Indigenous,* Person of Color *(*BIPoC*)* meine eigenen Herausforderungen. An all meinen Stationen im deutschen Frauenbasketball fehlte es an Bezugspersonen und weiblichen Vorbildern. Dabei ist genau das wichtig, um sich in einer Sportart optimal zu entwickeln. Ich wurde in Interviews oft gefragt, wer meine Basketball-Vorbilder sind. Ich habe dann immer Dirk Nowitzki gesagt, so wie alle anderen auch. Dabei war das nur teilweise wahr. Mir war klar, dass ich einen anderen Bewegungsapparat hatte, auf einer anderen Position spielte und BIPoC bin. Eine Alternative zu Nowitzki kam mir jedoch nie in den Sinn, da es zu meiner Zeit weder nahbare Trainerinnen noch sichtbare Athletinnen in meiner Sportart gab. Zudem gab es weder auf dem Spielfeld noch am Spielfeldrand andere BIPoC-Frauen im deutschen Frauenbasketball. Ich kann an einer Hand abzählen, wie viele andere Schwarze Frauen vor meiner Zeit in der deutschen Nationalmannschaft gespielt haben. Es waren exakt zwei, Roli-Ann Neubauer und Charmaine Callahan. Bei der letzten FIBA Women's EuroBasket 2023 spielte eine BIPoC-Frau mit. Ich kenne eine Spielerin, die kurdische Wurzeln hat und in den 2000er-Jahren in der Ersten DBBL gespielt hat. Diese Spielerin, Semra Ilhan, konnte mir nur eine weitere deutsch-türkische Spielerin nennen, die sie zu ihrer Zeit kannte. Seitdem hat sich nichts verändert, denn ich könnte heute keine weitere aktive Spielerin nennen. Ich hatte in meiner ganzen Karriere in Deutschland eine *weiße* Frau als Trainerin und kenne auf dem höchsten Niveau in Deutschland keine BIPoC-Trainerin. Meine individuelle Erfahrung zeigt: Je höher die Position im deutschen Frauenbasketball, desto geringer ist der Anteil nicht *weißer* deutscher Spielerinnen und die Wahrscheinlichkeit, dass eine Frau an der Seitenlinie coacht. Warum ist das so? Forschung dazu gibt es kaum. Meine eigenen Erfahrungen und Beobachtungen liefern allerdings einige Erklärungen dafür:

Männer dominieren die Sportwelt – vor allem, weil Frauen sehr lange der Zugang zum Sport verwehrt blieb. Unabhängig von der Disziplin sitzen nun vor allem Männer in Positionen mit Entscheidungsverantwortung.[17] Aus eigener Erfahrung weiß ich, dass es kaum hauptamtliche Stellen für Trainerinnen in

Deutschland gibt. Die meisten Trainerinnen haben, ähnlich wie Spielerinnen, Jahresverträge und werden schlecht bezahlt. Dazu kommt, dass auch hier der Gender Pay Gap zum Nachteil von Frauen dazu führt, dass sie, verglichen mit gleich qualifizierten Männern in der gleichen Position, oft weniger verdienen. Diese Strukturen sorgen häufig für eine große finanzielle Unsicherheit. Darüber hinaus sind vor allem die Kinderbetreuung durch den Spielbetrieb an Wochenenden und die oftmals späten Trainingszeiten für Frauen ohne die Unterstützung durch eine Partnerschaft kaum zu schaffen. Das Fehlen von Frauen und insbesondere BIPoC-Frauen in Schlüsselfunktionen im Frauensport ist meines Erachtens auch ein Grund dafür, dass es kaum BIPoC-Spielerinnen bis in die Profiligen schaffen.

BIPoC-Basketballspieler*innen in Deutschland sind umgeben von einer *weißen* Bubble. Sie erleben stereotypische und rassistische Zuschreibungen sowie Stigmatisierung von Trainer*innen und manchmal auch Mitspielerinnen, die dazu führen können, dass sie sich irgendwann von ihrem Sport abwenden. Oft habe ich mitbekommen, dass BIPoC-Spieler*innen als zu temperamentvoll, schwer trainierbar oder zu vorlaut beschrieben werden. Trainer*innen fehlt häufig das Verständnis für die Alltagsrealitäten nicht *weißer* Kinder und Jugendlicher in Deutschland, unabhängig von den sozioökonomischen Verhältnissen der Eltern. Jugendförderung und Leistungssport im deutschen Frauenbasketball funktionieren gut, wenn du *weiß* gelesen oder ein Toptalent bist und nicht aus der Reihe tanzt. Für alles dazwischen gibt es häufig keine Ressourcen und Kapazitäten. Und das herrschende Mindset wirkt sich auch auf das Verhalten der Spielerinnen aus. So agierte ich in der Nationalmannschaft sehr angepasst und habe immer, entsprechend den Erwartungen der Trainer, meine Rolle akzeptiert. Trotzdem wurden mir aufgrund meiner Hautfarbe bestimmte Fähigkeiten zugeschrieben:

In einem Einzelgespräch mit dem damaligen Bundestrainer sagte er mir, ich solle ein bisschen mehr »zocken«, so wie ich es von den Berliner Streetball-Plätzen kennen müsse. Und ich solle die Rolle des Dennis Schröder im Frauenteam einnehmen. Auf Freiplätzen spielte ich seit dem Vorfall, als ich 13 Jahre alt war, nicht mehr und die einzige Gemeinsamkeit, die Nationalbasketballspieler Dennis Schröder und mich im Kontext Basketball verbindet, ist unser Nicht-*weiß*-Sein.

Sport, Körper, Geschlechterbinarität

All meine Erfahrungen im Sport und Berührungspunkte mit den Sportstrukturen auf Verbands- oder Vereinsebene zeichnen eine sehr konservative und männlich dominierte Welt in Deutschland. Verglichen mit anderen Bereichen in unserer Gesellschaft, wo durch Frauenquoten oder gesetzliche Vorgaben in Unternehmen für mehr Chancengleichheit und Gleichberechtigung gesorgt wird,[18] scheint die Sportwelt veränderungsresistent. Vielleicht sind die Hürden im Sport besonders groß, weil hier vor allem durch Körperlichkeit und Athletik Argumente für die biologische Überlegenheit von Männern statuiert werden.

Erst der Schritt in die US-amerikanische Sportwelt hat mich für die Rolle von Frauen in wichtigen Positionen im Sport und das Aufbrechen von heteronormativen Strukturen für Frauen sensibilisiert. In den USA hatte ich meine erste Cheftrainerin. Dort hatte ich auch das erste Mal Mitspieler*innen, die offen queer lebten oder eine fluide Geschlechtsidentität hatten. In den USA gibt es erfolgreiche professionelle Basketballspielerinnen wie Brittney Griner, die *masculine presenting* (*masc*) sind – also in ihrer äußeren Darstellung und in ihrem Verhalten maskulin auftreten – und offen lesbisch leben. Trotzdem habe ich auch mitbekommen, wie schwer es für meine *masc* oder transidenten Mitspieler*innen war, wenn sie sich außerhalb der Sportwelt bewegten. Das toxisch maskuline Umfeld auf den College-Partys oder in den Studentenverbindungen des Universitätscampus ist für *masc*-Frauen und nicht binäre Menschen nur schwer zu ertragen. An eine Situation aus meiner Unizeit kann ich mich noch gut erinnern. Damals wollten mein Team und ich gemeinsam auf die Party einer Männer-Studentenverbindung gehen. Einer *masc*-BIPoC-Mitspielerin wurde der Zutritt verwehrt mit der Begründung, dass nur »Frauen« reingelassen würden. Daraufhin kam es zu einer Auseinandersetzung, nach der meine Mitspielerin von der Polizei wegen Hausfriedensbruchs festgenommen wurde. Erst heute verstehe ich das wirkliche Ausmaß der Situation, die sich einreiht in die vielen Beispiele, in denen gerade in der Sportwelt nicht heteronormative PoC- oder BIPoC-Körper von *weißen* Männern gemaßregelt werden.

Anders als im Basketball werden *masc*-Frauen in der Leichtathletik im Verdachtsfall auf Intergeschlechtlichkeit getestet. Seit 2018 gibt es in der Leichtathletik für Frauen sogar ein Testosteronspiegellimit für die Teilnahme an internationalen Wettkämpfen. Dadurch soll ein vermeintlicher Wettbewerbsvorteil für Frauen verhindert werden, die ein natürlich hohes Testosteronaufkommen haben. Nach den neuen Regelungen müssen sich Sportlerinnen mit einem Testosterongehalt von über fünf Nanomol pro Liter Blut einer aggressiven hormonellen Behandlung unterziehen, um mindestens sechs Monate vor dem Wettkampf unter das festgelegte Limit zu kommen.[19] Ein Limit für die Länge der Beine von Hürdenläufer*innen und Sprinter*innen sowie die Größe der Füße von Weitspringer*innen gibt es nicht. Das zeigt sehr deutlich, dass es sich unmissverständlich um Diskriminierung und Misogynie handelt.

Die ARD veröffentlichte 2023 eine Stellungnahme des Athletik-Weltverbands, der verkündete, die neuen Reglungen seien ein »angemessenes, verhältnismäßiges Mittel zum Schutz des fairen Wettbewerbs«.[20] Dies lässt eine wichtige Sache außer Acht: Es ist wissenschaftlich überhaupt nicht erwiesen, dass ein höheres Testosteronaufkommen leistungssteigernde Effekte haben muss.[21] Bisher wurde nur der Testosterongehalt im Blut der betroffenen Sportlerinnen untersucht, nicht aber, ob auch die notwendigen Rezeptoren im Körper angesprochen werden, um das produzierte Testosteron in den Muskel oder die Blutzelle aufnehmen zu können.[22]

Ich möchte an dieser Stelle deutlich betonen, dass die neue Regelung des Athletik-Weltverbands menschenverachtend und diskriminierend ist. Aufgrund dieser Regelung gab es bisher nicht abgesprochene Bekanntmachungen und Zwangsoutings über den Testosterongehalt von Athletinnen wie bei der südafrikanischen Mittelstreckenläuferin Mokgadi Caster Semenya, die sich dazu wie folgt äußerte: »Ich möchte natürlich rennen, so, wie ich geboren wurde. Ich bin Mokgadi Caster Semenya – ich bin eine Frau und ich bin schnell.« Auch der Testosterongehalt der kenianischen 800-Meter-Läuferin Margaret Wambui oder der indischen Sprinterin Dutee Chand wurden öffentlich verhandelt. All diese Vorfälle haben zur Stigmatisierung und Ausgrenzung der Athletinnen aus der eigenen Sport-Community geführt. Mehr noch: Die indische Athletin Santhi Soundarajan unternahm einen Suizidversuch, nachdem ihre Testergebnisse zur Disqualifikation führten und beendete danach ihre Karriere.[23]

Ich selbst bin die längste Zeit meines Lebens Leistungs- und Profisportlerin gewesen. Ich weiß, wie sehr die Sportart, der eigene Ehrgeiz und das Streben nach Perfektion das eigene Leben bestimmen können. Weltklasse-Athletinnen wie Santhi Soundarajan, Caster Semenya, Margaret Wambui und Dutee Chand werden nicht über Nacht geboren. Sie beginnen als Mädchen eine Sportart auszuüben. Talentierte Sportler*innen mit guten Veranlagungen werden im Jugendalter gesichtet und können durch jahrelanges, hartes und diszipliniertes Training ihr Talent zum Beruf machen. Caster Semenya ist nicht zu ihrer Sportart gekommen, weil sie intergeschlechtlich ist. Sie ist eine talentierte Frau, die extrem gut in dem ist, was sie macht und hart für ihren Erfolg arbeitet. Leichtathletinnen wie Caster Semenya oder Dutee Chand vorzuschreiben, dass sie sich aggressive Hormonpräparate zuführen müssen, um ihren natürlichen Körper zu verändern, ist eine Entmenschlichung und keinesfalls ein »angemessenes, verhältnismäßiges Mittel zum Schutz des fairen Wettbewerbs«, wie es in der offiziellen Erklärung des Athletik-Weltverbands zu der Entscheidung hieß.

Solange wir nur zwei mögliche Geschlechter bei der Geburt eines Kindes feststellen, müssen Menschen innerhalb des Spektrums von Feminität ihre Sportart ausführen dürfen, ohne dabei von einem nach westeuropäischen Normen und hegemonialen Männlichkeitsmustern handelnden Weltverband gemaßregelt und in ihrer Freiheit beschnitten zu werden. Wir sollten immer aufhorchen, wenn nicht betroffene Menschen und vor allem *weiße* Männer über die Diskriminierungserfahrungen und Körper von Frauen urteilen. Insbesondere, wenn es in erster Linie um die Körper nicht *weißer* Personen geht.[24]

Zyklus und Sport

Während meiner Karriere als Basketballspielerin in den USA zog ich mir zwei Kreuzbandrisse zu und beide Male wurde ich ungefähr zwei Wochen nach dem Kreuzbandriss operiert. Ich kann mich so genau daran erinnern, weil ich beide Male warten musste, bis die Schwellung abgeklungen war. Nach meinem zweiten Kreuzbandriss hatte ich erneut meine Monatsblutung genau um den Zeitpunkt der OP. Nicht schon wieder, dachte ich damals, weil es unglaublich mühsam war, auf Krücken und in meiner Knieschiene den Tampon zu wechseln. Ich begann zu recherchieren und fand bald heraus, dass in der Forschung ein Zusammenhang zwischen dem Menstruationszyklus und der Leistungsfähigkeit beziehungsweise der Verletzungswahrscheinlichkeit von Frauen vermutet wurde. Das war 2011. Damals wurde über Themen wie hormonelle Schwankungen oder Zykluseinflüsse im Leistungssport noch nicht gesprochen. An wen hätte ich mich mit meinen Vermutungen und vielen Fragen wenden können? »Trainieren mit dem Zyklus« gehörte damals noch nicht in meinen Wortschatz. Dass sowohl beim Krafttraining als auch in der Sportmedizin – den beiden Aspekten im Mannschaftssport, bei denen es möglich und notwendig ist, auf die individuellen Konstitutionen von Athlet*innen einzugehen – nicht auf solche hormonellen Einflüsse geachtet wurde, frustriert mich erst rückblickend. Heute weiß ich, dass Frauen in der prämenstruellen Lutealphase, also 14 Tage vor der Monatsblutung, durch den erhöhten Östrogenspiegel unter anderem besonders verletzungsanfällig sind,[25] da sich in dieser Zeit das Bindegewebe und damit auch die Bänder weiten, um sich auf eine potenzielle Schwangerschaft vorzubereiten. Für eine Sportart wie Basketball, in der viele laterale Bewegungen gepaart mit kontinuierlichen Richtungs- und Schnelligkeitswechseln insbesondere das Muskelgewebe und die Bänder und Sehnen beanspruchen, birgt die Lutealphase daher ein hohes Verletzungsrisiko für Frauen. Nach meiner Entdeckung, zweimal die gleiche Verletzung zum gleichen Zeitpunkt während meines Zyklus gehabt zu haben, begann ich, die Antibabypille zu nehmen. Die Pille verhindert, dass Botenstoffe zum Auslösen der Ovulation im Gehirn gebildet werden und mindert gleichzeitig den Aufbau der Gebärmutterschleimhaut. Insbesondere eine verhinderte Ovulation führt vermeintlich dazu, dass sich Bindegewebe und Bänder monatlich nicht weiten und damit weniger verletzungsanfällig sind.

Trotz der Sicherheit, die mir die Antibabypille für die letzten sieben Jahre meiner aktiven Karriere gegeben hat, habe ich eine ambivalente Haltung zur ihr. Einerseits hat die Pille Frauen emanzipiert, andererseits wissen wir heute, dass sie ein aggressives Hormonpräparat mit möglicherweise schwerwiegenden Langzeitfolgen wie beispielsweise Thrombosen, Kopfschmerzen, Zwischenblutungen oder Depressionen und ein erhöhtes Risiko für Krebs oder Herz-Kreislauf-Erkrankungen ist. An dem Tag, als ich aufhörte, professionell Basketball zu spielen, konnte ich die Pille wieder absetzen. Ich habe die Pille missbraucht, um mich in einem falschen Gefühl von Sicherheit zu wägen, obwohl ich wusste, wie schlecht die künstliche Hormonzufuhr für meinen Körper war und welche Nebenwirkungen und potenzielle Langzeitfolgen dies birgt. Ich habe meinen Sport geliebt und mich ohne Antibabypille nicht mehr sicher und stabil gefühlt. Alternativen gab es für mich nicht, und letztendlich war es meine Entscheidung, die Antibabypille zweckentfremdend für mein Knie zu benutzen. Was wir brauchen und was bisher völlig fehlt, sind Sportdirektor*innen, Trainer*innen oder Ärzt*innen im Frauenbasketball, die sich zum Thema Zyklus und Sport weiterbilden und ihre Sportlerinnen aufklären.

Ich habe zwei Drittel meines Lebens entweder als aktive Sportlerin oder im Umfeld des Leistungssports verbracht. Als aktive Sportlerin habe ich mich oft an den teils erlebten, teils nur beobachteten unfairen Strukturen im Frauenbasketball in Deutschland gestört: die späten Trainingszeiten als Profisportlerin etwa, weil unser Team erst nach dem Schul- und Freizeitsport ab zwanzig Uhr in die Halle konnte, in Kombination mit den frühen Athletiktrainingseinheiten um sieben Uhr dreißig am nächsten Morgen, weil der Athletiktrainer selbst weiter zu seinem Hauptjob musste. Als Zuschauerin und Unterstützerin des deutschen Frauenbasketballs finde ich heute meine Stimme, um das, was mir auffällt – positiv wie negativ –, zu benennen. Gerade deshalb bin ich auch dankbar, in diesem Text mal einen Einblick in die kleine Welt des deutschen Frauenbasketballs geben zu dürfen, um auf die strukturellen Probleme eines aus der Zeit gefallenen Verbandes mit seinen professionellen Basketball-Ligen zu geben. Trotz all meiner eigenen professionellen Erfahrungen schreibe ich diesen Text und kehre bei dem Gedanken an patriarchale Strukturen in der deutschen Sportlandschaft auch in meine Kindheit zurück. Sofort bin ich wieder das dreizehnjährige Mädchen, das sich schämt, weil sie als Junge bezeichnet wird. Sofort bin ich bei der Bevorzugung meiner Brüder durch meinen Vater. Bei all dem, was strukturell im Sport verbessert werden kann, um einen gleichberechtigten Zugang und faire Rahmenbedingungen für Mädchen im Sport zu schaffen, muss ein Großteil der Arbeit auch in unseren Familien getan werden. Mädchen dürfen stärker, schneller und ehrgeiziger sein als Jungen. Mädchen dürfen sich frei von Wertung bewegen, ihren Körper einsetzen und standhaft sein. Eltern dürfen und sollen ihre geschlechtsstereotypen Ansichten und Erziehungsmaßnahmen hinterfragen, bevor sie das Verhalten ihrer oder anderer Kinder kommentieren.

Ich kann heute mit meinem Vater viel diskutieren und über seine Erziehungsmethoden scherzen. Dennoch glaube ich, dass er nie richtig verstehen wird, welche Auswirkungen seine geschlechtsspezifische Erziehung auf die Entwicklung seiner Kinder hatte. Mein Vater ist inzwischen 75 Jahre alt, und ich werde ihn nicht mehr ändern. Heute laufe ich sonntags freiwillig mit ihm durch den Tiergarten. Darin haben wir beide unseren Frieden gefunden.

unlearn ableismus

Rebecca Maskos

Mein Körper ist ein Querulant. Er hält sich nicht an die Regeln, die besagen, wie Körper zu sein haben. Mit seinen neunzig Zentimetern ist er viel zu klein, um als Körper einer Erwachsenen durchzugehen. Er widersetzt sich allen Normen der Symmetrie und Proportion: die Beine krumm und kurz, der Hals auch, die Arme zu lang, der Rücken schief. Seine Unmöglichkeit wirft Fragen auf, nicht nur bei Kindern. Warum ist die Frau so klein, wo sie doch erwachsen aussieht? Warum der Rollstuhl? Kann sie sprechen? Tut das weh? Die Öffentlichkeit verwandelt seine Querulanz in eine Performance: Schaut mal unauffällig rüber, hier gibt's was Kurioses zu sehen. Um den Blicken auszuweichen, schaue ich Leuten auf der Straße nur selten ins Gesicht.

Querulantische Körper

Mein Körper weigert sich auch, zu funktionieren: Die Beine laufen nicht, die Ohren hören nur noch mit Hörgeräten, die den Schall auf den Pegel eines Presslufthammers verstärken, damit ich ihn hören kann. Mein Körper ist eine einzige Provokation für das Medizinsystem. Das will ihn ganz und normal machen, anpassen und heilen. Dass Mediziner*innen bei meinem Körper nicht weiterkommen, ist für manche ein Schreckensszenario: Da kann man nichts mehr machen. Mir völlig unbekannte Menschen sagen mir deshalb hin und wieder, dass sie für mich beten, drücken mir Kleingeld in die Hand, wünschen mir Kraft. Denn mein Körper ist eine Projektionsfläche: für all die Ängste und Abscheu vor Behinderung, vor der größten anzunehmenden Körperkatastrophe, vor dem vermeintlichen Ende von Aktivität, vor sicher geglaubtem Leiden. »Ich könnte das ja nicht«, sagen mir Menschen und meinen das anerkennend. Sie vermuten Schmerzen und Krankheiten, wo keine sind, sie denken an Depression und Einsamkeit, sie mutmaßen, dass ich nicht alleine klarkomme im Leben.

Wo die Performance ist, bleibt der Applaus nicht aus. »Bravo«, ruft die Frau auf dem Gehsteig und klatscht, als sie beobachtet, wie ich meinen Rollstuhl aus dem Auto lade. Während andere ihr Fahrrad anschließen, wird meine Mobilität zur Show – unfreiwillig. Tatsächlich ist es ein Privileg, ein Auto zu haben, das für kleinwüchsige Rollstuhlfahrer*innen umgerüstet ist. Außer den Anträgen für die Zuschüsse, um die dafür notwendige Technik bezahlen zu können, habe ich jedoch nichts dafür getan: Konstruiert und eingebaut haben andere. Geklatscht wird aber für mich, den Menschen, der »trotzdem rausgeht«, sich nicht von der Behinderung »unterkriegen« lässt. »Meine Hochachtung«, ruft die Frau zu mir hinüber, »toll, wie Sie Ihr Leben meistern. So mutig, Sie sind ein Vorbild!«

Wo mutmaßliche Schmerzen, Einsamkeit und Depressionen überwunden werden, muss wohl eine ganz besondere Tapferkeit und Leistungsbereitschaft dahinterstecken. Mein mittelmäßig interessanter Alltag wird zum Objekt der »Inspiration« für andere: Wenn sogar »die Behinderte« schon klarkommt mit ihrem Leben, dann müssten es die Nichtbehinderten doch erst recht, wenn sie sich nur mal ordentlich anstrengen und nicht immer rumjammern würden.

Ableismus ist ein Wort, das bisher wenige kennen, aber kennen sollten. Er ist eine perfekte Überschrift für all die Phänomene, die mir mit meinem querulantischen Körper alltäglich entgegenkommen. Ableismus ist die eingedeutschte Variante des englischsprachigen Begriffs *ableism*, der sich wiederum ableitet von *to be able*, fähig sein. Überall wo »-ismus« draufsteht, steckt etwas Machtvolles drin: ein normatives Sein, entstanden, immer wieder eingefordert und verfestigt in Macht- und Herrschaftsverhältnissen. Damit ähnelt Ableismus anderen Formen von systematischer Abwertung und Verbesonderung von Menschen, die entlang einheitlich geglaubter Gruppen beurteilt werden, wie etwa im Sexismus, Rassismus, Antisemitismus, Antiziganismus – die Liste ließe sich fortsetzen.

Ähnlich anderen »-ismen« reduziert Ableismus Menschen auf ein einziges Merkmal: auf ihre (Un-)Fähigkeiten und Beeinträchtigungen. Im ableistischen Denken und Handeln werden unsere Unterschiedlichkeiten eingeebnet, werden wir zur Gruppe gemacht: »den Behinderten«. Als Einzelne stehe ich dann als Stellvertreterin für alle behinderten Menschen und muss mich mit den Bildern und Umgangspraktiken auseinandersetzen, die über »die Behinderten« in der Welt sind. Aus einer ableistischen Perspektive – und die ist leider omnipräsent – wird alles, was ich sage oder tue, auf meine Behinderung zurückgeführt: Bekomme ich etwas nicht hin, liegt es an meiner Behinderung. Mache ich etwas richtig gut, dann »trotz« meiner Behinderung.

Dass auch behinderte Menschen ihre Benachteiligungen als Diskriminierungen verstehen, ähnlich anderen »-ismen«, spricht sich nur langsam herum. Bekannter ist der Begriff »Behindertenfeindlichkeit«. Meist werden darunter negative Einstellungen und Vorurteile gegenüber behinderten Menschen verstanden. Tatsächlich tritt man uns auf vielen Ebenen »feindlich« gegenüber. Dennoch ist Ableismus breiter, offenbart sich vielfältiger. Es ist nur selten offene Feindlichkeit, die meinem querulantischen Körper begegnet. Ableismus verkleidet sich als Kompliment aus der Hölle, als Mitleidsbekundung. Oder als private Frage von Wildfremden, nach meiner Diagnose, ob ich Sex oder Kinder haben kann. Und Ableismus betrifft nicht nur mich: Wir alle, egal, ob behindert oder nicht, haben ihn im Kopf, und alle können wir von ihm betroffen sein in Form des Drucks, gesund, leistungsfähig und unabhängig von der Hilfe anderer zu sein – wenn es auch die als behindert kategorisierten Menschen in weitaus höherem Maße sind, allein weil uns täglich eine Menge Barrieren im Weg stehen.

Ableismus ist tief in all unseren gesellschaftlichen Strukturen und in unserem Denken verankert. Ähnlich wie etwa Rassismus und Sexismus konstruiert Ableismus eine Binarität von Identitäten, ein Entweder-oder, das es so in Wirklichkeit nicht gibt. »Rassen« sind ein biologistisches Konstrukt, und auch bei Gender haben wir es mit einem vielfältigen Spektrum zu tun statt mit einer starren Zweigeschlechtlichkeit – auch wenn vielerorts immer noch verzweifelt versucht wird, an der Binarität von Mann und Frau festzuhalten.

Und so sind auch die Maßstäbe, die besagen, wo Behinderung aufhört und Nichtbehinderung anfängt, verschwommen, die Grenze zwischen Krankheit und Gesundheit ist variabel: Bis wie viel Dioptrien braucht man einfach nur eine Brille, und ab wann beginnt eine Sehbehinderung? Ist man schon krank, wenn die Blutwerte und der Body Mass Index nicht im Normbereich sind? Ab wann identifiziert man sich als behindert, und ist man immer nur so behindert, wie man sich fühlt? Die unscharfe Grenze zwischen Behinderung und Nichtbehinderung mag verunsichernd sein, ist aber Wirklichkeit. Indem wir aber Binaritäten in unserem Kopf herstellen, dieses Entweder-oder, spalten wir das Verunsichernde, das Unerwünschte, ab. *Othering,* so nannten Denker*innen *innen wie Simone de Beauvoir, der Literaturtheoretiker Edward Said und die postkoloniale Feministin Gayatri Spivak diesen Prozess: ein »Zum-Anderen-Machen« von Menschen.[1]

Wozu? Es stützt Ideologien, die »Andersheit« brauchen, um ihre ganz bestimmte, sehr enge Form von Normativität entstehen zu lassen.

Das Normale braucht das »Andere« als Spiegel: Normative Männlichkeit braucht eine fixe Vorstellung von Weiblichkeit, genauso wie People of Color für die Errichtung eines normativen *Weiß*-Seins funktionalisiert werden. Und so helfen ableistische Vorstellungen von Behinderung dabei, Bilder von körperlicher und geistiger »Gesundheit« und »Nichtbehinderung« überhaupt erst herzustellen. Genau wie rassistische und sexistische Ideologien wird auch Ableismus genutzt, die daran anschließenden Ausgrenzungen und Diskriminierungen zu rechtfertigen und machtvoll durchzusetzen.[2]

Zwischen Anstalt und Jahrmarkt

Das Abgrenzungsbedürfnis gegenüber Behinderung und die dazu passenden Mythen sind uralt. Als Kind las man mir Märchen mit den Sieben Zwergen und Rumpelstilzchen vor, später die Geschichte von Quasimodo. Immer war ich froh, nicht so zu sein wie »die«: ein bisschen seltsam, hinterhältig und böse, jedenfalls anders. Oder hatten sie doch etwas mit mir zu tun? Ich konnte nichts mit Klara anfangen, der »kranken«, Rollstuhl fahrenden Freundin von Heidi aus den Bergen. Im Trickfilm nach dem Roman von Johanna Spyri begegnete ich mit Klara zum ersten Mal einem anderen Mädchen mit Behinderung. Ein Vorbild war sie mir leider nicht, und mit diesem unguten Eindruck war ich sicher nicht allein: Klara ist aus vornehmem Hause, langweilig und nutzt die Vitalität und Lebendigkeit der gesunden, lebenslustigen Heidi aus.

Auch in meinem späteren Medienkonsum kamen behinderte Menschen nicht so gut weg. Entweder zogen sie als verbitterte, Prothesen tragende Killer eine Spur der Gewalt hinter sich her, um sich an den Nichtbehinderten für deren Lebensglück zu rächen. Oder sie erschienen als unschuldige Engel, die auf den Tod warteten oder ihn selbst herbeiführten, um den Nichtbehinderten nicht länger zur Last zu fallen. Vorher brachten sie ihnen aber noch tiefe Weisheiten über das Leben bei. Ich las und sah rührselige Stories von Außenseiter*innen, in denen die bedauernswerte behinderte Person mithilfe barmherziger Nichtbehinderter irgendwann doch noch »integriert« wird. Es gab kaum Geschichten, mit denen ich mich hätte identifizieren können – geschweige denn in denen ich Behinderung als ein neutrales Merkmal unter vielen erlebt hätte.

Heute sehe und höre ich solche Geschichten schon eher, das Narrativ Behinderung wird vielfältiger, auch dank Projekten wie der Onlineplattform »Leidmedien.de«. Trotzdem darf Thomas Gottschalk noch 2023 zur besten Sendezeit seinem jugendlichen behinderten Wettkandidaten sagen: »Du bist ja ein ganz lustiges Kerlchen, obwohl du den ganzen Tag an den Rollstuhl gefesselt bist. Was für eine Krankheit hast du denn?«

Die mediale Repräsentation behinderter Menschen spiegelt ihre strukturelle Ausgrenzung. Auch sie hat eine lange Tradition. Gewalt gegen behinderte Menschen und ihre Ermordung ist seit Jahrtausenden dokumentiert: Bereits in der Antike erlaubten Gesetze, behinderte Säuglinge auszusetzen und umzubringen. Ihnen wurde eine Nähe zum Teufel nachgesagt oder sie galten als Strafe Gottes. Behinderte Menschen waren abhängig von ihrer Familie und deren Wohlstand. War es damit nicht gut bestellt, landeten sie etwa als Bettler*innen auf der Straße. Andere waren integraler und akzeptierter Teil des bäuerlichen und dörflichen Lebens.

Ab dem Mittelalter begann die Praxis, querulantische Körper auf Jahrmärkten auszustellen. Adelige hielten sich Hofzwerge als Prestigeobjekte. Unter dem Einfluss monotheistischer Religionen wie dem Islam, dem Judentum und dem Christentum wurden behinderte Menschen zunehmend religiös instrumentalisiert: Tat man ihnen Gutes, kam man dem Himmel ein Stück näher. Im Verlauf des Mittelalters entstanden erste kirchliche Asyle für die Ausgestoßenen. Während der Industrialisierung wurden sie im Globalen Norden zu Anstalten für diejenigen, die im normierten Rhythmus der kapitalistischen Gesellschaft keinen Platz fanden. Die Moderne verwandelte die Körper der Jahrmarktsattraktionen in wissenschaftliche Studienobjekte. Mit medizinischen Klassifikationen und Diagnosen versuchte man, die querulantische Naturhaftigkeit des Körpers unter Kontrolle zu bringen. Behinderung wurde dadurch endgültig zu dem, als was sie auch heute noch gilt: ein individuelles Problem, das zu korrigieren oder zu verhindern ist.

Ab der zweiten Hälfte des 19. Jahrhunderts entwickelten Philosoph*innen und Mediziner*innen die Ideologie der »Eugenik« – der »Verbesserung« des menschlichen Erbguts. Ihre Kernthese: Die unnötige Pflege und Unterstützung behinderter und kranker Menschen halte die »gesunde Volksgemeinschaft« in ihrer Entwicklung zurück und verursache zu viel Kosten. Weltweit wurden Gesetze erlassen, in denen Ehen von kranken, behinderten und rassistisch als »minderwertig« einsortierten Menschen verboten wurden und deren Zwangssterilisierung ins Werk setzten, damit sie sich nicht fortpflanzten. In Deutschland gingen die Nationalsozialisten noch weiter und legten ein systematisches Programm der Tötung körperlich, geistig und psychisch beeinträchtigter Menschen auf und nannten es »Euthanasie« – übersetzt »schöner Tod«. Von 1940 bis 1941 testeten sie an ihnen erstmals die Mordmethode der Gaskammern, danach mordeten sie mit anderen Mitteln weiter. Insgesamt brachten die Nazis rund 300.000 behinderte Menschen um.[3]

All das ist vielen Menschen weder bewusst noch bekannt. Weder die gewaltvolle Geschichte behinderter Menschen noch eine Kritik ihrer schablonenhaften kulturellen Repräsentation werden in der Bildungsarbeit an Schulen und in der Gesellschaft thematisiert. Und wo nicht aufgeklärt wird, fürchtet man das Szenario Behinderung mit all seinem historischen und mythologischen Gepäck noch heute. Aber auch jenseits der Marginalisierung, die auf Behinderung folgt, macht sie auf eine ganz grundlegende Weise Angst. Behinderung betrifft uns potenziell alle – und genau deshalb ist Ableismus so machtvoll. Wie meine ich das? Anders als andere Vielfaltsmerkmale kann Beeinträchtigung alle betreffen – jederzeit. Jede*r kann krank und beeinträchtigt werden.

Temporarily Able Bodied

Nur 3 Prozent aller Beeinträchtigungen sind angeboren – der Rest entsteht im Laufe des Lebens, zum Beispiel durch Unfälle oder chronische Krankheiten. Zwei Drittel aller Beeinträchtigungen entwickeln sich nach dem 55. Lebensjahr, beispielsweise durch chronische Krankheiten wie Krebs, Rheuma oder Herz-Kreislauf-Erkrankungen. Auch psychische Beeinträchtigungen können darunterfallen. In Deutschland sind rund 8 Millionen Menschen schwerbehindert, das sind fast 10 Prozent der Bevölkerung – Behinderungen unter einem Grad von 50 Prozent und jenen, die sich keinen Ausweis ausstellen lassen, nicht mitgerechnet. Nichtbehinderte sind also bloß *Temporarily Able Bodied* (TAB), wie die US-Behindertenbewegung es spöttisch formuliert. Körperlich, psychisch, geistig oder sinnesbeeinträchtigt zu sein bedeutet, potenziell abhängig, nicht mehr autonom und souveräner »Herr seiner selbst« zu sein – und ist damit die Antithese zum modernen, neoliberalen männlichen Subjekt, wie es zu sein hat, ja »des Menschen an sich«, wie etwa die *Disability*-Forscher*innen Fiona Kumari Campbell oder Dan Goodley erklären.[4] Dennoch sind Abhängigkeit und Hilfsbedürftigkeit gerade allen Menschen ganz grundsätzlich eingeschrieben: Wenn wir an unsere Kleinkinderzeiten denken, kommen vage Erinnerungen an Hilflosigkeit und Kontrollverlust hoch, an all das, was wir uns als disziplinierte Erwachsene mühsam abtrainiert haben, wie die Erziehungswissenschaftlerin Anja Tervooren in ihrem Konzept des »verletzlichen Körpers« zeigt:[5] Somit führt Behinderung uns allen das vor, was wir zwar auf keinen Fall sein wollen, dessen Potenzial wir aber alle in uns haben – nämlich hilfsbedürftig zu sein, hinfällig, nicht dem Schönheitsideal entsprechend. Das Meiden, die Ausgrenzung behinderter Menschen und das Ausblenden des Themas Behinderung hilft uns dabei, diese Wirklichkeit zu negieren, zu leugnen, dass wir sehr wahrscheinlich auch irgendwann abhängig sein werden, und es hilft uns, die Illusion der uneingeschränkten Autonomie, Stärke und Souveränität aufrechtzuerhalten.

Was man fürchtet, versucht man auf Distanz zu halten. Ich erlebe das in meinem Alltag manchmal subtil, manchmal ganz offen. Leute auf dem Gehsteig machen einen großen Bogen um mich, schaffen doppelt so viel Platz wie nötig. Mitunter bleibt in der Bahn der Sitzplatz mir gegenüber frei, auch wenn der Zug voll ist. Hat es wirklich mit mir und meinem Körper zu tun, der mit allen kulturellen Sehgewohnheiten bricht, oder ist es einfach falsche Rücksichtnahme oder Höflichkeit? Ich kann es nicht klar belegen, aber die Regelmäßigkeit solcher Phänomene lässt mich stutzen.

Auch die direkte Kommunikation mit mir wird manchmal

vermieden. »Was bekommt sie denn?«, fragen Verkäufer*innen zum Beispiel meinen Freund, den sie für nicht behindert und damit als »für mich zuständig« erachten. Ihm erklären sie, wo die nächstgelegene Behindertentoilette ist, falls »sie« mal muss, ihm zeigen sie den Weg zum Fahrstuhl oder zur Rampe. Es gibt kaum andere Alltagsmomente, die mich so ärgern, wie jene, in denen ich zum Objekt werde, in denen über meinen Kopf hinweg über mich gesprochen und mir mein Status als kompetente Erwachsene aberkannt wird. Ich kann dann nicht anders, als mich einzuschalten ins Gespräch, als deutlich zu machen, dass hier, einige Zentimeter weiter unten, eine Person sitzt, die sprechen, denken und Entscheidungen treffen kann.

Geschlecht: behindert. Besonderes Merkmal: Frau

Ableistische Zuschreibungen als passiv und defizitär, vielleicht sogar als nicht ganz menschlich, sind ein typisches kulturelles »Framing«. Das Stigma einer sichtbaren Behinderung ist so allumfassend, dass mitunter irrelevant wird, welche Eigenschaften ich darüber hinaus noch mitbringe. Zum Beispiel Gender. »Wohnst du nicht in der Ahornstraße?«, fragte mich ein früherer Kollege. Ich wusste: In der Ahornstraße wohnt ein junger Mann mit Glasknochen, derselben Beeinträchtigung wie meiner, viele Jahre jünger als ich. Ich sagte: »Nein, da wohnt Andreas, der ist fünfzehn Jahre jünger als ich. Und er ist ein Mann. Ist dir das nicht aufgefallen? Er hat auch einen ganz anderen Rollstuhl als ich.« Antwort: »Na ja, Mann, Frau – da hab ich jetzt nicht so genau hingeguckt!« Hin und wieder werde ich auch gefragt, ob ich nicht dieser bekannte Aktivist mit Glasknochen sei. Nicht richtig gegendert zu werden – auch für cis Männer und Frauen mit Behinderung ist das alltäglich.

Behinderung erscheint als »Master Status«, wie Soziolog*innen sagen. Ähnlich wie es manchen *weißen* Menschen schwerzufallen scheint, People of Color auseinanderzuhalten, scheint es für manche Nichtbehinderte besonders herausfordernd zu sein, Individualität und Gender behinderter Menschen wahrzunehmen. Den Titel eines der frühen Werke des feministischen Teils der Behindertenbewegung finde ich daher sehr treffend: *Geschlecht: behindert, besonderes Merkmal: Frau.*[6] Bereits Mitte der 1980er-Jahre versammelte dieses Buch Erfahrungen behinderter Frauen, die allesamt als Paradebeispiele für Intersektionalität gelesen werden können. Denn die Überkreuzung von Gender und Behinderung bewirkt ganz neue Formen von Diskriminierung, die manchmal sogar das Gegenteil dessen sind, was nicht behinderte Frauen erleben.[7]

Die im Buch beschriebene »Geschlechtslosigkeit«, die behinderten Frauen zugeschrieben wird, kenne ich gut: Bis weit in meine Dreißiger hinein war ich für die Jungs und Männer, mit denen ich rumhing, lediglich »der gute Kumpel«. Mit mir konnte man anders reden als mit nicht behinderten Mädchen und Frauen und auch gefahrlos rumflirten und Händchen halten, dabei von den Problemen mit der eigentlich Angebeteten erzählen. Als wäre ich der Testballon für den Ernstfall, der in meinem Fall natürlich nie eintreten würde.

Meine Eltern vermittelten mir, dass ich beruflich sehr gut ausgebildet sein müsse, um unabhängig zu sein – denn einen Ehemann würde ich sicher nicht finden. Hätte ich selbst ein Kind gewollt, wären die Einwände und Widerstände groß gewesen, nicht nur bei meinen Eltern, sondern auch bei Ärzt*innen. Mehr noch: Viele behinderte Frauen berichten sogar, dass sie – im Gegensatz zu nicht behinderten Frauen – problemlos eine Abtreibung oder eine Sterilisation bekommen konnten.

Sexualität und Behinderung, Mutterschaft und Behinderung, Sorge für ein Kind und Behinderung – all das passt für viele nicht zusammen. Im Fall von Frauen mit Lernschwierigkeiten und

»geistigen Behinderungen« führt dies immer wieder dazu, dass sie nicht genug unterstützt und aufgeklärt werden, selbstbestimmt mit Sexualität und Verhütung umzugehen. Manche werden zu Hormonspritzen oder Sterilisationen gedrängt, auch wenn dies seit 1992 in Deutschland verboten ist. Was die wenigsten wissen: In der EU gibt es immer noch Staaten, die Zwangssterilisation im Fall von Behinderung erlauben, wie beispielsweise Dänemark, Tschechien, Portugal, Finnland, Bulgarien, Ungarn, Zypern, Estland und andere baltische Staaten. Weil dies klar der Istanbul-Konvention zur Bekämpfung von Gewalt gegen Frauen widerspricht, arbeiten EU-Abgeordnete um Katrin Langensiepen, eine der wenigen EU-Parlamentarier*innen mit sichtbarer Behinderung, an einem EU-weiten Verbot.

Während ihnen selbstbestimmte Sexualität oft nicht zugestanden wird, müssen behinderte Frauen gleichzeitig mit einem hohen Risiko leben, sexualisierte Gewalt zu erleben.

Ein Forscherinnenteam um die Sozialwissenschaftlerin Monika Schröttle wies in einer repräsentativen Studie im Jahr 2012 klar nach: Behinderte Frauen erleben fast doppelt so häufig wie nicht behinderte Frauen körperliche Gewalt im Erwachsenenalter, darunter oft auch sexualisierte Gewalt.[8] Von anderen abhängig zu sein, wie es gerade auch Frauen mit Lernschwierigkeiten meist erleben, begünstigt die Gewalt. Die Täter, zu über 90 Prozent Männer, kommen in der Regel aus dem nahen Umfeld, zum Beispiel aus der Familie. Es können aber auch Fahrer, Betreuer, Pflegekräfte oder Mitbewohner in Einrichtungen sein. Und: Weil Frauen ja ganz allgemein zu Dankbarkeit und Fügsamkeit erzogen werden – und Frauen mit Behinderungen erst recht –, lassen viele behinderte Frauen eine Menge mit sich machen, tolerieren Grenzüberschreitungen in der Pflege oder in der Betreuung. Berichten sie von sexualisierter Gewalt, wird ihnen oft nicht geglaubt. Denn belästigt oder vergewaltigt werden nur »sexy und attraktive Frauen«, so das Vorurteil – und behinderte Frauen gelten nicht als »sexy und attraktiv«.

Wenn wir »Diversity« und »Intersektionalität« hören, denken wir an Geschlecht, an Menschen mit migrantischen Wurzeln, an Queerness. Behinderung wird dabei oft vergessen oder als Anhängsel betrachtet. Zumal Behinderung vielen in erster Linie als eine Frage von Therapie und Pädagogik gilt und nicht als eine Frage von Politik, Unterdrückung und Macht. Dabei haben gerade Sexismus und Ableismus eine Menge gemeinsam. Feministische *Disability-Studies*-Theoretikerinnen aus den USA wie Rosemarie Garland Thomson und Susan Wendell, Carol Thomas aus Großbritannien oder Swantje Köbsell aus Deutschland weisen immer wieder auf den engen Zusammenhang zwischen patriarchaler und ableistischer Macht hin.[9] Sie zeigen, dass sowohl Weiblichkeit als auch Behinderung als Widerpart zu einer männlich definierten Norm gelten, als vergleichsweise schwach und minderwertig. Dazu gehört, dass heteronormative und patriarchale Schönheitsideale Forderungen an weibliche Körper stellen, die selbst ableistisch sind. Um es anders zu formulieren: Frauen rasieren sich Körperhaare, unterziehen sich Diäten und Schönheits-OPs, machen Work-outs im Fitnessstudio, tragen unbequeme High Heels. All dies in einer kapitalistischen Konkurrenz der Körper, die sich auf dem »Körpermarkt« bewähren müssen. Über die Jahrhunderte hinweg gab es dabei auch diverse Praktiken, die weibliche Körper regelrecht zu beeinträchtigten Körpern machten: Frauen schnürten mit Korsetts ihren Oberkörper für eine »Wespentaille« zu oder banden sich im alten China bis ins 20. Jahrhundert hinein ihre Füße ab, um sie am Wachsen zu hindern. Mit den »Lotusfüßen« konnte frau kaum laufen, aber sie galten als Zeichen für Wohlstand und Attraktivität.

Über 90 Prozent aller Frauen, die in Wohneinrichtungen für behinderte Menschen leben, berichten in der Studie von 2012 von psychischen Gewalterfahrungen – also im Grunde fast jede. Doch nicht nur Frauen sind betroffen: Generell scheint es ein Gesundheitsrisiko zu sein, in einem Heim zu leben. Es ist paradox: Gerade Orte, die sich nach außen als Schutzräume und Vermittler von Teilhabe und Inklusion verkaufen, sind für behinderte Menschen mitunter lebensgefährlich. 218 Vorfälle von zum Teil brutaler Gewalt bis hin zu Mord zählt ein Rechercheprojekt der Organisation »Abilitywatch« seit dem Jahr 2010.[10] Von den rund 79 Täter*innen kam nur ein Bruchteil vor Gericht. Dass im April 2022 vier Bewohner*innen des Potsdamer »Oberlinhaus« durch ihre Pflegerin im Bett brutal ermordet wurden, war aus den Medien schnell wieder verschwunden. Auch über den Delmenhorster Krankenpfleger, der in den Jahren 1999 bis 2005 über hundert Krankenhauspatient*innen umbrachte, spricht heute kaum noch jemand. Was hinter den Mauern von Institutionen der Kranken- und Behindertenhilfe vor sich geht, dringt oft nicht nach außen. Der Soziologe Erving Goffman nannte sie »totale Institutionen« – Räume, in denen die individuellen Bedürfnisse der Insassen dem Dienstplan, den Regelungen und der Macht der Professionellen unterworfen sind.

Eigentlich hätten Vorfälle wie jener in Potsdam zu einem radikalen Umsteuern in der Behindertenhilfe führen müssen. Passiert ist jedoch kaum etwas.[11] Die Maschinerie der Sonderwelten ist einfach zu gut geölt. Ein Großteil behinderter Menschen in Deutschland wohnt und arbeitet hier: Rund 200.000 leben in stationären Wohneinrichtungen, rund 310.000 sind in Werkstätten für Menschen mit Behinderungen beschäftigt. Die meisten von ihnen arbeiten in Vollzeit, für einen Stundenlohn von durchschnittlich 1,35 Euro, während Unternehmen dort für kleines Geld produzieren lassen und dies als ihren Beitrag zur »Inklusion« verkaufen. Die Ausbeutung behinderter Menschen in Werkstätten spricht sich nur langsam herum. Immer noch schaffen die Werkstattträger es, sich ihr Image als »soziale« Institutionen zu erhalten und damit auch die Tausenden sicheren und besser bezahlten Jobs der nicht behinderten Betreuer*innen und die billigen Produktionsbedingungen für die Unternehmen.

Durch Sonderwelten wie Wohneinrichtungen und Werkstätten wird die Distanz zu behinderten Menschen in Stein gemeißelt. Gesellschaftlich werden damit zwei Fliegen mit einer Klappe geschlagen: Man schafft erstens das unbehagliche, gefürchtete Szenario »Behinderung« weit weg aus dem Alltag, entledigt sich der Frage, wie man Inklusion praktisch umsetzen kann – so, dass sie keine Sparmaßnahme ist und behinderte Menschen genug Assistenz und Unterstützung bekommen. Zweitens erledigt man das »Problem« der Betreuung behinderter Menschen auf »kapitalistisch-effektive« Art und Weise: Wenige Betreuer*innen sind zuständig für viele behinderte Menschen gleichzeitig – daraus folgen Pflege im Minutentakt und chronisch unzureichende Betreuungsschlüssel. Will man aus den Sonderwelten heraus oder gar nicht erst hineinkommen, braucht man am besten eine Menge Privilegien: zum Beispiel *weiße*, muttersprachlich Deutsch sprechende Eltern, die den Schulbesuch in der Regelschule erkämpfen, Freund*innen und Angehörige mit Zeit und Geld, die dabei helfen, umfangreiche und komplexe Anträge bei Krankenkassen und Kostenträgern zu stellen oder Prozesse gegen sie zu führen. Es braucht eine Menge Bildung, um die eigenen Rechte zu kennen und zu nutzen, und das kulturelle Kapital, sich nicht von der Macht ableistischer Institutionen einschüchtern zu lassen.

Im Jahr 2006 haben die Vereinten Nationen (UN) die Konvention über die Rechte von Menschen mit Behinderungen verabschiedet.[12] Darin steht: Die Sonderwelten sollen abgeschafft werden, weil sie gegen die Menschenrechte verstoßen. Behinderte Menschen haben ein Recht auf Teilhabe, auf ein inklusives Leben – ob in der Schule, bei der Arbeit oder in der Freizeit. Sie haben das Recht, ihren Wohnort frei zu wählen und dürfen nicht aus Kostengründen dazu gedrängt werden, in einer Einrichtung zu leben. Persönliche Assistenz, um ein selbstbestimmtes Leben nach eigenen Vorstellungen und in der eigenen Wohnung gestalten zu können, muss es für alle geben, die sie wollen. Auch Deutschland hat im Jahr 2009 zugesichert, diese Vorgaben in geltendes Recht umzusetzen. Realisiert wird das jedoch kaum. Die Folge: Im August 2023 hat die UN die deutsche Behindertenpolitik geprüft und in einem Bericht festgehalten: Barrierefreiheit ist immer noch nicht flächendeckend gesichert, stationäre Einrichtungen und Werkstätten werden kaum aufgelöst, im Gegenteil.[13] Dies sind nur einzelne Schlaglichter auf die Separierung behinderter Menschen von der deutschen Mehrheitsgesellschaft. Was wir stattdessen brauchen: Inklusion endlich ernst nehmen, als etwas, das nicht nur »gut für behinderte Menschen« ist, sondern gut für uns alle – und sie als einen grundlegenden gesellschaftlichen Wandel verstehen.

Ableismus verlernen

Ableismus zu verlernen hieße, ernst zu machen mit der Inklusion und keinen Menschen mehr auszuschließen aufgrund von Beeinträchtigungen. Es hieße, die Vorgaben der UN-Konvention endlich umzusetzen. Es hieße, bei den Sonderwelten anzufangen: kein Geld mehr für Wohneinrichtungen, stattdessen viel größere Summen in Assistenz und Pflege, zu Hause, und dort, wo behinderte Menschen wohnen wollen. Es würde bedeuten, dass Arbeitgeber*innen ihre Arbeitsorte inklusiv machen, sich über all die Zuschüsse informieren, die sie beantragen könnten, zum Beispiel für Hilfsmittel bei der Arbeit, barrierefreien Umbau oder Lohnkosten. Sie müssen von ihrer Vorstellung wegkommen, behinderte Arbeitnehmer*innen seien immerzu krank oder würden die Abläufe im Team durcheinanderbringen. Es hieße, ein Schulsystem zu bauen, das allen Kindern gerecht wird – egal, ob sie geflüchtet oder People of Color sind, ob sie in Armut leben oder eine Behinderung haben. All das würde Geld kosten. Für all das müssten die Regierenden deutlich andere Prioritäten setzen, als sie das aktuell tun. Geld gibt es. Was fehlt, ist der politische Wille.

Um Ableismus zu verlernen, müssten nicht behinderte Menschen auch anerkennen, dass Behinderung kein Thema einer exotischen »Randgruppe« ist, sondern dass sie von ihr nur durch einen Unfall oder eine Krankheit entfernt sind. Nicht behinderte Menschen könnten beginnen, sich als *Temporarily Able Bodied* zu verstehen. Denn »unsexy« Themen wie Pflege und Betreuung sind keine Themen für die »Anderen«, sondern werden für sie früher oder später hochaktuell sein. Sie könnten sich auf den Weg machen, Alternativen zu den »totalen Institutionen« zu entwickeln, über neue Formen von Care und Sorgearbeit nachzudenken. Dabei könnten sie beginnen, neben den Perspektiven der »Care-Arbeiter*innen« endlich auch den Blickwinkel der sogenannten »Pflegefälle« einzunehmen. Sie könnten damit Schluss machen, den strukturellen Pflegenotstand zu individualisieren und die Gepflegten zu »Anderen« zu machen und sie als »Belastung« zu konstruieren. Denn sie alle werden früher oder später diese »Anderen« sein.

Ableismus zu verlernen hieße schließlich auch, wahrzunehmen und anzuerkennen, dass ein Leben mit Pflege und Assistenz kein *schlechtes* Leben sein muss. Behinderte Menschen machen vor, wie ein gutes Leben nicht *trotz,* sondern *mit* Abhängigkeiten geht, ohne die Schmerzen und Verluste zu leugnen, die Beeinträchtigungen auch bedeuten können. Von behinderten Aktivist*innen, Künstler*innen und Performer*innen wie Claire Cunningham, Tanja Erhart, Sophia Neises oder Nina Mühlemann lässt sich lernen, den querulantischen Körper zu lieben und sich von seiner Schönheit überraschen zu lassen.

Wir könnten versuchen, unsere Affekte gegenüber dem »fremden«, »anderen« Körper zu verlernen: Angst, Ekel, Scham, Faszination... woher kommt all das, und was hat es mit unserem eigenen, vermeintlich nicht behinderten Körper zu tun? Wie nah können wir behinderte Menschen an uns heranlassen – wäre es okay, eine behinderte Partner*in, ein behindertes Kind zu haben? Und wenn nein, warum eigentlich nicht? Vielleicht wäre dieses Sich-selbst-Befragen auch ein Anfang vom Ende der disziplinarischen Härte, die wir alle gegenüber unseren Körpern im Kopf haben.

Ableismus zu verlernen hieße, behinderten Menschen zuzuhören. Unsere Texte und Bücher zu lesen. Uns auf sozialen Medien zu folgen. Wahrzunehmen, dass schon seit Jahrzehnten behinderte Aktivist*innen über Ableismus und Behindertenfeindlichkeit schreiben, lehren und politisch höchst aktiv dagegen vorgehen – nur die allermeisten davon nicht gehört und nicht gesehen werden. Von behinderten Menschen zu lernen hieße auch, etwas über den Alltag mit Behinderung zu erfahren, über die alltägliche emotionale Arbeit, die wir leisten, wenn wir wieder mal »zu querulantisch« erscheinen. Zum Beispiel, wenn wir darauf bestehen, nicht eine Treppe hochgetragen zu werden, obwohl das doch »viel einfacher« wäre und eine Rampe »zu teuer«. Oder wenn wir Hilfe ablehnen, die in vielen Fällen zwar sehr willkommen ist. Sagen wir aber »Nein« zu ihr, weil wir sie nicht brauchen oder weil sie uns übergestülpt wird, müssen wir mit den oft wütenden Reaktionen darauf umgehen.

Ableismus zu verlernen würde bedeuten, Leerstellen zu füllen, sich Wissen anzueignen – und ernst zu nehmen, dass behinderte Menschen eine lebenslange Expertise mit dem Thema Behinderung haben, dass man uns fragen kann, welche Art von Hilfe und Barrierefreiheit wir ganz grundsätzlich und auch individuell brauchen, oder wie wir benannt werden wollen. Dabei können nicht behinderte Menschen verlernen, nach einem fertigen »Rezept« für Barrierefreiheit und Inklusion zu suchen oder auf den Druck einzusteigen, entweder alles perfekt machen zu müssen oder es gleich ganz zu lassen. Fehlertoleranz gegenüber uns und anderen ist ein weiterer Schlüssel, um Ableismus und all die anderen Herrschaftsverhältnisse im Kopf loszuwerden – denn wir sind alle Teil dieser Verhältnisse. Wir werden sie nur los, wenn wir unsere Verwobenheit mit den Verhältnissen wahrnehmen, entfesseln, und aufhören, behinderte Menschen zu »Anderen« zu machen.

unlearn recht

Asha Hedayati

»So sind nun mal die Gesetze« – wie oft habe ich in Diskussionen mit anderen Jurist*innen schon diesen Satz gehört. Häufig beendet er das Gespräch abrupt und erstickt jeglichen Raum für Zweifel und Fragen. Fast schon heilig und unantastbar steht das geschriebene Gesetz da, als wäre es in Stein gemeißelt und unveränderbar, als wären die Normen von einer höheren Macht definiert worden. Wo das Alte Testament »So steht es geschrieben« sagt, heißt es in Deutschland: »So will es das Gesetz.« Nach dieser Denkweise verbietet sich eine ethische und wertende Auseinandersetzung mit dem Recht. Wird aber durch die Gesetze und Rechtsprechung überhaupt ein fairer, ein gerechter Zustand erreicht? Die allermeisten Menschen denken: Ja, wenn alles juristisch ordnungsgemäß abläuft, dann ist der Gerechtigkeit genüge getan. Denn »Recht und Ordnung« genießen einen hohen Stellenwert in Deutschland.

Anzuerkennen, was im Gesetz steht, könnte eine reine Feststellung sein – doch in Diskussionen höre ich häufig den meist unausgesprochenen Nachklang »...und das ist auch gut so«. Es gibt hierzulande einen sehr mächtigen Impuls, dem Gesetz fast ausnahmslos einen Neutralitäts- und Richtigkeitsvorschuss entgegenzubringen. Dabei wird vollkommen ausgeblendet, dass Gesetze Ergebnisse politischer und gesellschaftlicher Machtverhältnisse und deren Aushandlung sind. Und es sind vor allem Männer, die die Macht haben, Gesetze zu schreiben. Gesetze, die ihnen dann wiederum mehr Macht verleihen und sie verfestigen. Die patriarchalen Strukturen, in denen wir leben, bedingen aber nicht nur, dass mehrheitlich Männer an Gesetzes- und Machtentscheidungen beteiligt sind, auch Frauen in Entscheidungspositionen können diese Verhältnisse stabilisieren. Nicht selten treffen auch Frauen aktiv frauenfeindliche Machtentscheidungen, denn der patriarchale Einfluss drängt auch sie dazu, sich den Strukturen anzupassen, um ihren eigenen Machtanspruch nicht zu verlieren.

Sobald etwas in einen Gesetzestext gegossen wird, normiert und normalisiert das Gesetz die gesellschaftliche Wirklichkeit und damit auch die Unterdrückung marginalisierter Personengruppen. Um nur ein paar Beispiele für die Aufrechterhaltung des heterosexistischen und binärgeschlechtlichen Patriarchats durch Gesetze aufzuzählen: Bis 1977 durften Frauen in der Bundesrepublik nicht ohne Einverständnis ihres Ehemanns erwerbstätig sein. Bis 1994 kriminalisierte das deutsche Strafgesetzbuch homosexuelle Handlungen zwischen Männern. Und bis 2011 mussten trans* Menschen sich einer Zwangssterilisation unterziehen, um eine Personenstandsänderung vornehmen lassen zu dürfen.

Macht (oder Diktatur?) der herrschenden Meinung

Bei der Ausbildung von Jurist*innen wird in keiner Form gefordert oder gefördert, dass sie gesellschaftliche Verantwortung übernehmen. Im Gegenteil: Hinterfragen, eigenes Denken und Zweifeln bekommen nicht nur wenig Raum in der juristischen Ausbildung, sie sind sogar nachteilig. Jurist*innen werden nur dann mit guten Noten belohnt und bestehen das Examen, wenn sie zum Ergebnis der »herrschenden Meinung« kommen. In der

Examensvorbereitung fallen Sätze wie »Ich empfehle Ihnen: Sparen Sie sich das kritische Denken für nach dem Examen auf. In Ihrer Klausur folgen Sie der herrschenden Meinung und im Zweifel immer dem Bundesgerichtshof.«

Der Begriff der »herrschenden Meinung« bezeichnet dabei eine Position in einer juristischen Streitfrage, die von der Mehrheit der Jurist*innen, die sich mit dieser Thematik befassen, oder aber der höchstrichterlichen Rechtsprechung eingenommen wird. Dabei ist gerade die juristische Literatur, aus der sich diese »herrschende Meinung« oftmals speist, extrem cis männlich und *weiß* dominiert. Die Formulierung »herrschende Meinung« offenbart sehr deutlich, welchem Zweck das Recht dient – nämlich die »herrschende Meinung« als die Meinung der Herrschenden durchzusetzen. Das Recht wird so zum Herrschaftsinstrument.

Aber ist es nicht gut und wichtig, dass Jurist*innen sich an Gesetzestexte halten? Schließlich ist es in einer Demokratie die Aufgabe des demokratisch gewählten Parlaments, die Gesetze zu ändern und damit den »Volkswillen« umzusetzen, während Anwält*innen und Gerichte damit arbeiten und diese anwenden müssen. Kein Gericht kann Gesetze einfach ignorieren, weil es sie kritisch sieht. Doch gleichzeitig gilt: Wer Recht spricht, hat automatisch eine Machtposition inne. Unkritisch angewandte Macht stützt immer bestehende Verhältnisse und damit auch Ungleichheiten. Doch eine kritische Rechtspraxis ist möglich: Gerichte sind grundsätzlich dazu befugt, ein Verfahren auszusetzen, wenn sie eine Norm für verfassungswidrig halten und sie dem Verfassungsgericht vorzulegen. Sie sind auch nicht dazu gezwungen, der höchstrichterlichen Rechtsprechung zu folgen, sondern können im Einzelfall abweichende Entscheidungen mit entsprechender Begründung treffen. Auch Anwält*innen haben eine Machtposition im Prozess inne, indem sie häufig die Inhalte und Argumente des Prozesses bestimmen – auch dies kann kritisch genutzt werden.

Um konkreter zu werden: In meiner Berufspraxis vertrete ich häufig gewaltbetroffene Frauen im Familienrecht. Auf der Gegenseite steht oft ein anwaltlich vertretener, gewalttätiger Mann. Allzu oft erlebe ich es, dass die Anwält*innen der Gegenseite die Gewalt aktiv aufrechterhalten. Das geschieht beispielsweise durch Schriftsätze oder bei Verhandlungen vor Gericht, in denen sie meinen Mandantinnen vorwerfen, »hysterisch« zu sein und zu »übertreiben«. Sie zweifeln einerseits ihre Erziehungsfähigkeit wegen der durch die Gewalt entstandenen Traumata an, schaffen es aber zugleich, die Gewalt des Expartners zu leugnen oder als »ungefährlich« für die Kinder darzustellen. Anwält*innen und Richter*innen, aber auch das Jugendamt und andere staatliche Behörden haben immer die Wahlfreiheit und auch die Verantwortung, misogyne Narrative und diskriminierende Stereotype zu vermeiden, statt sie immer wieder zu reproduzieren. Es ist also möglich, in der juristischen Rechtsanwendung kritisch zu bleiben; es ist möglich, Position zu beziehen; es ist auch möglich, Menschen auf legalem Wege zu beraten, wie sie einer staatlichen und gesetzlichen Unterdrückung entgehen können – all das blenden Jurist*innen aus, die sich als reine Rechtsanwender*innen ohne eigene Verantwortung und ohne eigenen moralischen Kompass unabhängig von der gesetzlichen Wirklichkeit betrachten.

Recht muss gesellschaftliche Realitäten sehen können – tut es aber oft nicht

Das Recht spiegelt immer die bestehende Gesellschaftsordnung wider. Also kann in einer gewaltvollen, vielfältig diskriminierenden und patriarchalen Gesellschaft auch das Recht nicht neutral sein. Die traditionelle Darstellung von Justitia mit einer

Augenbinde, die eigentlich Neutralität symbolisiert, ignoriert die Ungerechtigkeiten im System. Justitia sollte nicht nur die Augenbinde abnehmen, sie sollte auch ihre Augen öffnen und alle Arten von Diskriminierung sehen, wozu nicht nur das Geschlecht, sondern auch Hautfarbe, Behinderung, sozialer Status und so viele mehr gehören. Wirkliche Neutralität kann es in einem diskriminierenden System nicht geben, vielmehr werden die Ungerechtigkeiten dieses Systems immer mit aufrechterhalten, indem sie im Namen vermeintlicher Neutralität ausgeblendet werden.

Sehr eindrücklich zeigt sich das in meiner Berufspraxis bei der Auseinandersetzung mit Partnerschaftsgewalt in Kindschaftsverfahren, wenn sich Eltern nach der Trennung vor Gericht über Sorge- und Umgangsrecht für die Kinder streiten. Gerichte blenden patriarchal bedingte Ungleichheiten aus, wenn sie der gewaltbetroffenen Mutter vorwerfen, zu lange in der gewaltvollen Beziehung zulasten der Kinder geblieben zu sein – ohne dabei die wirtschaftliche Abhängigkeit als einen von vielen Faktoren zu betrachten, der die Frau in der Beziehung hielt. Sie stützen ein misogynes System, wenn sie die fehlenden Unterhaltszahlungen des dazu verpflichteten Vaters nicht als kindeswohlbeeinträchtigend einstufen – wohl aber die Armut der Mutter, die ihren Kindern keine große Wohnung bieten kann.

Gesellschaftliche Verantwortung zu übernehmen und die Rechtsordnung fair für alle Menschen zu gestalten, verlangt von Jurist*innen daher mehr als fachliches Können und gute Noten. Es benötigt Kritikfähigkeit und vor allem Mut. Mut, genau hinzuschauen und Ungerechtigkeiten auszugleichen.

Insbesondere struktureller Rassismus und institutionelle Misogynie lassen sich häufig schwierig fassen, denn Studien und Statistiken können ihre Symptome nur in einigen Ausprägungen, kaum aber ein umfassend unterdrückendes System nachweisen. Indem Machtverhältnisse und in der Gesellschaft vorherrschende unsichtbare und sichtbare Normen zusammenwirken, erscheinen frauenfeindliche Mythen, Rassismus und andere Formen der Diskriminierung als »normal« und »natürlich«, Ungerechtigkeiten werden damit weiter zementiert.

Wie destruktiv verblendeter Gehorsam ist, beschreibt der Schriftsteller und Psychoanalytiker Arno Gruen in seinem Buch *Wider den Gehorsam* mit einer Parabel von David Foster Wallace: »Schwimmen zwei junge Fische des Weges und treffen zufällig einen älteren Fisch, der in die Gegenrichtung unterwegs ist. Er nickt ihnen zu und sagt: Guten Morgen, Jungs, wie ist das Wasser? Die zwei jungen Fische schwimmen weiter, und schließlich wirft der eine dem anderen einen Blick zu und fragt: ›Was zum Teufel ist Wasser?‹«[1]

Das Wasser steht in der Parabel für den Gehorsam. Wir spüren nicht mehr, wie unfrei er uns macht, weil wir den Gehorsam gar nicht mehr wahrnehmen. Und das macht den Widerstand gegen ihn auch so schwierig. Doch ihn immer wieder kritisch zu hinterfragen, ist wichtig, denn »blinder« oder verblendeter Gehorsam und Gesetzeshörigkeit können gefährlich werden. Wer ausschließlich dem Gesetz die Deutungshoheit über Richtig oder Falsch zuschreibt, beraubt sich seiner eigenen Mündigkeit und Selbstbestimmung und macht sich damit unfrei. Das Gefährliche am blinden Gehorsam ist, dass gar kein Druck von außen nötig ist, es ist eine Unterwerfung *von innen heraus*.

Wie gefährlich verblendeter Gehorsam werden kann, wird offensichtlich, wenn wir uns anschauen, wie immer wieder Unrecht unter dem Deckmantel des Rechts gesprochen wurde. Das krasseste Beispiel in der deutschen Geschichte ist unzweifelhaft die nationalsozialistische Unrechtsherrschaft: Gesetze und Gerichte wurden zum Instrument der NS-Ideologie und setzten die systematische Entrechtung bis hin zur staatlich angeordneten Ermordung von als »unwert« gekennzeichnetem Leben durch. Doch auch in der Bundesrepublik hielt Recht immer auch Ungerechtigkeiten aufrecht: Bis 1962 war es Frauen rechtlich untersagt, ein eigenes Bankkonto zu eröffnen. 1968 gehörte es – jedenfalls nach Auslegung des Bundesgerichtshofs – zu den ehelichen Pflichten einer Ehefrau, beim Sex echten Genuss zu zeigen. Bis 1997 war Vergewaltigung in der Ehe nicht strafbar.

Hat also die Frau, die 1960 heimlich ein Konto eröffnete, um sich vor der finanziellen Unterdrückung ihres Mannes zu schützen, das Gesetz gebrochen? Hat die Bankangestellte, die ihr dabei half, sich mitschuldig gemacht? Waren homosexuelle Paare, die sich 1960 küssten, Straftäter? War die Frau, die 1967 widerwillig sexuelle Übergriffe ihres Ehemanns ertrug und keine Lust zeigte, eine Gesetzesbrecherin?

Die Antwort auf diese Fragen hängt davon ab, was unsere Gesellschaft als »normal« ansieht. Denn so ist es mit der Macht: Sie zeigt sich als gegeben, natürlich und vor allem als unveränderbar, bis wir kommen, sie infrage stellen und Nein sagen. Heute würden wir in all diesen Fällen erkennen, dass nicht die betroffenen Menschen das Gesetz gebrochen haben, sondern sie es waren, denen Unrecht widerfahren ist – unter dem Deckmantel des Rechts.

Und so ist es immer noch: Schwangerschaftsabbrüche werden in Deutschland bis heute kriminalisiert. Sie sind zwar unter bestimmten Umständen straffrei – gelten aber als rechtswidrig. Zudem wird der Zugang deutlich erschwert, weil immer weniger Ärzt*innen überhaupt Schwangerschaftsabbrüche anbieten, indem dies überhaupt kein verpflichtender Teil einer medizinischen Ausbildung ist, weil Schwangere vorher eine Pflichtberatung absolvieren und eine Zwangsbedenkzeit von drei Tagen über sich ergehen lassen müssen, bis ihnen dann endlich erlaubt wird, über ihren eigenen Körper zu entscheiden und die Abtreibung durchführen zu lassen. Bis zum Sommer 2022 galt außerdem der § 219a – nach diesem »Werbeverbot« durften Praxen, die Schwangerschaftsabbrüche anbieten, nicht auf ihrer Homepage über diesen Fakt informieren. In der Entscheidung des Bundesverfassungsgerichts von 1975 heißt es dazu: »Der Lebensschutz der Leibesfrucht genießt grundsätzlich für die gesamte Dauer der Schwangerschaft Vorrang vor dem Selbstbestimmungsrecht der Schwangeren und darf nicht für eine bestimmte Frist in Frage gestellt werden.«[2] 1993 bestätigte das Bundesverfassungsgericht diese Rechtsprechung, sie gilt deshalb bis heute. Dabei hat der UN-Frauenrechtsausschuss diese Kriminalisierung von Schwangerschaftsabbrüchen sehr deutlich als geschlechtsspezifische Gewalt eingestuft: Im Jahr 2017 befand der Ausschuss, dass weder die verpflichtende Beratung noch die vorgeschriebene dreitägige Bedenkzeit zwischen Beratung und Eingriff mit dem Recht zu sicheren und diskriminierungsfreien Schwangerschaftsabbrüchen in Einklang zu bringen sind.[3] Doch hierzulande gibt es mit dem § 218 StGB immer noch ein Gesetz, das es ermöglicht, Personen gegen ihren Willen zu zwingen, eine Schwangerschaft auszutragen. Zwar sind Verfahren nach § 218 selten – seit 2010 kam es nur 2016 einmalig zu einer Verurteilung nach diesem Paragrafen. Trotzdem wirkt er in die Lebenswirklichkeit von Frauen massiv hinein, indem Ärzt*innen Abbrüche nur sehr begrenzt anbieten und Schwangere deshalb faktisch zum Austragen gezwungen sein können.

Es ist also ein gefährlicher Irrglaube, davon auszugehen, dass sich alles linear in Richtung eines »gerechten Fortschritts« entwickelt. Auch heute noch schreiben Gesetze Unrecht fort. Mehr noch: Das Recht ist zu einem Kampfplatz politischer Interessen geworden. Mit dem Erstarken der AfD und des Rechtsextremismus in Deutschland und Europa stehen einmal »gewonnene«

Rechte wieder auf der Kippe und lange für unumstößlich gehaltene rechtsstaatliche Grundsätze geraten ins Wanken.

Aktuell zeigt sich dies besonders im europäischen Asylrecht – die Einführung von Schnellverfahren unter Haftbedingungen an den Außengrenzen und die Ausweitung der sogenannten »sicheren Drittstaaten« höhlt das individuelle Asylrecht, das im deutschen Grundgesetz verbrieft ist, immer weiter aus. Ein Blick in das Parteiprogramm der AfD zu Frauen- und Familienpolitik zeigt Gefahren für erkämpfte feministische Fortschritte: Die weitere Einschränkung der Abtreibungsmöglichkeiten, eine sanktionsbewehrte Meldepflicht über durchgeführte Schwangerschaftsabbrüche, die Berücksichtigung von »ehelichem Fehlverhalten« bei einer Scheidung – das hieße wohl, dass insbesondere Frauen bei einer Trennung elementare Ansprüche auf Zugewinnausgleich und Unterhalt aufgrund von »Verhalten gegen die eheliche Solidarität« verlieren könnten. Diese Beispiele sind nur exemplarisch und ein kleiner Teil dessen, was ein konservatives und rechtes Weltbild für die Rechte marginalisierter Personen bedeutet.

Im besten Fall sollte es in einer Demokratie so sein, dass Normen und Gesetze das widerspiegeln, was sowohl eine politische Mehrheit als auch die Gesellschaft für richtig hält. Ob eine politische Mehrheit aber auch von der Gesellschaft getragen wird, ist eine andere Frage – denn natürlich hängen politische Entscheidungen neben dem, was die Gesellschaft will, auch von einer Vielzahl anderer Faktoren ab, etwa dem Machterhalt der Parteien und dem Einfluss wirtschaftlich mächtiger Interessen- und Lobbygruppen. Das wird besonders deutlich, wenn Gesetze entgegen dem eindeutigen Willen der Mehrheit *nicht* beschlossen werden. Ein Beispiel ist die immer weitere Verschleppung der Umsetzung des Volksentscheids zu »Deutsche Wohnen enteignen« in Berlin: Die Wahlberechtigten stimmten 2021 mit einer

Mehrheit von fast 60 Prozent dafür, große Immobilienkonzerne zu vergesellschaften. Doch mehr als zwei Jahre später ist eine Umsetzung immer noch nicht in Sicht. Dabei haben wir es seit Langem mit einem hocheskalierten Wohnungsmarkt zu tun. Die Folgen erlebe ich sehr unmittelbar in meiner beruflichen Praxis bei der Betreuung gewaltbetroffener Frauen – einer Trennung aus der gewaltvollen Beziehung steht immer wieder auch mangelnder bezahlbarer Wohnraum im Weg, anders gesagt: Die Frauen sind teilweise gezwungen, bei ihrem gewalttätigen Partner zu bleiben, weil sie keine Wohnung finden, die sie sich leisten können, und riskieren damit ihre Gesundheit, ihre körperliche Integrität und manchmal auch ihr Leben. Auch gegen sie entscheidet der Berliner Senat, wenn er nicht effektiv gegen Mietspekulation vorgeht und sozialen, bezahlbaren Wohnraum schafft. Gewalttätige Partner, die Frauen aus Angst vor einer Trennung mit Sätzen bedrohen wie »Ohne mich wirst du es nicht schaffen, ohne mich landest du auf der Straße«, können diese Macht nur ausüben, weil die jetzigen Strukturen ihnen diese Macht *verleihen*. Neben von Partnerschaftsgewalt betroffenen Frauen gibt es noch andere Gruppen, die sich auf den Schutz durch das Recht nicht verlassen können: Menschen ohne sicheren Aufenthaltsstatus, obdachlose Menschen, arme Menschen, die sich Rechtshilfe schlicht nicht leisten können – sie alle und so viele weitere marginalisierte Gruppen fallen immer wieder aus dem Raster, sie alle haben die Erfahrung gemacht, sich auf Staat und Gesetz nicht für ihre Sicherheit verlassen zu können.

Vor dem Gesetz sind *nicht* alle gleich

Wer vom Gesetz geschützt wird und wer nicht, zeigt sich nirgendwo so deutlich wie im Asyl- und Aufenthaltsrecht. Das Recht auf Asyl ist ein elementares Menschenrecht. Zugleich werden in kaum einem Bereich grundlegende Menschenrechte so sehr eingeschränkt, indem anhand von Kriterien wie Herkunftsstaaten oder Berufsausbildung und Eignung als »Fachkraft« normiert wird, wer seinen Aufenthaltsort wie frei wählen darf und wer in ständiger Angst vor heftigster staatlicher Gewalt leben muss. Diese Gewalt erleben Betroffene sowohl in Form von Abschiebungen als auch durch Nicht-Handeln: Jeden Tag wird jeglicher staatlicher Schutz an Außengrenzen oder im Mittelmeer untersagt, werden Menschen bewusst und gewollt sterben gelassen.

Um es konkret zu machen: Seit 2014 sind mehr als 28.000 Migrant*innen im Mittelmeer gestorben oder gelten als vermisst. Niemand von ihnen konnte einen »Schutz« durch das europäische Recht spüren, im Gegenteil: »Schutz« wird zum Kampfbegriff einer *weißen*, europäischen Mehrheitsgesellschaft – gemeint ist Schutz *vor* fliehenden, migrantischen Menschen durch Abgrenzung, niemals der Schutz dieser Menschen selbst. Dem Narrativ zufolge muss ein »Wir« »geschützt« werden vor migrantischen Männern, die die deutsche, *weiße* Frau belästigen, oder unser Wirtschaftssystem vor Migrant*innen, die die Sozialsysteme ausnutzen würden. Das zu schützende »Wir« ist ein imaginierter und romantisierter *weißer* Volkskörper, der alljährlich in neuen Kulturkämpfen – in Deutschland mit Begriffen wie Leitkultur – heraufbeschworen wird. Es sind aus völkischen Fantasien gespeiste Ideen von Schutz, die mit der Wirklichkeit nichts zu tun haben, aber *dennoch* mit den Mitteln des Rechts umgesetzt werden. Sowohl die Tötung von Menschen durch das Schließen von Grenzen als auch die Kriminalisierung von Flucht sowie das Unterlassen notwendiger Rettungsmaßnahmen sind ein notwendiger Teil davon.

Was dabei recht- und gesetzesmäßig ist, wird permanent verschoben und verschärft: Entgegen seiner eigenen früheren Rechtsprechung entschied der Europäische Menschengerichtshof (EGMR) 2020, dass *Pushbacks*, also die sofortige Abweisung von Asylsuchenden an den Außengrenzen auch ohne Prüfung ihres Asylgesuchs, rechtmäßig sein können.[4] Noch 2017 hatte er im gleichen Fall entschieden, dass ein solches Vorgehen menschenrechtswidrig sei.[5] Damit wurde eine rote Linie überschritten.

Im Juni 2023 einigten sich die EU-Innenminister auf eine Reform des Gemeinsamen Europäischen Asylrechts, wonach Geflüchtete, die die EU erreichen, in geschlossenen Lagern inhaftiert werden dürfen – eine weitere rote Linie. Je besser sich die menschenunwürdige Behandlung und die Grundrechtsverletzungen, die schon jetzt in Lagern alltäglich sind, hinter Mauern verstecken lassen, desto eher schafft man völlig rechtsfreie Räume und damit Platz für Willkür und Gewalt. Denn Öffentlichkeit, Presse und NGOs haben kaum Zugang in diese Grenzlager, auch Rechtsschutz ist dort nur extrem eingeschränkt verfügbar. Das alles passiert unter dem Anschein der Rechtmäßigkeit und dem Deckmantel des EU-Rechts. Die Ampel-Bundesregierung geht so weit, die Reform als Rettung des »Europa[s] der offenen Grenzen« zu bezeichnen.[6] Damit wird die räumliche Trennung zwischen denen, die offenbar des Schutzes des Rechts würdig sind, und solchen, denen dieser versagt bleibt, geradezu brutal anschaulich.

Gesetze schützen nicht vor Dunkelziffern

Aber auch in meiner beruflichen Praxis offenbart sich immer wieder sehr eindrücklich, wer die Privilegien des Rechts genießen darf und wer nicht. Ich möchte in den nächsten Abschnitten auch davon erzählen, was ich in meiner täglichen Arbeit als Rechtsanwältin mit Gewaltbetroffenen erlebe und wie wenig das Recht diejenigen schützt, die den Schutz so dringend benötigen.

Triggerwarnung
(sexuelle) Gewalt

90 Prozent aller Vergewaltigungen in Deutschland werden nicht angezeigt. Und von den wenigen Fällen, die überhaupt angezeigt werden, kommt es auch hier in 92 Prozent aller Fälle zu keiner Verurteilung. Oder andersherum formuliert: Nur bei knapp einem Prozent (!) aller Vergewaltigungen in Deutschland gibt es eine Strafe für den Täter.[7] Ich kann dieses Missverhältnis aus meiner anwaltlichen Praxis bestätigen: Viele meiner Mandant*innen haben keine Anzeige erstattet aus Angst, dass ihnen nicht geglaubt würde und dass sie bei der Polizei und vor Gericht immer wieder retraumatisierende Fragen beantworten müssten. Sie hatten berechtigte Angst vor der typischen Täter-Opfer-Umkehr (»Haben Sie ihn vielleicht provoziert? Sie wissen doch, dass Alkohol ihn aggressiv machen kann.«) oder dass ihnen die Schuld an der erlebten Gewalt gegeben werden könnte (»Welche Kleidung trugen Sie an diesem Abend? Warum haben Sie sich nicht gewehrt?«). Wir müssen uns vorstellen, dass Betroffene enorm viel Kraft aufwenden müssen, um das Trauma nach einer solchen Tat überhaupt zu überleben; es bleiben kaum Ressourcen für nervenaufreibende, kräftezehrende Strafverfahren. Insbesondere nicht, wenn die Verfahrensbeteiligten die Gewalt institutionell fortsetzen, die Betroffenen nicht ernst nehmen und damit immer wieder der Gefahr der Retraumatisierung aussetzen. Die Folge: Mandant*innen berichten mir regelmäßig, sie hätten den Umgang mit ihnen im Verfahren schlimmer empfunden als die Tat selbst. Sie erzählen mir von einem doppelten Schmerz: dem Schmerz, der durch die Tat verursacht wurde, aber vor allem spüren sie Schmerz durch die massive institutionelle Gewalt, der erniedrigenden und tatsachenverdrehenden Verfahren danach.

Im Bereich der Partnerschaftsgewalt wird sehr deutlich, welche Rechte als relevant erachtet werden und welche nicht: Von Partnerschaftsgewalt betroffene Frauen werden nicht nur körperlich, sondern auch massiv in ihren grundlegenden Menschenrechten verletzt. Ihre körperliche Integrität, ihre Gesundheit und ihr elementares Recht auf Leben werden bedroht und missachtet. Besonders gefährdet sind sie, wenn sie gemeinsame Kinder mit ihrem gewalttätigen Expartner haben. Denn was die wenigsten wissen: Auch wenn Expartner erwiesenermaßen in der Familie gewalttätig wurden und es daraufhin zu einer Trennung kam, können die Gerichte dennoch veranlassen, dass diese Kinder ihre gewalttätigen (meist) Väter trotzdem immer wieder besuchen oder bei ihnen regelmäßig übernachten *müssen*. Selbst wenn es die Mutter und auch das Kind unter keinen Umständen wollen. Das alles unter dem Deckmantel des »Kindeswohls«. Das führt dazu, dass die Frauen die Übergabe der Kinder während der Besuchskontakte mit dem gewalttätigen Expartner als ständige und sich permanent wiederholende Bedrohungs- und Belastungssituation erleben – und natürlich auch die Kinder, für die der Kontakt vermeintlich kindeswohldienlich sein soll.

Staatliche Institutionen wie Jugendämter und Familiengerichte versagen nicht nur dabei, die Frauen vor weiterer Gewalt zu schützen, sondern zwingen sie sogar immer wieder in diese akut gefährlichen und belastenden Situationen. Ich erinnere mich an zahlreiche familiengerichtliche Verfahren, in denen meine Mandantinnen nach der Flucht vor der Gewalt gemeinsam mit ihrem Kind in einem Frauenhaus unterkamen und so zunächst vor der Gewalt des Expartners geschützt waren. Doch nur wenige Wochen nach der Trennung wurden die Frauen vom Familiengericht und Jugendamt aufgefordert, den Kontakt zwischen Kind und Vater wieder zuzulassen, da der Vater und das Kind »ein Recht darauf« hätten.

Nach der Trennung ist das Umgangsrecht mit dem Kind oft die einzige Möglichkeit für gewalttätige Väter, wieder Kontakt zur Expartnerin aufzunehmen. Das gilt besonders, wenn diese an einen ihm unbekannten Ort geflüchtet ist. Durch die Trennung erleben die Expartner einen enormen Macht- und Kontrollverlust, was sie dazu treibt, alle Mittel einzusetzen, den Status quo wiederherzustellen. Umgangsverfahren sind ein sehr dankbares Instrument für den Täter, um die Gewaltbetroffene in den Kontakt zu ihm zu zwingen und wieder Kontrolle auszuüben und Macht zu demonstrieren.

In familiengerichtlichen Umgangsverfahren spielt Gewalt gegen die Betroffenen kaum eine Rolle. Die gewaltbetroffene Frau wird auf den Rang einer stummen Teilnehmerin reduziert, die die Rechte anderer tragen und garantieren soll und ihre eigenen Rechte abtritt. Sie ist jetzt nämlich dafür zuständig, den Umgang zwischen gewalttätigem Ex und dem gemeinsamen Kind zu fördern und zu unterstützen, damit die Rechte des Vaters und des Kindes erfüllt werden. Gleichzeitig wird ihr das Recht auf ihre eigene körperliche Integrität und Selbstbestimmung versagt. Ihre Leiden, ihre Ängste oder die drohenden körperlichen Verletzungen während dieser Übergaben scheinen unbedeutend zu sein. Es wird als ihr eigenes Risiko betrachtet, wenn sie auf ihren gewalttätigen Expartner trifft – obwohl genau diese Situation der Zusammenkunft durch die Behörden veranlasst wurde.

Ein Leben frei von Gewalt und Unterdrückung ist ein grundlegendes Menschenrecht, das Frauen besonders in solchen Situationen oft verwehrt bleibt. Der deutsche Staat akzeptiert nicht nur stillschweigend, dass Frauen immer wieder der Gewalt ihrer Expartner ausgesetzt sind, er begünstigt sogar die Fortsetzung der männlichen Gewalt. Besonders wirkmächtig und einflussreich im Familienrecht sind in den letzten Jahren die Narrative der sogenannten Väter- und Männerrechtler geworden, die mit der Erzählung des vermeintlich benachteiligten Mannes mütterfeindliche Mythen verbreiten, die folgenschwere Auswirkungen bis in die familiengerichtliche Praxis haben.[8]

Frauen werden in Deutschland häufig alleingelassen und zu selten geschützt, wenn sie Partnerschaftsgewalt erfahren und sich aus der Gewaltbeziehung lösen möchten. Der Weg aus der Gewalt ist einsam, und sie müssen dafür gegen enorme strukturelle Widerstände ankämpfen. Wenn die Betroffenen dann auch noch mehrfach marginalisiert sind, werden die Widerstände kaum überwindbar. Ich denke an ausländische Mandant*innen, die aufgrund ihrer Ehe mit einem Passdeutschen eine Aufenthaltserlaubnis hatten und zu mir in die Beratung kamen, weil sie sich trennen wollten. Und das ist oft ein Problem: Nach dem deutschen Aufenthaltsgesetz haben Migrant*innen erst dann einen Anspruch auf eine eigene Aufenthaltserlaubnis, wenn sie drei Jahre eine Ehe mit einer deutschen Staatsbürger*in führten. Wenn sie sich vorher trennen, verlieren sie ihre Aufenthaltserlaubnis – außer sie können »Härtegründe« geltend machen. Häusliche Gewalt gilt zwar grundsätzlich als ein solcher Härtegrund, jedoch kann sie oft schwer nachgewiesen werden, da es durch die private Situation praktisch nie Zeugen gibt. Ob der Grund anerkannt wird oder nicht, ob die Mandant*innen also eine eigenständige Aufenthaltserlaubnis erhalten oder ausreisen müssen – das entscheidet die Ausländerbehörde nach eigenem Ermessen. Wenn Opfer häuslicher Gewalt zu mir kommen, kann ich ihnen also noch nicht einmal sagen, ob sie nach der Trennung Deutschland verlassen werden müssen oder nicht. Wie können deutsche Gesetze diese Frauen – oft mit Kindern – vor so eine Wahl stellen? Denn diese Unsicherheit führt dazu, dass sie aus Angst, ihre Aufenthaltserlaubnis zu verlieren und womöglich abgeschoben zu werden, bei ihren gewalttätigen Partnern bleiben und sich weiterhin in lebensbedrohlichen Beziehungen befinden.

Wenn sie also nach einem Ehejahr heimlich zu mir in die Beratung kommen, weil Bekannte, Nachbar*innen oder Beratungsstellen ihnen empfohlen haben, sich anwaltlichen Rat zu holen, sind die Gespräche auch für mich besonders belastend. Ich muss den Betroffenen sagen, dass ich zwar alles daransetzen werde, ihren Aufenthalt in Deutschland zu sichern, ihnen aber leider nicht garantieren kann, dass es auch wirklich klappt. In vielen Fällen verabschiede ich mich und weiß: Diese Frau wird nicht wiederkommen. Sie wird in die gewaltvolle Partnerschaft zurückkehren. Und ich kann nur noch hoffen, dass sie die Zeit bis zum Ablauf der Dreijahresfrist überlebt.

Die derzeitigen Aufenthaltsgesetze führen dazu, dass migrantische Frauen deutlich schlechter vor Gewalt geschützt werden können (wobei der Gewaltschutz ohnehin schon zu wünschen übrig lässt). Die gewalttätigen Partner wissen häufig sehr genau, dass ihre Frauen aufgrund der aufenthaltsrechtlichen Regelungen restlos abhängig von ihnen sind und nutzen dieses enorme Machtgefälle aus. Je größer das Machtgefälle, desto größer ist das Risiko für Machtmissbrauch. Das Problem sind aber nicht nur die einzelnen Gewalttäter, die sich die Macht *nehmen*: Es ist ein deutsches Gesetz, das ihnen diese Macht *verleiht*.

Nun könnte man auf die Idee kommen, dass ungerechtes Recht schlicht geändert werden muss, dass Rechtsanwender*innen besser fortgebildet und diverser besetzt werden müssten. Dass es das Ziel einer feministischen Bewegung sein müsste, all die diskriminierenden und unterdrückenden Gesetze abzuschaffen und durch »besseres« und »gerechteres« Recht zu ersetzen. Und natürlich ist es wichtig, sich dafür einzusetzen, dass legales Unrecht abgeschafft wird. Denn durch Gesetze festgeschriebene Ungerechtigkeiten wirken besonders stark, weil der Staat sie mit all seiner Macht durchsetzen kann. Doch auch dort, wo Gesetze scheinbar feministische Ziele verfolgen, können insbesondere mehrfach marginalisierte Personen sich nicht auf ihren Schutz verlassen. Damit meine ich zum Beispiel das höhere Strafmaß für sexuell übergriffiges Verhalten oder ausgeweitete Polizeibefugnisse, etwa mittels Videoüberwachung, um Übergriffigkeiten in der Öffentlichkeit besser verfolgen zu können. Beides wird gerne mit dem »Schutz von Frauen« begründet. Zwar ist es richtig und wichtig, dass der Staat sexualisierte Gewalt als Problem anerkennt und konsequent verurteilt. Doch Strafjustiz und Polizei sind keine zuverlässigen Verbündeten im Kampf gegen geschlechtsspezifische Gewalt: Strafen sind keine echte Prävention, und wenn wir »Einzeltäter« wegsperren und entrechten, führt uns das nicht in eine gewaltfreie Gesellschaft. Gerade mehr Polizeibefugnisse bedeuten auch mehr Risiko für Machtmissbrauch und Polizeigewalt, die in der Regel marginalisierte Personen treffen. Weil wir mit dem Strafrecht und der Strafverfolgung an Grenzen stoßen, müssen wir den Schwerpunkt auf die Prävention legen, damit es gar nicht erst zur Gewalt kommt und Institutionen wie Polizei und Gefängnisse überflüssig werden.

Ende Triggerwarnung

Warum solidarische Gemeinschaft mehr Schutz bietet als das Recht

Was wir brauchen, sind kontinuierliche Veränderungen von Recht und Gesetz, die sich dem gesellschaftlichen Wandel anpassen. Wir brauchen Rechtsanwender*innen, die mutig und kritisch sind und in ihrer Rechtspraxis Ungerechtigkeiten bemerken und ausgleichen wollen. Wir brauchen zivilgesellschaftliche Bewegungen, die Gesetze mitformen und mitgestalten, die sich dafür einsetzen, dass diskriminierende und Ungleichheiten festschreibende Gesetze ersetzt werden durch solche, die die Menschenrechte aller Menschen achten. Wir brauchen diese Bewegungen allein deshalb, weil das ungerechte Gesetz ein so starkes Unterdrückungsinstrument ist. Und gleichzeitig müssen wir dem hoffentlich verbesserten Recht und Gesetz gegenüber immer auch kritisch bleiben. Sie sind menschengemachte Herrschaftsinstrumente und können nie allein und nur bedingt für Gerechtigkeit sorgen. Umso wichtiger ist es, dass Gerechtigkeit auch in Form von gesellschaftlicher Solidarität hergestellt wird. Mit Menschen, die marginalisierten Personen beistehen, ihnen *glauben* und gemeinsam mit ihnen für ihre Rechte einstehen. Für die Abschaffung des Patriarchats und diskriminierender Strukturen können wir uns nicht allein auf Gesetze verlassen. »Echter« und tatsächlich wirksamer Schutz kommt aus Solidarität und Gemeinschaft und nicht vom Staat.

Wir müssen das Recht und Menschenrechte in einem größeren Rahmen sehen, nicht nur als festgeschriebene Normen, Regelwerke und Gesetzesbücher, sondern als einen Anspruch, um den es sich immer wieder zu kämpfen lohnt, damit der im Menschsein immanente Anspruch, in Freiheit und Würde zu leben, unterschiedslos für alle Menschen eingelöst wird. Können Menschenrechte mithilfe des Rechts überhaupt durchgesetzt werden, wenn es keinen neutralen, objektiven Ort gibt, der frei von Machtverhältnissen und Diskriminierungen ist? Wir müssen begreifen, dass Menschenrechte nicht allein dadurch Realität werden, indem ein Urteil gesprochen oder ein Gesetz erlassen wird. Es braucht zivilgesellschaftliche Bewegungen, es sind *Menschen,* die Menschenrechte erkämpfen und diese dann in Gesetzen ausformulieren.

In Lateinamerika gibt es beeindruckende zivilgesellschaftliche Bewegungen, die zu Veränderungen geführt haben: Die feministische Bewegung »*Ni Una Menos*« (auf Deutsch »nicht eine weniger«), die 2015 nach einer Serie von brutalen Femiziden entstand, entwickelte so viel Kraft, dass Zehntausende auf die Straße gingen und protestierten. Das Sichtbarmachen von Gewalt gegen Frauen schärfte auch den Blick für das Abtreibungsrecht in Argentinien: Ende 2020 war Argentinien das erste große Land in Lateinamerika, das Schwangerschaftsabbrüche legalisiert hat. (Man kann nur hoffen, dass diese fortschrittliche Rechtsprechung nicht durch den Ende 2023 gewählten ultrakonservativen Präsidenten Javier Milei kassiert wird.)

Wir sehen weltweit, wie um existenzielle Grundrechte täglich gerungen wird und wie sie mit Erfolg erkämpft werden. Und wir sehen, wie existenzielle Grundrechte, wie ein Leben in Freiheit und Würde dem *Menschsein* immanent sind und nicht erst gelernt werden müssen: Im Iran findet seit Herbst 2022 eine feministische Revolution statt. Die Menschen, die auf die Straße gehen, die gefoltert, getötet und hingerichtet werden, sind teilweise so jung, dass sie nur das Leben in einem unfreien, totalitären Land mit totalitären Gesetzen kennen. Diese Gesetze haben sie von Kindheit an »gelernt«; diese Gesetze haben also zumindest versucht, ihre Wahrheit zu formen und ihnen zu erklären, was richtig und was falsch ist. Und dennoch ist ihr menschliches Bedürfnis nach Freiheit und Gerechtigkeit größer als die erlernten Normen und größer als ihre Furcht davor, sich aufzulehnen, nicht zu gehorchen und die Gesetze zu brechen. Die Menschen, die im Iran und anderen Ländern der Welt für einen Emanzipationsprozess und gegen Unterdrückung kämpfen, *spüren* das Wasser, in dem die Fische aus Foster Wallace' Parabel schwimmen und erkennen den verblendeten Gehorsam, der sie unfrei macht. Sie versuchen mit aller Macht und bewundernswertem Mut, seine Fesseln zu sprengen.

unlearn mental health

Miriam Davoudvandi

Dass es in der Medizin große Ungerechtigkeiten gibt, darüber sind wir uns allmählich alle einig: ein zweik(l)assiges System, Ausbeutung von und Mangel an Fachkräften und natürlich der Gender Health Gap, der geschlechtsspezifische Probleme und Diskriminierungen im Gesundheitswesen beschreibt. Die Lebensqualität vieler Frauen ist auch bei vergleichsweise guter Gesundheitsversorgung massiv eingeschränkt, weil es an Geldern, Forschung, Wissen und nicht zuletzt Sensibilität fehlt.[1] Frauengesundheitliche Themen rücken vor allem dann medial und gesellschaftlich in den Fokus, wenn der Vergleich zu einem Mann gezogen werden kann. Beispielsweise dann, wenn männliche Probanden Periodensimulatoren anziehen und dabei umkippen[2] oder wenn sie bei Tests für hormonelle Kontrazeptiva bei den gängigen Pillennebenwirkungen aussteigen. Ich finde, solche Experimente verfehlen den Punkt, weil sie nur die gängige Praxis bestärken, derzufolge weiblicher Schmerz nur dann anerkannt wird, wenn ein Mann ihn legitimiert.

Diese Dynamiken existieren eins zu eins auch im Bereich der psychischen Gesundheit. Das größte Problem bei psychischen Erkrankungen ist aber ein Grundsätzliches: Man sieht die Erkrankungen (fast) nie. Wie kann man also bei einer Personengruppe, die eh schon in der Medizin unsichtbar ist, eine auch noch unsichtbare Erkrankung aufzeigen und ein Bewusstsein für die geschlechtsspezifischen Unterschiede schaffen?

In meinem Text will ich erklären, warum die mentale Gesundheit von Frauen so unsichtbar ist, wie es so weit kommen konnte, welche Rolle die Medien dabei spielen und wie das Zusammenspiel zwischen Mann und Frau mit einfließt. Und vor allem will ich wissen: Wer ist schuld an all dem? Die leichte Antwort wäre: das Patriarchat. Die komplexe Antwort: Puh, wo fängt man da bloß an?

Wie patriarchale Strukturen über »gesund« oder »krank« entscheiden

Die Wissenslücken und Falschinformationen zu mentaler Gesundheit kommen nicht von ungefähr. Meistens stecken jahrzehntealte, tief verankerte und internalisierte Strukturen, Vorurteile und falsch weitergegebenes Wissen dahinter. Ein beliebter Klassiker, der bis heute nicht aus dem alltäglichen Sprachgebrauch verschwunden ist und beweist, wie sehr die mentale Gesundheit von Frauen in den Rahmen patriarchaler Vorstellungen gepresst wurde, ist Hysterie: Vorrangig Frauen, die nicht mehr »funktionierten«, die »instabil«, »anstrengend« oder ängstlich wirkten in Verbindung mit einigen physischen Erscheinungen wie Zittern, galten schnell als hysterisch. Erst hieß es, ihre Gebärmutter würde durch den Körper »wandern« und andere Organe wie etwa das Gehirn befallen[3] und sei nur durch männliche Penetration zu besänftigen. Dann haben Freud und Co. die Hysterie zu einer psychischen Krankheit erklärt, deren Behandlung von angeordneter Isolation bis zu Elektrotherapie reichte. Die »Krankheit« selbst gilt bis heute als ein rein weibliches Phänomen. Natürlich.

Es ist noch nicht lange her, dass psychisch erkrankte Menschen weggesperrt oder sogar systematisch getötet wurden, meist aus menschenfeindlicher, eugenischer Motivation, übrigens nicht nur im Nationalsozialismus. Ebenso ist es nicht lange her, dass Homosexualität sowie Transgeschlechtlichkeit als psychische Erkrankung gesehen wurden – höchst offiziell. Erst 1990 erklärte die WHO, dass Homosexualität keine Krankheit, Störung oder Perversion ist. Und erst 2013 wurde im amerikanischen Diagnosemanual DSM-5 »*Gender Identity Disorder*« ersetzt durch »*Gender Dysphoria*«. Somit wurde durch Änderung des Begriffs »*Disorder*« zumindest minimal mit der stigmatisierenden Bezeichnung »Störung« gebrochen. Heute enthält es endlich den expliziten Hinweis, dass nicht genderkonforme Menschen nicht mental krank sind. Und auch die internationale von der WHO herausgegebene Klassifikation der Krankheiten (ICD) ordnete »Transsexualismus« lange den Persönlichkeits- und Verhaltensstörungen zu. Erst mit der neuen, seit 2022 gültigen Version der Klassifikation gilt Transsein als »Geschlechtsinkongruenz«, also als fehlende Übereinstimmung zwischen dem individuellen Erleben als männlich, weiblich oder divers und dem bei Geburt zugewiesenen Geschlecht.[4]

Diese Bespiele zeigen alle, wie sehr die Klassifizierung in »gesund« und »krank« von patriarchalen Strukturen geprägt ist und meist von außen bestimmt wird. Das ist besonders dann schwierig, wenn als krank Bezeichnete mit Konsequenzen rechnen müssen. Gerade psychisch »Kranke« wurden und werden oft als Gefahr für die Gesellschaft eingestuft, was Folgen wie Psychiatrisierung nach sich ziehen kann und sich auch im abwertenden Sprachgebrauch von Wörtern wie »Psycho« oder »Schizo« zeigt. Glücklicherweise gibt es hier langsam ein neues Bewusstsein, etwa durch das Konzept der Neurodiversität. Neurodiversität pathologisiert Menschen mit Autismus, ADHS oder anderen Diagnosen nicht, sondern erkennt an, dass es atypische neurologische Entwicklungen gibt, die dafür sorgen, dass Menschen einfach etwas anders ticken im Vergleich zu »neurotypischen« Personen.

Dass sich diese Krank-Gesund-Dichotomie weiterhin so hartnäckig hält, hängt auch damit zusammen, dass in Schule und Uni oft veraltete Ideen, Erkenntnisse und Theorien vermittelt werden. Sigmund Freud als Erfinder der Psychoanalyse wird vermutlich als erster Name genannt, wenn es um die Psyche geht. Dabei ist der Mann bald ein Jahrhundert lang tot. Ich habe meine ganze Schulzeit lang und auch medial nie einen anderen Namen als Freud gehört. Sogar bei Psycho-Memes und Merchandise-Produkten habe ich bisher nur Freud gesehen. Seine Erkenntnisse über das Unbewusste und darüber, dass man Menschen im Gespräch heilend zur Seite stehen kann, haben das Verständnis der Psyche und die Behandlung psychischer Krankheiten vorangebracht. Sie haben jedoch leider auch Aspekte in den Mainstream gespült, die ein Update dringend gebrauchen könnten, weil sie Geschlechterstereotypen reproduzieren. Ich denke an Klassiker wie den angeblichen Penisneid, also die Annahme, dass Frauen unbewusst das männliche Geschlecht um dessen Penis beneiden, oder die erwähnten misogynen Theorien zum Begriff der Hysterie, die er 1895 zusammen mit Josef Breuer in den *Studien über Hysterie* beschrieb. Dabei wäre es gerade heute so wichtig, Freuds Arbeiten und weit verbreitete Ansichten zu kontextualisieren, zu berichtigen und zu ergänzen, wie es beispielsweise feministische Psychoanalytikerinnen wie Nancy Chodorow, Christa Rohde-Dachser, Jessica Benjamin, Karen Horney oder Luce Irigaray getan haben.

Zwischen 1955 und 1975 entstand unter anderem in den USA und in Deutschland die Antipsychiatriebewegung als Reaktion auf politische Psychiatrisierung. Aus feministischer Sicht gibt es einige Kritikpunkte an der Art und Weise, wie wir die Psyche heute betrachten und auch daran, welche Psychiatriepraxis wir heute eigentlich betreiben. Im deutschsprachigen Raum gibt es sehr wenig Literatur dazu, ein Beispiel wäre *Feministische Psychiatriekritik* der deutschen Kulturwissenschaftlerin Peet Thesing.[5] Forscher*innen wie Thesing blicken darin durch eine explizit feministische Linse auf Fragen wie: Wie entstehen psychische Krankheiten? Wie wird zwischen krank und gesund unterschieden? Wer ist »verrückt«, wer nicht? Wann beginnt Krankheit, ab wann gilt man einfach als nicht mehr leistungsfähig in einer kapitalistisch-patriarchalen Welt? Wo endet »My body, my choice«, wenn bestimmte Medikamente verabreicht werden, bei Fixierungen, bei bestimmten Therapien? Bei Essstörungen, bei Selbstverletzung? Welche Macht- und Gewaltdynamiken gibt es innerhalb der Psychiatrie? Natürlich geht es bei feministischer Psychiatriekritik auch um Intersektionalität. Welche Rolle spielt Rassifizierung? Klasse? Sexualität? Was ist mit Menschen, die zudem eine Behinderung haben?

Mentale Gesundheit ist ein Privileg

Sich mit der eigenen mentalen Gesundheit zu befassen und für sie zu sorgen, sollte etwas ganz Alltägliches sein, wenn nicht sogar die Priorität. Tatsächlich wird das Kümmern darum jedoch bis heute nicht nur nicht als »normal« angesehen, es ist sogar ein Privileg von wenigen. Wer ist überhaupt in der Position, sich damit beschäftigen zu können – sowohl global als auch intersektional gesehen? Wer hat überhaupt die Zeit, sich darum zu kümmern im engen Korsett aus Care- und Erwerbsarbeit? Wer hat das Geld, sich Therapie, die in weiten Teilen der Welt und auch teilweise hierzulande Privatleistung ist, und gegebenenfalls unterstützende Medikamente oder private Vorsorgemaßnahmen zu leisten? Wer hat die Sprache und Worte dafür, um überhaupt zu verbalisieren, wo der Schuh drückt? Wer ist aus sozialen, religiösen oder kulturellen Gründen benachteiligt oder erhält besonders Gegenwind, wenn er oder sie hilfsbedürftig ist? Wer muss mit Konsequenzen rechnen, sobald eine Diagnose vorliegt – im privaten Umfeld, aber darüber hinaus auch beruflich und vielleicht sogar juristisch? Das alles sind Zusammenhänge, die auf die alltägliche Diskriminierung weiter Bevölkerungsteile hinweisen: die angehende Lehramtsstudentin, die die Erste in der Familie ist, die studiert, die alleinerziehende Mutter oder der migrantische Leiharbeiter mit drei Kindern.

Psychische Erkrankung hat so viele Gesichter und äußert sich ganz unterschiedlich. Medial sehen wir jedoch meistens *weiße*, solide verdienende, recht junge Menschen, die über mentale Gesundheit und ihre Diagnosen von Burn-out über Depression bis ADHS oder Essstörung reden. Auch in meinem Podcast *Danke, gut*, in dem ich mit Menschen, die in der Öffentlichkeit stehen, über mentale Gesundheit spreche, bemühe ich mich um verschiedene Perspektiven. Dass es selbst Stars schlecht geht, bei denen vermeintlich alles super läuft, ist eine Erkenntnis, die vielen der Zuhörenden hilft, sich weniger alleine oder »abnormal« zu fühlen. Aber natürlich ist es in einem Medien- und Kunstmilieu normalisierter, darüber zu sprechen, und die finanziellen Mittel für Behandlungen sind oft besser. Die beschriebenen Gefühle und Probleme sind oft dieselben, die Lebensrealitäten unterscheiden sich dennoch.

Dass Menschen über ihre Psyche sprechen, ist super – jede Offenheit ist ein Schritt nach vorne. Dennoch darf nie vergessen werden, dass es den Diskurs prägt, wer worüber spricht. Dass damit eine bestimmte Gruppe von Menschen dominant ist und andere Menschen mit ihren Erkrankungen unterrepräsentiert bleiben. Und dass es zwar mittlerweile »akzeptierte« Diagnosen gibt wie Burn-out oder ADHS, dass aber beispielsweise bipolare oder schizophrene Menschen immer noch als »verrückt« und »gefährlich« abgestempelt und ausgegrenzt werden.

Es ist klar, dass sich politisch und strukturell einiges ändern muss. Ich finde, man sollte schon in der Schule über psychologische Themen beispielsweise in Form eines verpflichtenden Schulfachs Psychologie sprechen, da man dort von früh auf möglichst viele Menschen erreicht, unabhängig von Herkunft oder Elternhaus. Diskriminierungssensible Therapeut*innen werden dringend gebraucht, dies kann gelernt oder durch eigene Erfahrungen eingebracht werden. Doch Menschen, die schon während ihrer schulischen Laufbahn diskriminiert werden, haben es schwer, später einmal Psycholog*in oder Therapeut*in zu werden. Das Psychotherapiestudium wurde zwar erst kürzlich reformiert, dennoch ist es immer noch mit sehr viel Geld, Zeit und sehr guten Abiturnoten verbunden. Es braucht dringend Lösungen, damit geeignete Menschen nicht an bürokratischen und strukturellen Hürden scheitern.

Auch für die Betroffenen muss sich einiges ändern. Statt Therapien erst bei schlimmem Leidensdruck zu gewähren, sollten sie präventiv eingesetzt werden, nicht kurativ, und Krankenkassen sollten dafür aufkommen. In der Realität müssen Betroffene monatelang auf einen Therapieplatz warten – nicht weil es zu wenige Therapeut*innen gibt, sondern zu wenige mit Kassensitz, also Kostenübernahme. Es braucht mehr zentral organisierte Unterstützung für Menschen, die so depressiv sind, dass sie nicht monatelang herumtelefonieren können und sich schnelle Lösungen finanziell nicht leisten können.

Alle verspotten Selbstdiagnosen auf Social Media, aber warum?

Ein weiteres Beispiel für Geschlechter- und Altersdiskriminierung ist die aktuelle Debatte über Selbstdiagnosen, insbesondere bei Themen der Neurodiversität[6] wie ADHS und Autismus. Kritisiert werden vor allem junge Frauen, die auf TikTok und Co.

Videos über ihre Aufmerksamkeitsdefizit-Hyperaktivitätsstörung (ADHS) teilen und Menschen, die sich daraufhin damit identifizieren. Ich finde: Solche Selbstdiagnosen füllen am Ende doch nur das Vakuum des unzureichenden Gesundheitssystems, das Patient*innen nicht ernst nimmt, ihnen Diagnostizierung und eine zeitnahe Therapie vorenthält. Ja, das Internet lebt von Trends, aber wer sagt, dass Trends per se schlecht sind? Oh nein, buhu, junge Leute befassen sich mit sich selbst und gehen häufiger zu Ärzt*innen, bitte bloß nicht!

Zynismus bei Seite – auch wenn solche Selbstdiagnosen einerseits ihre Daseinsberechtigung haben, kann es andererseits gefährlich werden für Menschen mit hypochondrischer Neigung, wenn sie durch den Algorithmus, der das Thema immer und immer wieder in die eigene Timeline spült, das Gefühl bekommen, in jede Diagnose zu passen. Es ist zudem unsinnig bis gefährlich, wenn alltägliche Dinge pathologisiert werden: Natürlich ist keine Lust auf Arbeit zu haben und unkonzentriert zu sein nicht zwangsläufig ein Symptom für eine Krankheit oder Neurodiversität, sondern irgendwie ja auch alltäglich. Nicht alle negativen oder nicht wünschenswerten Eigenschaften erfordern eine medizinische Erklärung.

Vor einiger Zeit war ich bei einem Psychiater. Ich setze mich seit Jahren mit ADHS auseinander, ich war schon lange in Therapie, ich beschäftige mich beruflich mit dem Thema, ich war in der ADHS-Sprechstunde meiner Hausärztin, die meinen Verdacht nachvollziehbar fand, und ich war bei einer Psychotherapeutin, die mir nach ellenlangen Fragebögen und vielen Gesprächen schlussendlich feierlich meine ADHS diagnostiziert hat. Für mich hat sich das wie ein Befreiungsschlag angefühlt, ich habe vor Freude geweint. Alles, was ich jahrelang vermutet habe, hat sich endlich bestätigt und hatte auch noch einen Namen.

Auf diesen Termin beim Psychiater, den ich über Tausende

Umwege bekommen habe und dessen Praxis irgendwo am Stadtrand lag, hatte ich monatelang gewartet. ADHS kann man, wenn man will, medikamentös behandeln. Um auf die richtige Medikation eingestellt zu werden, kommt man um einen Psychiater nicht herum. Ich war so unendlich glücklich über diesen Termin, weil ich schon viele Strategien ausprobiert und das Gefühl hatte, ich komme ohne Medikamente nicht weiter. Ich dachte wirklich, das jahrelange Leid hört endlich auf, ich bekomme endlich Hilfe.

ADHS ist nämlich nicht, wie oft verbreitet und der Name suggeriert, ein Mangel an Aufmerksamkeit. Bei ADHS tickt das Gehirn ganz anders. Es schenkt, vereinfacht gesagt, zu vielen Themen auf einmal Aufmerksamkeit. Ich persönlich habe extreme Schwierigkeiten, zu »funktionieren« und kann nur unter extremem Druck und nachts arbeiten. Dadurch ist mein Tag-Nacht-Rhythmus seit Jahren verschoben und ich habe schlimme Schlafstörungen. Ich schiebe vieles auf, was auf Unverständnis von Familie, Freund*innen und Arbeitgeber*innen trifft, von Ämtern müssen wir gar nicht erst anfangen. Manchmal bin ich wie paralysiert, sodass ich den ganzen Tag den Rechner anstarre, aber einfach nichts machen kann. Ich will, aber mein Gehirn lässt mich nicht. In fast jeder Sekunde meines Lebens denke ich an zehn Dinge gleichzeitig, vor allem an To-dos, die ich noch abhaken sollte, egal, ob ich im Urlaub bin oder Zeit mit Freund*innen verbringe. Das führt alles zu einer unglaublichen Frustration. So wollte ich nicht mehr weitermachen. Deshalb war ich so gespannt zu hören, welche Behandlungsmöglichkeiten der Psychiater für mich vorsah. Doch kaum machte er den Mund auf, ging es um Trends und TikToks und wie sich dort alle ständig selbst diagnostizieren.

Das Ergebnis: Ich wurde weggeschickt, ohne die erhoffte Hilfe zu bekommen. Ich bin eine junge, migrantische Frau mit einer »Trenddiagnose«, da kann ich mit dem alltäglichen Rätselraten beginnen und mich fragen, an welchem Merkmal es wohl heute lag, dass ich nicht ernst genommen wurde. Es stellte sich raus, dass er sich nicht mit ADHS auskennt und es deshalb gar nicht behandelt. Aber gerade aus diesem Grund finde ich es fast schon witzig, dass er sich trotzdem erlaubt hat, mich einfach in die Trend-Schublade zu stecken. Was ich da erlebt habe, wird mittlerweile als *Medical Gaslighting*, also das Nicht-ernst-nehmen von Symptomen, bezeichnet.

Ich war gerade dabei, die Praxis zu verlassen, da rief er mich zurück. Er habe mich gegoogelt, meine journalistische Arbeit zu den Themen entdeckt und festgestellt, ich wüsste anscheinend, wovon ich rede. Dann entschuldigte er sich. Menschen, die nicht zufälligerweise seit Jahren einen Podcast über mentale Gesundheit machen, bekommen diese Entschuldigung nicht.

Diese ganze Kritik, vor allem an Frauen, die irgendwann in ihren 20ern und 30ern herausfinden, dass sie ADHS haben könnten, basiert auf unzureichender Verbreitung von vorhandenem Wissen, mangelnder Forschung, vielleicht auch Ignoranz dem eigenen medizinischen Auftrag gegenüber und sexistischen Stereotypen à la junge Frauen hängen nur auf Social Media rum und verblöden dadurch. Frauen sind angeblich zu naiv und ihnen fehlt die Medienkompetenz, um zwischen richtigem und irreführendem Content zu differenzieren. Als wäre die Aufklärung über ADHS dasselbe wie Fast-Fashion-Trends oder Insta-Werbung, die einen dazu verleitet, irgendeinen Müll zu kaufen. Oder um es mit den Worten von Autorin und Moderatorin Angelina Boerger zu sagen, die mit »Kirmes im Kopf« eine Plattform zu ADHS bei erwachsenen Frauen aufgesetzt hat: »Meine ADHS ist keine Modeerscheinung, Mode kann ich an- und ausziehen, meine ADHS nicht.« Was ich damit sagen will: Selbstdiagnosen per se abzulehnen, ist elitär, arrogant, paternalistisch und ja, auch patriarchal.

Ziemlich sicher hat jede Person es schon einmal erlebt, von Ärzt*innen nicht ganz ernst genommen zu werden und kennt das frustrierende Gefühl. Nun sind gerade psychische Erkrankungen ja unsichtbar und nicht messbar, man kann da nicht per MRT oder Bluttest mal eben was ausschließen oder diagnostizieren. Wie erklärt man also einer Person im weißen Kittel, die sowieso nicht zuhören und auch nicht glauben will, was im eigenen Kopf vorgeht? Viele Frauen werden erst in ihren 30ern und 40ern korrekt mit ADHS diagnostiziert.[7] Häufig geschieht das, nachdem sie Mutter geworden sind, weil die Überforderungen des Alltags so groß werden und erst da so richtig auffallen, oder weil ihr Kind diagnostiziert wird und sie sich in ihm wiederfinden.[8] Klassischerweise denken viele bei ADHS an einen Zappelphilipp, also aufgedrehte Jungs. Die Folge: Viele Menschen, Eltern, Betroffene gehen bis heute davon aus, Mädchen und Frauen könnten gar kein ADHS haben, weil sie eben nicht wissen, dass ADHS sich bei ihnen anders äußert. Superkurz vereinfacht ausgedrückt verlagert sich das typisch Aufgedrehte des geschlechterstereotypen Symptombildes (nicht immer, aber oft) nach innen, in die eigenen Gedanken. Weibliche ADHS-Betroffene fühlen sich schnell überfordert, können schwer abschalten und grübeln so viel, dass sie oft bei negativen Gedanken ankommen. Andauernde Gefühle von Überforderung, das regelmäßige Scheitern an alltäglichen Aufgaben und der Gedanke, nicht reinzupassen und in dieser Gesellschaft dysfunktional zu sein, sorgen für große Scham.

Um diese Schamgefühle möglichst gering zu halten und nicht negativ aufzufallen, benutzen viele Betroffene *Masking* als Bewältigungsmechanismus. Das Vertuschen, indem man sich eine Maske aufsetzt, ist ein ganz typisches Phänomen bei Menschen, die denken, sie dürften ihre Symptome nicht öffentlich zeigen. Betroffene reagieren nicht so, wie sie sich fühlen, sondern wie sie es für sozial erwartet halten. Vielleicht auch, weil Frauen abweichendes Verhalten weniger verziehen wird und Mädchen von klein auf eingetrichtert wird, brav zu sein und nicht aufzufallen. Klassisches *Masking* äußert sich beispielsweise in Perfektionismus oder Überarbeitung, um nicht als faul zu gelten oder in angelernten, fast schon schauspielerischen Verhaltensweisen, die signalisieren sollen, dass man aktiv zuhört.

Ich bin sicher, *Masking* existierte schon immer, überall. Wer weiß, wie viele Menschen in unseren Großeltern- und Elterngenerationen ADHS hatten und es nur besser versteckt haben, weil sie es mussten und andernfalls sanktioniert worden wären. Dass *Masking* von ADHS gefährlich ist und Komorbiditäten,[9] also weitere Begleiterkrankungen wie etwa Depressionen begünstigt, ist inzwischen bekannt.[10] Für Betroffene ist es ein Teufelskreis: Entweder sie *masken* so gut, dass sie gar nicht oder falsch diagnostiziert werden – oder sie werden diagnostiziert, fühlen sich aber so stigmatisiert, dass sie um jeden Preis versuchen, ihre Symptome zu verbergen und dadurch Begleiterscheinungen riskieren.

Einer von vielen Gründen für Falschdiagnosen sind auch die aktuellen Fragebögen, die vom Fachpersonal zur ADHS-Diagnostik verwendet werden, aber wenig Platz für Nuancen haben. Bei mir wurden beispielsweise genderspezifische oder kulturelle Aspekte nicht genug berücksichtigt. Die diagnostischen Formulare stellen zum Beispiel Fragen nach der Kindheit, ob man da schon auffällig gewesen wäre. Innerlich war ich das bestimmt. Aber als junges Mädchen, das gerade erst nach Deutschland gezogen war und der man täglich sagte, sie solle kein Aufsehen erregen, weil das für Ärger sorge, wurde ich zur stillen Perfektionistin.

Glücklicherweise entsteht die Diganose im Idealfall nicht nur aufgrund der schriftlichen Auswertung, sondern es wird noch ein Gespräch geführt. Dennoch erleben es viele Betroffene, dass im Praxisalltag immer noch sehr standardisiert vorgegangen wird, sodass viele Menschen/Frauen/anders marginalisierte Gruppen, obwohl sie ADHS haben, diese Diagnose nicht gestellt bekommen.

Die Folge: Indem nicht diagnostizierten Menschen ihre Erfahrung und Selbstkenntnis abgesprochen wird und sie auch selbst das Gefühl haben, sie dürften nicht »dazugehören« ohne offizielle Bestätigung, werden Gefühle bürokratisiert. Dadurch bleibt vielen Betroffenen nur die digitale Selbsttherapie, sodass sie in der Community Erfahrungen austauschen und sich Tipps abholen. Dass selbstverständlich nicht alle angebotenen Ratschläge fruchten werden und Frustration eintreten kann, dürfte den allermeisten klar sein. Alles, was größere Folgen hätte, wie beispielsweise eine Medikation mitsamt Nebenwirkungen, ist ohne ärztliche Beratung und Rezept sowieso nicht verfügbar. Und noch ein Punkt spricht dafür, dass sich kein Mensch ohne Not selbst diagnostiziert: Die monatelange Telefoniererei, Abweisung und Bürokratie würden sich die wenigsten Menschen antun, wenn sie nicht wirklich überzeugt wären, dass sie Hilfe bräuchten.

Selbstdiagnosen sind auch da wichtig, wo Fehldiagnosen stattfinden oder es gar nicht erst zu einer kommt. Nicht nur das Geschlecht ist dafür ausschlaggebend, sondern auch, ob man auch noch eine Person of Color ist. So werden bei rassifizierten Personen häufig Erkrankungen nicht erkannt, dafür Gefühle wie Wut pathologisiert.[11] Es gibt beispielsweise das Stereotyp der *»angy black person«*, was nicht nur in den USA, sondern auch hierzulande tödlich enden kann. So starb 2019 William Tonou-Mbobda, ein in Deutschland lebender Kameruner, der an Schizophrenie litt, im Universitätsklinikum Hamburg-Eppendorf an den Folgen einer gewaltsamen Fixierung. Mikroaggressionen, also demütigende, subtile Alltagsbemerkungen mit rassistischem Hintergrund wie Witze über einen ausländisch klingenden Namen, sind ebenso eine zusätzliche Gefahr für die Psyche, die nicht ausschließlich, aber insbesondere rassifizierte Menschen trifft. Diese sind so gefährlich, weil sie nicht direkt erkennbar sind und sich langsam einschleichen und die Psyche somit eher unterbewusst belasten. Dazu gibt es unzählige weitere Phänomene, die Betroffene im Alltag lähmen, wie *Survivor-* oder *Immigration Guilt*, also Schuldgefühle, weil eine Person eine lebensbedrohliche Situation wie einen Krieg überlebt hat oder weil sie Privilegien in einem neuen Land genießt. Um all diese Mehrfachbelastungen aufzuarbeiten, bedarf es sprach- und kultursensibler Diagnose- und Behandlungsmöglichkeiten, die oft fehlen.

Immerhin gibt es langsam Besserung, und auch das haben wir vor allem dem Internet zu verdanken. Immer mehr Mädchen und Frauen scheuen nicht davor zurück, sich inspiriert von TikToks bei Expert*innen mit Autismus, AHDS etc. diagnostizieren zu lassen, wodurch der Gender Diagnose Gap kleiner wird. Ebenso organisieren sich immer mehr People of Color, um rassismus- und kultursensiblere Therapie zu ermöglichen. So gibt es beispielsweise die De_Construkt-Akademie, die erste digitale Weiterbildungsplattform zur Rassismussensibilisierung von psychologischem Fachpersonal.

Reproduktive Faktoren

Nicht nur bei der Diagnose muss auf Genderspezifika geachtet werden, sondern auch bei der Behandlung. Das gilt auch wegen der Wirkung von Psychopharmaka, die mit Hormonen unterschiedlich interagieren und beispielsweise zu hormonellen Dysbalancen führen können. Reproduktive Faktoren wie Zyklus, Schwangerschaft, Menopause sind komplexe Themen und oft ein willkommener Grund, Beschwerden der Betroffenen lieber abzutun und sie als psychosomatisch zu diagnostizieren – selbst wenn tatsächlich andere Gründe dahinterstecken. Depressionen während der Schwangerschaft oder nach der Geburt des Kindes werden immer noch öffentlich in einem paternalistischen Ton besprochen, tabuisiert und instrumentalisiert. Das ist vor allem bei Schwangerschaftsabbrüchen auffällig, etwa wenn Abtreibungsgegner vermeintlich wohlwollend argumentieren, dass die Frau, die einen Abbruch vornehmen möchte, hinterher psychisch darunter leiden würde, weshalb sie das lieber lassen sollte. Einer Studie zufolge gibt es aber keine Beweise dafür, dass Frauen nach einer Abtreibung psychische Erkrankungen befürchten müssen. Tatsächlich dominiert bei ihnen ein Gefühl von Erleichterung, und auch drei Jahre nach der Befragung seien 95 Prozent der Befragten zufrieden mit ihrer Entscheidung.[12] Was hingegen wirklich eine Gefahr für die Psyche der Betroffenen darstellt, ist die fehlende gesellschaftliche Akzeptanz und Kriminalisierung von Abbrüchen.

Das Patriarchat scheint das Interesse am psychischen Wohlergehen der Frauen danach zu drehen, ob es davon profitiert und Macht über sie ausüben kann. Wenn eine Frau nicht funktioniert, sagt man ihr so lange, dass alles nicht so schlimm ist, weil nur psychisch, ergo eingebildet, damit sie brav weitermacht. Wenn dadurch ihre traditionelle Rolle in der Gesellschaft wackelt, zum Beispiel, weil sie keine Kinder haben möchte, spielt man ihr Sorge vor und verwendet ihre eigenen Argumente gegen sie. Ein Widerspruch, der am Ende eine Leidtragende hat: die weibliche Psyche.

Ich halte ja nichts von verschwörerischen Gedanken, dass die böse Pharmaindustrie uns alle krank machen möchte und Menschen bewusst Schaden zugefügt wird. Ich bin mir sicher, dass die meisten Personen, die in medizinischen Berufen arbeiten, sei es in der Forschung, in Praxen oder in Krankenhäusern, wirklich helfen wollen. Dennoch gibt es teilweise wirtschaftliche, aber auch durch und durch patriarchale Gründe dafür, dass es auffällig oft bei frauenspezifischen Erkrankungen nur im Schneckentempo Aufklärung und Hilfe gibt. Egal, ob es Krankheiten sind, die zuerst physisch und dann psychisch auftauchen oder andersherum. Und wenn wir schon bei Themen wie Zyklus, Menstruation und Co. sind: Warum weiß zum Beispiel kaum jemand Bescheid über PMDD, die prämenstruelle dysphorische Störung? Eine Erkrankung, die viel schwerwiegender ist als das prämenstruelle Syndrom (PMS) und die mit einer depressiven Verstimmung bis hin zu Suizidgedanken vor der Periode einhergeht. Das polyzistische Ovarialsyndrom (PCOS), eine Hormonstörung, die sich unter anderem durch extreme Zyklusstörungen, Akne und verstärkte Körperbehaarung äußert, oder auch Endometriose sind weitere gute Beispiele dafür, wie Frauen sich selbst diagnostiziert und vorrangig über Social Media aufgeklärt haben.

Die Aufklärung und Verbreitung dieser Themen und die zunehmende Selbstdiagnostizierung machen Mut. Mut, beim nächsten Besuch bei der Gynäkolog*in darauf zu bestehen, dass Schmerzen, die nie normal sein dürfen, ordentlich untersucht werden, weil ein konkreter Verdacht besteht, dem man einen konkreten Namen geben kann. Und auch wenn viele Erkrankungen aktuell noch nicht gut behandelt werden können – es wirkt enorm entlastend, endlich eine Erklärung zu haben. Wie erleichternd, zu wissen: Ich habe mir das nicht eingebildet, ich habe nicht übertrieben oder war dramatisch, es ist nicht tödlich. Alleine deshalb ist Aufklärung so wichtig und alleine deshalb werden Selbstdiagnosen immer eine Legitimation haben.

Psychopathin oder *Sad Girl*? Die psychisch kranke Frau in Popkultur und Medien

Es gibt zwei Formen der Abbildung psychisch kranker Frauen in der Popkultur und den Medien. Entweder werden sie als »komplett irre Psychopathinnen« dargestellt – und wehe sie haben noch ein Kind, dann sind sie auf jeden Fall auch eine schlechte Mutter. Oder sie sind das verträumte *Sad Girl*, das zu viel Lana Del Rey hört. Ihre psychische Krankheit ist irgendwie *quirky*, und eigentlich muss sie nur gerettet werden, am besten von einem Mann. Für Nuancen dazwischen ist meist wenig Platz. Ich beobachte auch, dass bestimmte Krankheitsbilder einer dieser Kategorien zugeordnet werden: Frauen mit Schizophrenie, Psychosen, Borderline, Suchterkrankungen gehören meist zu Kategorie eins. Bei Depressionen, Burn-out und ADHS – Kategorie zwei – finden sich meistens doch Faktoren, mit denen sich die Leute noch irgendwie identifizieren können.

Dass Medien- und Kulturkonsum uns natürlich prägt, auch in Bezug auf die öffentliche Wahrnehmung von Erkrankungen, merkt man auch im alltäglichen Umgang: Psychosen mögen zwar seltener sein als Depression, aber dies ist kein Grund, dass die Gesellschaft sich nicht damit auseinandersetzen sollte und sie in Filmen und Serien nur in Kategorie eins bei den »irren Psychopathinnen« parkt. Die vermeintliche Unberechenbarkeit dieser Erkrankungen und das jahrzehntelange riesige Stigma hinterlassen riesige Ängste vor Kontakt mit den Betroffenen.

Hinzu kommt ein weiterer Aspekt: Wie sieht die Frau aus? Sieht sie zu gut aus, dann wird ihre Erkrankung romantisiert oder ein Rettungsversuch unternommen – falls ihr geglaubt wird, denn müsste ihr die kranke Psyche nicht anzusehen sein? Sieht sie nicht normschön aus, interessiert sich niemand für ihre Erkrankung. Es ist kein Zufall, dass gerade Frauen für die Pflege ihrer mentalen Gesundheit der Begriff *Selfcare* untergejubelt wurde. Nicht nur wird dadurch das immer wieder aufkommende Narrativ reproduziert, eine kranke Psyche sei ein individuelles Problem, das man ganz alleine lösen könne und das abseits von strukturellen Faktoren wie patriarchalen oder klassistischen Kategorien und vom Weltgeschehen entsteht. Sondern es wird zum Konsum von beispielsweise Kosmetika, Nahrungsergänzungsmitteln und Sportprogrammen und wortwörtlich zur Pflege aufgerufen, als ob wir uns nicht eh schon genug pflegen müssten.

Mit meiner Geschichte als schwer depressive Teenagerin mit Tumblr-Zugang muss ich nicht erklären, warum Sofia Coppolas *The Virgin Suicides* oder James Mangolds *Girl, Interrupted* meine Lieblingsfilme waren und *Skins* meine Lieblingsserie. Was alle Filme und Serien gemeinsam hatten: Alles war super ästhetisch, die Frauen sahen wunderschön aus. In ihren Grundgedanken, in ihrem Wahnsinn, in ihrem Unwillen zu leben sah ich mich gespiegelt. Andererseits saß ich meine Depression in meinem Acht-Quadratmeter-Zimmer in der Kleinstadt aus, statt sie auf hollywoodesken Partys voller Selbstzerstörung zu zelebrieren. Meine Depression sah ziemlich hässlich aus im Vergleich zu der aus den Filmen, und sie war auch nicht pastellrosa. Und so hatte ich lange Zeit das Gefühl, dass ich eine *andere* Depression habe. Eine, die nicht spannend genug ist, um Filme darüber zu drehen oder Songs darüber zu schreiben. Sondern die Art Depression, mit der man einfach nichts zu tun haben will. Die »ich bin so fertig, dass ich lieber in die Flasche pinkele statt aufzustehen«-Depression.

Die depressiven Frauen in den Filmen und Serien können theoretisch natürlich nichts für meine Gefühle und mein Teenager-Ich, das damals männliche Aufmerksamkeit in Form von Trost gesucht hat. Praktisch spielt natürlich auch hier der *Male Gaze* eine wichtige Rolle: Denn wer berichtet über betroffene

Frauen, wer schreibt die Drehbücher, besetzt die Rollen oder entscheidet, wie die Figur dargestellt wird? In den für mich sehr prägenden, oben genannten Beispielen aus Film und Fernsehen waren es zu zwei Dritteln Männer. Auch dadurch findet die oben beschriebene Kategorisierung nach »guter« und »schlechter« psychisch kranker Frau statt, Nuancen werden ausgeblendet. Ich bin froh, dass wir heute schon weitergekommen sind und eine meiner Lieblingsserien heute *Fleabag* sein kann, wo die Protagonistin ehrlich verkorkst ist, junge Künstler*innen wie Billie Eilish offen und vor allem selbstbestimmt über ihre Psyche singen und sprechen, sogar Greta Gerwigs *Barbie*-Film Depressionen thematisiert und mittlerweile alle meine Lieblingsrapper etwas mit dem Thema anfangen können.

Wenn psychische Erkrankungen in den Medien vorkommen, geht es mir weniger um das *Ob* oder um die Häufigkeit, sondern um das *Was* und *Wie*. *Was* wird wie offen thematisiert – müssten nicht also auch Themen wie Schizophrenie und Psychosen, Suchterkrankungen, Persönlichkeitsstörungen usw. von Vorurteilen befreit werden? Beim *Wie* stellen sich Fragen wie: Wird dramatisiert, wird skandalisiert? Ist der Faktor Unterhaltung größer als der Faktor Aufklärung? Wird die Beschäftigung mit Mental Health gerade als Diversity-Marketing-Tool verkauft? Werden Stigmata reproduziert? Wenn es um eine bestimmte Person und ihre psychische Erkrankung geht, hat sie sich gegen eine öffentliche Schilderung ihres Zustands ausgesprochen? Wenn die Antwort auf all diese Fragen Nein lautet, bin ich erst mal dabei und für eine öffentliche Thematisierung.

Natürlich spielt auch Sprache dabei eine große Rolle und muss sensibel angewendet werden. Wer wird wie beschrieben? Ein Negativbeispiel dafür sind sogenannte *Daddy Issues*. Tiefgehende Probleme, die auf eine fehlende Vaterfigur zurückzuführen sind, werden auf diesen harmlos-poppigen Begriff heruntergebrochen, der abfällig verwendet wird anstatt besorgt. Außerdem wird dieser Begriff in den meisten Fällen auf Frauen angewandt, obwohl Männer genauso unter abwesenden Vätern leiden. Zumal der Begriff die Opfer in ein negatives Licht rückt und abfällig betrachtet, statt die Täter, nämlich die Daddys, die die *Issues* ja verursacht haben.

Gerade bei Frauen kommt noch die sexuelle Konnotation hinzu: Frauen mit *Daddy Issues* wird nachgesagt, sexuell gefügiger zu sein. Das befeuert die Fantasie der schönen, kaputten, zu rettenden, aber auch unterwürfigen und emotional abhängigen psychisch kranken Frau, die seit jeher in Songs, Filmen, Büchern und in jeder denkbaren Medienform dargestellt wird.

In den 2000ern bin ich aufgewachsen mit Berichten über It-Girls wie Britney Spears, Paris Hilton und Lindsay Lohan. Die Klatschblätter waren voller Bilder, die sie möglichst unvorteilhaft dastehen lassen sollten, und sie wurden von Paparazzi regelrecht verfolgt. Sobald jemand eine *Rehab*, also einen Entzug, gemacht hat, wurde diese Info reißerisch bis augenrollend durch die Presse gejagt. »Haha, schaut euch die kahl rasierte Britney an, die kriegt ihr Leben nicht in den Griff« oder »Igitt, guckt euch die kaputte Amy Winehouse an, zum wie vielten Mal musste sie jetzt in den Entzug?« Sich wegen seiner psychischen Probleme helfen zu lassen wurde in den 2000ern entweder künstlich aufgebauscht oder regelrecht belächelt. Heute ist es zwar anders, aber nicht unbedingt besser: Die Klatschpresse knallt sich diese Themen immer noch auf die Titelblätter – allerdings, da die Gesellschaft sich weiterentwickelt hat und wir auch nicht mehr alles durchgehen lassen, mit einem pseudo-fürsorglichen Ton, der aber total übergriffig ist: »Oh nein, die arme Helene Fischer (sorry Helene, Beispiel ist frei erfunden), sie sieht aktuell so traurig aus. Fehlgeburt? Trennung? Depression?« Das sind alles übrigens Themen, die genauso auf Klatschblättern draufstanden.

Die Absicht dahinter ist keine andere als Klicks und Verkäufe. Medien, aber auch Einzelpersonen sowie Unternehmen haben längst verstanden, dass sich mit dem Thema Mental Health Geld scheffeln lässt.

Faszination True Crime – und was das mit Mental Health zu tun hat

Eine der aktuell wohl beliebtesten Mediengenres ist True Crime. Zu 73 Prozent sind es Frauen, die entsprechende Podcasts hören.[13] Eine mögliche Erklärung ist, dass sie daraus lernen wollen, wie sie möglichst *nicht* getötet werden. Denn bei True Crime wird versucht, die Psyche der Täter zu verstehen. Warum morden Menschen? Welche Merkmale haben typische Mörder? Das mögen interessante Fragestellungen sein, doch ich halte es für gefährlich, wie die meisten True-Crime-Formate aufgebaut sind: Sie suggerieren oft, dass nur die psychische Erkrankung des Täters schuld an der Tat sei – ein bisschen so, wie wenn man wahrscheinlich wohlwollend sagen würde: Nazis sind doch psychisch krank! Nee, waren und sind sie nicht. Sie sind Nazis. Ideologien sind keine psychischen Krankheiten! Und Misogynie, der Hauptgrund für Femizide, ist ebenso eine Ideologie – und keine psychische Krankheit, hinter der man sich verstecken kann. Täter sind nicht verwirrt oder »irre«, sie wissen ganz genau, wen sie hassen und was sie da tun. Kritisch sehe ich bei diesen Formaten außerdem, dass der Fokus oft auf dem Täter liegt und sich dabei sogar ein Fankult um ihn bildet, wie beim Serienmörder und Sexualstraftäter Ted Bundy, der ernsthaft als *hot* gefeiert wird.

Überhaupt hat das Genre eine sehr patriarchale Perspektive. Wo sind die True-Crime-Geschichten zu armen und migrantischen Frauen? Zu Sexarbeiter*innen? Geschichten, die perfide Systeme enthüllen oder aufzeigen, wie physischer und psychi-

uncover

scher Missbrauch zu Suizid führen kann, ohne dass es einen Mörder gibt? Die Überanalyse der Psyche des Täters kann dafür sorgen, dass man am Ende nicht nur für das Opfer, sondern auch für den Täter Empathie empfindet. Wenn das Ganze noch medial groß aufgearbeitet wird, wie bei den Netflix-Serien über Ted Bundy, Jeffrey Dahmer und Co., ist das für die Betroffenen, Angehörigen und alle potenziellen Opfer, die eben meistens Frauen sind, ein erneuter Schlag ins Gesicht.

Die Abbildung mentaler Gesundheit in den Medien rotiert also irgendwo zwischen Verteufelung, Romantisierung und Vermarktung. Die meisten positiven Medienbeispiele, die mir einfallen, stammen von Betroffenen selbst oder arbeiten zumindest eng mit Betroffenen zusammen. Die Dynamik ist daher eine ähnliche wie bei den Selbstdiagnosen. Wenn Betroffene entmündigt werden, statt dass man ihnen zuhört, kommt so was halt von so was.

Zwischenmenschliche Beziehungen als Therapieersatz für Männer

Ich habe bisher fast jeden meiner romantischen Partner in Therapie gebracht. Bis auf einen, dem habe ich nur gesagt, dass er mal lieber zur Verhaltenstherapie wechseln sollte. *A win is a win.*

Klar: Sich um das psychische Wohl der Partner*in zu bemühen, gehört bis zu einem gewissen Punkt zu meiner idealistischen Vorstellung von Liebe. Ich wünsche mir eine Person, die mich vollkommen in meiner Komplexität versteht und akzeptiert. Das heißt nicht, dass sie mir alle Probleme abnimmt. Doch sie sollte zumindest an meiner Seite stehen, während ich diese bewältige. So weit, so romantisch.

In vielen heterosexuellen Beziehungen ist es jedoch so, dass Männer ihre Partnerin als Ersatz für eine Therapie betrachten, mitunter sogar missbrauchen. Ja, Gespräche mit Partner*innen können sich therapeutisch anfühlen, so wie es auch Musik oder ein Schaumbad mit einer überteuerten Badekugel sein kann. Ein partnerschaftlicher Austausch ist aber keine Therapie und kann diese auch niemals ersetzen.

Dennoch fühlt sich in einer Beziehung oft eine Person für die Gefühle der anderen verantwortlich oder ist in einem Übermaß (wir sprechen nicht von Basics wie grundlegendem Vertrauen und Sicherheit) zuständig für Trost, Validierung, Bestätigung und Selbstbewusstsein des Gegenübers. Diese emotionale Arbeit wird in der Soziologie mittlerweile als Teil der Care-Arbeit betrachtet, die meist Frauen und Mütter leisten. Sie werden geradezu in diese Rolle gedrängt, die ihnen Ressourcen und Energie raubt und selbstverständlich völlig unsichtbar und unbezahlt geschieht. Mehr noch: Die Rolle der mentalen Coachin oder Therapeutin haben ganze Generationen von Frauen durch unzählige Filme und Serien des vergangenen Jahrhunderts so sehr verinnerlicht, dass sie es sogar als »normal« empfinden, als ihre Pflicht und schlussendlich als ihren »Triumph«, wenn sie den bindungsunfähigen Fremdgeher oder den gefühlskalten *Bad Boy* endlich therapieren, bekehren und bestenfalls an sich binden konnten.

Und es muss noch nicht mal der eigene Partner sein: Ich bin zwar eine derjenigen, die sich immer über das sozial kalte Deutschland beschweren und dass Menschen in öffentlichen Räumen nicht miteinander sprechen. Die feine Linie zwischen tieferen Gesprächen, gerne auch über mentale Gesundheit (sei es im Café, auf einer Party, im Taxi, auf der Arbeit, auf Social Media und wo auch immer), und zwischen *Oversharing* wird jedoch immer wieder missachtet und gesprengt. Nach meiner persönlichen Erfahrung sind es fast immer nur Männer, die, wenn ich ihnen per Gespräch den kleinen Finger reiche, am liebsten gleich meine ganze Hand und den Arm noch dazu haben wollen. Es sind fast immer nur Männer, die nicht vorher fragen, ob es überhaupt okay ist, über bestimmte, vielleicht für mich auch retraumatisierende Themen zu sprechen. Es sind fast immer nur Männer, die überrascht auf meine Bemerkung reagieren, dass man auch psychisch und nicht nur physisch übergriffig sein kann. Es sind fast immer Männer, die Trauma *dumpen*, also mir ihre traumatischen Erfahrungen ohne Punkt und Komma runterrattern, obwohl ich nie danach gefragt habe. Und irgendwie kann man es ihnen kaum übel nehmen. Zum einen, weil das erwünschte Verhalten der Frau in solch einer Situation stark internalisiert und durch Medien gefestigt wurde, sodass sie es als selbstverständlich ansehen. Männer denken, Frauen finden es toll, wenn sie sich vulnerabel zeigen, und manche tun das eben auch. Zum anderen, weil auch Männern die Räume fehlen, vorurteilsfrei, offen und je nach Intensität der Verbindung fast konsequenzfrei über ihre Gefühle sprechen zu können.

In *wokeren*, progressiveren Kreisen kann es vorkommen, dass Männer, die in Therapie gehen, übermäßig viel Lob erhalten. Bei Frauen gilt es hingegen fast schon als Normalität. Promis bewerben den Besuch beim Therapeuten nicht selten wie die eigene Sport- oder Skincare-Routine – als ob psychische Erkrankungen dafür geeignet wären, um mitreden zu können oder sich als authentische, sympathische Person mir Identifikationspotential abzubilden – *relatable* eben. Ein Grund zur Freude? Zur Enttabuisierung von Therapie? Leider nein. Betrachten wir die Mehrheitsgesellschaft, hat Therapie immer noch einen ganz anderen Stellenwert: Denn wer zur Therapie geht, befindet sich in einem psychischen Ausnahmezustand und hat »nicht mehr alle Latten am Zaun«.

Fakt ist: Männer und Frauen mit psychischer Erkrankung beziehungsweise Therapieerfahrung werden unterschiedlich stigmatisiert, und beide leiden darunter. Frauen wird oft nachgesagt, sie suchten nach Aufmerksamkeit, würden übertreiben, seien schwach, labil, überemotional oder irre. Aber gleichzeitig wird es als gängiger angesehen, wenn sie in Therapie gehen, da die Gesellschaft davon ausgeht, dass Frauen sogar gerne über ihre Gefühle sprechen. Männer verbinden Therapie immer noch mit Schwäche und reden sich gerne heraus mit Gedanken wie: »Ich nehme doch Kranken die Plätze weg!« Oder: »Nur richtig kranke Menschen gehen in Therapie, ich brauche das doch nicht.«

Auch das medizinische Personal bekleckert sich hier nicht gerade mit Ruhm: Es gibt Untersuchungen, die belegen, dass Männern seltener Therapien verschrieben werden und stattdessen Schmerzmittel, obwohl ihnen psychologische Hilfe viel mehr helfen würde. Der Gender Health Gap benachteiligt an der Stelle also auch Männer. Dabei ist es gerade so wichtig, dass Männer lernen, Hilfe anzunehmen. 75 Prozent aller Suizide begehen Männer. Oder um es etwas drastischer auszudrücken: Stigmata, soziale Erwartungen und Schamgefühle können tödlich enden.

Statt Therapie oder sonstigen präventiven Maßnahmen für die psychische Gesundheit wird Männern von klein auf vor allem ein Angebot gemacht: Sport. An sich eine gute Idee, denn es ist wissenschaftlich belegt, dass Sport gut für eine gesunde Psyche ist. Dennoch könnte das Potenzial deutlich mehr ausgeschöpft werden, insbesondere in Mannschaftssportarten wie Fußball. Hier könnten Stigmata über psychische Krankheiten gemeinsam im Team aufgelöst werden, stattdessen ist Sport oft mit Druck und Leistung verbunden. Das zeigt sich auch daran, dass von allen öffentlichen Personen Profiportler*innen am seltensten, meist gar nicht oder erst nach Karriereende über psychische Belastungen in ihrem Job sprechen. Sport sollte nicht der einzige Rückzugsort sein für Männer – vor allem für sehr junge und migrantische.

Ein weiterer Grund, warum Männer seltener in Therapie gehen, ist, dass sie oft Zeitmangel als Grund vorschieben. Vollzeitjob, Familie, Sport und dann noch Therapie? Wie erklären, warum man ab jetzt jeden Mittwoch erst eine Stunde später zur Arbeit kommen kann?

Viele Männer rationalisieren zudem ihre Gefühle: »Ich kenne ja meine Probleme, weiß, woher sie kommen, also weiß ich auch, wie ich mit ihnen umgehen muss.« Das ist ein großer Trugschluss, nicht zuletzt, weil manche Dinge einfach gefühlt statt gedacht werden müssen. Männer empfinden es oft als entmächtigend, zu denken, sie seien auf Hilfe von außen angewiesen. Dann auch noch von Fremden, was wissen die schon über einen? Doch auch in Männerfreundschaften trauen sich viele nicht, offen und ehrlich miteinander zu sprechen. Ich kenne Männer, die verbringen jede freie Sekunde miteinander, haben aber noch nie über ihre Psyche gesprochen. Auch höre ich nicht selten, dass Männer, wenn sie denn nach einem Therapieplatz Ausschau halten, zu einer Frau gehen wollen. Weil sie es eben gewohnt sind, mit Frauen über ihre Probleme zu sprechen, angefangen bei der Mutter. Es fehlen Vorbilder.

Also: Es gibt zig Gründe, warum Menschen nicht über ihre Psyche sprechen oder nicht in Therapie gehen wollen. Einige sind universell, einige sind genderspezifisch. Wir brauchen dringend Lösungen dafür, wie diese sogenannte Entstigmatisierung, von der alle sprechen, vollzogen werden soll. Und falls es jemand an dieser Stelle hören muss: *You can't fix him.*

Die richtige Antwort liegt zwischen Revolution und Softness

Wer psychisch krank ist, ist oft gelähmt und meist so überfordert mit sich selbst, dass soziale oder gar politische Teilhabe zu einer kräftezehrenden Aufgabe wird. Nicht nur deshalb ist die Psyche politisch, und ein Staat, der sich demokratisch nennt, hat neben Bildung und Aufklärung auch die Gesundheit seiner Bürger*innen als Auftrag – steht sogar im Grundgesetz, Artikel 2, Absatz 2. Und wenn wir schon dabei sind: Die Würde des Menschen ist ja unantastbar, oder? Es tut mir leid, dass ich schon wieder dieses Beispiel nehmen muss, aber manche von uns haben ihre Würde in die Flasche gepinkelt, als sie von dieser Gesellschaft im Stich gelassen wurden. So weit sollte es nicht kommen.

Grundsätzlich muss das Gespräch über mentale Gesundheit weg davon, lieblos ein Pflaster auf etwas zu kleben, wenn es schon komplett zerstört ist, sondern in Richtung Prävention gehen. Und auch das sehe ich nicht als ausschließlich individuelle Aufgabe an. Klar, Schlaf, Ernährung, Selbstfürsorge, Freundschaften sind alles wichtige Dinge, die man in seinem Leben pflegen sollte und die die Resilienz fördern. Für all das braucht man Zeit, vor allem in einer Welt, in der Erwachsene *Doodle*-Listen für Verabredungen mit Freund*innen erstellen müssen. Es braucht so viel Zeit, damit lebensnotwendige Tätigkeiten wie schlafen und essen nicht ein weiteres stressiges To-do werden.

Wir betreiben in der Behandlung psychischer Probleme so viel Schadensbegrenzung, um vor allem für Familie und Arbeit funktionieren zu können. Ist ja auch irgendwo klar, ohne Existenzgrundlage entwickelt man früher oder später auch Ängste. Bettina Zehetner, Philosophin und psychosoziale Beraterin, sagt deshalb: Feministische Psychotherapie will deshalb nicht fit machen, sondern frei.[14]

Viele Personen bezeichnen ihre ADHS als Superpower. Ich verstehe den Impuls dahinter. Dennoch wird mir dabei ganz übel, wenn ich darüber nachdenke, wie viel Leid das mit sich brachte. Mir stellt sich eher die Frage, ob Neurodiversität wie in Form von ADHS wirklich so ein großes Problem wäre ohne die gesellschaftliche Stigmatisierung und ohne die allgemein herrschende Vorstellung davon, wie der ideale Mensch so sein sollte. In einer traditionellen Familienkonstellation und einem Nine-to-five-Job kommt man am besten durchs Leben, wenn man neurotypisch und psychisch gesund ist, da bin ich mir sicher. Gleitzeiten, Homeoffice, Vier-Tage-Woche – es gibt mittlerweile Möglichkeiten und Konzepte, Menschen grundsätzlich mehr Freiheiten zu geben. Aber das ist nicht genug. Wir müssen dringend darüber sprechen, wie wir unsere Lebens- und Arbeitskonzepte von Grund auf revolutionieren, psychisch tragbarer und weniger ableistisch gestalten können.

Wenn wir den Diskurs über mentale Gesundheit öffnen und Strukturen verbessern, zerstören wir auch das Geschäft derjenigen, die aus dieser Situation profitieren, indem sie Versorgungslücken schließen – seien es Firmen, die einem irgendetwas andrehen wollen, oder selbsternannte Coaches, die Menschen in der Not mit falschen Heilungsversprechen abhängig machen. Und vor allem: Wir retten damit Leben. Denn klar ist: Psychische Probleme können tödlich enden.

Wir brauchen gemeinsame Lösungen – und die kommen allmählich. Forschung wird immer inklusiver, Medien werden immer vorsichtiger (hört meinen Podcast, hehe), Ärzt*innen immer aufgeklärter und der Zugang zu medizinischen Informationen wird durch das Internet immer inklusiver. Und auch wenn es in diesem Text viel um strukturelle Probleme ging, hier mal ein Wunsch auf individueller Ebene: Wir könnten alle etwas softer sein, im Umgang mit anderen und vor allem mit uns selbst. Mir ist bewusst, dass die folgenden Beispiele sehr idealistisch sind und nicht für alle gelten, denn zu viele Menschen (vor allem diejenigen, die durch vielfältige -ismen diskriminiert werden), werden immer irgendwie *müssen* und von gesamtgesellschaftlichen Verbesserungen trotzdem nie profitieren. Liebe Worte statt Augenrollen, wenn der Kollege einen Fehler macht;

sich für Streikende freuen, statt sich wieder über die Bahn zu echauffieren; die Freundin mal fragen, warum sie eigentlich immer Treffen absagt, anstatt sie abzuschreiben; und zu sich selbst mal »Guten Morgen, Prinzessin« sagen, auch wenn man es erst um 13 Uhr aus dem Bett geschafft hat. Denn wenn das Patriarchat etwas hasst, dann ist es Softness.

unlearn klasse

Saboura Naqshband

Wenn ich »Patriarchat« und »Klasse« höre, muss ich zuerst an einen älteren Mann mit Bart denken. Nein, nicht an den Propheten des Islam, auch nicht an den Weihnachtsmann aus der Coca-Cola-Werbung. Sondern ich meine jemanden, der die Entstehung der sozialen Verhältnisse historisch in einer Art beleuchten konnte, dass wir ihn, auch und gerade heutzutage für eine kritische intersektionale Betrachtung der materiellen, gesellschaftlichen Verhältnisse nicht außen vor lassen dürfen. Aber auf diesen bärtigen Herrn kommen wir später noch einmal zu sprechen. Damit ihr das Zusammenspiel von patriarchaler, nationalistischer und kapitalistischer Gewalt in meinem eigenen Leben verstehen könnt, will ich euch erst einmal an meine eigenen Ursprünge mitnehmen, um damit ins Thema Klasse einzuführen.

Ich bin Tochter indischer Einwander*innen. Meine Eltern gehören zur Gruppe der wenigen Inder*innen, die zwischen den 1950er- und 1990er-Jahren unabhängig von den Anwerbeabkommen mit Gastarbeiter*innen zum Studieren oder Arbeiten nach Deutschland gekommen waren.[1] Das Anwerbeabkommen von 1961 sollte absichern, dass Deutschland Arbeiter*innen einsetzen konnte, die es aber auch schnell wieder loswerden können wollte. Die »Gäste«, die zum Putzen, Aufräumen und Malochen gekommen waren, sind aber geblieben – mindestens drei von 14 Millionen Eingewanderten.[2]

Noch etwas stiller – im Schatten der Gastarbeitergeneration – kamen aber auch etliche Geflüchtete und Arbeitsmigrant*innen aus den Kontinenten des Globalen Südens, also Asien, Afrika und Lateinamerika, in das bis heute für wirtschaftliche Stabilität bekannte Deutschland. Nach Europa kamen infolge der teils gewaltvollen Prozesse rund um Dekolonisierung und Unabhängigkeit von den europäischen Kolonialmächten bis 1980 insgesamt bis zu acht Millionen Menschen.[3] Nachdem europäisch-westliche Mächte deren Heimatkontinente über Jahrhunderte ökonomisch ausgeplündert und teilweise aktiv am Aufbau demokratischer Strukturen gehindert hatten, lag und liegt es für die Betroffenen oft auf der Hand, ins gelobte finanzielle *Dreamland* Europa (sowie nach Nordamerika und Australien) zu emigrieren. Diese – wie ich sie nenne – postkolonialen Migrant*innen aus ehemals kolonisierten Gebieten – wie es auch meine Eltern waren – sind schon seit den 1950er-Jahren sowohl in die DDR als auch in die BRD eingewandert. Leider kommen sie in den neuen deutschen Erzählungen vom postmigrantischen Einwanderungsland Deutschland und seiner »multidirektionalen Erinnerungskultur«[4] nur selten vor. Von und mit ihnen wird nur wenig gesprochen.

Wir Abkömmlinge dieser Einwander*innen sind die hier geborenen, »ausländischen« Kinder, denen die CDU mit ihrem infamen Wahlslogan in den frühen 2000er-Jahren – »Kinder statt Inder« – deutlich machte, sie hier definitiv nicht haben zu wollen. Wie so viele nicht *weiße* Deutsche der zweiten und dritten Generation wurden und werden wir von der deutschen Politik und Dominanzgesellschaft missrepräsentiert, unsichtbar gemacht und weiterhin ausgegrenzt.

Trotz des sehr offenen Rassismus gegenüber »Ausländern«

empfand ich mich als deutsch, denn zu Hause haben wir auch fast nur Deutsch gesprochen. Noch stärker war meine Identität als »Münchner Kindl«, da meine Eltern sich erst hier kennengelernt hatten – und zwar auf dem Flohmarkt. Ohne den Freimanner Flohmarkt der 1980er-Jahre gäbe es mich nicht. Meine aus Südindien über den Iran und Afghanistan alleine nach Deutschland emigrierte smarte, muslimische Mutter traf auf meinen weniger smarten, dafür aber gut aussehenden und charmanten nordindischen Sikh-Punjabi-Vater.[5] Bei ihren deutschen Hippie-Freund*innen Uli, Peter, Hans und Marianne waren sie beliebt, da sie gut in deren Post-68er-Fantasien zur Exotik und Mystik Indiens passten.

Als meine Eltern sich so weit weg von zu Hause kennenlernten, brachten sie große Träume mit: Sie suchten nach Arbeit im reichen Europa und hofften auf einen guten Verdienst. Damit wollten sie die Sehnsucht der jüngeren Geschwister und Familienmitglieder, die sie zurückgelassen hatten, nach finanzieller Stabilität und einem Leben in Sicherheit unterstützen. Und sie träumten von der großen Liebe und einer Familie in der Diaspora, die dem Leben in der Fremde einen tieferen Sinn verleihen sollte.

Es kam alles sehr anders. Zwei unbefristete Aufenthaltserlaubnisse, zwei Scheidungen und zwei Töchter später wurden beide von den verborgenen Dämonen der Migration nach Europa eingeholt: Verschuldung, Privatinsolvenz, Langzeitarbeitslosigkeit, Trennung, Rassismus, Sexismus, Klassismus und Religionsfeindlichkeit – das waren und sind bis heute alles Begleiterscheinungen und Folgen des auf Leistung basierenden geplatzten *German Dreams* meiner Eltern. So wie ihnen ergeht es vielen Arbeitsmigrant*innen aus dem Globalen Süden. Egal, ob sie aus Asien, Afrika oder der an Europa angrenzenden MENA[6]-Region kommen, egal, ob sie gebildet oder als *unskilled* *labour*, sogenannte ungelernte Arbeitskräfte, tätig sind – ich höre diesen platzenden Luftballon bei jeder zweiten oder dritten Begegnung mit Einwanderer*innen dieser ersten Generation. Und mittlerweile auch bei der Nachfolgegeneration, die zwischen rassistischer Arbeitsmarktdiskriminierung, rechter Gewalt und finanzieller Prekarität manövriert.

Will ich also meine eigene Geschichte im Hinblick auf Klasse, Patriarchat und Rassismus verstehen, kommen bei mir einige Fragen auf: Warum ist meinen Eltern, wie so vielen hart arbeitenden Einwander*innen, der Klassenaufstieg von besitzlosen Arbeiter*innen zur gesicherten Mittelschicht nicht gelungen? Und warum ist es mir als Mitglied der nachfolgenden Generation trotz hoher Schulden und Investitionen in Bildung zwar gelungen, Teil einer prekär angestellten Mittelschicht zu werden, jedoch nicht, Vermögen oder Besitz zu erlangen und damit einen wirklichen Klassenaufstieg, finanzielle Absicherung und materiellen Schutz vor Armut zu erreichen? Und zuletzt: Welche Herausforderungen waren für meine muslimische Mutter of Color damit verbunden, zwei Töchter alleine in einem Land großzuziehen, das sie vor so viele Hürden gestellt hat?

Klasse & Co. – Sein und Haben

Damit wir das Patriarchat und den Kapitalismus als Treiber der Klassengesellschaft »verlernen« können, müssen wir erst einmal verstehen, wie diese Unterdrückungsformen miteinander verbunden sind. Dazu brauchen wir ein paar grundlegende Begriffe, etwa was überhaupt mit »Klasse« gemeint ist. In der Schule werden wir über so fundamentale Themen wie die Klassengesellschaft, den Umgang mit Geld oder die Machtunterschiede zwischen und die Konstruktion der binären Geschlechter(ordnung) gar nicht erst aufgeklärt. Junge Menschen erahnen höchstens, wie die materiellen Verhältnisse, in die sie geboren werden, sich auf ihre späteren Lebensverläufe auswirken können: Der soziale und gesellschaftliche Status unserer Eltern bestimmt oft, auf welcher Schule wir landen und welcher Klasse beziehungsweise Schicht wir später im Leben zugeordnet werden.

Neben der Klassenzugehörigkeit sind auch unser Geschlecht, die uns zugeschriebene Geschlechtsidentität, unsere Sexualität sowie Rassismuserfahrungen ausschlaggebend für unsere Identität: Ob und wie wir uns in die uns zugewiesenen Rollen von »(cis) Mann« und »(cis) Frau« hineinpressen lassen, ob wir heteronormativ heiraten, *weiß* oder nicht *weiß* sind, bestimmt nach wie vor stark über Altersarmut, unseren Gesundheitszustand und unser Sterberisiko. Frauen sind grundsätzlich und vermehrt im Alter stärker armutsgefährdet als Männer.[7] Zudem sind bis zu 54 Prozent der trans*-, inter- und nicht binären Menschen einer EU-Studie zufolge mit Armut konfrontiert.[8] Auf je mehr Ebenen eine Person diskriminiert wird, desto höher das Risiko des – wie es die Schwarze Abolitionistin Ruth Wilson Gilmore nennt – »vorzeitigen Todes«.[9] Außer Klassismus, Rassismus, (cis- und hetero-) Sexismus und Homophobie gehören zu in diesem Sinne »tödlichen« intersektionalen Unterdrückungsformen: Sozialchauvinismus, Transfeindlichkeit, Ableismus, Lookismus und Fettfeindlichkeit.

Der bärtige Mann, von dem ich eingangs sprach, Karl Marx (1818–1883), hat den Klassenbegriff im 19. Jahrhundert eingeführt. Er ermöglicht, Interessenskonflikte und Machtbeziehungen zwischen den Klassen zu analysieren und stellt ihre Entwicklung epochenübergreifend in einen historischen Zusammenhang. Zu einer Klasse gehören Menschen mit ähnlichem sozioökonomischen Hintergrund, die »aufgrund ähnlicher Lebenserfahrungen ähnliche (…) Einstellung und Wertorientierungen, Bedürfnisse und Interessen, Mentalitäten und Lebensstile sowie ähnliche Lebenschancen und Risiken«[10] innehaben.

Klassisch marxistisch gesprochen teilt sich die Gesellschaft in die herrschende und die ausgebeutete Klasse, deren Interessen miteinander in Konflikt stehen. Die Klasse der Arbeiter*innen muss zur Sicherung des Lebensunterhalts ihre Arbeitskraft und Zeit verkaufen an die Klasse der besitzenden, vermögenden Kapitalist*innen, die Eigentümer*innen der Produktionsmittel und Unternehmen sind. Heutzutage gibt es auch Mischformen. Zum Beispiel Arbeiter*innen, Angestellte oder Beamt*innen, die sowohl ihre Arbeitskraft (relativ billig) verkaufen, als auch durch das Kaufen von Aktienanteilen in Unternehmen investieren, von deren Profiten sie durch Ausschüttungen etwas abgreifen können. Wie Lisa Jaspers im ersten Band von *Unlearn Patriarchy* erklärt, ist »die Logik des Investierens«, also Geld für Geld arbeiten zu lassen, »ein essenzieller Bestandteil des Kapitalismus«.[11] Das erklärt auch den gegenwärtigen Trend, dass sich so viele junge Menschen immer mehr mit Investitionen in Aktienmärkte, Kryptowährungen und ETFs beschäftigen, um ihr Überleben im Konsumkapitalismus zu sichern oder von einem sorgenfreien *rich life* auf Bali zu träumen. Ob dies so realistisch oder für die Massen möglich ist, sei einmal dahingestellt. Denn je weniger wir vom Mehrwert unserer geleisteten Arbeit von unseren Arbeitgeber*innen in Form von Lohn zurückbekommen, desto weniger können wir an diesem Kreislauf der Kapitalakkumulation teilhaben.

Tatsächlich sieht es mit der aktuellen Vermögensverteilung in Deutschland nämlich so aus: Laut einer Studie aus dem Jahr 2020 besitzen die Top ein Prozent der Gesellschaft, also die Reichsten der Reichen, mittlerweile mehr als ein Drittel des gesamten Vermögens in Deutschland.[12] Die untere Hälfte hingegen teilt sich nur 3 Prozent des Gesamtvermögens.[13] Verglichen mit Anfang des 20. Jahrhunderts hat sich die Lage sogar verschlechtert: Zwar besaßen damals die oberen ein Prozent die Hälfte des

Gesamtvermögens, jedoch teilte sich die untere Hälfte der Bevölkerung zumindest 5 Prozent, was nahezu doppelt so viel ist wie heutzutage! Die untere Hälfte, also die Mehrheit der Gesellschaft, hat von dem wenigen, was sie hatte, über das letzte Jahrhundert hinweg also fast die Hälfte verloren. Noch dazu ist der monetäre Graben zwischen den Armen und Reichen noch tiefer als Anfang des 20. Jahrhunderts. Die oberen 10 Prozent besitzen heute im Vergleich zu damals insgesamt hundert mal mehr Geld als die arme Bevölkerungshälfte, anstatt »nur« fünfzig mal so viel.[14] Und da haben wir noch gar nicht über die Risiken des Alters gesprochen. Gerade weil unsere Rente nach Jahrzehnten der prekären Lohnarbeit im Alter weder unsere Miete noch die benötigte Pflege oder sonstige Grundbedürfnisse wird decken können, möchte die FDP nach britischem und skandinavischem Vorbild kapitalmarktgebundene Aktienrenten einführen, deren Ausschüttung in Billionenhöhe in krisengebeutelten Zeiten riskant sein wird. Wenn man nicht schon vor dem Ruhestand mit 67 oder später chronisch krank, burnt out, mental oder körperlich behindert oder arbeitsunfähig wird – worüber auch nur wenige in der normativen Mitte sprechen möchten.

Spätestens seit den Bismarckschen Sozialreformen im Jahr 1889 versuchen der konservativ-korporatistische (Wohlfahrts-) Staat und das herrschende Kapital gemeinsam die in Lohnarbeit gezwungene Bevölkerung zu befrieden und ruhigzustellen, indem sie uns von einem Modell des paternalistischen, »aktivierenden« Sozialstaats abhängig machen. Durch die in den letzten Jahrzehnten dominierende liberal-konservative Austeritätspolitik verschärfen sich jedoch Spannungen zwischen Lohnarbeitenden und Kapital, die vom Staat zunehmend schlechter eingehegt werden können. Nicht zuletzt die Corona-Pandemie hat gezeigt, wie die Sorgeverantwortung, Bildung und Gesundheitsversorgung für Kinder sowie alte, kranke und behinderte Menschen weiter privatisiert und in den Verantwortungsbereich von Frauen ausgelagert wurde, was die ohnehin schon bestehende Care-Krise noch weiter verschärft hat.

Eine gesellschaftliche Umverteilung – vor allem der Mittel von sehr reichen Erben und Vermögenden – wäre eine Lösung. Da gäbe es beispielsweise die von den meisten vergessene Vermögenssteuer, die dank der schwarz-gelben Regierung von Helmut Kohl seit 1997 in Deutschland ausgesetzt und – stellt euch das vor! – einfach nicht mehr erhoben wird! Von 1923 bis 1996 gab es eine Vermögenssteuer von 0,5 bis 1,0 Prozent auf private und betriebliche Vermögen. Laut Verdi entgehen unserer Staatskasse dadurch jährlich bis zu 20 Milliarden Euro.

Anstatt für eine nachhaltige Rentenfinanzierung und soziale Umverteilung zu sorgen, hetzen neoliberal-konservative Politiker gegen Schwarze Menschen und People of Color, gegen Migrant*innen, Geflüchtete, Muslim*innen und LGBTIQ*. Seit der Wiedervereinigung wiederholen sich die immer wieder selben, zutiefst rassistisch-sexistischen Debatten – zum Kopftuch, zu den Silvesternächten, zu den Geflüchteten und zum Gendern. In Wirklichkeit sind sie reine Ablenkungsmanöver rechtskonservativer Politiker wie Friedrich Merz und rechtsextremer Parteien wie der AfD, um kapitalistische Interessen durchzusetzen. Solche Parteien gaukeln den Menschen das Bild einer homogenen, heteronormativen, nationalen deutschen Gemeinschaft vor und ködern damit genau diejenigen, die von ihren anti-sozialen und anti-feministischen Parteiprogrammen am meisten benachteiligt werden.

Leider fehlt ihnen und uns noch immer das Klassenbewusstsein, um uns für unsere eigenen Rechte und gegen unsere emotionale, geistige und körperliche Ausbeutung stark zu machen. Denn rechtskonservative bis rechte Bewegungen und Parteien setzen die Interessen des seit Jahrhunderten herrschenden Kapitals durch, das unsere Ausbeutung durch Sexismus und Kolonialrassismus legitimiert und damit seine – gegen uns alle gerichteten Klasseninteressen – verschleiert.

Colorismus und Ausbeutung der postkolonialen Unterschicht

Es leben fast 24 Millionen Menschen mit Migrationsgeschichte in der Bundesrepublik. Die eingangs beschriebenen ›postkolonialen Migrant*innen‹, also Eingewanderte aus Afrika, Asien, Lateinamerika und ihre Nachkommen, sind besonders betroffen von Rassismus aufgrund ihres Phänotyps und ihrer Hautfarbe, auch bekannt unter dem Begriff *Colorism*. Er beschreibt das Phänomen der Abwertung und Diskriminierung von Menschen aufgrund der Ausprägung ihrer Hautfarbe – so werden People of Color mit hellerer Haut bevorzugt behandelt gegenüber *dark skinned* Menschen. Dieser Colorismus und Rassismus führen unter anderem dazu, dass ihre Migrationsgeschichten in der Mehrheitsgesellschaft, aber auch innerhalb von People-of-Color-Communitys oft unsichtbar bleiben. Dies betrifft Schwarze beziehungsweise afrodiasporische, lateinamerikanisch-indigene und südasiatische Menschen (letztere beide zu Englisch: *brown people*). Denn vom Colorismus weniger betroffene ost- und südeuropäische sowie türkische, kurdische, iranische sowie arabische Stimmen und Themen dominieren oftmals die Zugehörigkeits- und öffentlichen Debatten hierzulande. Hier spielt die orientalistische Obsession und Überfokussierung Deutschlands auf die Regionen und Konflikte des sogenannten Nahen Ostens und die Religion des Islams keine unerhebliche Rolle. Wie divers zeitgenössische Kulturen sind, welche Sprachen und politischen Konflikte in den diasporischen Regionen weit weg von Europa es gibt, etwa der aktuelle Konflikt in Kaschmir oder Myanmar, im Kongo oder Sudan, dafür interessiert sich kaum jemand.

Diese – wie ich sie nenne – ›postkolonialen Migrant*innen‹ und ihre Nachkommen sind also stark vom Rassismus der Mehrheitsgesellschaft sowie vom Colorismus innerhalb migrantisierter Communitys betroffen, ihre Einwanderungsgeschichte und die damit verbundenen Struggles sind besonders unsichtbar. Viele von ihnen haben in den postkolonialen Gesellschaften die Normen und Gewohnheiten *weißer* Kolonialist*innen beobachtet und als Überlebenswerkzeug erlernt und in die Diaspora mitgenommen. Ihre kolonialrassistisch-ökonomische Unterwerfung und Ausbeutung, die vor Jahrhunderten begann, schreibt sich somit in den Migrationsgesellschaften in Europa fort. Dabei hat sich in letzteren noch kein ausgeprägtes Bewusstsein für die langwierigen Effekte der Kolonialgeschichte und der damit verbundenen Ungerechtigkeitsverhältnisse herausgebildet. Diese gesellschaftspolitische Erinnerungslücke bietet einen üblen Nährboden für soziale, politische und kulturelle Krisen und Konflikte.

Viele Migrierte gehören dem Soziologen Simon Schaupp zufolge zu einer Art »neuen Unterschicht«, die in einem Maß ausgebeutet wird, das weit über die klassische Ausbeutung von Arbeiter*innen hinausgeht.[15] So werden mitunter bewusst Menschen mit unsicherem Aufenthaltsstatus für befristete und schlecht bezahlte Jobs angestellt.[16] Sie fallen in die Kategorien illegal, papierlos, staatenlos und langzeitgeduldet – und sind praktisch rechtlos, geradezu ideale Opfer der Ausbeutung. In einer Situation des politischen Exils, der Vertreibung und Auswanderung aus ökonomischen oder ökologischen Gründen sowie des täglichen Rassismus verlieren manche sogar den Mut, überhaupt noch weiterzuleben. Manche werden in nicht legale Wege des Gelderwerbs abgedrängt, nur um dann kriminalisiert zu werden. Im schlimmsten Fall werden sie gnadenlos aus dem *Dreamland* hinausgeworfen – Abschiebung! Und sie kehren dennoch über die gefährlichsten Fluchtrouten wieder zurück. Andere kommen in diesem undankbaren Hamsterrad aus Krieg, Bürokratieterror und Ausbeutung zu Tode. Wenn es gar nicht mehr auszuhalten ist, durch Suizid. Gerade im Fall von afghanischen Geflüchteten höre ich diese Geschichte immer wieder.

Die billige Arbeitskraft solcher prekär lebenden Menschen wird ausgenutzt, um die deutsche und europäische Wirtschaft zu beflügeln. Wer erntet die Melonen und Tomaten in den Gewächshäusern Spanien und Italiens, damit wir mit frischem Obst und Gemüse versorgt sind? Wer sorgt dafür, dass unser regelmäßig online geshopptes Warenpaket direkt ins Haus geliefert wird? Wer kümmert sich darum, dass unsere pflegebedürftigen (Groß-)Eltern gebadet, gefüttert und liebevoll betreut werden? Es sind in Sorge, Krankheit und Gefahr lebende Menschen – billiges Humankapital für zumeist *weiße* Großunternehmer*innen –, die für uns Privilegierte des Globalen Nordens die harte, entmenschlichende und dreckige Arbeit in einem weltweiten Ausbeutungssystem erledigen.

Auch meine Eltern, Tanten, Onkels, Cousinen und Cousins haben in vielen dieser harten Jobs hier und international geschuftet: im Servicesektor, Rosen und Zeitungen verkaufend, Pizza ausliefernd, im Versandhandel unzählige Weihnachtspakete packend, putzend, als Kinder- und Dienstmädchen in den Golfländern, und in amerikanischen Kriegskasernen in Afghanistan. Welche Folgen diese harte Arbeitsmigration haben kann, lässt sich gut am Beispiel meiner Mutter zeigen: Obwohl sie gebildet war und sieben Sprachen sprach, sich gerade nach der Trennung von meinem Vater immer weitergebildet hatte und schlussendlich als Gemeindedolmetscherin arbeitete, wurde sie von kirchlichen Wohlfahrtsverbänden aufgrund des strukturell verankerten anti-muslimischen Rassismus immer nur in prekären Verträgen engagiert. Obwohl sie viele der dringend benötigten Sprachen von Geflüchteten (Urdu, Farsi und Tamilisch) sprach, wurde sie kurz vor der Rente hinausgeworfen. Kirchliche Wohlfahrtsverbände, die die zweitgrößte Arbeitgeberin in Deutschland sind, können aufgrund des Kirchenrechts nämlich nicht christliche und queere Personen von einer festen Anstellung ausschließen (Säkularismus anyone?!). Meine Mutter konnte also aufgrund der fehlenden Anerkennung ihrer Studienabschlüsse sowie des strukturellen Rassismus auf dem deutschen Arbeitsmarkt dem Sozialhilfebezug, der nach der Trennung von meinem Vater entstanden war, nicht mehr entkommen. Entsprechend konnte sie auch nach vierzig Jahren Lohnarbeit, aktiver Weiterbildung und zivilem Engagement in Deutschland nicht eingebürgert werden. Denn nach dem kapitalistischen, deutsch-bürokratischen Verständnis erfüllte sie nicht das sogenannte Kriterium der »eigenständigen Sicherung des Lebensunterhalts«.

Bildung und Integration führen also, entgegen allen politischen Mantras, für migrantisierte Menschen der postkolonialen Unterschicht nicht zwingend dazu, in der ›neuen‹ Heimat menschenwürdig, akzeptiert und respektiert leben zu können. Ihre biografische und politische Unsichtbarkeit sowie Erfahrungen von Colorismus und Rassismus erschweren es, einen Platz in der Gesellschaft zu finden und kulturell, politisch und wirtschaftlich Fuß zu fassen.

Global Care Chain – wenn Frauen sich um die Sorge sorgen

Männer und Frauen der postkolonialen Unterschicht, wenn sie es schon einmal in das *Dreamland* Europa geschafft haben, können also nur bedingt aufsteigen. Wie sieht es mit den Frauen aus, die im Globalen Süden zurückbleiben und die von rassistischer und neokolonialer Ausbeutung betroffen sind? Und wie werden

Frauen im Globalen Norden von Patriarchat und Kapital unterdrückt und gegeneinander ausgespielt – die von Rassismus betroffenen (Post-)Migrant*innen und *weiße* Frauen? Und wie konnte alles überhaupt so weit kommen?

Während den späteren Karl Marx die Frage umtrieb, ob und wie Sex- und Hausarbeit ›Arbeit‹ im ökonomischen Sinne darstellten, präsentierte sein Zeitgenosse Friedrich Engels eine erste, wenn auch lückenhafte Theorie der Frauenunterdrückung. Frauen hätten eine »weltgeschichtliche Niederlage«[17] erfahren, als nomadische Stämme sich niederließen, Landwirtschaft, Viehzucht und Ackerbau und somit die Vererbung von überschüssigen (Getreide-)Waren immer wichtiger wurde. Dadurch entstand die Idee des Privatbesitzes und mit ihm die ersten Klassenkonflikte rund um die Verteilung von Gütern. Indem die weibliche Sexualität kontrolliert und die Frau in die häusliche Sphäre der reproduktiven Arbeit, Pflege und Erziehung von Kindern verdrängt wurde, konnte der Fortbestand der sexistisch-hierarchischen Gesellschaftsordnung gesichert werden: Jeder sollte genau wissen, wer zu wem gehörte und was vererbt bekommen sollte. In »Der Ursprung der Familie, des Privateigentums und des Staats« erklärt Engels 1884: »*Famulus* heißt ein Haussklave, und *familia* ist die Gesamtheit der einem Mann gehörenden Sklaven«[18], wobei er dieses römische Modell der Familie und die »väterliche Gewalt« über »Weib und Kinder« aufs Schärfste kritisierte. Marx und Engels betrachteten die Beziehung von Mann und Frau als die erste Eigentumsbeziehung, die »erste Form der Klassenunterdrückung«,[19] bei der die Frau als ein vom Mann zu besitzendes Objekt gesehen wurde.

Trotz dieser wichtigen analytischen Grundlagen wurde die Befreiung der Frau von Marxisten als Nebenwiderspruch und die soziale Frage der Klasse und ökonomischen Befreiung als Hauptwiderspruch des Kapitalismus gesehen. Zahlreiche marxistische und sozialistische Feminist*innen widersprachen und entwickelten diese Grundlagen weiter und gründeten im 20. Jahrhundert Theorien und Netzwerke, um die Frage der Geschlechtergerechtigkeit und des Feminismus nicht der Bourgeoisie zu überlassen sowie aufzuzeigen, wie sie von der Unterdrückung der Arbeiter*innenklasse profitierten.[20]

Heutzutage wird die Arbeit von Frauen global gesehen mindestens auf dreierlei Weisen fremdbestimmt und entwertet: Erstens in der Einschränkung der Wahl ihrer Arbeit, da ihnen der Zugang zu bestimmten Tätigkeiten wie MINT-Jobs rechtlich und sozialkulturell erschwert oder mancherorts sogar verweigert wird. Zweitens im fehlenden Arbeitsschutz und der ausbeuterischen Diskriminierung durch westliche und lokale Unternehmen, in denen sie Massenprodukte für den Globalen Norden herstellen, zum Beispiel die Kleidung, die wir tragen. Und maßgeblich, drittens, in der finanziellen und symbolischen Entwertung von frauendominierten Wirtschaftssektoren der Sorgearbeit, nämlich der Pflege-, Erziehungs- und sogenannten häuslichen Arbeit (*care* und *domestic work*) – also das, was Marxist*innen reproduktive Arbeit nennen. Sie umfasst alle Tätigkeiten, die dafür sorgen, dass die Arbeiter*innenschaft sich selbst wieder herstellen kann, sich also erholen sowie fortpflanzen kann. Sogenannte Hausfrauen und Mütter weltweit werden für solche arbeitserhaltenden Tätigkeiten weder geschätzt noch entlohnt, sondern leben in finanzieller Abhängigkeit von Männern. Auch berufstätige Frauen leisten diese Arbeit zu Hause kostenlos, weil dies gesellschaftlich erwartet wird (*Ladies, just stop it already!*). Zweite-Welle-Feminist*innen nennen dies den *double day*, also die zweite Schicht oder Doppelbelastung.

Der International Labour Organization zufolge sind Jobs im Bereich der häuslichen Arbeit außerhalb des eigenen Haushalts weltweit eine sehr gängige Form der vertraglichen Arbeitsbeschäftigung für Frauen. In Südamerika beispielsweise verdient ein Viertel der Frauen ihr Geld auf diese Weise. Obwohl laut Nisha Varia von Human Rights Watch ganze Nationalökonomien, etwa die Philippinen und Indonesien, auf die Geldtransfers dieser Frauen angewiesen sind, wird die von ihnen geleistete Arbeit weitaus niedriger vergütet als die Arbeit von Männern. Sie werden weltweit von Arbeiter*innenrechten ausgeschlossen, beispielsweise in den Vereinigten Arabischen Emiraten und Singapur, und dürfen keine Gewerkschaften gründen (etwa in den USA). Auch in Ländern, in denen sie 90 Prozent der Arbeiter*innenschaft in Unternehmen ausmachen, wie beispielsweise in Kambodscha, wo viele unserer Textilien herkommen, werden sie misshandelt oder entlassen, sobald sie schwanger sind.[21]

Im internationalen Pflegesektor sieht es ähnlich aus. Beispielsweise werden aktuell indische Krankenschwestern, die in ihrer Heimat lächerlich wenig verdienen, aktiv von den eigenen Politikern ins Ausland geschickt, obwohl in Indien nach WHO-Schlüssel massiv viele Pflegekräfte fehlen. In einer globalisierten, neokolonialen Wirtschaft verrichten also Frauen aus Osteuropa und dem Globalen Süden bei uns die Haus- und Care-Arbeit. Dies führt in ihren Herkunftsländern zu Lücken in der Versorgung der eigenen Bevölkerung. Dass Kinder ohne ihre Mutter groß werden und Alte vor Ort von noch ärmeren eingewanderten Kräften gepflegt werden, ist ein Umstand, der die männlichen Politiker in Nord und Süd anscheinend kaltlässt. Denn wir wissen, wer die in dieser sogenannten *Global Care Chain* entstehende Mehrarbeit abfedern wird: die zurückbleibenden Frauen, die dafür einfach nicht bezahlt werden. So entsteht eine internationale rassistische Aufteilung reproduktiver Arbeit.[22] Die ärmsten Frauen der Welt emigrieren und übernehmen schlecht bezahlte und weder rechtlich noch sozial abgesicherte

Jobs in Erziehung, Pflege und Haushalt, damit wir Frauen im Globalen Norden unsere Träume von einem *weißen*, emanzipierten, *hard working* Barbie-Mittelschichts-Konsumfeminismus ausleben können. Und natürlich: Damit wir dem Arbeitsmarkt zur Verfügung stehen. Wenn wir unseren Feminismus ernst nehmen und wirklich leben wollen, sollten wir genau an diese Frauen denken, bevor wir zum nächsten Schnäppchen-Shoppen losziehen oder die Hilfe migrantischer Reinigungs- und Pflegekräfte heranziehen.

Auch in Deutschland wirkt sich unbezahlte Sorgearbeit von Frauen aus, insbesondere im Alter. Einer Studie der Allianz zufolge beträgt der sogenannte Gender Pension Gap in Deutschland als Schlusslicht innerhalb der EU ungefähr 40 Prozent.[23] Im Klartext: Die Frauenrente liegt mit durchschnittlich 807 Euro – wie sollte es überraschen? – unter dem Existenzminimum. Frauen zahlen aufgrund von Kindererziehung und Pflegetätigkeiten im Schnitt zwölf Jahre weniger in die Rentenkasse ein. Und da haben wir noch gar nicht von der Altersarmut und dem strukturellen Überleben von lesbischen, queeren und trans* Personen mit und ohne Sorgeverantwortung gesprochen. Migrant*innen, die in der Care-Branche arbeiten, trifft die Benachteiligung im Alter außerdem doppelt: Zu der geringen Rente kommen noch die Verpflichtungen gegenüber den Verwandten im Ausland, die von ihrer finanziellen und emotionalen Sorge abhängig sind, um die sie sich also immer noch kümmern müssen.

Als älteste in der Geschwisterfolge hatte meine Mutter bereits früh Care-Verantwortung ihren acht jüngeren Schwestern und Brüdern gegenüber. Finanzielle Stabilität für sie alle zu schaffen war ein treibender Motor für ihre Auswanderung nach Europa und den Wunsch nach sozialem Aufstieg. Meine Tante, die mich anstelle meines Vaters mit großzog, hatte vor ihrer Einwanderung nach Deutschland als Dienstmädchen in Katar gearbeitet, um ihre eigenen in indischen Heimen zurückgebliebenen Kinder durchzufüttern. Ich selbst konnte erst nachvollziehen, was Sorgeverantwortung wirklich bedeutet, als meine Mutter vor einigen Jahren plötzlich einen Schlaganfall erlitt und dadurch gelähmt wurde. Ich musste die wichtigsten Jahre meines Berufseinstiegs in der prekären Wissenschaft damit verbringen, regelmäßig nach Süddeutschland zu pendeln, um meine Mutter zu versorgen. Dies hat sich stark auf meine Berufsentwicklungschancen und auch meine eigene Gesundheit ausgewirkt. Ich bin aufgrund meiner Sorgeverpflichtung nur in Teilzeit angestellt und begebe mich als Wissenschaftler*in of Color, mit Migrationsgeschichte, mit Rassismus- und Klassismuserfahrungen, queer und unverheiratet, damit perspektivisch in eine sehr ähnliche Schleife der Altersarmutsfalle wie meine Mutter. Ich muss darum bangen, im Alter genügend Geld für Grundbedürfnisse wie Essen und Wohnen zu haben, von der Pflege einmal abgesehen. Obwohl es überall heißt, es bräuchte mehr Diversität in den Institutionen, sind die meisten mit sicheren Verträgen, die mir bisher in meinem Arbeitsfeld begegnet sind, *weiße* cis Personen. Ob ich wohl den mit dem Leben in Europa verbundenen Traum meiner Mutter, aus der vergeschlechtlichten und neokolonialen Armutsschleife aus- und aufzusteigen, verwirklichen kann?

Warum wir Feminismus und Klasse intersektional denken müssen

Im Angesicht der sich verschärfenden Care-Krise leisteten *weiße* Feminist*innen der Zweiten Welle organisierten Widerstand gegen die ungerechte Verteilung der reproduktiven Arbeit. Silvia Federici, Mariarosa Dalla Costa, Selma James und weitere initiierten in den 1970er-Jahren die erfolgreiche transnationale Kampagne »International Wages for Housework« (»Lohn für Hausarbeit«) in Italien, England, USA, Deutschland und Australien, die für eine staatliche Vergütung von Hausarbeit eintrat.[24] Auch wenn sie ihre Forderungen nicht durchsetzen konnten und kein Cent für Putzen, Aufräumen, Einkaufen, Kinder erziehen, also all die körperliche, mentale und emotionale Care-Arbeit floss – sie sensibilisierten dennoch eine breite Öffentlichkeit für die Problematik der Doppelbelastung arbeitender Frauen. Aus queerer Perspektive ist ihre Forderung, dass alle Frauen sich als »Hausfrauen« identifizieren und solidarisieren sollten, problematisch – denn nicht alle Menschen leben in heterosexuellen Nuklearfamilien. Es bildeten sich jedoch auch lesbische, queere, Schwarze und behinderte Subgruppen innerhalb der Kampagne heraus.[25]

Wie verhält es sich jedoch mit der Lage der Schwarzen Frauen in Nordamerika und der migrantischen Frauen in Europa, die von *weißen* Kapitalist*innen durch rassistische und sexistische Zuschreibungen bis heute ausgebeutet werden? Intersektionale Schwarze Feminist*innen wie Angela Davis, bell hooks und Kimberlé Crenshaw intervenierten in diese Leerstelle des *weißen* Feminismus. In ihren Schriften beleuchteten sie die Lebensbedingungen rassifizierter Frauen in den USA, die sowohl Rassismus, Sexismus und kapitalistische Ausbeutung erfuhren, und machten ihre materiellen Verhältnisse und Kämpfe deutlich.

In *Women, Race and Class* zeigt die weltweit bekannte Schwarze US-amerikanische Kommunist*in und Feminist*in Angela Davis, welche ökonomische Rolle Schwarze Frauen in der Sklaverei einnahmen.[26] Schwarze Menschen mussten harte, körperliche Arbeit auf den Plantagen leisten und engagierten sich gleichzeitig im Abolitionismus, dem Kampf gegen die Sklaverei. Frauen mussten jedoch zusätzlich die als weiblich klassifizierten Aufgaben übernehmen. Während es in der *weißen* Gesellschaft eine klare Trennung ›weiblicher‹ und ›männlicher‹ Tätigkeiten gab und *weiße* Mittelschichtsfrauen als schwache, zu beschützende Mütter und Hausfrauen adressiert wurden, betrachtete man Schwarze Frauen ähnlich wie Männer als übermäßig stark – ein Stereotyp, das sich bis heute in der medizinischen Vernachlässigung von Schwarzen Frauen zeigt. Die unbezahlte Arbeit der versklavten Menschen machte die *weißen* Kapitalist*innen reich. Sexualisierte Gewalt wurde von letzteren dazu benutzt, ihre Dominanz gegenüber Schwarzen Menschen zu demonstrieren, und die durch sexualisierte Gewalt gezeugten Nachkommen wurden als Erweiterung der Arbeiter*innenschaft und des Privateigentums betrachtet.

Der *weiße* Mittelschichtsfeminismus damals wie heute vernachlässigt die Dimensionen der rassistischen Ausbeutung von Schwarzen Frauen in der Versklavung und nicht *weißer* Migrant*innen und Queers in der imperialistisch-globalisierten Ausbeutung. Wirkliche Emanzipation erreichen wir nur, wenn feministische Forderungen intersektional gedacht werden. Die US-amerikanische Rechtswissenschaftler*in Kimberlé Crenshaw entwickelte dafür mit ihrem Analysemodell der »Intersektionalität« von *Rasse*, Geschlecht und Klasse ein praktisches Werkzeug. Dadurch konnten die arbeitsrechtlichen Lücken und materiellen Benachteiligungen von Schwarzen Frauen in US-amerikanischen Massenbetrieben wie dem Autohersteller General Motors überhaupt erst gesehen, begriffen und rechtlich beanstandet werden.

In unterschiedlicher Weise thematisieren intersektionale Feminist*innen die Rolle von Klasse und Geschlecht bei der Abschaffung der Sklaverei und in der Schwarzen Bürgerrechtsbewegung. In Deutschland wurde Crenshaws theoretisches Modell von *weißen* Feminist*innen und Wissenschaftler*innen vereinnahmt und »weiterentwickelt«. Schwarze, migrantische und postkoloniale Feminist*innen, die dadurch unsichtbar gemacht wurden, artikulieren jedoch schon seit den 1970er-Jahren, wie sie hier in Deutschland durch Rassismus, Sexismus und Klassismus multiple Ausschlüsse erfahren, und sie organisieren sich in Allianzen unter Schwarzen, jüdischen, Sint*izze und Rom*nja sowie migrantischen und exilierten Feminist*innen.[27] In intersektionalen Bündnissen engagieren sich »migrantische Feminist*innen« ebenso für die Gleichberechtigung von trans* und queeren Menschen.[28]

Der globale Kampf gegen das kapitalistische Patriarchat

Meine Eltern erhalten aufgrund ihrer prekären Beschäftigung bis heute nur wenig Rente, obwohl sie ihr Leben lang gearbeitet haben und es mit über 70 Jahren immer noch tun. Als ich mein Zuhause zum Studieren verließ, wurde es bei meiner Mutter und Schwester finanziell immer enger, da die geringe Rente trotz Aufstockung durch Hartz IV für die hohen Lebenshaltungskosten in einer Stadt wie München nicht ausreichten. Es machte mich sehr traurig zu hören, dass sie sich im Fastenmonat Ramadan – in dem unter anderem das Mitgefühl für die Armen geübt wird – ihr Gemüse und Obst bei der Tafel besorgen mussten, um überhaupt etwas auf den Tisch zaubern zu können. Da ich als Studentin für meinen eigenen Lebensunterhalt jobbte, konnte ich sie damals finanziell leider noch nicht unterstützen.

Trotz ihres fortgeschrittenen Alters und chronischer Krankheit war meine Mutter dennoch an den Wochenenden noch fleißig dabei, Sachspenden bei Wohnungsentrümpelungen zu sammeln, um sie auf dem Flohmarkt zu verkaufen und so ein paar extra Euros für ihr Überleben hinzuzuverdienen. Auch mein Vater kehrte lange nach der Trennung an den selben Freimanner Flohmarkt zurück, um dort Textilwaren zu verkaufen. Er hatte wie so viele Männer kurz nach der Trennung gleich wieder geheiratet und profitierte von der Unterstützung seiner etwas jüngeren Ehefrau, seiner Brüder und Freunde, während meine Mutter nach der Scheidung leer ausging. Sie musste die schwere Arbeit mithilfe meiner Schwester erledigen, die gerade ihr Abitur vorbereitete. Sie beide im fortgeschrittenen bis hohen Alter an diesem selben Flohmarkt zu sehen, wirkte wie ein tragischer Witz des Universums. Oder waren es doch nur die üblichen Strukturen des Patriarchats und der Migrationsverhältnisse im nationalistisch-rassistischen Kapitalismus?

Wenn wir also über Klassismus sprechen, müssen wir verstehen: Die allermeisten Menschen werden nicht reich geboren. Und die wenigen, die reich geboren werden, werden im Laufe ihres Lebens noch reicher, ohne viel dafür tun zu müssen. Die meisten davon leben im Globalen Norden. Migrantische Menschen werden aus kapitalistischen und rassistischen Gründen am Klassenaufstieg gehindert, und für davon betroffene Frauen ist es umso schwieriger. Viele Kinder von alleinerziehenden Müttern, armen Eltern und Migrant*innen wie mir erben nichts oder höchstens noch mehr Schulden: Im verzweifelten Versuch, uns doch noch etwas hinterlassen zu können, bat meine Mutter mich um einen Kredit, damit sie das Haus meiner Oma in Indien retten und uns später vererben könnte. Meinem Opa, der als Chauffeur einer reichen Familie im Stadtzentrum Pondicherrys gearbeitet hatte, war dieses Haus mit drei Zimmern für seine zehnköpfige Familie überlassen worden. Er hatte jedoch ›vergessen‹, es vor seinem Tod auf seine Ehefrau überschreiben zu lassen. Im Zuge des nervenaufreibenden bürokratischen Prozesses, das Haus vor der Übernahme durch die Nachkommen der reichen Familie zu bewahren, erlitt meine Mutter einen Schlaganfall und verstarb tragischerweise wenige Jahre später.

Für sie, für mich sowie die Frauen und Queers vor ihr, mit und nach mir wünsche ich mir eine gerechtere Gesellschaft. In der, wie Marx, der Bärtige, es damals schon formulierte, das Überleben nicht »von Herkunft oder Geschlecht« oder sonstigen ›Abweichungen‹ von der Norm abhängt.[29] Damit wir nicht zu einer Gesellschaft werden, in der die Spanne zwischen Arm und Reich immer größer wird. Die arm Geborenen bleiben dann arm – insbesondere Migrant*innen, deren Armut transgenerational und, wie in meinem Fall, zudem feminisiert, also über die Armut der Mutter und Großmutter, weitervererbt wird. (Und das trotz Bildungsprivilegien.)

Damit das nicht passiert, müssen wir an die Arbeitskämpfe, wilden Streiks und antikolonialen Kämpfe unserer *elders* anknüpfen. Und zwar gemeinsam. Wie beispielsweise bei den »Wilden Streiks« von 1973, in denen migrantische und deutsche Arbeiter*innen sich den Repressionen des Unternehmens und der Polizei solidarisch entgegensetzen. Mit dem Ergebnis, dass ihre Löhne erhöht wurden – und niemand entlassen wurde.[30] Oder wie 1978 die Unterschriftenaktionen und Proteste der koreanischen Pflegekräfte in Deutschland unter dem Slogan »Nicht mehr gebraucht?«. Sie führten zu einer Gesetzesänderung, die ihre Aufenthalts- und Arbeitsberechtigungen unabhängig von öffentlichen Kürzungen sicherte.[31] Oder indem wir uns an die historisch noch weiter zurückliegenden anti-kolonialen (Frauen-)Bewegungen Anfang des 20. Jahrhunderts erinnern, in denen Bündnisse zwischen nordafrikanischen, arabischen, iranischen und asiatischen Feminist*innen geschmiedet wurden, obwohl sie von den britischen und niederländischen Kolonialmächten untergraben wurden.[32]

Und gleichzeitig dürfen wir nicht vergessen: Ohne an die Forderungen der Zweite-Welle-Feminist*innen Silvia Federici und Co. anzuknüpfen, dass Sorgearbeit entlohnt werden muss, werden wir dem kapitalistischen Patriarchat, das die rassistische Aufteilung der reproduktiven Arbeit aufrechterhält, nicht das Wasser abgraben können. So lange werden (Re-)Produktion,

Sorge, Erziehung und Pflege des »Humankapitals« kostenlos von FLINTA*-Personen und schlecht bezahlt von Migrant*innen geleistet. Die heteronormative Ordnung der Geschlechter in den binären Kategorien »Mann« und »Frau« zielt, drastisch gesagt, darauf ab, dass diese sich paaren, sich miteinander selbst reproduzieren, das »Produkt« Kinder selbst pflegen und erziehen und unserem ökonomischen System und seinen Spitzenverdiener*innen zur Ausbeutung zur Verfügung stellen. Bevor der europäische Kolonialismus die Welt unterjocht hat, gab es diesen Zwang zur eigenen Selbstreproduktion in dieser systematisierten, an die Idee des Privatbesitzes gebundenen Form noch nicht. Damals wurde die Vielfältigkeit der Geschlechter, ihrer Sexualität und Beziehungen zueinander viel fluider und komplexer gedacht.[33] Nicht umsonst zeigen rechtskonservative Populist*innen, die sich gleichermaßen gegen die Rechte von trans* Menschen und von Migrant*innen stellen, dass sie nicht willens sind, geschlechtsspezifische Unterdrückung und damit verbundene kolonialrassistische Ausbeutungsmuster zu bekämpfen.[34]

Die Ungleichheit und Ungerechtigkeit entsteht durch die konstruierten Geschlechterunterschiede und die damit einhergehenden Geschlechterrollen, die sich die patriarchale Gesellschaft ausgedacht hat und die besonders wir Frauen internalisiert haben: Bedecke dich, halte die Beine still, sei nicht zu laut, ordne dich unter, denk nicht so viel, tue nicht so viel, nimm nicht so viel Raum ein, mach schön sauber, schau vor allem schön aus, kümmere dich um alles und jeden, sei immer und überall emotional und körperlich verfügbar! – *Ladies, gents, inbetweens* und *beyond*, wir müssen diesen Kreislauf durchbrechen!

Ohne die grundsätzliche Überwindung stereotyper Geschlechterrollen sowie kolonialer, sexistischer und rassistischer Weltbilder werden wir niemals eine sozial gerechte, antikapitalistische und freie Gesellschaft etablieren können. Das Verlernen der Unterdrückungsformen und unsere Befreiung von ihnen fangen in unserem Bewusstsein an und gehen strukturell weiter. Sich im Namen der Identitätspolitik zu eng auf einzelne Diskriminierungsformen zu fokussieren, wird uns dabei nicht weiterbringen. Das queere, intersektionale *woman*-life-freedom*-Kollektiv, das sich im Zuge der kurdischen und iranischen Befreiungsbewegungen gründete, bringt es treffend auf den Punkt: »Obwohl es einzelne Menschen sind, die diese Unterdrückungsformen auf einer individuellen Ebene durchsetzen, sollte unser Fokus immer auf der herrschenden Klasse und dem System liegen: Faschismus, Patriarchat, Kapitalismus und dem Repressionsapparat [...]«[35] In diesem Sinne: »Jin*, Jîyan, Azadî!«, »Frauen, Leben, Freiheit!«, *and down with the capitalist racist patriarchy*!

unlearn gender pay gap

Alexandra Zykunov

Kommen wir zu einem Klassiker des Patriarchats, den wir dringend unlearnen sollten. Nämlich das ewige Thema des ungleichen Lohns. Keine Sorge, ich werde euch jetzt nicht wieder mit der ollen Leier vom deutschen Gender Pay Gap von aktuell 18,3 Prozent langweilen. Einerseits absurd, dass es eine alte Leier ist und sich trotzdem so wenig bis gar nichts tut. Immerhin können wir für die Zukunft hoffen, denn diese Ungerechtigkeit ist mittlerweile bei nahezu allen Entscheider*innen, Politiker*innen und Bürger*innen angekommen. Kein Wunder, schließlich werden Frauen hierzulande in sage und schreibe 45 von 47 Branchen schlechter bezahlt als Männer – außer im Postdienst und im Güter- und Personenverkehr.[1]

Vom 1. Januar bis zum 7. März arbeiteten Frauen im Jahr 2023 statistisch betrachtet umsonst. Erst ab dem 8. März bekamen sie rechnerisch denselben Lohn wie Männer. Die kostenlos gearbeiteten Tage und Wochen entsprechen genau den besagten 18,3 Prozent Lohnunterschied. Deswegen wurde in Deutschland auch am 7. März 2023 der Equal Pay Day »gefeiert«.

Jetzt könnte man behaupten: *Na ja, so ist es nun mal, das Leben ist kein Ponyhof, der* Gender Pay Gap *ist nun mal überall auf der Welt bittere Realität.* Könnte man sagen, ja. Nur würde sich da gerade Deutschland ganz schön aus der Verantwortung stehlen.

Denn was die wenigsten wissen: Die Bundesrepublik steht mit diesen 18,3 Prozent tatsächlich ziemlich peinlich, ziemlich weit hinten und ziemlich allein da – und zwar im Vergleich zu nahezu allen EU-Ländern bis auf Lettland und Estland, wo es noch schlimmer ist. Denn der EU-weite Gender Pay Gap liegt – Trommelwirbel – bei aktuell »nur« 13 Prozent. Spitzenreiter wie Slowenien, Italien oder Belgien kommen aktuell sogar nur auf 3 bis 5 Prozent.[2] Am geschlechterfairsten bezahlt seit Jahren übrigens Luxemburg – hier ist der Gender Pay Gap mit aktuell 0,7 Prozent offenbar kurz vorm Aussterben. Was auch daran liegt, dass dort Frauen in vielen hoch bezahlten Branchen bereits stark vertreten sind und somit als Vorbildfunktionen für die nächste Generation gelten. Außerdem ist die weibliche Teilzeitquote in Luxemburg mit 30 Prozent wesentlich geringer als etwa hierzulande mit fast 50 Prozent.[3] Was uns direkt zu Deutschland bringt: Seit etwas mehr als 15 Jahren veröffentlicht die EU-Kommission für alle ihre Mitgliedsstaaten regelmäßig die Gender-Pay-Gap-Statistiken. Und genauso lange belegt Deutschland darin konsequent die Top-5-Schlussplätze. Mehrere Jahre hintereinander waren wir sogar unter den »Flop 3« vertreten, gleich neben unseren deutschsprachigen Nachbarn Österreich und der Schweiz. Damit ist es wirklich höchst peinlich für ein Land wie Deutschland, das sich gern als modern, emanzipiert und geschlechtergerecht darstellt, wenn es seit mehr als 15 Jahren unter nahezu allen EU-Ländern die Frauen im eigenen Land für die gleiche Arbeit konsequent mit am geringsten bezahlt.

Die Lüge vom »bereinigten« Gender Pay Gap

Da höre ich sie schon, die Skeptiker*innen, die sich nervös in Stellung bringen: *Ja, aber es ist ja gar nicht wahr, Alex! Die* 18,3 *Prozent beziehen sich ja gar nicht auf die gleiche Arbeit!* In den Kommentarspalten von vielen Artikeln zur Lohnlücke sind nämlich immer wieder zwei Gegenargumente zu lesen, die zu belegen versuchen, warum die ganze Gender-Pay-Debatte angeblich an den Haaren herbeigezogen ist: Weil doch die Lohnlücke ganz »natürlich« zustande komme, schließlich werden Frauen Mütter, gehen in Elternzeit und danach viele Jahre in Teilzeit. Selbst schuld also. Rechnet man Elternzeiten, Teilzeiten und Co. also heraus, sei dieser sogenannte »bereinigte Gender Pay Gap« viel niedriger und auch viel aussagekräftiger. So heißt die Gehaltslücke zwischen Männern und Frauen – und zwar wenn beide in der freien Wirtschaft, in exakt derselben Branche und exakt derselben Position arbeiten. Also Chirurgin vs. Chirurg, Versicherungskauffrau vs. Versicherungskaufmann, Anwältin vs. Anwalt, Schreinerin vs. Schreiner und so weiter. Es geht wirklich nur um den Gehaltsvergleich von gleich qualifizierter Frau in Vollzeit vs. gleich qualifiziertem Mann in Vollzeit. *Betrachtet man nur diese bereinigte Lücke,* so die Gender-Pay-Gap-Verharmloser, *beträgt diese in Deutschland »nur noch« 6 Prozent und ist quasi nicht mehr der Rede wert. Ha!*

Erstens weiß ich gar nicht, was daran erfreulich sein soll, wenn eine Person selbst bei gleicher Ausbildung, gleicher Qualifikation, gleicher Position und gleicher Arbeitszeit für exakt die gleiche Arbeit trotzdem 6 Prozent weniger verdient, nur weil sie Vulva und Brüste, aber keinen Penis hat. Zweitens entsprechen 6 Prozent Gehaltsunterschied jeden Monat beim aktuellen Durchschnittsvollzeitgehalt von 4100 Euro brutto[4] immer noch monatlichen Einbußen von 246 Euro brutto, was aufs Jahr gerechnet knapp 3000 Euro brutto sind und auf ein ganzes Erwerbsleben von Pi mal Daumen 40 Jahren mal eben einen Unterschied von fast 120.000 Euro brutto ergibt.

Und drittens – und das ist der wichtigste Punkt – ist es doch völlig absurd, bei einem Gehaltsvergleich, bei dem ja g e r a d e Faktoren wie Teilzeit oder Care-Arbeit oder Babypausen die entscheidende Rolle spielen, genau *diese* Faktoren auszulassen. Wir haben in den Operationssälen doch gerade deshalb nur 23 Prozent Frauen unter den Chirurg*innen, und auch diese verdienen doch gerade deshalb weniger Geld, weil meist Frauen zu Hause bei ihren Kindern bleiben und die Arbeitsstrukturen in der Chirurgie eine Vereinbarkeit von Familie und Beruf nicht zulassen; wir haben doch gerade deshalb eine Gehaltslücke zwischen Abteilungsleiterinnen und Abteilungsleitern, weil Personaler*innen bei den Gehaltsverhandlungen mit Frauen von vornherein niedrigere Gehälter ansetzen, weil sie so die zukünftigen »Ausfälle« einer Frau (Schwangerschaften, Kinder und so) quasi schon einkalkulieren und die Frauen darum schon von vornherein niedriger einstufen; wir haben doch gerade deshalb Gehaltsunterschiede zwischen Handwerkerinnen und Handwerkern, weil vergleichsweise viele von ihnen selbstständig arbeiten und es für selbstständige Handwerkerinnen (wie auch andere Unternehmerinnen) aktuell *keinen* Mutterschutz und ein lächerlich geringes Elterngeld gibt und folglich ihre Einnahmen aufgrund von Mutterschaft, Teilzeit und Familie sofort schrumpfen! Welchen Sinn soll es also bitte schön ergeben, diesen bereinigten Gender Pay Gap als »Beweis« anzuführen, dass Frauen gar nicht diskriminiert würden, wenn die Gründe für *ebendiese* Diskriminierung darin einfach unsichtbar gemacht werden?

Natürlich (und hoffentlich!) wird eine Abteilungsleiterin ähnlich viel verdienen wie ihr gleichgestellter männlicher Kollege, wenn beide kinderlos sind – es geht aber auch darum, was passiert, *sobald* sie Kinder bekommt; natürlich (und hoffentlich!) wird eine Vorständin ähnlich viel verdienen wie ihr gleichgestellter männlicher Kollege, wenn beide dieselben hochkarätigen Berufserfahrungen in ihren Lebensläufen stehen haben – es geht doch aber darum, offenzulegen, dass es überhaupt nur eine

Handvoll Frauen in so eine Vorstandsposition schafft und dass nur eine Handvoll Frauen exakt dieselben hochkarätigen Stationen durchläuft, *eben weil* sie vorher schon durch Kinder, Care-Arbeit oder einfach Diskriminierungen à la »Sie könnte ja bald Kinder bekommen« gar nicht erst in den Bereich irgendwelcher gleichwertiger Stationen und hoher Gehälter vorstößt!

Und so ist es einfach nur lächerlich, dass selbst das Institut der deutschen Wirtschaft vor wenigen Jahren noch in Bezug auf den Gender Pay Gap erklärte: »Entscheidungen über Karriere und Familie sind jedoch rein privat«,[5] und all diese *strukturellen* Gründe damit einfach mal negierte. Klar, alles »privat«! Franziska hat sich »privat« dafür entschieden, aufgrund von Mutterschaft ein Drittel mehr Bewerbungen schreiben zu müssen als eine Frau ohne Kind; Thea hat sich »privat« dafür entschieden, zu den 74 Prozent aller Mütter zu gehören, die aufgrund ihrer Mutterschaft im Job schon mal diskriminiert wurden; Özlem hat sich »privat« dafür entschieden, auf Bewerbungen bei exakt denselben Qualifikationen wesentlich schlechter bewertet zu werden als ein Mann; und Nirosha hat sich natürlich auch »privat« dafür entschieden, durch das Ehegattensplitting in der Teilzeit- und Altersarmutsfalle festgehalten zu werden und folglich mehr als die Hälfte ihres Gehalts und ihrer Rente einzubüßen. Klar, liebes Institut der deutschen Wirtschaft, all das und noch viel mehr haben sich Frauen in diesem Land alles GENAU SO vorher überlegt und GENAU SO »privat« ausgesucht!

Sorry, aber so kann nur jemand argumentieren, der die strukturelle Diskriminierung von Frauen entweder nicht nachempfinden kann, weil er sie noch nie erlebt hat. Oder aber jemand, der um die Diskriminierung von Frauen auf dem Arbeitsmarkt sehr wohl weiß, diese aber unter allen Umständen unsichtbar machen möchte.

Ein Gender Pay Gap kommt selten allein

Nun ist es allerdings so, dass der grundsätzliche Gender Pay Gap, also der Verdienstausfall von rund 18 Prozent, die finanzielle Situation von Frauen gar nicht allein bestimmt. Dieser Gap hat nämlich jede Menge Kumpels mitgebracht, mit denen er sich ständig und genüsslich abklatscht, wodurch die Lücke immer größer und mächtiger wird. Steigen wir also ein in die Analyse und schauen uns seine Kumpels mal genauer an, um zu verstehen, warum der Gender Pay Gap wie er aktuell existiert, ein für alle mal unlearnt gehört.

Gender Boni Gap

Dazu schauen wir uns an, wie sich der Gender Pay Gap eigentlich berechnet – und was bei der Berechnung alles *nicht* mit einfließt: Die Berechnung der Lücke orientiert sich am durchschnittlichen Bruttostundenlohn von Hunderttausenden Männern und Frauen in den unterschiedlichsten Branchen in Deutschland. Die Lücke von 18 Prozent bedeutet also, dass Männer im Schnitt pro Stunde brutto 18 Prozent mehr verdienen als Frauen. In konkreten Zahlen heißt das, dass ein Mann aktuell im Schnitt 23,20 Euro pro Stunde verdient, eine Frau aber 19,12 Euro.[6] Bei dem aktuellen Durchschnittslohn von circa 4100 Euro brutto wären das im Schnitt 738 Euro brutto weniger. Jeden Monat. Im Jahr sind es dann brutto fast 9000 Euro weniger Einnahmen. Aufs ganze Erwerbsleben von etwa 40 Jahren hochgerechnet ist es dann eine hübsche kleine Summe von 360.000 Euro, was in einer mittelgroßen deutschen Stadt eine Eigentumswohnung wert wäre. So weit, so furchtbar.

Wusstet ihr aber, was bei der Berechnung des Gender Pay Gaps gar nicht mit abgefragt und somit auch nicht einberechnet wird? Extrazahlungen wie Boni oder bestimmte Funktionszulagen zum Beispiel. Und in welchen Tätigkeitsfeldern versüßen

Boni, Zusatzzahlungen und Co. häufiger das Gehalt? Richtig: Überproportional öfter in höheren Positionen, in denen – oh, welch ein Zufall – überproportional selten Frauen auftauchen. Sodass sich hier der Gender Pay Gap mit seinem Kumpel – nennen wir ihn Gender Boni Gap – abklatscht, wodurch die Lohnlücke noch viel größer wird.[7] Rechnet man den Punkt der fehlenden Extrazahlungen nämlich mit ein, dürfte der Gender Pay Gap aktuell etwa drei Prozentpunkte höher und damit bei 21 Prozent liegen.[8]

Migration Wage Gap

Kommen wir zu einem weiteren Kumpel des Gender Pay Gaps, den der Mainstream auch nicht zu kennen scheint. Oder habt ihr schon mal etwas vom sogenannten Migration Wage Gap (auch Immigrant Wage Gap genannt) gehört? Denn was bei der Berechnung der Lohnlücke ebenfalls nicht mit abgefragt wird und folglich auch nicht in die Gender-Pay-Gap-Statistik einfließt, sind Herkunft oder Hautfarbe der Arbeitnehmer*innen. Nun ist aus unzähligen Studien bekannt, dass ein Schmidt auf den Bewerbungsunterlagen einem Özgül oder eben auch einer Zykunov vorgezogen wird.[9] Aus Untersuchungen weiß man ebenso, dass ein *weißer* Schmidt einem Schwarzen Schmidt auf dem Bewerbungsfoto auch vorgezogen wird.[10] Und da selbst unter den sehr wenigen Frauen in den deutschen Vorständen nur ein Bruchteil – wenn überhaupt – eine nicht *weiße* Hautfarbe hat, ist davon auszugehen, dass der Gender Pay Gap zwischen den Frauen selbst je nach Herkunft oder Hautfarbe auch noch mal ganz unterschiedlich ausfällt. Daraus ergibt sich folglich ein Gender Migration Wage Gap, der in Deutschland aber – oh Wunder – sehr wenig erforscht ist.[11]

Wenn also eine *weiße* Frau in Deutschland schon im Schnitt 18,3 Prozent weniger verdient als ein *weißer* Mann, wie viel weniger verdient denn dann eine Frau mit Migrationsgeschichte oder eine Frau of Color im Vergleich zu einer *weißen* Frau? Schätzungen zufolge noch mal 20 (!) Prozent weniger![12]

Ja, Moment, höre ich schon die skeptischen Stimmen, *im Ausland sind aber nun mal die Abschlüsse und Arbeitsplätze andere. Da ist es kein Wunder, dass Frauen aus dem Globalen Süden oder der ehemaligen Sowjetunion in Deutschland schlechter bezahlt sind.* Ich erspare euch jetzt die ganzen Zahlen über völlig überqualifizierte Ingenieur*innen aus Afghanistan oder Ärzt*innen aus Syrien, die in unserem vom Fachkräftemangel gebeutelten Land als Taxifahrer*innen, Putzkräfte oder höchstens Pfleger*innen arbeiten. Aber schauen wir uns als Antwort auf dieses fremdenfeindliche Argument ausnahmsweise den »bereinigten« Migration Pay Gap an, der ja wirklich nur dann die Gehälter ausländischer mit deutschen Frauen vergleicht, wenn sie tatsächlich gleiche Abschlüsse, Berufserfahrung und Positionen innehaben. Und jetzt ratet doch mal, wie dieser bereinigte Migration Wage Gap zwischen diesen gleich qualifizierten Frauen aussieht: Der liegt immer noch bei 17,6 Prozent![13]

Heißt: Eine Frau mit migrantischen Wurzeln oder Schwarzer Hautfarbe verdient hierzulande 17,6 Prozent weniger als eine *weiße* Frau mit bio deutschem Vornamen – und das trotz gleicher Qualifikation, trotz gleicher Berufserfahrung, trotz gleicher Position! Und das in einem Land, das händeringend nach Fachkräften sucht. Wow.

Dabei stützen Fach- und Arbeitskräfte mit einer internationalen Geschichte schon jetzt zu einem Großteil das gesellschaftliche Fundament unseres Landes. In den Reinigungsberufen haben aktuell 55 Prozent aller Mitarbeitenden migrantische Wurzeln, im Einzelhandel 27 Prozent, in der Medizin 21 Prozent und in der Pflege satte 30 Prozent.[14] »Menschen mit internationaler Familiengeschichte arbeiten jeden Tag hart daran, dass diese Gesellschaft funktionsfähig bleibt«,[15] fasste es der Rassismusforscher Karim Fereidooni von der Ruhr-Universität Bochum kürzlich zusammen. Wie kommt es dann aber, dass wir diesen Menschen, der tragenden Säule unserer Gesellschaft, so viel weniger Lohn für ihre ebenso harte Arbeit zahlen wollen?

Klar, die 18,3 Prozent Gender Pay Gap einerseits und die 17 bis 20 Prozent Gender Migration Wage Gap andererseits lassen sich statistisch gesehen nicht einfach so aufaddieren, zumal es in Deutschland eine peinlich dünne Zahlenlage dazu gibt. Man kann sich aber behelfen, indem man zum Beispiel Zahlen und Artikel aus dem US-amerikanischen Raum sichtet: Dort wird geschätzt, dass bei dem aktuell existierenden 20 Prozent Gender Pay Gap zwischen *weißen* Männern und *weißen* Frauen im Vergleich dazu Frauen of Color oder hispanische Frauen aufgrund von Gender und Migration Pay Gap im Schnitt sogar 35 bis 38 Prozent[16] weniger in der Stunde verdienen. Wendet man diese Zahlen näherungsweise auf Deutschland an, wären wir bei Frauen of Color oder Frauen mit migrantischen Wurzeln auch irgendwo bei einer Lücke von über 30 Prozent weniger Lohn im Vergleich zu *weißen* deutschen Männern.

Diese Zahlen sind wirklich keine Lappalie, keine Randnotiz, die nur auf einen Bruchteil der Bevölkerung zutrifft. Nein. Hierzulande hat mittlerweile fast jede*r Dritte migrantische Wurzeln. Das bedeutet, dass diese 30 Prozent Lohnunterschied im Schnitt auf fast jede dritte in Deutschland lebende Frau zutreffen müssen! Und folglich fast jede dritte Frau in Deutschland nicht nur von 18,3 Prozent, sondern locker von 30 Prozent Gender Pay Gap betroffen ist.

Weight Wage Gap

Machen wir munter weiter mit den gruseligen Gender Gaps, die dem Gender Pay Gap freundlicherweise zuarbeiten. Habt ihr schon mal etwas von der *Weight Wage Penalty* gehört? Verschiedene Untersuchungen belegen, dass vermeintlich »übergewichtige« Menschen weniger verdienen als normschön gewichtige Personen.[17] So weit, so abgefuckt. Nun stellen neueste Studien fest, dass diese sogenannte *Weight Wage Penalty* offenbar nur für Frauen gilt: Dicke Männer bekommen einem aktuellen Artikel des britischen Wirtschaftsmagazins *The Economist*[18] zufolge offenbar fast genau so viel Geld wie normschön gewichtige Männer. Dicke Frauen aber müssen in Ländern wie den USA, Großbritannien, Kanada oder Dänemark bis zu 10 Prozent an Gehalt einbüßen.

Das ist schon für *weiße* Frauen nicht zu ertragen, bei Frauen of Color summieren sich die ganzen Diskriminierungsformen dann noch mal auf so menschenverachtende und rassistische Art und Weise zusammen, dass ich gar nicht weiß, auf welches Couchkissen ich zuerst einprügeln soll. Denn wusstet ihr, dass besagte *Weight Penaltys*, die sogenannte *Diet Culture* – also unser fast schon besessenes Bestreben nach Schlankheit – und überhaupt unsere ganze anerzogene Diskriminierung dicken Menschen gegenüber auch einen rassistischen Ursprung haben? Dass der Körperkult ums Dünnsein der *weißen* europäischen Frau auch deswegen begann, um sich von den vermeintlich »dicken Schwarzen Frauen« abzugrenzen? Diese Parallelen zog erst vor wenigen Jahren die US-amerikanische Soziologin und Professorin Sabrina Strings in ihrem preisgekrönten Buch *Fearing the Black Body: The Racial Origins of Fat Phobia.*[19] Strings argumentiert darin, dass die Fettphobie des Globalen Nordens rassistische Wurzeln hat, da Dicksein aus tiefstem Rassismus heraus primär mit Schwarzen Frauen und Sklavinnen in Verbindung gebracht wurde. Völlig unabhängig davon, dass die Körperfülle nichts mit der Hautfarbe zu tun hat. Aber weil sich *weiße* Europäer*innen oder Nord-Amerikaner*innen nach jahrhundertelangem Völkermord an People of Color äußerlich über diese Sklav*innen stellen wollten, entstand die Kultur des Schlankseins – um sich auch optisch von Schwarzen Frauen zu »distanzieren«.

Auch diesen beschämenden und zutiefst menschenverachtenden Folgen der rassistischen Kultur und Sozialisation von uns *weißen* Europäer*innen müssen wir uns stellen, wenn wir über den Gender Pay Gap sprechen. Denn der Gender Pay Gap diskriminiert *weiße* Frauen; der Gender Pay Gap diskriminiert noch mehr dicke *weiße* Frauen; der Gender Pay Gap diskriminiert noch mehr Frauen of Color; und der Gender Pay Gap diskriminiert noch mehr dicke Frauen of Color. High five Gender Pay Gap, *Body Shaming*, Rassismus und der ganze andere widerlich rassistisch-misogyne Scheiß.

Class Pay Gap

Sorry, aber wir sind leider noch lange nicht am Ende. Ich habe es ja gesagt, der Gender Pay Gap hat viele Kumpels, die sich aber zu gern vor den Blicken der Öffentlichkeit verstecken, um den großen Kumpel, den Gender Pay Gap, ganz unschuldig und klein dastehen zu lassen. Kommen wir also zu seinem nächsten Buddy: Eine aktuelle Untersuchung hat vor Kurzem einen neuen Pay Gap offenbart, nämlich den sogenannten Class Pay Gap.

In Großbritannien verdienen Menschen mit akademisch gebildeten Eltern nämlich 13 Prozent mehr als ihre gleich qualifizierten Kolleg*innen aus Familien ohne diesen Hintergrund. Der Unterschied beträgt 7680 Euro im Jahr.[20] Klare Sache, dass das Gefälle zwischen Männern und Frauen noch mal größer ist: Töchter von unstudierten Eltern verdienen sogar 10.804 Euro weniger als ihre gleich qualifizierten männlichen Kollegen mit studierten Eltern.[21] Und Frauen of Color ohne Eltern mit Hochschulabschluss liegen noch mal ein paar Tausend Euro drunter.

High five also auch hier zwischen Gender Pay Gap, Class Pay Gap und Migration Pay Gap.

Dass diese Zahlen aus Großbritannien stammen, spielt übrigens keine Rolle. Sie lassen sich laut der Unternehmensberaterin und Klassismusexpertin Natalya Nepomnyashcha locker auf Deutschland übertragen, da wir eine vergleichbare gesellschaftliche Struktur, Kultur und Wirtschaftsform haben.[22] In einem Punkt können wir uns mit den Briten dann aber doch nicht vergleichen: Immerhin erheben sie solche Zahlen, hierzulande sucht man Nepomnyashcha zufolge nach deutschlandweiten Erhebungen zum Class Pay Gap aktuell leider vergebens.

Gender Tax Gap, die Erste

Kleines Zwischenfazit: Du besitzt als Frau also ganz grundsätzlich aufgrund der ganzen Gender-Gap-Bros weniger Geld – und wirst dir dann bei größeren Anschaffungen zwangsläufig mehr Geld von der Bank leihen müssen. Aber wusstet ihr, dass Frauen Kredite zu schlechteren, sprich teureren Konditionen erhalten als Männer?[23] Das hat das Vergleichsportal Verivox 2020 errechnet. Den günstigsten Zins bekamen in der Untersuchung mehr als zwei Drittel aller männlichen Antragsteller, bei den Frauen waren es lediglich die Hälfte.[24]

Ach, und wenn wir schon bei Banken und Finanzen sind – wollen wir uns noch kurz das deutsche Steuersystem und die darin enthaltenen – nennen wir sie Gender Tax Gaps – anschauen? Wusstet ihr nämlich, dass unser Steuersystem nicht nur ein Bürokratiemonster, sondern auch extrem sexistisch ist, Frauen, Mütter und besonders Alleinerziehende benachteiligt und in Teilen sogar höher besteuert, obwohl sie sowieso schon weniger besitzen? Oder wie lässt es sich sonst erklären, dass sich Wege zur Arbeit etwa von der Steuer absetzen lassen, Wege zur Kita oder Schule aber nicht? Auch von steuerfreien Zuschlägen für etwa Nacht- oder Sonntagsschichten profitieren Männer im Schnitt sogar doppelt so oft wie Frauen,[25] weil Frauen und gerade Alleinerziehende ihre Kinder nachts, Sonntags oder an Feiertagen nun mal schlecht allein lassen können. Und ja, das trifft sicher auch auf die alleinerziehenden Väter zu, aber wir dürfen nicht vergessen, dass in neun von zehn Trennungen die Kinder bei der Mutter und nicht beim Vater leben und folglich meist sie und nicht er solche Probleme hat.

Der größte sexistische Steuerklopper für Frauen ist aber immer noch das sogenannte Ehegattensplitting (auch wenn es seit 2013 auch für gleichgeschlechtlich verheiratete oder verpartnerte Menschen gilt). Konzipiert ist es als Steuervergünstigung für traditionelle Familien, die seit 1958, also seit mehr als einem halben Jahrhundert, existiert und Paare dafür belohnt, wenn jemand in der Beziehung, in den allermeisten Fällen die Frau, ganz wenig bis gar nicht erwerbsarbeitet oder aber schlecht verdient. Und in den allermeisten Fällen Männer dafür belohnt, wenn sie ganz viel erwerbsarbeiten und ihre Frauen massiv finanziell von sich abhängig machen.

Gähn, ich weiß, ich kann das Thema selbst schon nicht mehr hören. Nur wisst ihr, wie viel der Staat tatsächlich springen lässt, um Frauen in diese finanzielle Abhängigkeit zu locken? Bis zu 10.000 Euro pro Haushalt und Jahr, in manchen Fällen sogar mehr! Satte 20 Milliarden Euro werden dafür jährlich vom Steuerzahler lockergemacht. Das böse Erwachen nach einer Trennung für Frauen ist umso übler. Was das Ehegattensplitting bedeuten kann, wenn man plötzlich *nicht* mehr verheiratet ist? Die Autorin Anne Dittmann zitiert dazu in ihrem Buch *Solo, selbst & ständig* Reina Becker, die Steuerberaterin und alleinerziehende Mutter von zwei Kindern ist. Dittmann beschreibt, wie Beckers Familie vor dem Tod ihres Mannes 35 Prozent Einkommensteuer auf ihr gemeinsames Haushaltseinkommen zahlen musste. Als

Becker dann aber tragischerweise alleinerziehend wurde, das Ehegattensplitting nicht mehr griff und das Gehalt des verstorbenen Mannes wegbrach, musste sie nicht etwa weniger, sondern plötzlich viel mehr Geld abdrücken: nämlich 42 Prozent ihres Einkommens![26] Von dem sie als Alleinerziehende sowieso schon viel weniger hatte.

Sie waren doch aber immer noch eine Familie aus Mutter, Kind und Kind. Ja, das waren sie. Das deutsche Steuerrecht begünstigt aber nur »echte« Familien, nämlich mit zwei Elternteilen. Wären sie so eine Familie, hätten sie 4000 Euro mehr pro Jahr in der Tasche! Die 1960er-Jahre haben angerufen, sie wollen ihr Familienbild zurück.

Laut Finanzaufklärungspäpstin Helma Sick wendet übrigens kein anderes europäisches Land außer Deutschland noch exakt so dieses antiquierte, Frauen in alte Rollenbilder und finanzielle Abhängigkeiten pressende steuerpolitische Werkzeug an.[27] Und: Kaum ein anderer Staat der 38 OECD-Länder besteuert Alleinerziehende so hoch wie Deutschland: Die Durchschnittsbesteuerung der OECD-Länder für Einelternfamilien liegt nämlich bei 15,3 Prozent,[28] hat Anne Dittmann recherchiert. Und Deutschland? Nimmt einfach mal das Doppelte, und zwar 31,5 Prozent!

Wir müssen uns an dieser Stelle ganz deutlich vor Augen führen, dass Deutschland seit vielen Jahren Müttern und Alleinerziehenden gegenüber eine extrem feindliche Steuerpolitik betreibt, sodass sich der Gender Tax Gap (in Form des Ehegattensplittings) und der Gender Pay Gap dabei die Hand geben: Erst wird man als Ehefrau und/oder Mutter durch die hohen Steuervorteile dazu verführt, sich finanziell vom Mann abhängig zu machen – was eine Trennung (gerade bei gewaltvollen Beziehungen) um einiges schwieriger macht –, um danach vom Staat steuerlich abgestraft zu werden, weil man sich doch getrennt hat.

Die Absurdität dieses Zusammenhangs zeigt sich besonders

eindrucksvoll beim Blick auf die Erwerbszahlen von Alleinerziehenden: So gehen je nach Umfrage aktuell mehr als drei Viertel aller alleinerziehenden Mütter arbeiten,[29] und davon fast die Hälfte in Vollzeit oder mit 28 bis 36 Stunden.[30] Gleichzeitig sind Haushalte mit alleinerziehenden Müttern von allen Familienformen aber am häufigsten von Armut betroffen.[31] So viel also zu einer Bundespressekonferenz Ende 2023, bei der unser Finanzminister Christian Lindner einfach mal behauptete,[32] Alleinerziehende müssten »einfach« mehr arbeiten, um aus der Armut zu kommen. Was absurd ist, da Alleinerziehende ja offensichtlich sehr viel erwerbsarbeiten und trotzdem arm sind und arm bleiben. Christian Lindner sollte sich stattdessen mal dringend mit der eigenen patriarchal geprägten Finanzpolitik – also dem strukturellen Problem dahinter – beschäftigen, statt die Schuld bei den individuellen Opfern dieses Systems zu suchen.

Gender Kinderkrankentage Gap

In eine ähnlich antiquierte Kerbe wie das Ehegattensplitting schlagen übrigens auch unsere Gesetze, die die sogenannten Kinderkrankentage regeln und den Gender Pay Gap noch weiter vergrößern. Denn was die wenigsten wissen: Die Gesetze zum Kinderkrankengeld nötigen Mütter, beim kranken Kind zu bleiben – und erschweren es Vätern, das zu tun.

Aktuell ist es so: Es gibt zwar den für sämtliche Sorgetragenden superwichtigen Paragrafen 616 BGB, der garantiert, dass man bei einem kranken Kind fünf Tage im Jahr zu Hause bleiben kann und das bei – Achtung – vollem Gehalt, unabhängig vom Versicherungsstatus.[33] Aber erstens: Alle, die schon mal ein Kind in der Bazillenhochburg – aka Kita – eingewöhnt haben, müssen bei der Begrenzung von fünf Kinderkrankentagen pro Jahr wahrscheinlich sehr schrill lachen. Zweitens kennt diesen Paragrafen leider eh kein Mensch, und drittens versuchen viele Arbeitgeber*innen, die diesen Paragrafen sehr wohl kennen, diesen im Arbeitsvertrag vorsorglich schon mal streichen zu lassen.

Was hingegen die meisten Eltern kennen, sind die klassischen sogenannten Kinderkrankentage und das dazugehörige Kinderkrankengeld, das man beantragen kann, wenn das Kind mit Fieber oder anderem Kram zu Hause bleiben muss. Angestellte Elternteile bekommen dabei in den meisten Fällen nicht ihr volles Gehalt erstattet, sondern je nach Branche und Angestelltenverhältnis nur 70 bis 90 Prozent des ausgefallenen Nettoeinkommens.[34] Das allein ist schon absurd: Du sitzt im Büro, im Lager, an der Kasse? Hier ist dein volles Gehalt. Du pflegst dein krankes Kind zu Hause, damit es in Kita und Schule niemanden ansteckt? Dann bekommst du weniger Geld, ha! Bist selbst schuld, wenn du Kinder in die Welt setzt! Hier zeigt sich besonders eindrucksvoll, dass Erwerbsarbeit offensichtlich mehr wert ist als Care-Arbeit.

Absurd ist übrigens auch, dass man als angestellte Arbeitnehmer*in auch abgestraft wird, wenn das eigene Kind im Urlaub krank geworden ist: Wird man selbst während des Urlaubs krank, kann man die durch Krankheit nicht genutzten Urlaubstage nachholen. Wird aber das Kind während des Urlaubs krank, hat man Pech gehabt.[35] Diese Urlaubstage zählen dann trotzdem als genommen. Ganz ehrlich: Das kann nur jemand entschieden haben, der noch nie mit einem fiebernden, alles im Hotel vollspuckenden Kleinkind im Urlaub war.

Zurück zu den Kinderkrankentagen und den 10 bis 30 Prozent Lohneinbußen: Bei dieser finanziellen Abstrafung verliert ja die Person mehr Haushaltseinkommen, die mehr verdient. Weil bis zu 30 Prozent von einem 300-Euro-Tageslohn mehr ist als bis zu 30 Prozent von einem 100-Euro-Tageslohn. Folglich ist es für eine Familie finanziell besser, wenn immer der Elternteil beim kranken Kind bleibt, der weniger verdient. Wer mag das in heterosexuellen Beziehungen in den allermeisten Fällen bloß sein?

Noch ein Absurdum: Wer viel verdient – meist der Mann –, entscheidet sich ja oft für eine private Krankenversicherung. Und jetzt ratet doch mal, ob Privatversicherte Anspruch auf eine Kinderkrankenlohnfortzahlung haben? Fehlanzeige! Mehr noch: Sie haben (abgesehen vom oben genannten Paragrafen 616 BGB) gar keinen gesetzlichen Anspruch darauf, überhaupt die klassischen Kinderkrankentage zu nehmen! Warum auch? Schließlich sollte sich kein gut verdienender privatversicherter Ernährer mit so etwas Niederem wie Kinderkrankentagen herumplagen. Soll das mal schön die gesetzlich versicherte Teilzeitmutti machen, schließlich bringt er ja das Geld nach Hause und nicht sie.

Wie kann das alles sein? Tja, das passiert, wenn ein System mit all seinen politischen Werkzeugen, Gesetzgebungsverfahren und wirtschaftlichen Prozessen seit Jahrhunderten von überwiegend mittelalten, heterosexuellen cis Männern bestimmt wird und Frauen nicht an den Entscheidertischen sitzen. Folglich sie, ihre Bedürfnisse, Lebensumstände und Lebenswelten nicht bedacht werden und somit auch nicht die Bedürfnisse, Lebensumstände und Lebenswelten ihrer Kinder, wenn vorhanden. Und einem diese riesige Ungerechtigkeit erst dann auffällt, wenn die private Care-Arbeitskacke schon so richtig am Dampfen ist. Und wenn man mit einem Durchfall-Kind, Deadlines, einem verständnislosen Chef und einem Mann auf Dienstreise ganz andere Probleme hat, als flammende Petitionen gegen die patriarchal durchseuchten Regelungen bei der Kinderkrankenlohnfortzahlung zu starten. Also bleibt alles so, wie es ist.

So ist es nicht verwunderlich, dass diese von Männern für Männer gemachten Gesetze ihren Zweck erfüllen: Denn wer meldet sich aktuellen Studien zufolge hierzulande öfter krank, wenn die Kinder gesundheitlich schwächeln, und setzt damit langfristig sein berufliches Vorankommen und seine finanzielle Unabhängigkeit aufs Spiel? Zu 70 Prozent die Mütter.[36] High five Gender Kinderkrankentage und Gender Pay Gap.

Wir fassen zusammen: Einerseits wollen angeblich mehr oder weniger alle Parteien (außer der AfD) mehr Väter in der Care-Arbeit sehen. Andererseits sind genau die politischen Werkzeuge, die so etwas wie Lohnersatz für Care-Arbeit regeln – also etwa Kinderkrankengeld –, so angelegt, dass es für die Familie »lukrativer« ist, wenn der Vielverdiener sie gar nicht erst beantragt. Und wir damit das Märchen weitertradieren, dass ein krankes Kind zur Mutter gehört und nicht zum Vater. Und die Mutter in Gender-Gap-Geiselhaft gefangen bleibt.

Expert*innen wie die Rechtsanwältin Sandra Runge fordern bereits seit Langem, das Kinderkrankengeld zu 100 Prozent auszugleichen. Wenn es die Politik wirklich ernst meint mit dem Mehr-Männer-in-Care-Arbeit, muss sie die Reformen solcher Regelungen und Gesetze endlich auf die politische Agenda setzen. Doch diese Forderungen finden aktuell auf keinem familienpolitischen Gipfel statt (Gipfel – schön wär's!) und stehen auf keiner politischen Agenda.

Gender Tax Gap, die Zweite

Kommen wir zurück zum Gender Tax Gap, drehen hier noch eine letzte Runde und begeben uns zu einer anderen steuersexistischen Beobachtung: Vermögen, Finanzanlagen, Immobilien sind in Deutschland zu einem überwiegenden Teil in männlicher Hand. Frauen hingegen verdienen ihr Geld fast ausschließlich »nur« mit Erwerbsarbeit. Was für ein komischer Zufall also, dass gerade dieses hohe Vermögen von unserem Steuersystem so viel niedriger taxiert wird als das normale Erwerbseinkommen, oder?

»Es gibt kaum ein Land auf der Welt, das Arbeit stärker und Vermögen – inklusive Erbschaften und Schenkungen – geringer besteuert als Deutschland«, sagt der Präsident des Deutschen Instituts für Wirtschaftsforschung Marcel Fratzscher. Er weist auf die Absurdität hin, dass Erwerbseinkommen hierzulande zwar mit 30 Prozent und mehr besteuert werden, Vermögen wie Immobilien bei Erbschaften etwa aber lediglich mit gerade mal 3 Prozent.[37] Was für ein weiterer komischer Zufall ist es dann, dass Männer hierzulande auch deutlich öfter und deutlich mehr erben als Frauen, Tendenz steigend.[38] Warum? Weil Töchter, Enkelinnen und Co. bei Schenkungen einfach seltener bedacht werden als Söhne und Enkel, und selbst wenn sie dann doch etwas erben, sind die Immobilien weniger wert. In der Soziologie ist hier mittlerweile von einem Gender Gift Gap[39] die Rede. Und so müssen wir dringend darüber sprechen, dass niedrige Steuern auf Vermögen, Schenkungen und Co. nicht nur eine Begünstigung von reichen Menschen bedeuten, sondern daraus folgend meist auch eine Begünstigung von reichen Männern. Wir sollten uns ernsthaft fragen, mit welcher Begründung das Steuersystem an so einer Begünstigung weiter festhalten will. Und wie groß der Aufschrei wäre, wenn es andersherum plötzlich hieße: Achtung, Achtung – unser Steuersystem begünstigt massiv Frauen! Würden die Menschen dann ruhig in ihren Wohnzimmern sitzen oder wären alle bereits auf die Barrikaden, in den Bundestag und auf die Zeitungstitelseiten geklettert? Wo bleibt dieser Aufschrei denn aber aktuell?

»Unser Steuersystem benachteiligt Lebensrealitäten, in denen sich vor allem Frauen befinden«, schrieb Lisa Paus vor drei Jahren, als sie noch nicht Bundesfamilienministerin war. »Und bevorteilt Lebensumstände, die vor allem für Männer gelten. Das Ergebnis ist: Das Steuersystem wirkt sexistisch.«[40] Schon vor zwei Jahren forderte sie daher ein feministisches, gendergerechtes Steuersystem. Ob das wohl unter einem Christian Lindner als Bundesfinanzminister kommen wird? Ich jedenfalls würde mein Gender-Pay-Gap-gebeuteltes Gehalt nicht darauf verwetten.

Das große Finale – Gender Pension und Gender Lifetime Earnings Gap

Ob wir jetzt mal langsam genug Gender-Pay-Gap-Kumpels kennengelernt haben? Fast. Denn jetzt kommen als großes Finale der Gender Pension Gap (deutsch: Renten-Gap) gepaart mit dem Gender Lifetime Earnings Gap (deutsch: Lebenseinkommens-Gap) ins Spiel, die am Ende des finanziell geplagten Lebens der Frau den Gnadenstoß verpassen: Denn weil viele Frauen (viel) weniger verdienen als ihre Partner, neigen gerade diese Paare dazu, dass sie reduziert und in Teilzeit arbeitet und nicht er, wodurch er seine Karriere und seinen Verdienst über die Jahre noch weiter ausbaut und der anfangs vielleicht noch nicht ganz so große Gender Pay Gap von 18 Prozent sich zu einem hässlichen Gender Pension Gap von aktuell zwischen 32 Prozent[41] und unfassbaren 49 Prozent[42] aufsummiert. Was nichts anderes bedeutet, als dass Frauen im Schnitt etwa die Hälfte an Rente bekommen, verglichen mit Männern.

Dieser Gender Pension Gap geht dann schlussendlich in den ebenso hässlichen handfesten Gender Lifetime Earnings Gap über, also was eine Frau im Vergleich zu ihrem Partner am Ende eines Lebens an Lebenseinkommen verdient haben wird. Ebendieser Gender Lifetime Earnings Gap liegt im Schnitt in Deutschland aktuell nicht etwa bei den »bereinigten« 6 Prozent; er liegt auch nicht bei den »unbereinigten« 18,3 Prozent; oder bei den unbereinigten durch sämtliche diskriminierenden Kumpel-Gaps verursachten rund 30 Prozent; sondern bei der Generation von Frauen, die heute in den Dreißigern sind, bei sage und schreibe bis zu 45 Prozent! Hast du dann auch noch Kinder – und das wird jetzt sehr vielen wehtun –, werden die Zahlen noch gruseliger: Bist du eine Frau Mitte 30, lebst in Westdeutschland und hast Kinder, wirst du bis zur Rente durchschnittlich etwa 580.000 Euro brutto verdient haben. Bei deinem männlichen Pendant, einem Mitte 30-jährigen Vater, werden es im Schnitt 1,5 Millionen Euro sein. Was für Mütter einen finalen Verlust im Lebenseinkommen von sage und schreibe 62 Prozent bedeutet.[43]

Und so plädieren Wissenschaftler*innen immer mehr dafür, nicht mehr den Gender Pay Gap als Indikator für die Gleichstellung von Mann und Frau heranzuziehen – und ihn damit offiziell zu unlearnen –, sondern den Gender Pension oder den Gender Lifetime Earnings Gap, die beide eben nicht bei 18 Prozent liegen, sondern je nach Berechnung aktuell bei etwa 45 bis 62 Prozent[44] und damit bei ungefähr der Hälfte dessen, was Männer bekommen werden.

Was bedeutet das alles? Wenn ihr also eine einzige Zahl aus diesem Text mitnehmt, dann bitte diese: Wenn man wirklich versucht, so viele *Lebensrealitäten* von Frauen wie möglich und damit auch mögliche Mehrfachdiskriminierungen einzubeziehen, dann vergesst diesen ganzen 18-Prozent-Gender-Pay-Gap-Bullshit. Frauen bekommen im Schnitt aktuell in Deutschland einfach mal *die Hälfte* an Lohn, verglichen mit Männern. Sie werden am Ende ihres Lebens dafür *die Hälfte* der Rente bekommen, verglichen mit Männern, und somit bis zu ihrem Tod *die Hälfte* an Lebenseinkommen erwirtschaftet haben, verglichen mit Männern. Sie sind zwar die Hälfte der Bevölkerung dieses Landes, bekommen aber nur *die Hälfte* dessen, was ihnen eigentlich zusteht.

Das ist unserer Gesellschaft die Erwerbsarbeit von Frauen wert. *Das* ist die wirkliche Lücke des Gender Pay Gaps. *Das* ist die Realität, in der wir heute leben. Eine schreiende Ungerechtigkeit, die aber trotzdem für keinen Aufschrei sorgt.

Hier also ein Vorschlag: Vielleicht sollten wir Frauen einfach nur noch die Hälfte für unsere Miete zahlen, die Hälfte für unsere nächste Urlaubsbuchung, für unsere Kleidung, für unsere Lebensmittel an der Kasse, für die Heizungsrechnung und auch nur noch die Hälfte an Steuern. Ein Frauenrabatt quasi als Ausgleich für die Hälfte an Lohn, die wir ja jetzt schon tagtäglich verlieren. Vielleicht würde dann der Aufschrei endlich kommen. Vielleicht würde die Debatte um die Behebung des Gender Pay Gaps dann endlich ernsthaft geführt werden. Bis es so weit ist, würden Frauen einfach nur noch die Hälfte für alles bezahlen. Ich fände das sehr effektiv. Wer ist dabei?

unlearn krieg und genozid

Melina Borčak

Triggerwarnung
In diesem Text geht es um Genozide und sexuelle Gewalt. Die Triggerwarnung gilt für traumatisierte Menschen, nicht als Ausrede für das Ignorieren »harter« Themen. Also wenn du keine posttraumatische Belastungsstörung (PTBS) hast, bitte lesen!

In der Asche eines zerbombten, abgebrannten Hauses mischen sich die verkohlten Überreste von mindestens 71 Menschen. Es sind Bosniak*innen, also bosnische Muslim*innen, die von serbischen Nationalisten lebendig verbrannt wurden. Frauen, Kinder, Babys und alte, kranke Männer. Eine junge Mutter umarmte ihre nur zwei Tage alte, neugeborene Tochter, die noch nicht mal einen Namen hatte. So verbrannten sie gemeinsam – mitten in Europa, 1992. Sie wurden Opfer des letzten Genozids an Bosniak*innen, von 1992 bis 1996.

Genozid ist im internationalem Recht das ultimative Verbrechen. Trotzdem wird dieses Thema dermaßen vernachlässigt und ignoriert, dass die meisten Menschen in Deutschland – inklusive der meisten Journalist*innen und Politiker*innen – nicht mal wissen, was genau es ist. Das ist bitter, insbesondere im Land der Erinnerungskultur und des vermeintlichen »Nie wieder«. Genozid bedeutet nicht »viel töten«. Die Definition nach der UN-Genozidkonvention ist, vereinfacht: eine oder mehrere Taten, die verübt werden mit dem Ziel, eine Gruppe Menschen ganz oder teilweise auszurotten. Dies geschieht durch Morde, aber auch Zwangssterilisationen, das Überführen von Kindern der Gruppe in eine andere, das Erschaffen von Umständen, die ein Überleben unmöglich machen (zum Beispiel Hungersnöte, das Abstellen von Wasser, Strom und vieles mehr).

Dies ist nicht die einzige Definition von Genozid, sondern die einflussreichste, mächtigste, da sie in der Genozidkonvention der Vereinten Nationen steht. Für 1948, als diese Konvention geschrieben wurde, war es ein revolutionärer erster Schritt. Aber: Es war eben nur ein erster Schritt – und weitere gab es bisher kaum. Dabei leiden Frauenrechte. Die sind ja nicht mal heute auf der Stufe, auf der sie sein sollten, und 1948 war es noch viel, viel schlimmer. Insbesondere Verbrechen an Frauen wurden beim Schreiben der Genozidkonvention nicht genug mitgedacht. So fehlen zum Beispiel genozidale Elemente, die explizit misogyn sind. Ich mache oft Lesungen oder Workshops zum Thema und frage dann, was der erste Genozid war, der von internationalen Gerichten als solcher eingestuft wurde. Da kommen Antworten wie »der Genozid in Namibia« oder »der Holocaust«. Die traurige Wahrheit ist, dass keiner von beiden jemals durch internationale Gerichte als Genozid eingestuft wurde. Denn das gilt nur für drei Genozide in der gesamten Geschichte der Welt: Ruanda, Bosnien, Kambodscha. Das war's.

Die Verantwortung zur Einstufung von Genoziden liegt also weder bei Gerichten noch bei Regierungen, sondern bei Genozidexpert*innen, die nach anerkannten Methoden der Genozidwissenschaft arbeiten. Und selbst wenn Gerichte einen besseren Job machen würden, wäre die Einstufung noch immer die Aufgabe von Genozidexpert*innen. Denn Gerichte kommen erst ins Spiel, wenn das Verbrechen bereits passiert ist. Sie sind dafür da, die strafrechtliche Verantwortung individueller, konkreter Täter*innen festzustellen und das Strafmaß festzulegen. Wenn wir uns auf Gerichte verlassen würden, müssten wir also jeden Genozid erst mal geschehen lassen und warten, dass Menschen systematisch vernichtet werden – und uns hinterher aufs hohe Ross setzen und so tun, als wären wir voll geschockt und würden Menschenrechte achten. Wer Menschenrechte wirklich achtet, unternimmt schon früher etwas – während der Genozid passiert oder noch besser davor, wenn die ersten Vorbereitungszeichen erkennbar sind.

So sollte es laufen: Genozidexpert*innen stellen fest, ob etwas ein Genozid ist oder werden könnte, UN und Regierungen stoppen ihn, Gerichte bestrafen die Täter*innen, Medien und Bildungsinstitutionen fördern Erinnerungskultur. In der Praxis ist es aber so: Genozidexpert*innen warnen vor einem passierenden oder potenziellen Genozid. Regierungen und UN machen Statements, wie »besorgt« sie sind, um nicht eingreifen zu müssen. Gerichte machen nichts, verurteilen niemanden. Medien weigern sich, den Begriff Genozid zu nutzen, weil sie nicht mal wissen, was er bedeutet und finden, es wäre so ein »harter«, »kontroverser« Begriff. Außerdem haben die Kolleg*innen vom anderen Sender es auch nur »Massaker« oder »Konflikt« genannt, also kann man's abschreiben und Feierabend machen.

Keine ausreichenden Gesetze

Ein Frühlingstag 1992 in Višegrad, Bosnien. Ein Nachbar klopft an der Tür von Bakira Hasečić. Er hat 15 Männer mit dabei – manche sind Soldaten aus dem Nachbarland Serbien, andere lokale

Kollaborateure. Sie marschieren in Bakiras Haus, rauben ihre Familie aus und fangen an, ihre Tochter, eine Teenagerin, zu vergewaltigen. Bakira springt auf ihre Rücken, versucht, die bewaffneten Männer wegzuzerren. Vergeblich. Dann wird auch sie vergewaltigt, vor den Augen ihres Mannes und ihrer Tochter.

»Sie verhielten sich wie Bestien, die auf uns Jagd machten«, erzählte Bakira in einem Interview. »Einer von ihnen, milan lukić,* kannte mich gut. Ich hatte seiner Familie vor dem Krieg geholfen und sie unterstützt. Meine eigenen Freunde, denen ich vertraut hatte, wurden zu Monstern. Es war, als hätten wir uns nie wirklich gekannt. Bis dahin wusste ich nicht, wozu sie fähig waren, nur weil wir unterschiedliche Religionen hatten.«[1] Bakira ist Bosniakin, also bosnische Muslima. Die Vergewaltiger waren Serben, also Christen. Wenn in Deutschland überhaupt mal an diese Verbrechen erinnert wird, dann werden die Opfer als Muslim*innen und die Täter*innen als Serb*innen benannt. Einmal Religion, einmal Ethnie – so kann man es schön von sich wegschieben. Es wäre aber kathartisch für Europa, die Täter*innen endlich als *weiße*, europäische Christ*innen zu erkennen, statt sie immer nur mit einer Ethnie zu verbinden, die den meisten auf dem Kontinent fern scheint.

Der Vergewaltiger, milan lukić, ist das gleiche Monster, der das namenlose Baby und 70 andere Bosniak*innen bei lebendigem Leib verbrannte. Und das war »nur« ein Fall – Višegrad ist bekannt für solche »lebenden Scheiterhaufen«, in denen Bosniak*innen lebend verbrannt wurden.

Seit Jahrhunderten träumen serbische Nationalist*innen von

---

* Manche Namen schreibe ich klein, weil ich finde, dass die Inhaber*innen dieser Namen nicht mal einen großen Buchstaben verdient haben: Scheinheilige, Verbrecher*innen, scheinheilige Verbrecher*innen und Leute, die mich ankotzen.

»Großserbien«. Immer wieder wurden in staatlichen Dokumenten die Pläne für die Erschaffung des Reiches akribisch und detailliert beschrieben. 1989 wurde slobodan milošević Präsident Serbiens innerhalb von Jugoslawien. Sein aggressiver Nationalismus, Verfassungsänderungen und das brutale Niederschlagen von Menschenrechtsprotesten führten dazu, dass alle anderen Länder Volksabstimmungen organisierten und entschieden, das damalige Jugoslawien zu verlassen. Dann griff Serbien sie an – Slowenien, Kroatien, Bosnien, Kosovo. Vier Kriege voller Grauen.

Der längste und brutalste von Serbiens Kriegen war der Angriffskrieg gegen Bosnien. Von 1992 bis 1996 führte er zum Tod von über 104.000 Menschen – in einem kleinen Land, das nicht mal so viele Einwohner*innen hat wie Berlin. Anders als in den restlichen Kriegen, wo die Angriffe immer nur von Serbien ausgingen, wurde Bosnien von zwei Seiten angegriffen. Denn 1993 begann auch der nationalistische Präsident Kroatiens, franjo tuđman, einen Angriffskrieg gegen Bosnien. Mittendrin: Bosniak*innen, also bosnische Muslim*innen.

Als Bosnien angegriffen wurde, war es schon ein unabhängiger, international anerkannter Staat, aber ohne eigene Armee. In Bakiras Stadt und vielen anderen Städten gingen serbische Nationalist*innen von Tür zu Tür und töteten fast alle Bosniak*innen – ohne dass ihnen auch nur eine einzige Kugel entgegengeschossen wurde. Das war kein Krieg, sondern einseitiges Gemetzel.

Serbische Nationalist*innen planten jahrelang die Ausrottung, den letzten Genozid an Bosniak*innen und setzten ihn von 1992 bis 1996 um. Fälschlicherweise wird dieser Genozid in Deutschland auf wenige Tage in Srebrenica 1995 reduziert, statt zu verstehen, dass er fast vier Jahre dauerte und im gesamten Bosnien geschah. Die Hauptstadt Sarajevo durchlitt die längste

Belagerung einer Hauptstadt in der modernen Geschichte der Welt – kaum Wasser, Strom oder Essen, dafür eine halbe Million Bomben und Projektile, mit denen die unschuldigen Menschen der Stadt fast vier Jahre lang terrorisiert und ermordet wurden. In Prijedor waren alle Nicht-Serb*innen gezwungen, sich an ihren Oberarmen mit weißen Bändern zu markieren und wurden dann in Konzentrationslager deportiert. In Goražde und Žepa gab es extreme Hungersnot, an der Menschen qualvoll starben. In Banja Luka wurden Bosniak*innen ermordet oder ins Konzentrationslager Manjača deportiert – ein ehemaliger Schlachthof für Tiere, der zum Schlachthof für Menschen umfunktioniert wurde. Schafe raus, Menschen rein. Von den weißen Kacheln, die typisch für Schlachthäuser sind, kann man die Blutströme leichter abwaschen. Im ganzen Land gab es zahllose Massaker sowie Konzentrationslager, Todeslager und Vergewaltigungslager.

Vergewaltigungslager sind eine besonders entmenschlichende Erfindung serbischer Nationalist*innen. In deren Ideologie sind Bosniak*innen nämlich keine Menschen, sondern »genetisch entstelltes Material«[2]. Um die Gene zu säubern, wurden bosniakische Frauen und Mädchen systematisch und strategisch vergewaltigt und zwangsgeschwängert. Sie wurden in auf Vergewaltigung spezialisierten Konzentrationslagern gefangen gehalten, damit sie weder abtreiben noch Suizid begehen konnten, sondern gezwungen waren, Kinder mit »serbischem Blut« zu gebären. Die systematischen, massenhaften Vergewaltigungen bosniakischer Frauen und Mädchen waren also kein Nebenprodukt des Genozids, sondern Teil davon. Über 50.000 Frauen und junge Mädchen wurden im Angriffskrieg gegen Bosnien vergewaltigt.

Auch das wissen die wenigsten: Im internationalen Recht gibt es keinen Mechanismus, der ausreichend mit Vergewaltigungslagern und genozidalen Zwangsschwängerungen umgehen kann. Klar, es liegt teilweise daran, dass die Brutalität der serbischen Mörder*innen nie zuvor dagewesene Abgründe offenbarte. Doch teilweise ist es eine Folge institutionalisierter Misogynie. Denn auch andere Verbrechen an Frauen und Mädchen waren schon immer zweitrangig: Nicht mal in den Prozessen nach dem Zweiten Weltkrieg wurden die deutschen und japanischen Kriegsverbrecher in Nürnberg oder Tokio wegen ihrer sexualisierten Verbrechen angeklagt. Wir wissen mittlerweile, dass jüdische, roma und sinti Frauen und Mädchen während des Holocausts vergewaltigt wurden. Keine Anklagen, keine Gerechtigkeit.

In den Tokio-Prozessen sticht dies noch mehr ins Auge als bei den Nürnberger Prozessen. Denn japanischer Imperialismus ist fast schon synonym mit Vergewaltigungen, sexualisierter Folter und extremer Gewalt gegen Frauen. Nicht umsonst ist der Angriff auf die chinesische Stadt Nanjing auch als »Die Vergewaltigung von Nanjing« bekannt. Koreanische, philippinische und andere Frauen wurden von japanischen Imperialsoldaten über Jahre hinweg als Sklavinnen vergewaltigt und mit der Bezeichnung »Trostfrauen« entmenschlicht, als seien sie nur Objekte, die den Soldaten zum Trost und zur Entspannung dienen sollten.

Im internationalen Recht wurden Vergewaltigungen lange nicht als Kriegswaffe anerkannt, als Folter eingestuft und auch nicht als Verbrechen gegen die Menschlichkeit. Und sogar bei Sklaverei wurden Vergewaltigungen nicht mitgedacht.

Das änderte sich erst 2001, wegen einer kleinen Stadt in Ostbosnien – Foča. Zum ersten Mal in der Geschichte des internationalen Rechts wurde sexualisierte Sklaverei als Form der Sklaverei anerkannt und Vergewaltigungen als Verbrechen gegen die Menschlichkeit. Serbische Nationalist*innen, die zuvor die netten Nachbar*innen gespielt hatten, gingen in Foča von Tür zu

Tür. Sie folterten und ermordeten Männer, Frauen, Kinder. Viele Frauen wurden aber nicht sofort ermordet, sondern in Vergewaltigungslager verschleppt. Und als sei das nicht seelenzerreißend genug, wurden diese Frauen und Mädchen oft als Sklavinnen verkauft. Manche werden noch bis heute vermisst. Allein der Gedanke, dass sie noch leben und irgendwo gefangen sind ... Das ist ein Horror, der dermaßen tief in die Herzen der Überlebenden schneidet, dass sogar in Bosnien nie darüber geredet wird. Zu den abscheulichen Gräueln, die an den Frauen und Mädchen aus Foča verübt wurden, kann ich als Journalistin nicht richtig recherchieren. Es fällt mir viel zu schwer. Denn ich hätte eine von ihnen sein können, wäre ich nur wenige Stunden später aus meiner Geburtsstadt geflüchtet. Da ist es auch kein großer Trost, dass diese Gräuel zu historischen Urteilen und einem großen Schritt für Frauenrechte führten.

Im Gegensatz zum misogynen Stand des internationalen Rechts stand das islamische Recht, die Scharia, den vergewaltigten Frauen in Bosnien zur Seite. Schon seit 1992, als die ersten Geschichten vergewaltigter Frauen an die Öffentlichkeit kamen, veröffentlichte die Führung der Islamischen Gemeinde Bosniens offene Briefe und Fatwas, in denen sie klar machte: Vergewaltigte Frauen und Mädchen sowie aus Vergewaltigungen entstandene Kinder sind schuld- und sündenfrei, und es ist sogar eine religiöse Pflicht, ihnen zu helfen. Sie erinnerten ausdrücklich daran, dass Abtreibung bis zum fünften Monat erlaubt ist. Außerdem wurden trotz der extremen Armut und Gefahr des Genozids Flyer gedruckt und von Tür zu Tür verteilt, auf denen dies noch mal klar geschrieben stand. Die Islamische Gemeinde wandte sich auch an die Vereinten Nationen und mehrere andere Institutionen und mächtige Individuen. Vergeblich.

Im März 1993 verfasste der Imam Haddschi Ahmed Mešić »Eine Botschaft an vergewaltigte Frauen« und setzte dort Standards fest, die über staatliche Gesetze in Bosnien – und auch in Deutschland – hinausgehen: »Die islamische Gemeinschaft, Hilfsorganisationen, Vereine und ähnliche Organisationen sollten diesen Frauen und Kindern während der gesamten Zeit der Erziehung dieser Kinder unter der Schirmherrschaft und im Rahmen des Islam größtmögliche moralische und materielle Hilfe leisten und bereitstellen.«[3]

Also: Dass diesen Frauen finanzielle Unterstützung zusteht, erkannte die Islamische Gemeinde sofort. Der bosnische Staat hingegen erst Jahre später und nach einem langen Kampf überlebender Frauen und internationaler Menschenrechtsorganisationen. Der deutsche noch immer nicht. Trotzdem müssen sich diese von Christen vergewaltigten Musliminnen noch heute anhören, ihr Glaube, ihre Ehemänner und Brüder, sie selbst und ihre Gemeinde seien alle »rückständig« und »misogyn«.

Zurück zu Bakira: Siebzehn Mitglieder ihrer Familie wurden damals getötet. Ihre Schwester wurde immer wieder vergewaltigt, bis ihr zerstörter Körper schließlich in drei verschiedenen Massengräbern verscharrt wurde. Auch das war ein »üblicher« Vorgang: Zehntausende Körper und Schicksale wurden in Massengräbern zusammengeworfen. Um den Genozid zu vertuschen, wurden die Massengräber mehrfach mit Baggern umgebuddelt, dabei wurden die Leichen in Stücke zertrennt, die Leichenteile in »sekundäre« Massengräber verscharrt, dann in tertiäre und so weiter. Der Prozess wurde immer wieder wiederholt, bis die Menschen zerteilt waren: Kopf in einem Massengrab, Rippen im anderen, Hände kilometerweit weg ... Deshalb muss der Identifikationsprozess durchschnittlich sieben Mal pro Opfer durchgeführt werden. Ein Albtraum für die überlebenden Angehörigen.

Auch heute, fast 30 Jahre später, demonstrieren Mütter aus Srebrenica, Žepa, Vlasenica, Višegrad, Zvornik und anderen

Städten an jedem 11. Tag jedes Monats und fordern, dass die Knochen ihrer Kinder gefunden werden. Serbische Nationalist*innen verhindern es. Außerhalb Bosniens wird der Genozid behandelt, als sei er nicht mehr aktuell und nicht mehr erwähnenswert – der antimuslimische Rassismus ist zu stark, um Muslim*innen überhaupt als unschuldige Opfer zu erkennen, geschweige denn unserem Schmerz den verdienten Raum und Respekt zu geben oder die Rolle der eigenen Länder im Genozid zu reflektieren. Stattdessen wird immer wieder das genozidleugnende, geschichtsrevisionistische und peinlich einfältige Narrativ von Verbrechen auf »allen Seiten« wiedergekäut. Und wenn doch an den Genozid erinnert wird, dann meist falsch.

Der letzte Genozid an Bosniak*innen dauerte fast vier Jahre lang, im gesamten Bosnien. Doch erstens wird das in Deutschland ignoriert und nur an Srebrenica erinnert, als mehr als 8300 Bosniak*innen in wenigen Tagen im Juli 1995 ermordet wurden. Zweitens wird sogar bei Srebrenica nie an die vierjährige Belagerung der Stadt, die extreme Hungersnot oder all die Massaker, die vor 1995 stattfanden, erinnert. Drittens wird meist der gleiche, oberflächliche Scheiß wiedergekäut. Man könnte fast jeden Beitrag zum Thema lesen oder hören und würde nur lernen: Es war schlimm, die Mütter weinen. Wie die verantwortliche Ideologie heißt, was ihre Ziele sind, wie die Partei der Täter*innen heißt und so vieles mehr – Fehlanzeige. Viertens wird der Genozid als nicht aktuelles, irrelevantes Thema behandelt, obwohl es noch immer nicht abgeschlossen ist, weitreichende Folgen hat und rechten Terror und Politik weltweit inspiriert – von Utøya über die USA bis Deutschland. Und fünftens, als i-Tüpfelchen des Rassismus, kommen noch haufenweise falsche Fakten hinzu.

Das ist ein Teufelskreis, der wieder Frauen schadet. Denn selbst wenn man nur über Srebrenica redet: Durch die in fast jedem deutschsprachigen Medium voneinander abgeschriebenen, faktisch falschen Darstellungen, der Genozid in Srebrenica sei ein Verbrechen an »8000 Männern und Jungen« gewesen, wird er nun von Incels, »Männerrechtlern« und dem Rest der misogynen Losergang missbraucht, um zu »beweisen«, dass Männer ja viel diskriminierter seien als Frauen und Feminismus Bullshit sei. Fakt ist, dass auch rund 600 Frauen und Mädchen in Srebrenica ermordet wurden und im Rest des Genozids Zehntausende mehr. Und: Der Genozid in Srebrenica wurde auch durch genozidale Vergewaltigungen verübt. Also sind die weiblichen Opfer nicht »nur« die ermordeten Frauen und Mädchen, sondern auch die vergewaltigten.

Bakira ist heute 70 Jahre alt. 2003 gründete sie den Verein der im Angriffskrieg vergewaltigten Frauen und Mädchen – »Žena – Žrtva rata«. Auch ihre Tochter, die damals vergewaltigte Teenagerin, arbeitet im Verein. Zusammen jagen sie Kriegsverbrecher, unterstützen traumatisierte Frauen mit Therapien, Geld, Freundschaft und Anwält*innen. »Jetzt laufen die Verbrecher vor mir weg, nicht andersherum. Ich kann nicht vergessen, was mir angetan wurde, und ich möchte es auch nicht«,[4] sagt Bakira.

Es gibt Gesetze, aber sie werden nicht implementiert

Ein ganz normales Leben. Das hatte Gulbahar Jalilova, eine Unternehmerin aus Kasachstan. 2017 reiste sie beruflich nach China. Sie hatte nichts mit China oder lokaler Politik zu tun. Doch sie ist ethnische Uigurin. Deshalb brachen drei Männer in ihr Hotelzimmer ein und verschleppten sie in ein Konzentrationslager. »Bei meiner Ankunft wurde ich nackt ausgezogen und aufgefordert, eine gelbe Uniform anzuziehen. Ich wurde gezwungen, einen Urintest zu machen, um festzustellen, ob ich schwanger war: Wenn ja, würde ich zur Zwangsabtreibung ins Krankenhaus gebracht werden.«[5]

Ein Polizist wollte sie zwingen, ein Dokument zu unterschreiben. Sie sagte, dass sie kein Chinesisch spricht und nichts versteht, verlangte einen Anwalt. Dann schrie er sie an und vergewaltigte sie brutal. Mehr als 15 Monate war Gulbahar gefangen, unter grauenhaften Bedingungen. 15 Monate, in denen sie an den Rand des Todes gefoltert wurde. Sie konnte nur gerettet werden, weil sie Staatsbürgerin Kasachstans ist und ihre Kinder pausenlos Druck auf die UN, Medien und Politik machten. Millionen andere Uigur*innen haben dieses Glück im grauenvollen Unglück nicht. Inzwischen lebt sie in Frankreich.

Im Sommer 2023 wurde ich für eine Lesung meines aktuellen Buches *Mekka hier, Mekka da – Wie wir über antimuslimischen Rassismus sprechen müssen* in München angefragt. Weil München die größte uigurische Gemeinde Europas hat (außerhalb der Türkei) schlug ich vor, Gulbahar einzuladen und den Fokus des Abends auf den Genozid an Uigur*innen zu legen. Einige Monate später saß ich auf einer Bühne neben ihr und Shahnura Kasim, einer jungen Uigurin aus München. Shahnura übersetzte auf Deutsch, während Gulbahar Unterlagen, Fotos und Wunden zeigte. Der von Gulbahars Tränen und Worten erzeugte Schmerz war so groß, dass ich meine Fingernägel in meine Arme krallte und mich an mir selbst festhielt, damit ich überhaupt aushalten konnte, zu hören, was sie erleben musste. Die Unterlagen, Fotos und anderen Beweise brauchte ich gar nicht, denn sie selbst ist einer der lebenden Beweise für den Genozid an Uigur*innen. Doch es bringt nicht viel. Der Genozid an Uigur*innen ist sogar nach den strikten rechtlichen Maßstäben der UN zweifellos ein Genozid. Denn die massenhaft an Uigur*innen durchgeführte Zwangssterilisierung führt dazu, dass keine neuen Generationen geboren werden. Doch hier kommen wir schon zum nächsten Level der Misogynie, wenn es um Genozide und Kriege geht: Selbst wenn Verbrechen gegen Frauen im internationalen Recht geregelt sind, wird dies von Politik, Medien und Gesellschaft oft ignoriert. Wenn internationales Recht nicht versagt, dann die, die sich darum kümmern sollten. Toll.

Die Politik ignoriert es, die Gesellschaft auch, die Medien weigern sich, es als Genozid zu benennen, weil das ein »hartes« Wort ist. Die Härte des Wortes bedeutet aber, dass man es nutzen *muss* – denn alles andere ist Verharmlosung. Und Bundeskanzler olaf scholz reist nach China, zusammen mit Firmenchefs deutscher Konzerne, die wegen uigurischer Sklavenarbeit in der Kritik stehen, um noch mehr »Zusammenarbeit« mit China zu fördern.

Der Genozid an Uigur*innen sticht heraus aufgrund von zwei Faktoren: Erstens wegen der extremen und weit verbreiteten Nutzung moderner Technologie und sogar künstlicher Intelligenz, um Uigur*innen zu vernichten; zweitens wegen einer Vielzahl an Genozidmethoden, die bisher gar nicht oder kaum existierten. Massive Überwachung, riesige Datenbanken, die »unerwünschte Verhaltensweisen« von Uigur*innen tracken und künstliche Intelligenz, die Gesichter nach Ethnien analysiert und Uigur*innen für Kontrollen und Repression raussortiert. Künstliche Intelligenz, die Emotionen erkennt und Angst und Nervosität als Schuldgeständnisse vermeintlicher Verbrechen missbraucht. Es ist der erste Hightech-Genozid der Weltgeschichte. Und es sollte der letzte bleiben. Doch China verkauft die Genozid-Software[6] (ja, ich kann auch nicht glauben, dass es Software für die easy Durchführung von Genoziden gibt) an Diktaturen weltweit. Hinzu kommt das »analoge« Genozid-Programm: Zwangssterilisationen und Massenvergewaltigungen in Konzentrationslagern; Kinder werden aus ihren Familien verschleppt und in »Internaten« gefangen gehalten; uigurische Frauen und Mädchen werden mit Han-chinesischen Männern zwangsverheiratet. Es gibt Organraub,[7] auch von noch lebenden

Menschen. Mitglieder der Kommunistischen Partei ziehen in die Häuser und Wohnungen uigurischer Familien und kontrollieren und überwachen mitten im Wohn- und Schlafzimmer deren Leben.

Gulbahar erzählte, dass sie im Konzentrationslager jeden Tag eine Spritze bekam. Sie weiß bis heute nicht, welche Substanz ihr da verabreicht wurde und was sie bewirkt. Doch sie fing an, ihre Erlebnisse zu vergessen. Immer, wenn sie sich an etwas erinnert, schreibt sie es schnellstmöglich auf. Bevor sie aufgrund ihres kasachischen Passes freikommen konnte, haben die Frauen in ihrer Zelle sie angefleht: »Vergiss uns nicht! Bitte sei nicht leise, erzähle der Welt, was uns angetan wird.« Und das tut sie. Sie riskiert ihr Leben und ihre Gesundheit, um durch ihr tiefes Trauma hindurch der Welt zu berichten, wie es in der Hölle ist. Doch die Welt hört nicht zu.

Hand aufs Herz: Wären aktuell Millionen Französ*innen, US-Amerikaner*innen oder Australier*innen in Konzentrationslagern gefangen – wie es aktuell mit Uigur*innen der Fall ist[8] –, würden in Deutschland und weltweit die Straßen brennen, bis unsere Regierungen den Genozid stoppen. Stattdessen sind bei Demos gegen den Genozid meist eine Handvoll Uigur*innen, Tibeter*innen und Hongkonger*innen, die sich und ihre Familien gefährden, um auf der richtigen Seite der Geschichte zu stehen. Gleichzeitig behaupten gefühlt fast alle, sie seien gegen Rassismus, für Menschenrechte, für Frauenrechte.

Nach unserer gemeinsamen Lesung in München wollte ich Gulbahar zeigen, dass sie nicht allein ist. Ich packte mein Buch aus, in dem es im Kapitel zu Genoziden und Sprache auch um Uigur*innen geht und eine Illustration dazu abgedruckt ist. Plötzlich wurde sie unruhig. Schnell und aufgeregt zeigte sie auf die Illustration, und Shahnura übersetzte, dass Gulbahar gerade wieder an etwas erinnert wurde. Wie die Frau auf der Illustration, wurde auch Gulbahar von mehreren Männern mit Maschinengewehren bedroht. Sie hatten ihr einen schwarzen Sack über den Kopf gezwungen und schrien sie auf Chinesisch an. Sie sah nichts, sie verstand nichts. Ob wegen der mysteriösen Spritzen, wegen ihres Traumas oder beidem: Sogar diesen Terror hatte Gulbahar vergessen. Sechs Jahre später, in München kam die Erinnerung zurück. Jeder Satz, jedes Stückchen ihrer Erinnerung ist unbeschreiblich wertvoll. Es sollte unser aller Pflicht sein, zuzuhören, zu lernen und uns gegen den Genozid einzusetzen.

Reproduktive Gesundheit als Waffe

»Nach dem Genozid habe ich Blumen wirklich gehasst. Auch jetzt, meine Freunde kennen mich, niemand bietet mir Blumen an. Überall war Blut. Also wurde ich wütend auf die Blumen, weil sie das Blut unserer Menschen nutzten und wuchsen.« Das sagte die Soziologin und Menschenrechtsaktivistin Esther Mujawayo-Keiner aus Ruanda, an einer schönen Ecke in meiner Heimatstadt Sarajevo. Wir machten dort mehrere Projekte, bei denen die Genozide an Bosniak*innen, Tutsis und Uigur*innen zusammen betrachtet und erinnert wurden.

Das Thema lag mir schon immer am Herzen, denn im Container, in dem ich als Flüchtling in Deutschland lebte, lebten auch wundervolle Menschen aus Ruanda. Dass ihr Heimatland so ein Grauen erlebte, konnte ich nie ignorieren und lernte, zurück in Bosnien, immer mehr darüber. Im Jahr 1994 wurden in Ruanda in rund hundert Tagen eine Million Tutsis ermordet. Die Schätzungen zu Vergewaltigungen gehen weit auseinander – von 250.000 bis zu 500.000 Frauen. Ich persönlich halte mich immer an die größeren Zahlen. Egal, wie progressiv die Gesellschaft ist: Vergewaltigungen sind dermaßen traumatisch, brutal und stigmatisierend, dass die meisten Frauen sie nicht anzeigen. Und gerade im postgenozidalen Chaos ist es extrem schwer, dies zu tun, selbst wenn man die Kraft dafür hätte. Hinzu kommt: Was ist mit all den Frauen, die nach ihrer Vergewaltigung ermordet wurden oder Suizid begingen? Auch sie fehlen in den Statistiken. An diesem Genozid tragen sehr viele einen Teil der Verantwortung mit: die Katholische Kirche, Frankreich, die UN »Peacekeeper« und vor allem die ganz normalen, unscheinbaren Hutu-Nachbar*innen, Kolleg*innen und Freund*innen, die zu Mörder*innen wurden.

Wie bei jedem Genozid ist das Grauen so unermesslich, dass es nie ganz erzählt oder erklärt werden kann. Immer wird es sich unkomplett anfühlen. Doch es gibt etwas, das außerhalb Ruandas kaum bekannt ist, obwohl es Schockwellen durch die Welt senden sollte: Während des Genozids wurden Frauen und Mädchen absichtlich und systematisch von HIV-Infizierten Männern vergewaltigt, mit dem Ziel, sie nicht sofort, sondern langsam und qualvoll zu töten. Aids-Kranke aus Krankenhäusern, Drogensüchtige sowie Kriminelle, von denen man wusste, dass sie HIV haben, wurden »rekrutiert«, um gezielt Tutsis zu infizieren. Laut AVEGA, dem Verein der Genozid-Witwen, dessen Gründungsmitglied Esther ist, sind 70 Prozent ihrer Mitglieder mit HIV infiziert. Obwohl der Genozid an den Tutsis als einer von nur drei Genoziden der Weltgeschichte sogar von internationalen Gerichten so eingestuft wurde, hat die Nutzung von Aids als Genozid-Waffe und allgemein die Nutzung reproduktiver Gesundheit als Waffe keinen besonderen rechtlichen Status und ist nicht als eigenständiges Kriegsverbrechen anerkannt. Darunter leiden ja meist Frauen – und die Gesetze schreiben ja meist Männer.

Reproduktive Gesundheit ist auch für Frauen in anderen Teilen der Welt ein Luxus geworden. In Gaza gibt es 50.000 schwangere Frauen. Während ich das schreibe, im November 2023, wird Gaza durch die israelische Armee bombardiert, Krankenhäuser werden angegriffen und zur »Evakuation« gezwungen. Frauen müssen Kaiserschnitte ohne Betäubung durchleiden. Ich bin kein Fan von Euphemismen und Verharmlosung, also sagen wir es direkt: Schwangeren Frauen werden die Bäuche aufgeschnitten und Babys rausgenommen, dann werden sie wieder zugenäht – alles ohne Betäubung. Wie können die Mütter diese Schmerzen überhaupt überleben? Und falls die neugeborenen Babys Frühchen sind, sind ihre Überlebenschancen sowieso erschütternd klein, da bei der »Evakuierung« Krankenhäuser gezwungen werden, die Babys aus den Inkubatoren zu nehmen, um zu fliehen.

Wenn ich an das Leid Schwangerer denke, muss ich immer an die Verbrechen kroatischer Nationalist*innen während des Angriffskrieges gegen Bosnien denken. Neonazis aus aller Welt reisten nach Bosnien, um ihre kroatischen Fascho-Brüder beim Ermorden von Muslim*innen zu unterstützen. Ein schwedischer Neonazi schrieb in seinem Tagebuch, das Foltern schwangerer Bosniakinnen in kroatischen Konzentrationslagern sei sein Hobby. Ein österreichischer Neonazi berichtete, wie kroatische Nationalisten einer schwangeren Bosniakin den Bauch aufgeschlitzt und eine Handgranate reingeworfen hatten.[9]

Wie sehr reproduktive Gesundheit von Frauen in Kriegen und Genoziden ignoriert wird, zeigt wieder Ruanda. Armut, Trauma und Scham führten dazu, dass manche Frauen in Ruanda trotz Aids gar keine medizinische Hilfe suchten. Und selbst wenn: Es gab nicht genug Medikamente, sie waren extrem teuer und das Gesundheitssystem war zerstört, da 80 Prozent des Gesundheitspersonals in Ruanda ermordet oder geflohen waren. Dieser Teufelskreis führte dazu, dass die Sterberate der Aids-Erkrankten in Ruanda damals 60 Prozent betrug.

In einem wissenschaftlichen Artikel zur genozidalen Nutzung von HIV in Ruanda schreibt die Historikerin und Frauenrechtlerin Françoise Nduwimana: »In den Augen der für den Genozid Verantwortlichen war die HIV/Aids-Übertragung eine dreifache Waffe. Eine Frau, die vergewaltigt und mit dem Virus infiziert wurde, wurde zu einer potenziellen Übertragungsquelle für jeden zukünftigen Sexualpartner; sie würde dann Kinder gebären, deren Überlebenschancen gleich null waren; und sie würde schließlich selbst sterben, worauf andere Tode folgen würden.«[10]

Hinzu kommt: Anders als im mehrheitlich muslimischen Bosnien, wo Abtreibungen erlaubt sind und Bosniakinnen von den christlichen Vergewaltigern gefangen gehalten wurden, um nicht abtreiben zu können, waren Abtreibungen in Ruanda damals nicht nur verboten, sondern auch mit mehrjährigen Gefängnisstrafen verbunden.

Human Rights Watch berichtete von ernsthaften gesundheitlichen Schäden, die entstanden, nachdem verzweifelte Frauen versuchten, heimlich oder auf eigene Hand abzutreiben. Viele Frauen waren gezwungen, die Kinder ihrer Vergewaltiger zu gebären oder durch illegale Abtreibungen zusätzliche gesundheitliche und strafrechtliche Risiken auf sich zu nehmen.

Sehr viele der vergewaltigten Frauen waren nach dem Genozid verwitwet, viele waren alleinerziehende Mütter und arbeiteten in der Landwirtschaft. Noch 1999, also fünf Jahre nach dem Genozid, war die Situation folgende: Die monatlichen Kosten für Medikamente gegen Aids betrugen 6000 Dollar, monatliche Einnahmen von Menschen, die in der Landwirtschaft arbeiteten, weniger als zehn Dollar. Sie hätten also mehr als 50 Jahre arbeiten müssen, um sich eine einzige Monatsdosis überlebenswichtiger Medikamente leisten zu können. Und selbst wenn sie irgendwo das Geld für die Medikamente hätten auftreiben können, muss die Einnahme stets mit Lebensmitteln erfolgen. Die Frauen hätten die wenige Nahrung sowieso erst ihren Kindern gegeben, statt sie selbst zu essen. Oder mit den Worten von Françoise Nduwimana: »Wir nennen sie ›Überlebende‹, obwohl ihr Tod in Wirklichkeit nur verzögert ist.«

Genau wie in Bosnien ließ die UN auch in Ruanda den Genozid passieren und gründete danach ein Tribunal, um die Verantwortlichen (außer sich selbst) zu bestrafen. Es hätte dazu dienen können, das Image der UN reinzuwaschen und eine Illusion von Gerechtigkeit herzustellen. Die Illusion bröckelte aber sehr schnell, da die Völkermörder und Kriegsverbrecher in den Gefängnissen medizinische Versorgung bezahlt bekamen – ihre Opfer aber nicht. Lasst das kurz sacken.

Zehn Jahre nach dem Genozid war der Preis der Medikamente zwar gesunken, aber noch immer für viele unbezahlbar. Es gab zwar einzelne Programme, die Aids-Erkrankten helfen sollten, doch keins davon priorisierte im Genozid vergewaltigte Menschen, und USAID nannte sogar die TÄTER als Zielgruppe ihrer Aids-Hilfe. Eine Ungerechtigkeit, in der sich die Apathie der »internationalen Gemeinschaft« gegenüber Frauen und Mädchen ausdrückt. »Wenn ihr 1994 jemanden nicht geschützt habt, dann verhindert wenigstens, dass sie jetzt, zehn Jahre später, stirbt«, sagte Esther im Rahmen einer Spendenkampagne für Medikamente. »Frauen sterben immer noch, und wieder schaut die Welt zu.«[11]

Jetzt, wo ihr einen Funken des Grauens kennt, kommen wir zum nächsten Punkt: Was passiert, wenn das Schlimmste schon passiert ist?

Aufarbeitung und Erinnerungskultur

Zurück nach Višegrad, zu Bakira. An einem nebligen Tag 2014 gingen sie und andere Genozidüberlebende zum Friedhof, wo ihre ermordeten Liebsten begraben wurden. Sie versuchten, eine Gedenktafel zu errichten. Mehr als hundert ethnisch serbische

Polizist*innen rückten an, um sie daran zu hindern. Mit Kreissägen frästen sie das Wort »Genozid« aus dem Stein. Genozidleugnung ist oft subtil, da auch die Leugner*innen wissen, dass sie sich damit tief im Sumpf der unmoralischen Menschenverachtung suhlen. Doch hier war sie offen, brutal, mechanisch. Mit Kreissäge.

»Ihr habt uns ermordet, vertrieben, gefoltert, geschlachtet, vergewaltigt…«, schrie Bakira die serbischen Polizist*innen an, »und jetzt wollt ihr uns das Einzige nehmen, was uns geblieben ist – Erinnerung. Das schafft ihr nicht!« Als der Großteil der Polizei weg war, schrieben die Frauen das Wort »Genozid« wieder auf den Stein. Mit Lippenstift.

Bakira und ihre Mitstreiterinnen sind die stärksten Frauen, die ich kenne. Ich frage mich ständig, wie sie all die Entwürdigung und Retraumatisierung aushalten, denn ich bin schon lange am Ende meiner Kräfte. Das Monster, das Bakira und ihre Tochter vergewaltigte, das Babys lebendig verbrannte und Vergewaltigungslager organisierte, wurde beispielsweise in einem von peter handkes Büchern[12] in Schutz genommen, seine Verbrechen bezweifelt mit der »Logik«, er würde manchmal barfuß rumlaufen (so what?), und die Zeugen seien ja alle nur Muslime, also unglaubwürdig. Und handkes Verlag Suhrkamp verteidigte all das – schließlich will man ja Geld scheffeln. Solch offensichtlicher Rassismus und Verachtung von Genozid- und Vergewaltigungsopfern sind bei Weitem nicht alles Ekelerregende an handkes und Suhrkamps Umgang mit dem Genozid. Und trotzdem bekam er den Literaturnobelpreis.

Das Schlimmste, was man traumatisierten Menschen antun kann, ist, ihnen das Gefühl zu geben, dass ihr Trauma nicht wichtig ist oder es zu leugnen. Einen Genozid zu überleben und dann ständig mit Verharmlosungen, Leugnungen und Missachtung konfrontiert zu werden, kann Menschen sogar in den Suizid treiben. Wenn Leugner*innen und Relativierer*innen sogar geehrt werden, ist das unbeschreiblich schmerzvoll für die Überlebenden.

Dabei ging es nicht so sehr um eine Handvoll realitäts- und wissensferner Elite-Schweden, die diese strunzdumme Nobelpreis-Entscheidung trafen. Von denen erwartet man eh nix Besonderes. Sondern um die Gesellschaft, die damals so solidaritäts- und empathielos, peinlich und rassistisch über die »Trennung von Werk und Autor« diskutierte, als ginge es nicht um die tiefsten Abgründe der Menschheit und als gäbe es nichts Grauenvolles in seinen Werken; es ging um die Medien, die mal wieder Betroffenen weder Raum noch Respekt gaben und Genozidüberlebende stattdessen als übersensible Arschlöcher beleidigten; es ging um Leute, die mit guter Absicht in den sozialen Medien posteten »Hört Betroffenen zu« und dann aber eine Liste serbischer und kroatischer Leute darunterschrieben, weil sie es nicht mal schaffen, Täter- und Opfergruppen zu unterscheiden; und es ging um die schwedische Botschaft in Bosnien, deren damalige Botschafterin sich stolz als Feministin bekannte, aber wochenlang die Demonstrationen vergewaltigter und überlebender Frauen vor ihrem Büro ignorierte.

Ähnliches erleben auch andere Communitys: Die vorne erwähnte Uigurin Shahnura Kasim, die bei meiner Lesung mit Gulbahar Jalilova übersetzte, ist eine junge Münchnerin, deren Oma, Tante und Onkel schon seit Jahren in chinesischen Konzentrationslagern gefangen sind. Wochenlang schrieb sie an zahlreiche deutsche Redaktionen, in der Hoffnung, dass sie berichten würden. Eine 18-jährige Münchner Schülerin, die um das Leben ihrer Familie kämpft. Die meisten Redaktionen antworteten ihr gar nicht. Eine schrieb zurück, sie hätten vor einem Jahr einen Artikel zum Thema gehabt und fänden es »frech«, dass sie ihnen vorschreiben will, was sie berichten sollen.

Mittlerweile ist Shahnura 21, ihr Onkel ermordet, ihre Tante in einem Zwangsarbeitslager und von ihrer Oma fehlt jede Spur. Und deutsche Medien schreiben immer noch oberflächliche Erklärtexte wie »Wer sind die Uiguren?« und »Was passiert mit den Uiguren?«. Noch immer scheint es ihnen ausreichend, vor einem Jahr mal einen Text dazu hingeklatscht zu haben, statt ständig zu berichten. Und das i-Tüpfelchen des Grauens ist, dass die Beiträge deutscher Medien über Genozide meist oberflächlich nichtssagend und voller faktischer Fehler sind, voller Ahnungslosigkeit, Respektlosigkeit Betroffenen und einer Abwertung BIPoCs gegenüber. Und voller Egoprobleme wie »Ich tolle Journalist*in lasse mir nichts sagen«, die berechtigte Kritik nicht zulassen.

Das wird noch schlimmer, wenn man nicht »nur« betroffen, sondern auch Expert*in ist. Ich und andere, die Expertise zu diesem Thema haben, sind gezwungen, sich nonstop ignorante, falsche und lebensgefährliche Beiträge zum Thema reinzuziehen. Es ist ein offenes Geheimnis, dass viele Redaktionen einfach voneinander abschreiben. Manche nennen das sogar Recherche. Und so retraumatisierend und seelenzerreißend es ist, Bullshit über einen Genozid zu lesen, vor dem man selbst fliehen musste, ist es dennoch das kleinere Problem. Das größere ist nämlich, dass diese Ignoranz lebensgefährlich für vom Genozid bedrohte Menschen ist. Sie führt nämlich dazu, dass Politiker*innen und auch die ganze Gesellschaft sich hinter vermeintlicher Komplexität und Umstrittenheit verstecken können, statt einzuschreiten und Leben zu retten.

So findet man in fast jedem deutschsprachigen Artikel, politischer Rede und Lehrbeitrag die gleiche sexistische und faktisch falsche Phrase: In Srebrenica seien »8000 Männer und Jungen« ermordet worden, die rund 600 ermordeten Frauen und weiteren Zehntausenden im Verlauf des Genozids ermordeten Frauen sind also kein Wort wert. Eine Kollegin erzählte mir sogar, dass die Redaktion eines der größten Magazine in Deutschland sich einfach weigerte, die ermordeten Frauen zu erwähnen, obwohl sie Quellen mitgeschickt hatte. Nach einem langen Kampf stimmte der Redakteur zu, dass sie schreiben durfte, auch Frauen wurden in Srebrenica ermordet. Doch als der Text erschien, stand dort plötzlich wieder nichts über die ermordeten Frauen.

So was passiert in deutschen Redaktionen tatsächlich besorgniserregend oft. Jahrelang wurden auch aus meinen Beiträgen für (grundlos) renommierte Medien Vergewaltigungslager rausgestrichen, mit der »Begründung«, der Redakteur hätte noch nie was davon gehört. Ja, Jochen, deshalb bin ich ja auch die Expertin, nicht du. In mehreren Redaktionen musste ich darum kämpfen, dass dieses Grauen überhaupt erwähnt wird. Und wie ich es erkämpft habe? Indem ich auf Beiträge der *New York Times*, des *Guardian* und anderer englischsprachiger Medien hinwies, die selbstverständlich über *Rape Camps* gegen bosniakische Frauen berichteten. Hier gibt es gleich zwei Armutszeugnisse: dass deutschsprachige Medien dermaßen schlechter berichten als englischsprachige und dass ich als Frau, Muslima und Betroffene erst mal Texte *weißer* Männer nutzen muss, damit andere *weiße* Männer mir »erlauben«, Fakten zu veröffentlichen. Und das trotz jahrelanger Expertise.

Doch leider sind nicht »nur« Männer das Problem. In der bosniakischen Community in Deutschland ist als größter Genozidleugnungs- und Rassismusskandal ein Fall bekannt, der komplett auf das Konto von Frauen geht. Im SWR-Podcast *Sack Reis* erlaubten 2022 eine Redakteurin, Redaktionsleiterin und Moderatorin einer serbischen Studentin, den Genozid zu leugnen, rumzulügen und ihre Familie als Opfer eines imaginären, nie passierten Krieges darzustellen, da es in ihrer Stadt gar keinen gab. Im Podcast gab es, sogar in der Version, die nach einer riesigen Kritikwelle »korrigiert« wurde, 70 faktische Fehler in 41 Minuten. Auf meine Nachfrage zur Expertise der verantwortlichen Redakteurin schrieb der SWR ernsthaft, sie hätte einige Artikel zum Thema gelesen. Und nachdem ich fast ein halbes Jahr gegen den SWR kämpfte, um diesen Rassismus zu korrigieren, wurde ich von der Redaktionsleiterin und einer anderen Moderatorin unbeschreiblich respektlos behandelt. Die Sendung wurde eingestellt, aber die verantwortlichen Leute arbeiten weiterhin beim SWR, sogar in Führungspositionen. Das ist also der Stand der Erinnerungskultur, der Medien und des Respekts gegenüber weiblichen und anderen Opfern von Krieg und Genozid.

Intersektionalität – nicht nur Frauen sind Opfer

Wir dürfen also nicht dem Fehldenken verfallen, Frauen automatisch als Verbündete zu sehen und Männer automatisch als Feinde. Insbesondere zu einem intersektionalen Ansatz des Feminismus gehört, zu verstehen, wie intensiv schon seit Jahrhunderten muslimische und andere BIPoC-Männer entmenschlicht und als gefährlich, aggressiv und gewaltvoll dargestellt werden. Als im August 2021 die Taliban die Macht in Afghanistan übernommen hatten, sorgten sich plötzlich alle um afghanische Frauen und Kinder. Legitim. Doch manche Leute hatten anscheinend vergessen, dass auch afghanische Männer ein Recht auf Leben, Würde und Freiheit haben. Wenn alle – sogar die AfD – »Mitgefühl« mit afghanischen Frauen zeigen, dann sehe ich oft kein wahres Mitgefühl, sondern nur eine Verlängerung des alten rassistischen Klischees von gefährlichen muslimischen Männern und Jungs, die ja alle potenzielle Mörder und Kriminelle sind. Während muslimische Frauen dabei, wie so oft, auf leblose, primitive Debattenobjekte reduziert werden.

Oder in der bosnischen Stadt Prijedor, wo Überlebende seit Jahrzehnten darum kämpfen, wenigstens ein Denkmal für die dort ermordeten Kinder errichten zu dürfen. Sie haben sich fast schon selbst erniedrigt, verlangen kein Denkmal für alle Opfer, sondern nur noch für die Kinder. Und sogar das wird nicht zugelassen von den serbischen Nationalist*innen, die die Stadt regieren, seit sie 94 Prozent der Bosniak*innen ermordet oder vertrieben haben. Stattdessen steht im Konzentrationslager Trnopolje ein dankendes Denkmal für die Täter*innen.

Und auch bei der Bombardierung Gazas liegt der Fokus meist auf ermordeten Kindern. Das ist verständlich, schließlich wurden in nur drei Wochen mehr palästinensische Kinder ermordet als in den vier Jahren zuvor jedes Jahr Kinder in allen Kriegen weltweit[13] – inklusive im Krieg gegen die Ukraine. Doch was wir nicht vergessen dürfen: Auch palästinensische Männer, genauso wie afghanische, bosniakische und andere, haben ein Recht auf Leben, Würde und Solidarität.

Als die ersten Berichte über Vergewaltigungen ukrainischer Frauen und Mädchen durch russische Soldaten öffentlich wurden, riet die bosniakische Genozidüberlebende Nusreta Sivac ihnen, alles zu dokumentieren, und sagte: »Wenn ihr still seid, wird die Welt die Lügen des Aggressors hören.«[14] Sie weiß, wovon sie redet. Denn sie ist nicht nur Richterin und Menschenrechtsheldin, sondern wurde monatelang im Konzentrationslager Omarska gefangen gehalten und vergewaltigt. Wir sehen es an den Beispielen von Nusreta, Bakira, Esther, Gulbahar und so vielen anderen Überlebenden: Sie sind nicht still. Die Frage ist, ob die Welt nicht trotzdem lieber weghört.

unlearn kirche

Sarah Vecera

Wenn ich auf Partys gefragt werde, wo ich arbeite, sage ich selten die ganze Wahrheit. Je nach Umfeld erzähle ich, dass ich als Bildungsreferentin in einer internationalen Organisation arbeite, manchmal erwähne ich auch die Kirche. Ab und zu sage ich einfach, dass ich Antirassismusarbeit mache, und in manchen Kreisen erzähle ich nur, dass ich Theologin und Autorin bin. Die Wahrheit ist, dass ich als Theologin und Bildungsreferentin in der internationalen Vereinten Evangelischen Mission (VEM) antirassistische Bildungsarbeit mache und aus dieser Expertise heraus mein Buch *Wie ist Jesus weiß geworden? Mein Traum von einer Kirche ohne Rassismus* geschrieben habe.

Es ist nicht so, dass ich kein Selbstbewusstsein hätte, aber manchen Diskussionen gehe ich in solchen Momenten aus dem Weg, weil ich mich einfach nicht rechtfertigen möchte. Und weil ich gern auf Partys gehe, um Ressourcen aufzutanken, statt sie zu verbrauchen.

Die Skepsis, auf die ich mit der Nennung meiner Tätigkeit bei manchen stoße, ist mir vertraut. Ich kenne so gut wie alle kritischen Nachfragen und kann sie auch größtenteils nachvollziehen. Ich möchte sie mit diesem Text auch nicht widerlegen, aber zumindest in ein etwas anderes Licht rücken. Und im Grunde weniger dafür plädieren, dass wir alle die Kirche unlearnen sollten, sondern vielmehr, dass die Kirche sich selbst unlearnen sollte. Aber eins nach dem anderen.

Die Kirche ist ein Männerverein

Ja, die Bibel wurde von Männern geschrieben. Ja, die Kirche als Institution wurde von Männern geschaffen. Und ja, sie wird auch bis heute von ihnen aufrechterhalten. Es waren vor allem *weiße* europäische cis Männer,[1] die im Namen von Gott*[2] Gewalt ausgeübt haben. Daher ist es wenig verwunderlich, dass Gott* irgendwann selbst zum Mann wurde und die patriarchal-koloniale Auslegung der Bibel Karriere machte und bis heute als Norm angesehen wird. Diese Lüge haben all diese Männer in die Welt getragen, und viele Menschen und vor allem Kinder glauben daher bis heute an den alten *weißen* Mann im Himmel mit langem Rauschebart. Das Wort Lüge mag hart klingen, aber letztendlich ist es nichts weniger, denn im Prophetenbuch Hosea können wir lesen, wie Gott* über sich spricht: »Gott bin ich, nicht ein Mann.« (Hosea 11,9). Und in der jüdischen wie christlichen Schöpfungsgeschichte (Genesis 1,27) lesen wir im hebräischen Urtext, dass Gott* die Menschen zu Gottes* Ebenbild schafft in einem Spektrum von Mann und Frau. Ein Spektrum deswegen, weil auch alles andere in den Schöpfungsberichten in einem Spektrum beschrieben wird: Tag und Nacht, Himmel und Erde, Land und Meer. Und alles und alle Geschlechter dazwischen wurden eben auch geschaffen. Gott* verwendet demnach vermutlich keine Pronomen.

Die Institution Kirche ist nicht nur Nutznießerin des Patriarchats und des Rassismus, sie untermauert das Patriarchat damit auch geistlich und begründet den Rassismus gleich mit. So gibt es eine lange Geschichte *weißer* kirchlicher Dominanz, in deren Zuge Gewalt verherrlicht und Macht ausgeübt wurde. Ob es die Kreuzzüge im Mittelalter waren oder die theologische Untermauerung der Erfindung von Menschenrassen zur Kolonialzeit; das Versagen der Katholischen und Evangelischen Kirchen im Nazi-Regime oder die Legitimierung der sogenannten Hexenverbrennungen als patriarchale Unterdrückungs- und Auslöschungsgewalt, meist an Frauen. Die Kirche hat in der Geschichte nicht nur zu unzähligen Gelegenheiten ihre Werte verraten, sondern war auch aktiv an der Ausbeutung und Vernichtung von Menschen beteiligt. Ja, die Kirche hat etliche Leichen im Keller.

Hinzu kommt: Neben den hohen Austrittszahlen machten die Katholischen und Evangelischen Landeskirchen in den vergangenen Jahren vor allem Schlagzeilen, weil sexueller und geistlicher Missbrauch aufgedeckt und Queerfeindlichkeit offensichtlich wurden. Das Bild eines strafenden Gottes* wurde in Geschichte und Gegenwart nicht selten genutzt, um marginalisierten Menschen Schuld einzureden und Macht auszuüben, und sie selbst für die Unterdrückung, der sie ausgesetzt waren und sind, verantwortlich zu machen. Dieses Phänomen ist übrigens nicht nur auf das Christentum beschränkt, auch in anderen Religionen lässt sich das beobachten. Es ist eine willkommene Gelegenheit, die eigenen Machenschaften mit Gott* zu legitimieren. Schließlich gibt es keine höhere und machtvollere Instanz, die die eigenen Interessen stärker untermauern könnte, als Gott* selbst. Diese Form geistlichen Missbrauchs haben vor allem europäische Christ*innen optimiert und über 500 Jahre Erfahrung darin gesammelt, wie gut es doch funktioniert, damit Macht zu generieren – von Kreuzzügen über Sklaverei bis hin zur Rassenideologie.

Es ist aufgrund dieser langen Tradition wenig verwunderlich, dass Machtmissbrauch verharmlost und verdeckt wird und Menschen ein schlechtes Gewissen gemacht wird, wenn sie die Systeme kritisieren. Ich würde sogar so weit gehen und sagen: Diese Abwehrmechanismen haben die Kirchen über Jahrhunderte hinweg professionalisiert. Zumal die Evangelischen und Katholischen Landeskirchen in Deutschland samt ihren Wohlfahrtsverbänden zusätzlich über Macht verfügen, weil sie gemeinsam die zweitgrößte Arbeitgeberin nach dem Staat sind.

Ich weiß also sehr gut, warum ich auf Partys nur eine gekürzte Fassung meiner beruflichen Tätigkeit preisgebe. Ich kann gut verstehen, dass Antirassismus und Mission für Menschen unvereinbar miteinander wirken, dass Pride und Mission unvereinbar wirken und dass auch Feminismus und Mission unvereinbar wirken. Und dass Menschen der Kirche keine Chance (mehr) geben wollen. Mehr noch: Beim Lesen des Buches *Das Ende der Ehe. Für eine Revolution der Liebe* von Emilia Roig schwebte mir oft die Frage im Kopf, ob die Institution Kirche nicht eigentlich genauso wie die Institution Ehe mittlerweile so verstrickt in Unterdrückungsmechanismen ist, dass ihr Ende die einzige Möglichkeit darstellt, den christlichen Glauben zu erhalten. »Das Ende der Kirche. Für eine Revolution des Glaubens« war ein Satz, den ich beim Lesen immer wieder denken musste.

Warum bin ich noch in der Kirche?

Nun bin ich aber noch da in der Kirche, und das auch noch freiwillig. Warum? Auch weil ich mich von all den Unzulänglichkeiten und Unzumutbarkeiten tatsächlich geradezu angespornt fühle. Angespornt, gerade auf die *Ursprünge* von Kirche und Glauben zu schauen und zu versuchen, es im Heute besser zu machen. Mich treibt es an, eine Kirche zu gestalten, die anziehend und attraktiv für all diejenigen ist, die sich danach sehnen, was unser Glaube in seinem eigentlichen Kern zu bieten hat – nämlich Gerechtigkeit, Hoffnung und Liebe.

Diese drei Gefühle habe ich tatsächlich schon als kleines Schwarzes Mädchen in einer *weiß* dominierten rassistischen Gesellschaft von klein auf in der Evangelischen Kirche erfahren. Es war die Kirche, die mir schon früh Zugehörigkeit vermittelt hat. Ich wäre nicht die Person, die ich heute bin, hätte die Kirche mir nicht schon sehr früh in meinem Leben Bühnen gegeben, auf denen ich mich ausprobieren konnte und wo meine Perspektive gezählt hat. In der Evangelischen Jugend wurde meine explizite Perspektive als Teenager of Color von Hauptamtlichen hör- und sichtbar gemacht. Es waren über Jahre die einzigen Menschen in meinem Leben, die mir dadurch zeigten, dass meine Sicht wichtig war. Ich hatte keine Worte dafür und habe lediglich gespürt, wie gut mir das tat, aber heute weiß ich, wie empowernd das für mich war. Gleichzeitig habe ich auch erlebt, wie man sich mir in paternalistischer Nächstenliebe zuwandte, weil ich mich selbst in der Kirche nur auf Spendenplakaten, in Fürbittengebeten und der diakonischen Arbeit repräsentiert sah. Ich habe aber auch Christ*innen kennengelernt, die mich genau darauf hinwiesen und mir halfen, über Machtstrukturen und Unterdrückungssysteme sprechen zu können. Es waren Menschen, die heute meine Kolleg*innen sind und mit denen ich heute gemeinsam antirassistische Bildungsarbeit in der Kirche mache.

Vielleicht hätte ich das auch in anderen gesellschaftlichen Bereichen erfahren können, schließlich ist Kirche auch nur ein weiterer Teil der Gesellschaft, und ihre Menschen sind auch nicht mehr oder weniger diskriminierend als die restliche Gesellschaft in Deutschland. So zumindest das Ergebnis der interdisziplinären Studie zu Kirche und politischer Kultur mit dem Titel »Zwischen Nächstenliebe und Abgrenzung«. In der Studie wurden die Zusammenhänge zwischen Religiosität und Vorurteilen untersucht. Ergebnis: Christlich religiöse Menschen unterscheiden sich in ihren Vorurteilen nicht signifikant vom Rest der Gesellschaft.[3]

Gleichzeitig gab es immer auch die Orte und Menschen, die mich schon als Kind faszinierten und mich bis heute inspirieren.

Es gibt Kirchenasyl, queere Kirchen, Safer Spaces für BIPoC, internationale Kirchenpartnerschaften, Engagierte in der Seenotrettung und ein enorm großes Netzwerk von Menschen, die in benachteiligten Stadtteilen Essen verteilen, Hausaufgabenhilfe anbieten, mit geflüchteten Menschen auf Wohnungssuche und auf Ämter gehen oder sich Jugendlichen zuwenden, die unsere Gesellschaft bereits abgeschrieben hat. Und ja, Paternalismus erkenne ich auch dort, wenn die Helfenden zum Beispiel meinen, ihre Art und Weise zu denken und zu handeln sei die einzig Richtige. Doch seit ein paar Jahren gibt es Bewegungen von unten, die anfangen, ihr Engagement selbstkritisch in den Blick zu nehmen, wie zum Beispiel ehren- und hauptamtliche Mitarbeiter*innen aus den oben genannten Arbeitsbereichen, die mich zu Antirassismustrainings einladen oder mein Buch lesen und bereit sind, sich intensiv mit ihrem internalisierten Rassismus auseinanderzusetzen. Aus vielen dieser Menschen ist eine Bewegung entstanden, die sich »Dear White Church« nennt und der Kirche oft den Spiegel vorhält, wenn es darum geht, den eigenen Rassismus selbstkritisch in den Blick zu nehmen. Und da kommt meine Arbeitgeberin ins Spiel, deren Namen ich auf Partys nicht wage auszusprechen.

Was bedeutet Mission heute?

Bei aller berechtigten Kritik an der Kirche sollten wir uns eines immer vor Augen halten: Gott* ist kein alter *weißer* europäischer cis Mann. Und das habe ich in besonderer Weise von BIPoC und anderen marginalisierten Menschen innerhalb der Kirche gelernt. Die finde ich nämlich vor allem bei mir in der Vereinten Evangelischen Mission (VEM). Es ist die einzige kirchliche Organisation in Deutschland, die nicht *weiß* dominiert geleitet wird und die sich mit ihrer internationalisierten Organisationsstruktur seit 1996 gegen institutionellen Rassismus wendet. Wir sind eine Gemeinschaft von neununddreißig Mitgliedskirchen mit rund achtzehn Millionen Menschen dahinter, und nur vier Millionen von ihnen kommen aus Deutschland. Die übrigen Kirchenmitglieder sind in unterschiedlichen afrikanischen und asiatischen Ländern. Meine gewohnte Perspektive auf diese Welt wird dadurch regelmäßig hinterfragt, und es gilt nicht mehr länger etwas als Norm, nur weil wir es in Europa so sehen. Wir lernen im Kollegium, dass Europa nicht das Zentrum des Denkens und Handelns ist und nicht länger als Maßstab gesehen werden sollte. In einem internationalen Team zu arbeiten, in dem ganz bewusst immer wieder versucht wird, diesem Eurozentrismus zu entkommen, ist kein Sonntagsspaziergang, doch genauso war Kirche von ihrem Ursprung her eigentlich gedacht: Die ersten Gemeinden, von denen die Bibel berichtet, waren nicht monokulturell. Die Gläubigen waren sich in vielen Punkten uneinig, es wurde gemeinsam um Standpunkte gerungen. Und die Themen wurden von denjenigen bestimmt, die am Rand der Gesellschaft standen und genau aus diesem Grund Praktiken und Regeln infrage stellen durften. So ist Mission im eigentlich biblischen Sinne auch zu verstehen: Jesus selbst gab seinen Jünger*innen den Auftrag, als lernende, fehlerhafte, nicht gelehrte Menschen in die Welt zu gehen und nicht als herrschende Unterdrücker, die den alleinigen Anspruch auf die Wahrheit beanspruchen.[4]

Auch die biblische Erzählung, die von einem europäischen *weißen* cis Mann namens Martin Luther fälschlicherweise vor über 500 Jahren mit der Überschrift »Missionsbefehl« betitelt wurde (Matthäus 28,19), ist oft eurozentrisch fehlinterpretiert worden. Was viele nicht wissen: Die Bibel wurde ursprünglich in Hebräisch und Altgriechisch verfasst und enthielt solche Überschriften überhaupt nicht. Der frei von Luther hinzugefügte Titel »Missionsbefehl« folgte also einer europäischen Idee von Glaubensverkündigung. Die bewirkte unter anderem, dass vor 150 Jahren *weiße* europäische Menschen meinten, die Welt missionieren zu *müssen* und mit teils sogar guten Intentionen großen Schaden anrichteten.

Doch die eurozentrische Version des Christentums ist gefährlich. Das zeigt sich am deutlichsten in der internationalen kirchlichen Zusammenarbeit, in der Kirchen aus Europa und den USA Menschen im Globalen Süden helfen wollen und das Gegenteil erreichen. Ich denke da an die junge *weiße* US-Amerikanerin Renee Bach, die aus reiner Nächstenliebe und ohne Ausbildung ein Zentrum für unterernährte Kinder in Uganda eröffnete und sich bereits für den Tod mehrerer Kinder vor Gericht verantworten musste.[5] Nächstenliebe kommt oftmals mit einem Überlegenheitsdenken einher, das in der kolonial geprägten Missionszeit begründet liegt. Ich arbeite in einer Organisation, die tagtäglich versucht, dem entgegenzuwirken.

Wir versuchen, den Missionsbegriff neu zu füllen, indem wir an seinen eigentlichen Kern erinnern. Meine Kolleg*innen und Vorgesetzten sind selbst im Globalen Süden sozialisiert und leben zum Teil auch dort. Dadurch werden sie und ihre Perspektiven ins Zentrum der internationalen Zusammenarbeit gerückt. Deshalb ist unsere Arbeit auch von indigenen Wissensbeständen und Traditionen Schwarzer Menschen geprägt und nicht von einer europäischen Idee von Kirche, deren Haltung von Überlegenheitsdenken dominiert ist. Dies versuchen wir in all unseren Bildungsprogrammen und Projekten weltweit zu vermitteln und im gemeinsamen kollegialen Umgang zu leben. Und damit sind wir nicht allein, sondern stehen in einer langen Tradition vieler BIPoC im Widerstandskampf. Denn der christliche Glaube war seit Entstehung des Christentums auch immer wieder Teil von Widerstandsbewegungen. Die ehemals versklavte Frauenrechtlerin und Wanderpredigerin Sojourner Truth sagte in ihrer bekannten Rede »Ain't I a Woman« anlässlich der Frauenrechtskonvention 1851 in Ohio Folgendes: »Da sagt dieser kleine Mann in schwarz da zu mir, Frauen könnten nicht so viele Rechte haben wie Männer, weil Christus keine Frau war! Wo kam denn ihr Christus her? Von Gott und von einer Frau! Ein Mann war nicht daran beteiligt. Wenn die erste Frau, die Gott erschuf, stark genug war, um die ganze Welt ganz allein auf den Kopf zu stellen, sollten all diese hier zusammen in der Lage sein, sie noch einmal umzudrehen und wieder auf die Füße zu stellen! Und jetzt, da wir danach verlangen, täten die Männer besser daran, sich uns nicht in den Weg zu stellen.«[6]

Bis heute bietet die Bibel für Schwarze Frauen Vorbilder, um ihre Stimme im Kampf gegen Unterdrückung zu erheben. So auch eine Auslegung der Erzählung von der versklavten Hagar, die sowohl im Judentum, im Islam und im Christentum bekannt ist. In der deutschen Kindergottesdienstversion der Geschichte hörte ich bereits als Mädchen von einem »Zickenkrieg« zwischen zwei Frauen: Sarah und Hagar. Ausgangspunkt war, dass die priviligierte, verheiratete Sarah nicht schwanger wurde und auf die Idee kam, dass ihr Mann Abraham mit ihrer Magd (eigentlich »Versklavte«, aber das sagte man im Kindergottesdienst so nicht) Hagar schlafen sollte und so ein Nachkomme gezeugt würde. Tatsächlich wurde Hagar schwanger (und später auch Sarah). Da diese Darstellung der Geschehnisse mir so geläufig war, habe ich dieser Geschichte im Theologiestudium nicht viel Aufmerksamkeit geschenkt. Erst durch das Buch *Womanist Midrash – A Reintroduction to the Women of the Thora and the Throne* von Wilda C. Gafney entwickelte ich eine völlig neue Perspektive auf die mir altbekannte Erzählung. Ich hatte bereits als Kind eine besondere Liebe für Hagar gespürt, weil sie die Nebenfigur der Erzählungen war, ihr Name übersetzt »die Fremde« bedeutete und laut muslimischer Tradition sich aus ihr das Volk der Araber*innen gründete. Sie war eine Person, in der ich mich bereits als Kind repräsentiert sah. Erst durch die Auslegung Wilda C. Gafneys wurde mir plötzlich bewusst, warum das so war: Die Geschichte beschreibt nämlich mehr als einen Konflikt zwischen zwei Frauen. Die privilegierte Sarah missbraucht ihre Macht über die Versklavte Hagar, um sie zu erniedrigen und aus heutiger Perspektive Beihilfe zu einer Vergewaltigung zu leisten. Spannend ist nun, wem Gott* sich zuwendet: Hagar. Gott* begegnet nicht zuerst Sarah und ihrem Mann Abraham und stellt sie zur Rede. Gott* begegnet Hagar, die verzweifelt schwanger in die Wüste floh, weil sie die Demütigung nicht mehr ertrug. Sie ist die erste Frau in den biblischen Erzählungen, der Gott* begegnet. Sie ist die einzige Frau, der Gott* selbst viele Nachkommen verheißt, und sie ist die einzige Person im gesamten Kanon der Bibel, die Gott* einen Namen geben darf. Dieser hebräische Name lautet El'roi und bedeutet »Gott* sieht mich«. Diese völlig neue Sichtweise auf eine mir altbekannte biblische Erzählung aus eurozentrischer Perspektive, die die privilegierte Frau Sarah ins Zentrum rückt, ist nur ein Beispiel von vielen, die zeigen, dass die in Deutschland gelehrte und praktizierte Theologie unzureichend ist und es fast unmöglich macht, dem tatsächlichen Kern der biblischen Botschaft auf die Spur zu kommen.

Dass biblische Botschaften wie diese das Potenzial zum politischen Widerstand bergen, wurde von Machthabenden vermutlich schon immer erkannt, und es gibt Belege dafür, dass dies aktiv verhindert werden sollte – etwa bereits zur Zeit der Sklaverei in den USA vonseiten der Unterdücker*innen. Denn was die wenigsten wissen: Es gab für versklavte Menschen eine sogenannte »Sklavenbibel«, aus der alle Stellen entfernt wurden, mit deren Hilfe sich unterdrückte Menschen hätten ermächtigen können. Stattdessen wurden Bibelstellen, die zu Gehorsam und Unterwerfung ermutigten, besonders hervorgehoben. Ergebnis war, dass nur 10 Prozent des Ersten Testaments und rund 50 Prozent des Zweiten Testaments in dieser Bibel übrig blieben. Es ist Teil meiner Arbeit, auf genau solche Ungerechtigkeiten hinzuweisen und es Teil unser aller Allgemeinbildung werden zu lassen. Diese Art der Bildungsarbeit hilft mir im Prinzip selbst, an meinem Glauben festzuhalten und den Menschen deutlich zu machen, dass die eigentliche Botschaft des christlichen Glaubens gegen Unterdrückung steht und die Unterdrückungsgeschichte menschengemacht ist.

Auf zahlreiche der inklusiven und empowernden Bibelstellen hat sich bereits Martin Luther King berufen in seinem Widerstandskampf. Bis heute zitieren wir nicht nur im Englischunterricht aus der wohl bekanntesten Predigt der Welt *I have a dream,* in der King daran erinnerte, dass es schon immer Gottes* Anliegen war, Menschen aus der Gefangenschaft und Unterdrückung zu befreien. Der Baptistenpastor und Bürgerrechtler fand die Grundlage für diese Predigt und seinen Widerstand nämlich in der Bibel. Erst kürzlich hörte ich ein Martin-Luther-King-Musical in einer Kirche, und der Chor sang »Wer nicht glaubt, wer nicht hoffen kann, ist kein Realist«. Dieser Liedvers hat mich so berührt, dass ich ihn mir sofort notierte. Ich fand es wunderschön, dass dieser Aufruf in Erinnerung an Martin Luther King und die afroamerikanische Bürgerrechtsbewegung in einer deutschen Kirche von einem Chor gesungen wurde. Solche Momente geben mir Hoffnung, und ich spüre, dass sich etwas verändert in unseren Kirchen in Deutschland.

Auch in der wissenschaftlichen Lehre der Theologie verändert sich etwas an deutschen Fakultäten. Studentische Bewegungen wie Decolonize Theology[7] oder Theoversity[8] werden laut und fordern eine Theologie abseits der eurozentrischen Norm. Sie wollen befreiungstheologische Ansätze, die von Menschen außerhalb der *weiß* dominierten Dominanzgesellschaften formuliert werden und dadurch die Norm infrage stellen. Der US-amerikanische Theologieprofessor James Cone schrieb bereits 1969 sein Werk *Black Theology and Black Power* und legte damit einen Grundstein für den theologischen Ansatz, dass Gott* in den Unterdrückten dieser Welt zu finden sei, weil Jesus selbst unterdrückt und gekreuzigt wurde. Weltweit setzen sich schon immer christlich geprägte und gläubige BIPoC und FLINTA* gegen Rassismus, Neokolonialismus und jede Form von Unterdrückung ein.

Was ich damit sagen will: In Deutschland dominiert zwar noch immer das Bild des *weißen* Christentums, aber die weltweite Gemeinschaft von Christ*innen ist so viel größer, diverser und auch schon so viel älter, denn auch die ältesten Kirchen dieser Welt stehen tatsächlich auf dem afrikanischen Kontinent und nicht etwa in Europa. Ich bräuchte also vermutlich viel Zeit, Lust und Muße auf einer Party, um erst mal all diese Überlegungen zu erläutern. Und erst dann könnte ich wahrscheinlich frei und offen sagen: »Ich bin theologische Bildungsreferentin mit dem Schwerpunkt Antirassismus und Kirche in der Vereinten Evangelischen Mission.«

Maria – eine mutige Woman of Color

Nicht nur Gott* war kein alter *weißer* cis Mann – auch Jesus war damals anders als die Kirche heute. Er war nicht *weiß*, er stellte die Marginalisierten als Akteur*innen ins Zentrum und er war nicht reich. Oft empfinde ich es als erschreckend, wie die Kirche es geschafft hat, sich so weit von ihrer ursprünglichen Botschaft von Gerechtigkeit zu entfernen. Ich bin immer noch regelmäßig erschüttert darüber, wie es so weit kommen konnte und warum so viele Menschen dies über Jahrhunderte aufrechterhielten und nicht sehen wollten und wollen.

Bereits im Ersten Testament ist Gott* ausnahmslos an der

Seite derer, die unterdrückt werden. Auch in der Lebensgeschichte Jesu im Zweiten Testament liegt so klar auf der Hand, zu wem er sich positioniert und gegen wen er aufsteht. Es sind die Machthabenden, die er kritisiert, und die Unterdrückten, denen er begegnet und die er ermächtigt. Schon seine Mutter Maria singt in einem der bekanntesten Lieder der Bibel darüber. Im sogenannten Lobgesang der schwangeren Maria singt sie, noch bevor Jesus zur Welt kommt, über Gott*: »Sie hat Mächtige von den Thronen gestürzt und Erniedrigte erhöht«.[9]

In ihrem Buch *Gott ist Feministin* stellt die feministische Pastorin Mira Ungewitter die These auf, dass Maria im Prinzip das Patriarchat hintergeht, indem sie als jungfräuliche Mutter keinen männlichen Erzeuger braucht. So wird aus dem Patriarchat ein Matriarchat und ihr Verlobter Josef lediglich ein Statist in der gesamten Weihnachtsgeschichte.[10] Zu Beginn des Christentums steht also eine junge, unverheiratete Woman of Color, die mutig ihren Weg geht. Dieser Gedanke zaubert mir immer wieder ein Lächeln ins Gesicht. Vor allem, wenn ich in der Vorweihnachtszeit ausnahmslos die *weiße* Maria in all den Krippendarstellungen auf deutschen Weihnachtsmärkten wahrnehme, denn sie war weder *weiß* noch das nette brave Mädchen. Aber das wollte schon im Mittelalter niemand sehen, denn die *weiße* Maria sah so auch weniger jüdisch aus, und so sorgte die Kirche schon damals dafür, dieses Bild von Maria in die Welt zu tragen. So kamen Antisemitismus, Rassismus und Patriarchat zusammen, um Maria zu der Person zu machen, die heute in der Krippe verschüchtert nach unten schaut.

Das Buch von Mira Ungewitter vermittelte mir auch das erste Mal eine weitere biblische Szene aus feministischer Perspektive, nämlich die Erzählung über die Auferstehung Jesu. Natürlich war mir schon immer aufgefallen, dass es Frauen waren, die das leere Grab entdeckten und denen Jesus als Erstes nach der Auferstehung begegnet. Mira Ungewitter nimmt die ersten Worte des auferstandenen Jesus in den Fokus. Die erste Person, mit der Jesus nach seiner Auferstehung spricht, ist Maria von Magdala, die in der damaligen Gesellschaft wie auch in der jahrtausendalten Auslegung ihrer Rolle herabgewürdigt und ausgegrenzt wurde. Sie steht weinend am leeren Grab und der auferstandene Jesus sagt zu ihr: »Frau, warum weinst du?«[11] Es ist eine klare Positionierung Jesu, zu wem er als Erstes in dieser Welt geht, nachdem er den Tod überwunden hat, und es ist eine aufrichtige, empathische Frage. Wie schön wäre eine Kirche, in der wir heute nach all dem, was vor allem FLINTA*, BIPoC, behinderten Menschen und Menschen aus religiösen Minderheiten angetan wurde, fragen würden »Warum weinst du? Was kann ich für dich tun? Was brauchst du jetzt?« In solch einer empathisch zugewandten Haltung sehe ich den heutigen Auftrag der Kirche. Jesus hat diesen bereits vor 2000 Jahren vorgelebt.

Wenn ich mir klarmache, in welch einer stark patriarchal organisierten Gesellschaft und Zeit die Bibel verfasst wurde, ist es ein feministisches Meisterwerk und Wunder, dass niemand bis heute all diese Frauengeschichten herausgestrichen hat. Denn wir lesen dort, dass in den ersten Gemeinden Frauen in leitenden Positionen agiert haben. Junia, die Heilige Bischöfin Theodora oder die Geschäftsfrau Lydia sind nur einige von ihnen.[12] Die Verdrängung von Frauen aus kirchlichen Diensten begann erst später, als sich Kirche institutionalisierte. Gleichzeitig wurden durch die jahrhundertealte *weiß*-männliche Bibelauslegung manche Bibelstellen im Laufe der Zeit falsch übersetzt, und so wurde im Text Junia etwa zu Junias oder eben Maria zu dem angepassten Mädchen.

Die Institution Kirche, wie wir sie heute in Deutschland erleben, wurde als *weißes* europäisches Konstrukt im 19. Jahrhundert geprägt. Daher ist das *weiße*, männliche Gottes*bild auch wenig überraschend. Dabei vergessen oder verkennen wir, dass es in der Bibel noch so viel weitere Bilder von Gott* gibt. Die Rabbinerin Jill Hammer schreibt zum Beispiel: »Viele stellen sich G-tt[13] vor als einen Richter und Kämpfer. Und die sich unwohl fühlen mit diesem Bild, mögen manchmal denken, dass für sie kein Raum ist in diesem Glauben. Aber die Bilder für das Göttliche, die uns durch die ganze Bibel erscheinen, sind so verschieden.«[14] Es gibt Bibelstellen, in denen Gott* als mütterlicher Adler beschrieben wird oder als Henne, die beide durch ihre Flügel Schutz bieten. In der von mir initiierten *Alle-Kinder-Bibel* schreibt die Kinderbuchautorin Andrea Karimé einen Reim von Gott* an die Kinder, in dem es heißt: »Ich bin fair, ich bin mit dir. Ich bin queer, ich bin mit dir. Ich bin, ich bin mit dir.«[15]

Nach all den Beispielen, Auszügen und Interpretationen, die ich hier dargelegt habe, sollte klar sein, dass man Gott* heutzutage völlig selbstverständlich solidarisch auf einem Christopher Street Day treffen könnte. Ebenso selbstverständlich müsste Gott* heute über sich sagen »Ich bin queer« – meiner Meinung nach auch total logisch, da Gott* ja auch weder Mann noch Frau ist. »Gott bin ich, nicht ein Mann«[16], sagt Gott* ja über sich selbst in der Bibel und steht somit außerhalb der sozialen, historischen und politischen Konstrukte binärer Geschlechterrollen – denn diese Rollen sind menschengemacht und das Göttliche steht außerhalb dieser Kategorien. Da Gott* sich selbst in den Unterdrückten dieser Welt sieht und nicht nur an ihrer Seite ist, passt der Begriff »queer« aus queer-feministischer Perspektive perfekt, obwohl es gleichzeitig kaum eine andere Institution wie die Kirche gibt, die so viel Schuld in Bezug auf Queerfeindlichkeit auf sich lädt, indem Bibelstellen aus ihrem Zusammenhang gerissen und machtmissbräuchlich angewandt werden.

Daher löste der Reim in der *Alle-Kinder-Bibel* und auch eine Predigt des Pastors Quinton Ceasar, in der er beim Deutschen Evangelischen Kirchentag 2023 genau das sagte – »Gott* ist queer« – große Diskussionen, Hass und Hetze aus. Die heteronormative Kirche zeigte ihr queerfeindliches Gesicht, obwohl den meisten gute Argumente fehlten. Es führte zu Bedrohungen gegen den Schwarzen Pastor Ceasar, der Angst um sich und seine Familie haben musste. Der Theologe Thorsten Dietz versuchte hier gegenzulenken und erinnerte daran, dass laut christlicher und jüdischer Tradition alle Menschen Spiegelbilder Gottes* seien.[17] Und dass wenn Gott* queer sei, diese Aussage für queere Menschen tröstlich und längst überfällig ist, denn so empfinden sie sich endlich als Ebenbilder Gottes*. Dann fühlen sich endlich die Menschen bei Gott* zu Hause, die so oft in unseren Kirchen ausgegrenzt wurden.[18] Es muss wohl göttliche Fügung gewesen sein, dass unabhängig von all den Debatten eine Woche nach der Predigt von Pastor Ceasar der Song »Halleluja« des queeren Sängers Tarik Tesfu herauskam, in dem es heißt: »Gott ist kein alter weißer Mann. Gott ist queer«.[19] Die scheinbar zufällige Gleichzeitigkeit dieser Geschehnisse war schon fast wie ein Wunder, und an die glaube ich ja noch.

Mein Glaube trägt und inspiriert mich

Oh ja, ich glaube tatsächlich noch an Wunder und hoffe, dass ich das noch lange tun kann. In indigenen Wissensbeständen und Lebensphilosophien außerhalb Europas finde ich häufig spirituelle Anknüpfungspunkte, die diesen Glauben an Wunder in mir nicht sterben lassen. Die südafrikanische Lebensphilosophie des Ubuntu zum Beispiel. Wortwörtlich könnte man Ubuntu mit Menschlichkeit übersetzen, doch dabei würde einiges verloren gehen von der Idee. Sinngemäß bedeutet der Begriff »Ich bin, weil wir sind«. Der südafrikanische Erzbischof Desmond Tutu schreibt in seinem Buch *Keine Zukunft ohne Versöhnung* dazu: »Ein Mensch mit Ubuntu ist offen und zugänglich für andere, fühlt sich durch andere bestätigt und nicht bedroht, sondern weiß um die Fähigkeiten und Güte anderer. Er oder sie besitzt eine ausgeprägte Selbstsicherheit, die von dem Wissen herrührt, dass er oder sie einem größeren Ganzen angehört.«[20] Es geht bei Ubuntu also mehr um ein ethisch verantwortliches Leben in Gemeinschaft als um das persönliche Streben nach Glück.

In Empowerment-Trainings für BIPoC oder FLINTA* war es für mich oft besonders heilsam, ein kollektives Wir-Gefühl zu spüren. »Ich bin Mensch, weil ich dazugehöre«, würde Tutu wohl sagen. Ein Gefühl von Verbundenheit mit Menschen, der Natur und etwas Übernatürlichem ist für viele indigene Traditionen dieser Welt typisch. Menschen haben erkannt, dass der Mensch nur durch die Existenz anderer leben kann. Mit einer solchen Grundhaltung könnte unser Miteinander in einer vielversprechenden Art und Weise inspirierend wirken und Verbundenheit schaffen. Mit Ubuntu im Hinterkopf entscheidet man sich nämlich dafür, im Dialog mit den Menschen zu bleiben. Im persönlichen Austausch merke ich so oft, dass sich mein Gegenüber öffnet, sobald ich mich öffne. So können wir einander nah sein und viel voneinander erkennen und lernen.

Unterdrückungssysteme wurden geschaffen, um Macht auszuüben, und dazu musste man Menschen emotional voneinander trennen. Ein spirituelles Gefühl von Verbundenheit kann das verändern und eine Art widerständiges Potenzial freisetzen durch die Verbindung beziehungsweise Aufhebung der fremdbestimmten Trennung, weil wir dadurch in einer anderen Art der Abhängigkeit zueinander stehen. Wer Ubuntu beherzigt, braucht auch in den Fähigkeiten anderer keine Konkurrenz zu sehen und sie abzuwehren, weil die Fähigkeiten anderer auch der Gemeinschaft dienen und damit auch mir. Erzbischof Desmond Tutu zufolge kann das zu einem größeren Selbstbewusstsein führen, weil wir uns automatisch als Teil eines großen Ganzen verstehen. Ähnlich hat das auch die afroamerikanische Aktivistin und Schriftstellerin Audre Lorde beschrieben. Sie sprach von radikaler Selbstfürsorge und ging davon aus, dass vieles an Kampf, Unterdrückung und Rassismus nicht mehr nötig wäre, wenn sich jede*r selbst genug geliebt und gesehen fühlen würde. Diese Lebenshaltung finde ich auch in der Bibel in der Vorstellung der Verbundenheit aller in Jesus Christus. Im Korintherbrief des Zweiten Testaments steht sehr klar geschrieben, dass wir untrennbar miteinander verbunden sind. Diese Verbundenheit begegnet uns auch in anderen Religionen und Philosophien und zeigt uns, dass Menschen, die unterdrückt werden, ihre Würde zurückgewinnen können. Erst in der Neuzeit haben wir angefangen, die Bibel individualistisch zu lesen, und dabei ihren wahren Sinn verkannt.

In der Klimakrise, im anhaltenden Sterben auf dem Mittelmeer und in allen Unterdrückungssystemen wird spürbar, dass wir nur gemeinsam überleben können und miteinander verbunden sind. Wir können nur zusammen frei sein und gemeinschaftlich die Systeme bekämpfen, die uns trennen wollen. Daher ist es ratsam, diese Systeme nicht mit den gleichen Werkzeugen, wie zum Beispiel patriarchaler Machtausübung, zu bekämpfen, mit denen sie geschaffen wurden und die sie bis heute aufrechterhalten.[21] Die Bibel und viele andere spirituelle und religiöse Ansätze bieten uns Gegenentwürfe, die von Liebe geprägt sind.

Von einer spirituellen Liebe, die vieles verändern kann, spricht auch bell hooks immer wieder und vor allem in ihrem

Buch *Alles über Liebe – Neue Sichtweisen*. Auch wenn sie die Kirche und Christ*innen in ihren Werken zu Recht kritisiert, betont sie wiederholt ihre eigene christliche Prägung und verortete sich später als feministische Buddhistin und Christin zugleich. Den Glauben daran, dass wir alle eins sind, hat sie als Kind in der Kirche gefunden und schon damals als Erlösung empfunden. Über alle Differenzen hinweg verbindet die Menschen laut bell hooks vor allem die Sehnsucht nach Liebe und das Bedürfnis, geliebt zu werden. Daher bemühte hooks sich selbst, einer spirituellen Praxis zu folgen und ihr Herz zu öffnen.[22]

Ich finde mich in vielem wieder, was bell hooks schreibt. Diese Welt ist oft so brutal und kaum auszuhalten. Das Erkennen von Unterdrückungsmechanismen in sämtlichen Bereichen unseres Miteinanders – von großen Kriegen bis in unsere intimsten Beziehungen – macht es manchmal noch schwieriger. Die Erkenntnis, all das in meiner Lebenszeit nicht ändern zu können, lässt mich manches Mal verzweifeln. Und da ist es mehr als ein Trost zu wissen, dass ich verbunden bin – mit denen, die vor mir waren, denen, die nach mir kommen und denen, die weltweit mit mir gehen. Es ist eine kraftvolle Hoffnung zu glauben, dass es Gott* gibt und Gottes* Geschichte mit den Menschen der biblischen Erzählungen mir zeigt, dass Gott* laut Maria die Machtvollen von den Thronen stürzen und die Niedrigen erhöhen wird. Das lässt mich an müden Tagen weitermachen und gibt mir gleichzeitig eine Leichtigkeit, weil ich weiß: Es liegt nicht alles allein in meiner Hand, ich kann Dinge abgeben an eine höhere Instanz. Ich muss nicht die Welt retten.

Dieser letzte Satz war die Erkenntnis meines Lebens. Ich musste ihn mir hart erarbeiten, denn als Kind in der Evangelischen Kirche in Deutschland wurde mir das Gefühl vermittelt, dass ich nicht nur die Welt retten muss, sondern das auch kann. Das haben deutsche Christ*innen schon in der Kolonialzeit geglaubt, mit den bekannten Folgen ausbeuterischer Systeme, die bis heute fortbestehen. Erst in der Auseinandersetzung mit Unterdrückung und in der Verbundenheit mit einer weltweiten christlichen Gemeinschaft habe ich gelernt, dass das weder nötig noch möglich ist. Ich gebe meinen Teil, so viel ich kann, und das wird genug sein, denn ich bin verbunden und fühle mich getragen. Und die, die mich trägt, nenne ich Gott*. Andere dürfen sie auch anders nennen, auch das ist okay, denn Exklusivität im Glauben hat über die Zeiten großen Schaden angerichtet.

Mein Glaube ist gemeinschaftlich

Einerseits schreibe ich hier, dass sich die Kirche selbst unlearnen muss. Andererseits bin ich in der Evangelischen Kirche groß geworden und hänge bis heute an ihr. Ja, ich habe Gutes und auch Schlechtes erfahren. Vor allem aber habe ich dort zu meinem Glauben gefunden. Bei aller Kritik an der Institution werde ich von meinem Glauben hoffentlich nie ablassen, einfach weil dieser mir guttut. Der christliche Glaube war von Beginn an gemeinschaftlich gedacht. Ob diese Gemeinschaft die Institution Kirche braucht – das ist das, was ich regelmäßig infrage stelle. Gleichzeitig habe ich es aufgegeben, die gesamte Institution Kirche ändern zu wollen. Seitdem geht es mir bedeutend besser, und ich fühle mich frei. Es wäre auch vermessen zu denken, ich könnte eine 2000 Jahre alte Institution mit all ihrem Giftmüll in einer einzigen, meiner Lebenszeit verändern. Und ich versuche die Institution Kirche mit meiner Arbeit in kleinen wichtigen Schritten von innen zu ändern, indem ich vierzehntägig mit meiner Kollegin Thea Hummel in unserem Podcast *Stachel&Herz* über Diskriminierung und Kirche aufkläre, Machtsysteme entlarve, Bildungsseminare halte, Antirassismus- und Empowermentrainings gebe und auf Instagram alltäglich dazu poste, mich vernetze und mit kirchlichen Akteur*innen ins Gespräch komme und Lernprozesse begleite. Die Resonanz ist enorm groß und berührt mich oft sehr. Ich begleite Menschen auf ihrem Weg, diskriminierungssensibel zu werden. Ich erlebe, dass eine echte Veränderung der inneren Haltung möglich ist. Zudem weiß ich: Es gibt viele Inseln, viele gute Orte und viele Menschen, die es auch anders machen wollen. Und die auch eine Sehnsucht danach haben, ihren Glauben auszuleben und sich dafür einsetzen und gleichzeitig Safer Spaces zu schaffen und Awareness- und Reparationskonzepte zu erarbeiten.

In der Kirche gibt es diese unsichtbaren wichtigen Momente, in denen wir Menschen in den schmerzlichsten Phasen ihres Lebens begleiten dürfen. Ich habe als Seelsorgerin schon immer gern Menschen in ihrer Trauer zur Seite gestanden und ihre Zugehörigen beerdigt. Es ist jedes Mal ein unglaublich großes Vertrauensgeschenk, wenn ich Menschen in diesen Momenten begleiten darf. In diesem Augenblick wird alles andere egal – selbst die Institution an sich –, denn es geht in solchen Momenten um etwas völlig anderes – und das ist gut so. Es zeigt sich dabei oft, was wirklich wichtig ist im Leben. Selten sind das Macht, Hierarchien und Konstruktionen. In der Trauer gibt es kein Richtig und kein Falsch.

Wenige Ereignisse im Leben bewirken, dass Menschen sich ihre Subjektivität und ihren Schmerz mehr eingestehen können als am Grab ihrer Liebsten. Aus diesen Begegnungen habe ich viel lernen dürfen für alles, was ich tue und was mich ausmacht. Der Trost auf die Ewigkeit und die Hoffnung darauf, dass am Ende Gott* steht, ist meine einzige Antwort, die ich habe. Ohne meinen Glauben aber könnte ich Trauer kaum aushalten. Und diese begegnet mir nicht nur im Angesicht des Todes. Ich trauere auch um die Kirche selbst, ich trauere um eine heile Welt, an die ich als Kind geglaubt habe, ich trauere um so vieles, dass ich die

Liste um viele Punkte verlängern könnte. Ich trauere jedenfalls gerne. Das mag absurd klingen, aber es ist wahr. Denn das Einzige, was gegen Trauer wirklich hilft, ist das Trauern selbst. Trauern ist nicht das Problem, es ist die Lösung.

Viele Menschen haben dazu keinen Zugang oder haben gar das Trauern verlernt, weil diese Haltung nicht in die Rationalität und Objektivität unserer Gesellschaft passt. In der Kirche aber habe ich Trauern gelernt, und zwar ohne das Ziel, sofort (leicht-)fertige Antworten auf ebendiese meine Trauer finden zu müssen.

Diese Hoffnung, dass am Ende Gott* steht, kann ich auf sämtliche Herausforderungen im Leben anwenden: das Verzweifeln an fehlender Klimagerechtigkeit, Kriege, Flucht, Rassismus, patriarchale Unterdrückung, Abwehrmechanismen auf sämtlichen Ebenen und in ihrer stärksten Form, Krankheiten und vieles mehr. Es gibt genug Gründe, um an der Welt zu verzweifeln. Doch ich habe in der Kirche einen Glauben und eine Hoffnung gefunden, die mich all das einigermaßen ertragen lassen. Auch wenn es dort öfter diskriminierungssensibler und machtkritischer zugehen sollte. Aber ich glaube fest daran, dass die Evangelische Kirche nicht will, dass sich Geschichte wiederholt. Das glaube ich auch den allermeisten Christ*innen in Deutschland: Sie wollen nicht, dass Geschichte sich wiederholt und Unterdrückung religiös legitimiert wird. Sie wollen eine Kirche als offenen und sicheren Ort für alle. Und es gibt viele Menschen, die mittlerweile darauf hinweisen, dass noch viel getan werden muss, um das zu erreichen

Mit diesen Menschen bin ich gern unterwegs im Raum der Kirche. Ich brauche ihre Gemeinschaft und unser kollektives Wir-Gefühl, das eingeflochten ist in die Geschichte. Denn es ist die Geschichte derer, an deren Seite sich Gott* schon immer gesehen hat.

Viele Menschen in der US-Bürgerrechtsbewegung haben gemeinschaftlich gesungen: »We shall overcome« und »Deep in my heart I do believe, that we shall overcome someday«. Ich fühle mich mit diesen Zeilen und den Menschen, die sie sangen, stets verbunden. Es ist der gemeinsame Weg, von dem wir nicht wissen, wohin er führt, aber von dem wir wissen, dass es etwas Größeres gibt, das unsere Vorstellung übersteigt. Darauf dürfen wir getrost hoffen, und es wird gut werden – für uns alle.

unlearn medizin

Mandy Mangler & Gonza Ngoumou

Im Gesundheitswesen gibt es jeden Tag Rassismus. Das einfach mal vorweg. Und weil Patriarchat auch bedeutet, dass nicht nur Frauen diskriminiert werden, sondern Frauen mit zusätzlichen marginalisierenden Merkmalen noch viel mehr, sind Rassismus und andere Diskriminierungsformen auch immer Teil des Patriarchats, beides kann nicht unabhängig voneinander betrachtet oder gelöst werden. Und so ist es nicht verwunderlich, dass jede Person, die im Gesundheitswesen arbeitet, auf Anhieb von strukturell diskriminierenden und rassistischen Situationen in ihrem Alltag berichten kann: Dies zeigt sich, wenn Menschen, die augenscheinlich nicht zur Mehrheitsgesellschaft gehören, ausgeschlossen, herabgewürdigt oder schlechter versorgt werden. Es trifft Mitarbeitende genauso wie Patient*innen. Und es passiert täglich, manchmal sogar mit pseudomedizinischem Befund. So wurde zum Beispiel eine Ärztin of Color aus meinem, Mandys, Team auf Station gerufen. Dort berichtete ihr die Krankenpflegerin über eine frisch operierte Patientin, die Deutsch-Türkin war: »Sie hat das Mittelmeersyndrom«, sagte die Pflegerin, »ständig will sie Schmerzmittel haben.« Das »Mittelmeersyndrom« ist ein herabwertender und rassistischer Mythos ohne wissenschaftlichen Hintergrund. Es unterstellt Menschen, die Wurzeln im Mittelmeergebiet haben, sie würden

Schmerzen intensiver spüren. Das angebliche Syndrom wird genutzt, um sich weniger intensiv um sie zu kümmern und ihre Schmerzen weniger ernst zu nehmen. Es wurde sogar der Begriff *Morbus mediterraneus* gebildet, um dem Konstrukt einen pseudowissenschaftlichen Anstrich zu geben.

Studien zeigen, dass auch Frauen bei Schmerzen weniger schnell behandelt werden, bei Frauen of Color ist dies noch eklatanter. Forscher*innen an der Universität Mailand-Bicocca haben ein Experiment durchgeführt, um herauszufinden, ob die Hautfarbe eines anderen Menschen beeinflusst, wie empathisch wir auf dessen körperlichen Schmerz reagieren. Den *weißen* Teilnehmenden wurden Videoclips gezeigt, in denen Menschen unterschiedlicher Hautfarbe eine Nadel in die Haut eingeführt wird. Die Forschenden erkannten an der Schweißbildung der Hände der Zuschauenden, wie die Schmerzmatrix in ihrem Gehirn reagierte (was sie immer tut, wenn wir jemanden sehen, der Schmerzen hat). In diesem Experiment reagierten die Zuschauenden stärker mit schwitzenden Händen, wenn sie Zeuge wurden, wie *Weiße* einen schmerzhaften Stimulus erhielten. Dieses Phänomen nennt man in den USA »racial empathy gap«. Zu dieser Empathielücke passend zeigt eine in den USA durchgeführte Studie, dass *weiße* Menschen, auch medizinisches Personal, fälschlicherweise davon ausgehen, dass Schwarze Menschen weniger Schmerzen empfinden als *weiße* Menschen.

Auch Mitarbeitende erleben rassistische Äußerungen. Gülcan Cetin ist ein bekanntes Mitglied der Comediangruppe »Datteltäter« und hat Medizin studiert. Zuvor war sie Operationstechnische Assistentin (OTA). In ihrer Ausbildungszeit habe ich, Mandy, mit ihr zusammengearbeitet. Gülcan trägt Kopftuch und kann viel über Diskriminierung und Rassismus im Krankenhaus berichten. Eine Geschichte aus ihrer Zeit als OTA-Schülerin ist ihr noch besonders präsent: Bei einer Übergabe auf der neurologischen Station setzte sie sich im Stationszimmer neben die Pflegekräfte. Eine davon schaute sie an und sagte: »Seit wann nehmen die Putzfrauen an der Übergabe teil?« Gülcan blickte sich im Raum um und suchte nach einer Reinigungskraft, bis sie schließlich verstand – sie war gemeint.

Ähnliches geschah mir, Gonza, als Schwarze Kinderärztin etliche Male, zum Beispiel, als ich in einer Berliner Kinderklinik in der Neugeborenen-Abteilung arbeitete. Es passierte immer wieder, dass wir von kleineren Kliniken mit Geburtshilfeabteilung zu Kaiserschnitten oder kränkelnden Neugeborenen gerufen wurden. In diesem Fall stand ein eiliger Kaiserschnitt bevor, eine Kinderpflegerin und ich als Kinderärztin trafen rechtzeitig vor Ort ein und bereiteten vor, was wir möglicherweise brauchen würden. Da kam der Narkosearzt, ein *weißer* Mann, zu uns rein, blickte ohne eine Frage zu stellen die Kinderpflegekraft an und begann, *ihr* die medizinische Situation zu schildern. Als ich eine fachliche Rückfrage stellte, schaute er erst irritiert auf uns, dann auf unsere Namensschilder und bemerkte daraufhin seinen Fehler. Doch er redete einfach weiter, dann so halb an uns beide gerichtet, ohne ein Wort über seine vorurteilsbehaftete Annahme zu verlieren, geschweige denn sich zu entschuldigen. Solche diskriminierenden Situationen, in denen mir die Kompetenz abgesprochen wird, kommen regelmäßig und in den unterschiedlichsten Zusammensetzungen vor. Ich erlebte Vorurteile von Eltern, von Patient*innen, von ärztlichen Kolleg*innen, vom Pflegepersonal und auch von Studierenden, etwa wenn ich den Unterrichtsraum aufschließe und die Studierenden sich bei mir bedanken, dass ich sie schon mal hereinlasse, um nachher offen überrascht festzustellen, dass ich den Unterricht auch halte. Hier treffen sich zwei Diskriminierungsformen und verstärken sich: Wenn schon Frauen bis heute stark dafür kämpfen müssen, als kompetent erachtet zu werden, gilt das für mich als Schwarze Frau noch in viel größerem Ausmaß.

Nun finden solche Voreingenommenheiten meist auf unbewusster Ebene statt. Bewusste rassistische Beleidigungen passieren seltener. Aber sie passieren. Als ich, Gonza, noch junge Stationsärztin war, erlebte ich offenen Rassismus sehr deutlich: Die Wochenendvisite machten mein damaliger Oberarzt, ein *weißer* Mann Ende 50, und ich. Eine Mutter fragte den Oberarzt, ob er selbst den Abschlussbericht schreiben würde. Er antwortete mit folgendem Satz: »Jeder hat seinen [N-Wort].«

Noch schlimmer ist es, wenn Patient*innen diskriminiert werden, denn sie kommen hilfesuchend in die Klinik oder die Praxis und sind häufig in einer Ausnahmesituation. So war es auch bei der Visite einer *weißen* ärztlichen Kollegin. Ein etwa 12-jähriger Junge of Color hatte Bauchschmerzen und war ohne seine Eltern auf Station. Er war sichtlich eingeschüchtert und sagte wenig. Als die Ärztin ihn etwas fragte, antwortete er mit einem Schnalzgeräusch als Verneinung. Daraufhin erhob die Ärztin die Stimme und schimpfte mit dem Jungen, der nun noch eingeschüchterter wirkte. Als ich sie auf ihr Verhalten ansprach, meinte sie, der Junge habe sie respektlos behandelt. War es nicht genau umgekehrt?

Ein weiteres Erlebnis zeigt, dass auch bei der medizinischen Versorgung mit unterschiedlichem Maß gemessen wird. Es ist die Geschichte eines 10-jährigen Schwarzen Jungen mit einer Sichelzellanämie. Das ist eine angeborene Bluterkrankung mit krisenhaften starken Schmerzattacken. Dieser Junge kam also mit starken Schmerzen in die Rettungsstelle. Mein Team und ich erkannten sofort, dass er ein starkes Schmerzmittel benötigte, das wir ihm auch zügig verabreichten. Die Mutter bedankte sich überschwänglich und erklärte, die Schmerzen ihres Sohnes würden normalerweise nicht ernst genommen. Ich kenne sogar

Fälle, in denen Kinder zu spät operiert wurden und nun lebenslange bleibende Schäden erleiden, weil sie und ihre Eltern anfänglich nicht ernst genommen wurden.

Keine Einzelfälle

Solche Beispiele erlebt man regelmäßig, wenn man wie wir im deutschen Gesundheitssystem arbeitet. Und sie sind keine Einzelfälle, sondern es steckt ein System dahinter. Eine Analyse des deutschen Forschungsstands zur Diskriminierung im Gesundheitswesen 2021 zeigte, dass alle Menschen mit marginalisierenden Merkmalen (zum Beispiel Hautfarbe, Genderidentifikation oder Behinderung) sowohl beim Zugang als auch bei der Nutzung von Gesundheitsdiensten diskriminiert werden – und zwar durch das Verhalten des medizinischen Personals ebenso wie durch die Strukturen und Regeln des Medizinbetriebs, die bestimmte Gruppen benachteiligen. Es gibt regelrechte Muster, die marginalisierten Menschen Nachteile verschaffen. Da werden räumliche oder kommunikative Barrieren errichtet – etwa wenn jemandem die Diagnose oder der Eingriff nicht ausreichend erklärt wird in der Annahme, dass er oder sie aus mangelnder Sprachkenntnis den Ausführungen eh nicht folgen könne. Problematisch ist auch unzureichendes Fachwissen – beispielsweise werden Ausschläge auf dunklerer Haut nicht richtig gedeutet. Wenn das Gesundheitspersonal für spezifische kulturelle Bedürfnisse nicht sensibilisiert ist, kann es passieren, dass die Art, mit Trauer umzugehen, kritisiert oder nicht erlaubt oder verboten wird, dass viele Verwandte auf einmal in die Klinik kommen, was dann gerne mit standardisierten Abläufen und Regeln erklärt wird, obwohl es eine institutionelle Diskriminierung darstellt. Im Alltag führen solche Verhaltensweisen genau zu solchen Fällen, die wir weiter oben beschrieben haben. Sie alle und noch viele mehr zeigen, dass das deutsche Gesundheitssystem nicht auf Diversität ausgerichtet ist.[1] Daran zeigt sich auch: Medizin ist politisch und hat eine große Macht, rassistische und sexistische Gesellschaftsstrukturen zu etablieren und aufrechtzuerhalten.

Ein kürzlich veröffentlichter Bericht des nationalen Diskriminierungs- und Rassismusmonitors (NaDiRa) fand heraus, dass im deutschen Gesundheitswesen nicht nur regelmäßig diskriminiert wird, sondern dass insbesondere Frauen, darunter muslimische, Schwarze und asiatische Frauen, ungerechte und schlechte Behandlung durch medizinisches Personal erfahren haben. So berichtet eine Teilnehmerin folgendes: »Im Gesundheitswesen denken viele, dass Schwarze Menschen viele Schmerzen aushalten können, weil sie kommen aus Ländern, wo viele arm sind und wo man nicht viel hat, wo man mit Schmerzen umgehen lernen musste, wo medizinische Versorgung eh total schlecht ist, deswegen kann man die lange warten lassen – also wie in meinem Fall.«[2] Auch zeigen diese Daten: Fragen Personen mit nicht deutsch klingendem Namen in medizinischen Praxen nach einem Termin, werden sie eher abgewimmelt oder müssen länger auf einen Termin warten.

Diese Erfahrungen führen zu einer schlechteren Gesundheitsversorgung für die Betroffenen: Entweder wechseln sie häufiger den Arzt oder die Ärztin oder meiden den Besuch der Praxis komplett, einfach weil sie erleben, dass ihre Beschwerden nicht ernst genommen werden.

Schließlich sei hier noch der Afrozensus erwähnt, eine Studie, die nahezu 6000 Schwarze, afrikanische und afro-diasporische Menschen in Deutschland zu ihren Lebensrealitäten in der deutschen Gesellschaft befragte: Auch hier berichten die Befragten, dass ihre Beschwerden und Erfahrungen im deutschen Gesundheitssystem nicht ernst genommen werden, dass sie abgewertet werden, *Othering* erfahren und damit zu Fremden erklärt werden. Sie werden schlecht oder gar nicht über ihre Krankheit, Diagnostik und Therapiemaßnahmen aufgeklärt. Und Schwarze, afrikanische und afro-diasporische medizinische Fachkräfte machen fast ausnahmslos die Erfahrung, dass ihre Fachkompetenzen regelmäßig in Zweifel gestellt werden.

Jetzt könnte man annehmen, wenn all diese Zahlen und Studien existieren, sollte ein Ruck durch das Gesundheitswesen gehen und die zuständigen Instanzen müssten anfangen, ihre eigenen Rassismen aufzuarbeiten. Leider ist das Gegenteil der Fall: Die Diskriminierung in Gesundheitsinstitutionen wird viel eher geleugnet, es fehlt die diskriminierungskritische Kompetenz, ja die Ausübung von Diskriminierung wird sogar eher normalisiert.[3] Dazu später mehr.

Wann und wie die Medizin sich patriarchal aufgestellt hat

Eine patriarchale Struktur funktioniert nach traditionellen männlichen Eigenschaften und Werten. Andere Werte, besonders als »weicher« oder »weiblich« betrachtete, werden automatisch und systematisch benachteiligt. Das Gesundheitssystem funktioniert nicht anders. Es hat eine lange geschichtlich gewachsene und verfestigte patriarchale Grundstruktur und diskriminiert damit Frauen, Menschen mit anderen Hautfarben, Menschen mit anderen Religionen, homosexuelle und trans* Menschen sowie alle, die körperlich oder psychisch »anders« als die Mehrheitsgesellschaft einsortiert werden. Und so haben die von uns beschriebenen Fälle, die in Form von intersektionaler Mehrfachdiskriminierung täglich so oder schlimmer unzählige Male in deutschen Krankenhäusern und Geburtshilfen geschehen, einen tiefen strukturellen Hintergrund. Wie ist diese rassistische und sexistisch-patriarchale Struktur im deutschen Gesundheitswesen entstanden?

Westliche Medizin zu studieren war an den entstehenden europäischen Universitäten des Mittelalters und dann schließlich ab dem 16. Jahrhundert möglich. Aber nur den Männern. Frauen waren also über viele Jahrhunderte hinweg ganz explizit ausgeschlossen. Und das bis tief ins 19. Jahrhundert hinein: Elizabeth Blackwell aus den USA, Jahrgang 1821, wurde geraten, sich als Mann zu verkleiden, um zum Medizinstudium zugelassen zu werden. Sie wurde zuvor von zwölf Universitäten abgelehnt, bis sie schließlich gegen alle Widerstände in den 1840er-Jahren als eine der ersten *weißen* Frauen überhaupt in den USA Medizin studieren durfte.[4] Rebecca Lee Crumpler, geboren 1831, war die erste Schwarze Frau, die im Jahr 1860 in den USA Medizin studierte. In Deutschland war es noch düsterer: Während in anderen europäischen Ländern Frauen längst in den Hörsälen saßen, wurden Frauen hierzulande erst im Jahr 1900 an der Universität in Baden akzeptiert. Dabei trafen die ersten Studentinnen auf massiven Widerstand der männlichen Studenten – und auch Dozenten: Sie wurden mit »niederen Tieren wie Gänsen und Schweinen« verglichen, gesondert unterrichtet und verspottet.[5] Ihnen wurde allen Ernstes ein angeblich geringeres Gehirngewicht attestiert und argumentiert, ein Medizinstudium passe ganz einfach nicht zur Natur der Frauen.[6] Man sprach damals von der *pestis mulieribus* – der Pest durch das Strömen der Frauen in die öffentliche Gesellschaft. Besonders die ersten Medizinstudentinnen mussten viel einstecken,[7] sodass ihre Leistungen als noch viel wertvoller zu betrachten sind. Ihre Namen – Johanna Kappes, Mathilde Wagner, Anna Martha Kannegiesser, Rahel Hirsch – sind uns jedoch kaum geläufig.[8,9] Adele Hartmann war 1918 die erste in Medizin habilitierte Frau Deutschlands mit einer Arbeit zur Zellteilung. Ihr Name ist kaum bekannt. Nur zwei Straßen wurden deutschlandweit nach ihr benannt.[10]

Und heute? Gibt es in Deutschland zwar mehr Medizinstudentinnen als Medizinstudenten, doch je weiter die Qualifikation in der medizinischen Karriere voranschreitet, desto weniger Frauen sind vertreten. Ihr Anteil in Führungspositionen an medizinischen Fakultäten staatlicher Universitäten lag 2022 bei gerade mal 13 Prozent.[11] Auch der Anteil an Oberärztinnen liegt derzeit bei nur 37 Prozent. Von Frauen mit migrantischen Wurzeln oder Frauen of Color mal ganz abgesehen – zu ihnen fehlen Statistiken. Dabei sind Frauen nicht weniger qualifiziert, sie bleiben nur zu oft durch Mutterschaft sowie Care-Arbeit für Kinder und andere Angehörige auf der Karriereleiter stecken. Sind unter den Chefärzt*innen vor allem Männer, führt das wenig überraschend dazu, dass sie eben auch nur einander fördern. Oder um es mit den Worten des aus der Soziologie bekannten Thomas-Prinzips zu sagen: Ein Thomas stellt einen Thomas ein, der einen Thomas einstellt, der einen Thomas einstellt. Und das, obwohl längst bewiesen ist, dass gemischte Teams erfolgreicher sind, besonders in einem Operationssaal. Die Patient*innen werden ganzheitlicher betrachtet und behandelt, sie genesen schneller und es kommt zu weniger Komplikationen und Todesfällen, was aus der Perspektive der Patient*innen – und damit für uns alle – am wichtigsten sein sollte.[12]

Unser Gesundheitswesen schließt die meisten Menschen aus

Stand heute ist unsere Medizin auf mehr als die Hälfte der Bevölkerung nicht ausgerichtet und damit auf alle Menschen, die dem *weißen* männlichen Mainstream nicht entsprechen. Dazu gehören nicht *weiß* gelesene und migrierte Menschen, Frauen, trans* Personen und Nicht-Heteronormative sowie körperlich weniger Leistungsfähige. Die Unterlegenheit der nicht *weiß* gelesenen, weiblichen, behinderten, trans* Körper wurde größtenteils durch die Medizin postuliert, etabliert und durchgesetzt. Zählt man zusätzlich intersektionale Identitäten hinzu, ist das Medizinsystem in Deutschland überhaupt nur für eine Minderheit konzipiert! Und das darf nicht sein.

Der Fehler beginnt bereits in der Ausbildung: Im Medizinstudium fehlten lange Vorbilder für zukünftige Ärztinnen. Die Mehrheit der Lehrbücher wurde von *weißen* Männern geschrieben. Die Tradition, dass Krankheiten nach ihren Erstbeschreibern benannt werden, ließ eine lange »Morbus-Ehrenliste« entstehen, die nahezu ausschließlich von *weißen* Männern gefüllt wurde, wie etwa Morbus Crohn, Alzheimer oder Parkinson. Im Studium gab es oftmals mehr Punkte in Klausuren, wenn diese Namen genannt werden konnten. Die gefeierten medizinischen Helden waren schon immer fast alle *weiß* und männlich.

Auch die Abbildungen in den Lehrbüchern sind oftmals irreführend oder sogar falsch. So werden etwa weibliche Geschlechtsorgane inkorrekt oder gar nicht benannt. Dabei existiert das Wissen über die Anatomie der Klitoris zum Beispiel seit fast 400 Jahren. Doch dieses Wissen wurde systematisch ignoriert und aus bereits bestehenden Lehrbüchern wieder ausradiert.[13] Erst 1998 wurde die Anatomie der Klitoris dann endlich mal richtig dargestellt, und zwar durch die australische Urologin Helen O'Connell. Sie stellte fest, dass die Klitoris in den von ihr sezierten Frauenleichen komischerweise viel größer als in ihren Lehrbüchern und auch nicht korrekt lokalisiert war. Dennoch wird dieses Wissen auch in den Anatomielehrbüchern von heute noch teilweise falsch oder gar nicht wiedergegeben.

Ein weiteres Problem in der heutigen Lehrliteratur ist auch, dass viele Krankheiten zuerst nur an *weißen* Menschen erforscht und dann auch anhand von *weißen* Menschen abgebildet werden.[14] Wie Hautausschläge oder Blutergüsse auf nicht *weißer* Haut aussehen etwa oder wie man Venen auf nicht *weißer* Haut findet, wird in den meisten Lehrbüchern nicht gezeigt – mit schädlichen Folgen für die Betroffenen und wichtigen Sekunden, die im Notfall verloren gehen können.

Kommen wir zur patriarchalen Dysbalance im medizinischen Betrieb zurück. Während die Diagnostik überwiegend männliche Nachwuchsärzte vornehmen, wird die Fürsorge der Patient*innen – also etwa Pflege, Wechseln von Verbänden oder zugewandte Fürsorge – traditionell von Diagnostik und Therapie strikt getrennt und ursprünglich Frauen zugeschrieben, da sie ja angeblich per Bestimmung für Care-Arbeit zuständig sind. Deshalb gibt es den Beruf der Krankenschwester, aber keinen Krankenbruder. Und: Obwohl es sich um eine andere Berufsgruppe handelte, waren (und sind teilweise bis heute) Ärzte den Pflegenden oft direkt vorgesetzt. Überhaupt wurden bis vor nicht allzu langer Zeit Pflegeberufe in Deutschland und weltweit fast ausschließlich von Frauen ausgeübt – und selbst heute stellen sie immer noch einen Anteil von knapp über 80 Prozent der Pflegekräfte in Deutschland.[15]

Auch in der Forschung gelten die gleichen patriarchalen Regeln, mit teils lebensgefährlichen Folgen für alle, die nicht *weiß* und männlich sind: Über 70 Prozent der Studien zu Behandlungen wurden nur an *weißen* männlichen Probanden getestet. Auch die Beschreibung von Krankheitssymptomen beruht oft auf männlichen *weißen* Patienten. Der »Klassiker« ist hier der Herzinfarkt: Frauen mit Herzinfarkt oder auch Schlaganfall werden statistisch gesehen verglichen mit Männern verspätet diagnostiziert und behandelt, da bei ihnen andere Symptome auftreten können. Während ein Herzinfarkt bei Männern praktisch immer mit linksseitigen Brustschmerzen einhergeht, können Frauen Kieferschmerzen, Übelkeit, Erbrechen, Druck auf dem Brustkorb oder in den Arm ausstrahlende Schmerzen als Hauptsymptom zeigen. Auch die Erforschung von klassisch weiblichen Erkrankungen wie die Endometriose oder auch die Auswertung von Geburten wurden lange vernachlässigt.[16]

Konsequenzen des Patriarchats in der westlichen Medizin

Die Konsequenzen für alle, die nicht *weiße* Männer sind, konnte man in einem kürzlich veröffentlichten Artikel zum Thema Krebs bei Frauen im Fachblatt *Lancet* lesen. Erstens: Krebs ist für Frauen gefährlicher als für Männer, denn er ist weniger gut verhinderbar und verantwortlich für einen großen Teil des verfrühten Sterbens. Und zweitens: Frauen sind finanziell und sozial von Krebserkrankungen stärker bedroht als Männer, weil sie durch ihre Lebensweise über weniger Einkommen verfügen und ein Verdienstausfall sie härter trifft. Das Patriarchat dominiert die Studien und die wissenschaftliche Richtung in der Krebsforschung, denn was untersucht wird und welche Studien mit Forschungsgeldern unterstützt werden, bestimmen zu einem großen Teil Männer. Und es liegt am Patriarchat, wenn – drittens – Frauen trotz ihrer ernsten Erkrankung zurückstecken und statt der eigenen Genesung die von ihnen zu leistende Care-Arbeit priorisieren. Wenn man mit Frauen über ihre zum Teil schweren Diagnosen wie Krebs spricht, hört man häufig: Ich muss mich erst noch um meinen Mann kümmern oder um pflegebedürftige Angehörige und Kinder. Dadurch werden oft dringend nötige Therapien zeitlich verzögert angetreten, weswegen später intensivere Maßnahmen notwendig werden, um die Situation zu verbessern. Gender- und intersektionale transformative Strategien sind notwendig, um Frauen und Mädchen einen gleichwertigen Zugang zur Gesundheitsversorgung zu ermöglichen. Insgesamt – so die *Lancet*-Studie – sei ein feministischer ökonomischer Zugang zur Situation von Frauen mit Krebs wichtig.[17]

Nicht nur bei Krebserkrankungen werden weibliche Menschen benachteiligt. Sie warten auch bei Schmerzen länger in der Notaufnahme als männliche Patienten, sie müssen auf eine Diagnose durchschnittlich vier ganze Jahre länger warten als Männer, haben bei Medikamenteneinnahmen doppelt so häufig schwere Nebenwirkungen und eine Endometriose wird im Schnitt mit neun Jahren Verzögerung diagnostiziert. Denn Frauen mit Menstruationsschmerzen werden häufig nicht entschieden genug ernst und wahrgenommen. Dabei führen starke Periodenschmerzen oft dazu, dass Frauen tagelang nicht zur Arbeit gehen können und Schmerzmittel nehmen müssen. Mindestens 10 Prozent der Frauen haben eine Endometriose und damit verbundene Symptome. Es ist ein Skandal, dass die Forschung hierzu noch in den Kinderschuhen steckt, weil sie männlich dominiert ist.

Doch die strukturellen Ungleichheiten bleiben nicht beim Geschlecht stehen: Struktureller Rassismus führt zur Benachteiligung von Schwarzen Menschen bei der medizinischen Versorgung, insbesondere von Schwarzen Frauen. Beispielsweise gibt es eine dreifach erhöhte Sterblichkeit von Schwarzen Müttern während der Geburt in den USA.[18] Schwarze US-Amerikaner*innen waren während der Pandemie deutlich schwerer betroffen als *weiße* US-Bürger*innen,[19] weil sie durch ihre oft schlechtere sozioökonomische Stellung beengter zusammenleben und sich keine Krankenversicherung leisten können. Durch strukturellen Rassismus kann es auch zu falschen Diagnosen kommen, weshalb von Rassismus Betroffene den Kontakt zum Gesundheitswesen vermeiden – und so noch kränker werden. Und wenn wir wissen, dass mehr als jeder vierte Mensch in Deutschland migrantische Wurzeln hat, betreffen diese Zustände tagtäglich eine ganze Menge Menschen, und insbesondere Frauen in unserem Land – das darf so nicht bleiben, es ist unsere gesellschaftliche Pflicht, dies zu ändern.

Die vielfältigen Diskriminierungen in der Medizin

Ein Krankenhaus oder eine Praxis, in die man kommt, weil man Schmerzen hat, wo man sich ausziehen muss, sich verletzlich macht und auch zeigt – das alles sollte ein geschützter Ort sein; gerade für Frauen und ihre Körper. Doch leider kommt sexistisches Verhalten im Gesundheitswesen häufig vor. Dazu gehören sexualisierte oder sexistische Äußerungen über Patientinnen, auch abfällige Bemerkungen über ihr Gewicht. Es ist kein Einzelfall, dass schon Kinder und Jugendliche bei der Visite vor allen Leuten Bodyshaming durch das Personal erfahren. Auch Menschen mit Behinderung werden oft bereits im Kindesalter mit Diskriminierungen im Krankenhaus konfrontiert.[20] Eltern von Kindern und Jugendlichen mit Behinderung berichten zum Beispiel, dass mit ihnen taktlos umgegangen wird oder sie sogar ignoriert werden. Es ist leider typisch, dass sie schlechter untersucht werden und es keine Rücksicht und Anpassung an die Einschränkungen des Kindes gibt. Das patriarchale medizinische System betrachtet grundsätzlich Menschen mit Behinderung als »krank« und somit als Abweichung von der gesellschaftlichen »Norm«, was zu Stigmatisierung und Unterdrückung führt.

Das Gleiche gilt für Menschen mit psychologischen oder psychiatrischen Diagnosen. Ein Mensch mit Behinderung oder einer psychiatrischen Diagnose kann aber vollkommen gesund sein. Denn letztendlich befinden sich diese vielfältigen Identitäten auf dem normalen Spektrum des Menschseins. Auch trans* Personen werden im deutschen Gesundheitssystem stark diskriminiert. Die Barrieren reichen von mangelndem Verständnis für geschlechtsbezogene Identitäten durch das Gesundheitspersonal bis hin zu Schwierigkeiten beim Zugang zu notwendiger medizinischer Versorgung.[21]

Doch auch das Personal ist Diskriminierungen ausgesetzt: In einer Befragungsstudie von 2018 gaben Ärzt*innen an, ein Unbehagen zu verspüren, dass homosexuelle und trans* Menschen zum Medizinstudium zugelassen werden können,[22] was ein Zeichen für sehr konservative Werte in der Ärzt*innenschaft ist. In einer anderen Befragung von Ärzt*innen mit Behinderungen kam heraus, dass diese doppelt so hart arbeiten müssen, um akzeptiert zu werden, mit Stigmatisierungen und Mikroaggressionen zu kämpfen haben und sich generell weniger zugehörig fühlten.[23]

Und dann gibt es natürlich noch die fast schon »klassischen« Sexismen gerade Frauen und weiblich gelesenen Personen gegenüber – und das sehr häufig durch Vorgesetzte. Da wird offen geflirtet, werden der Körper oder das Aussehen bewertet und aus sexistischen Motiven Frauen ausgegrenzt und an ihrer beruflichen Karriere gehindert. So war es etwa in meiner, Mandys Klinik, als sich auf eine Position als Chefärzt*in wieder einmal zahlreiche Männer und nur eine Frau bewarben. Die Frau war mit Abstand am besten qualifiziert, sie hatte wissenschaftlich viel erreicht und die idealen Voraussetzungen. Dennoch wurden in der Berufungskommission sehr vehement weitere weniger gut qualifizierte Männer in Betracht gezogen und es wurde lang und breit diskutiert, dass man ihnen die Stelle anbieten müsse. Das Gebaren ergab überhaupt keinen Sinn und lag an der strukturellen und systematischen Benachteiligung von Frauen in unserer Gesellschaft. Ich insistierte mehrfach auf der hohen Qualifikation der Frau, sodass sie die Stelle schließlich erhielt. Trotz der eindeutigen Lage war es kein einfacher Prozess.

Das sind keine Einzelfälle: Studien belegen, dass Frauen in der freien Marktwirtschaft ganz allgemein mehr Überstunden schieben und mehr Leistungen zeigen müssen als gleich qualifizierte Männer, um für eine Führungsposition überhaupt vorgeschlagen zu werden. Und so berichten auch Ärztinnen oft davon, dass sie zwar viel Arbeit im Klinikalltag wahrnehmen und abdecken, jedoch bei der Karriere auf der Stelle treten. Es bedarf einer großen Durchsetzungsfähigkeit und strategischer Feld- und Winkelzüge, um im hierarchischen Medizinsystem als Frau dennoch weiterzukommen. Dies erklärt auch teilweise, warum Medizinerinnen in der Behandlungsqualität besser abschneiden. Sie müssen besonders qualifiziert und gut sein.

Das Ganze hat aber auch eine Kehrseite, denn häufig tappen Medizinerinnen dabei auch in eine Fleißfalle und denken: Wenn ich viel schaffe und leiste, dann werde ich auch befördert. Das führt zu einem Mehr an Arbeit, das sich nicht in mehr Karriere oder Gehalt widerspiegelt. In der Folge steigen Frauen oft frustriert aus dem System aus: Sie gehen lange in Elternzeit, nehmen Teilzeitstellen an oder machen sich selbstständig – wenn sie die Medizin nicht ganz verlassen. Sie entziehen sich dem System, das nicht von ihnen gestaltet wurde, dessen patriarchal-hierarchische Sprache sie nicht sprechen und dessen Unannehmlichkeiten sie sich nicht mehr aussetzen wollen.[24]

Die besondere Situation in der Geburtshilfe

Geburtshilfe ist ein spezielles Thema in der Medizin. Die weisen Frauen und Hebammen, die seit vielen Jahrhunderten Frauen unter der Geburt begleitet und gestärkt hatten, wurden mit den Universitätsgründungen im 12. bis 14. Jahrhundert in Europa entmachtet, von Ärzten kontrolliert und verdrängt. Erst als die ersten Frauen Medizin studieren durften, forderten sie die Geburtshilfe zurück in weibliche Hände. Doch sie fanden sich in einem höchst technisierten, hierarchischen geburtshilflichen System wieder und waren immer noch in der Minderheit. Erst im Laufe der Zeit und mit mehr Frauen in der Medizin und auch mit der aufkeimenden feministischen Perspektive auf Geburtshilfe wurde dieser Blick hinterfragt.

Ein wichtiger Meilenstein war die Akademisierung der Hebammenausbildung im Jahr 2020. Das eigenständige Studium an einer Hochschule oder Universität ermöglicht es sehr gut Geburt als das zu begreifen, was es ist – einen physiologischen Prozess, der keine Technisierung, sondern eine liebevolle Begleitung erfordert. Und so ist Geburtshilfe auch in der Medizin ein oft vergessener Zweig, wie zahllose Beispiele zeigen: In Tarifverhandlungen zur Verbesserung der Situation von Pflegenden werden Hebammen sehr oft nicht mitgedacht. Werden etwa Teams in Krankenhäusern geimpft, wird der Kreißsaal schlicht vergessen.

Das Wochenbett ist auch nur sehr wenig erforscht: Warum bekommen Wöchnerinnen überhaupt den Babyblues? Und warum entwickeln etwa 20 Prozent von ihnen eine längerfristige postpartale Depression? Warum haben Frauen im ersten Monat nach der Geburt eine 23-mal höhere Gefahr, an einer bipolaren Störung zu erkranken, als im weiteren Verlauf ihres Lebens?[25] Das alles untersucht die Wissenschaft entweder gar nicht oder nur sehr rudimentär.

Auch in der 2024 in Kraft tretenden Krankenhausreform wurde die Geburtshilfe zunächst nicht mitgedacht. Im schlimmsten Fall hätte die komplette Bezahlung von Hebammen auf Wochenbettstationen auf der Kippe gestanden, hätte nicht eine sehr erfolgreiche Petition einiger Aktivistinnen mit mehr als einer Million Unterschriften in kürzester Zeit die Geburtshilfe in das Blickfeld der Politiker*innen gerückt. Bei der Krankenhausreform lag der Fokus auf Menschen mit Schlaganfällen. Davon gibt es hierzulande jährlich etwa 200.000 Betroffene. Sicher war das wohl eher die Zielgruppe derjenigen, die die Krankenhausreform ausgearbeitet haben – und weniger die circa 1,2 Millionen Frauen, die jedes Jahr in Deutschland schwanger sind.

Der Grund für diese ganzen Unsichtbarkeiten, wenn es um

Geburtshilfe geht, ist leider sehr banal: Die politischen Entscheidungsträger*innen haben nun mal meist selbst nicht geboren, denn es sind in der Mehrheit Männer oder kinderlose Frauen. Und so werden die knapp 800.000 Frauen, die jedes Jahr in Deutschland gebären, die 100.000 Frauen, die Schwangerschaften selbstbestimmt beenden, und die circa 300.000 Frauen mit Aborten einfach nicht mitgedacht. Oder: ausgeblendet.

Das Patriarchat in der Medizin verlernen – fangen wir damit an

Klar ist, dass es in Anbetracht der historisch gewachsenen, gesellschaftlich verankerten komplexen Gesamtsituation weder einen schnellen Fix noch eine One-size-fixes-all-Lösung geben kann. Es müssen vielmehr auf allen Ebenen des Gesundheitssystems tiefe Veränderungen angestoßen werden. Das betrifft Professionelle aller Ebenen, Institutionen, Entscheidungsgremien, aber auch die pharmazeutische und medizinische Industrie sowie natürlich Gesellschaft, Politik und Justiz und auch die Menschen, die im medizinischen System Hilfe suchen. Also, schauen wir uns dazu etwa einige Vorschläge an.

Auf lokaler Ebene: Erst mal ist es wichtig, dass Menschen mit vielfältigen Identitäten auf allen Ebenen tätig sind. Diese Diversifizierung betrifft in erster Linie die Berufsgruppen mit direktem Kontakt zu Patient*innen, also Pflegepersonal, Hebammen, Physiotherapeut*innen, Ärzt*innen und andere. Doch diese Maßnahme gilt auch für Menschen, die meistens im Hintergrund arbeiten, sowie das Leitungspersonal, das Lehrpersonal und die Personaler*innen, die neue Mitarbeiter*innen einstellen. Diverses medizinisches Personal bringt eine größere Mischung an unterschiedlichen Identitäten, Diskriminierungserfahrungen und Privilegien mit sich. Dadurch kann die Bereitschaft gefördert werden, eigene Denkmuster und Verhaltensweisen zu reflektieren. Menschen werden dadurch sensibler und offener für komplexe intersektionale Identitäten. Eine Idee wäre, dass stark marginalisierte Menschen identitätskongruent betreut werden könnten. Heißt: Wenn eine Schwarze behinderte Patient*in auf eine ebensolche Ärzt*in träfe, könnte die Kommunikation, die Erfahrung als Patient*in und die Qualität der Versorgung verbessert werden.[26] Natürlich ist die Bildung diverser Teams nur ein erster Schritt auf dem Weg. Denn selbst wenn Teams divers aufgestellt sind, befinden sie sich ja immer noch im unflexiblen patriarchalen Gesundheitssystem. Sie können also Dinge individuell anders machen, doch das System nicht in seiner Struktur ändern.

Hier könnte der Aufbau einer für Intersektionalität sensiblen Umgebung im Krankenhaus tiefgreifende Veränderungen mit sich bringen. Dabei wird in mehreren Schritten ein Klima geschaffen, innerhalb dessen Mitarbeitende lernen, was Intersektionalität ist und wie sich Diskriminierungen abbauen lassen. Zur Förderung intersektionaler Denkweisen braucht es Schulungen durch Expert*innen. Sie leiten an, wie das Denken verändert werden kann – von einem Grundsetting, in dem dominierende Werte vorherrschen, hin zu einem solchen, das berücksichtigt, wie soziale Identitäten zu Erfahrungen und auch Erkrankungen beitragen. Mittlerweile ist anerkannt, dass Diskriminierungen krank machen, weshalb Rassismus als eigenständige Gesundheitsdeterminante angesehen wird.[27] Ein für Intersektionalität sensibles Umfeld in Gesundheitseinrichtungen hätte zur Folge, dass solche Gesundheitsdeterminanten in Diagnostik und Therapie mit berücksichtigt werden würden. Das Gesundheitsverständnis und die Behandlungsansätze werden dadurch automatisch ganzheitlicher.

Ein weiterer wichtiger Bestandteil ist eine selbstreflexive Haltung. Dafür müssen die Praktizierenden lernen, die eigene

Identität mitsamt den dazugehörigen Privilegien oder Diskriminierungen und Reaktionsweisen zu erkennen und darüber nachzudenken. Wenn also beispielsweise eine Patientin bereits diagnostiziert wurde mit einer Depression und sich wegen chronischer Rückenschmerzen vorstellt, kann es passieren, dass der Arzt dazu geneigt ist, die Symptome auf die Psyche zu schieben. Wenn er sich aber seiner Reaktion auf die Diagnose »Depression« bewusst wird und sich eingesteht, dass er einen automatischen, aber mitnichten zwingenden Zusammenhang hergestellt hat, wird er seine eigene Voreingenommenheit erkennen und die Patientin mit neuen Grundvoraussetzungen behandeln. Eine offene Suche nach den Ursachen wird wieder möglich.[28] Dieses Muster kann auf andere Diskriminierungsarten und -situationen übertragen werden.

Gleichzeitig sollte in Schulungen die Praxis der kulturellen Bescheidenheit gelernt werden. Es geht darum, sich auf den Weg zu machen und respektvoll mit Kolleg*innen und Patient*innen unterschiedlicher Identitäten zu kommunizieren und zu interagieren. Dabei wird unvoreingenommene Neugier für das Gegenüber geschult sowie die Fähigkeit, zu erkennen, durch welche limitierte Erfahrungslinse man selbst in die Welt schaut.[29]

Wenn irgendwann ein paar Mitarbeiter*innen intersektionale Kompetenzen haben, kann das Wissen innerhalb des Teams weitergegeben werden, indem etwa immer wieder Fälle gemeinsam besprochen werden. Wenn das medizinische Personal gleichzeitig lernt, die eigenen Reaktionen auf die intersektionalen Identitäten von Patient*innen wahrzunehmen und zu reflektieren, kann auch die Systematik von Rassismus und Sexismus mit der Zeit reduziert werden. Und damit würde sich die medizinische Versorgung von vielen Millionen Bürger*innen in unserem Land verbessern.

Kommen wir zur strukturellen Ebene: Um den Medizinbetrieb nachhaltig zu transformieren, muss zunächst anerkannt werden, dass in seiner Ausbildung, Praxis und Forschung Essentialismen fest verankert sind. Essentialismen beschreiben die Annahme, dass bestimmte Objekte oder Subjekte unumstößliche Eigenschaften besitzen. In der Medizingeschichte sei hier die »Rassentheorie« genannt, die menschliche Körper in faktisch nicht existente biologische Hierarchien eingeteilt hat. Das führte zur Entmenschlichung vieler Gruppen von Menschen und ermöglichte Invasionen, Versklavung, Kolonisierung und Genozide. Ein weiteres Beispiel für diskriminierenden Essentialismus wäre die Annahme, dass alle Schwarzen Patient*innen zwingend auf HIV getestet werden (Erfahrung von Gonza aus einer Berliner Klinik in den 2010er-Jahren).

Weiterhin müssen wir die Frage nach Macht und Privilegien innerhalb der Medizin stellen. Dazu gehört, wie medizinische Einrichtungen, Berufsverbände oder Fachgesellschaften mit Kritik an Machtstrukturen umgehen und ob die Personen in Entscheidungspositionen sich ihrer Privilegien und ihres Einflusses auf den Medizinbetrieb bewusst sind. Außerdem müssen Phänomene von Ausgrenzung und Diskriminierung in Aus- und Weiterbildung sowie in der Versorgung von Institutionen analysiert werden, um Ungleichheiten genauer zu erfassen und neue Wege aufzeigen zu können.[30] Sind die strukturleitenden Akteure, also Geschäftsführer*innen, Chefärzt*innen oder Pflegedirektor*innen, erst mal sensibilisiert, kann diese erhöhte Aufmerksamkeit an tiefere Hierarchieebenen mit direktem Kontakt zu Patient*innen weitergegeben werden.

Eine breite Zusammenarbeit mit unterschiedlichen Partner*innen kann den Veränderungsprozess voranbringen. Dies können andere medizinische Disziplinen sein (zum Beispiel aus dem Public-Health-Sektor), aber auch fachfremde Institutionen und Organisationen wie etwa Patient*innen-Organisationen, Bürger*innenbeauftragte, politische Entscheidungsträger*innen oder Aktivist*innen.

Noch ein Wort zum Gender Pay Gap. Zunächst sollten mehr Frauen an leitende Positionen kommen. Weiterhin sollten die Institutionen ihre Gehaltspolitik sowie die Höhe der Löhne nach Geschlecht offenlegen. So kann jede Mitarbeiterin sehen, wo sie steht und gegebenenfalls mit mehr Zuversicht verhandeln (dafür können zusätzlich Schulungen hilfreich sein). Außerdem sollten flexible Arbeitsmodelle und familienfreundliche Ansätze die Regel werden. Und selbstverständlich sollten Berufsgruppen, wie insbesondere die pflegenden Berufe, einfach besser bezahlt werden.

Die gesetzliche Einführung von Frauenquoten in der Medizin kann auch helfen. Hier ist allerdings zu beachten, dass Quoten auf allen Hierarchieebenen gelten müssen. Zusätzlich sollten sie unbedingt zusammen mit anderen genannten Maßnahmen umgesetzt werden, da sonst einfach nur mehr Frauen, die innerhalb des patriarchalen Systems ausgebildet wurden, in einem patriarchalen System arbeiten würden. Nur mit einer Mischung an Maßnahmen kann es gelingen, strukturell verankerte Diskriminierungen zu beseitigen.

Nicht zuletzt bedeutet struktureller Wandel, dass sich auch auf politischer und juristischer Ebene Dinge ändern. Ein Diskriminierungsverbot ist im Grundgesetz und im Allgemeinen Gleichstellungsgesetz verankert. Zusätzlich beinhalten das Sozialgesetzbuch V (regelt die gesetzliche Krankenversicherung) das Gebot der Gleichbehandlung sowie das Patientenrechtegesetz (stärkt die Rechte der Patienten) einen Anspruch auf diskriminierungsfreie Behandlung. Und trotzdem gibt es im Beschwerdefall keine klaren einheitlichen Wege und es wurde nicht genug untersucht, wie häufig Menschen sich beschweren oder es versuchen. Es ist unbedingt notwendig, unabhängige, gut erreichbare, kompetente, integre und bestenfalls gesetzlich verankerte Anti-Diskriminierungs-Stellen im Gesundheitswesen zu etablieren. Diese sollten divers aufgestellte Diskriminierungsexpert*innen beschäftigen, damit juristische Konsequenzen für diskriminierende Institutionen keine Utopie bleiben.

Auf individueller Ebene: Zu guter Letzt möchten wir dir, liebe Leser*in, noch einige Vorschläge für dich persönlich machen. Wenn du von Sexismus und Diskriminierungen in der Medizin betroffen bist, ist es grundsätzlich wichtig, dass du deine eigene klare Positionierung dazu findest. Dazu gehört, dass du dein Unwohlsein ernst nimmst und anerkennst. Wenn du äußerlich bei einer Untersuchung oder im Inneren unangenehm berührt wurdest, ist etwas passiert, das dieses Gefühl ausgelöst hat. Erkenne es und nimm es ernst! Der Fehler liegt nicht bei dir, nicht du bist schuld – sondern dein Gegenüber und das System.

Wie im Afrozensus-Bericht beschrieben, entsteht bei jeder Diskriminierungssituation ein Reaktionsdilemma: Viele Betroffene tendieren dazu, das Geschehene zu ignorieren oder freundlich zu bleiben, es sogar wegzulächeln, was oft zur Folge hat, dass die eigenen Bedürfnisse zurückgestellt werden. Oder aber man wehrt sich und geht in den Konflikt, wozu der Aufwand gehört, das Gegenüber auf die Situation hinzuweisen und aufzuklären. Das kann zahlreiche Konsequenzen haben, das Gegenüber kann beispielsweise relativieren oder leugnen. Bei offenen Konflikten entstehen sogar Probleme im Team, etwa wenn die betroffene Person isoliert oder als »empfindlich« oder »schwierig« abgestempelt und dadurch in der beruflichen Karriere und Entwicklung gehemmt wird. Doch es ist wichtig fürs Selbstbild und für künftige Situationen von Vorteil, klar die eigenen Grenzen aufzuzeigen, sich zu verteidigen und zu positionieren. Zugegeben, das ist anfangs sicher der schwierigere, aber insgesamt der gesündere Weg. Sucht euch Verbündete, online oder analog, die euch glauben, denen ihr die individuellen und strukturellen Diskriminierungen nicht noch erklären und beweisen müsst und unterstützt euch gegenseitig. Verbündete sind hilfreich auf dem Weg. Außerdem können erfahrene marginalisierte Menschen unerfahrenen marginalisierten Menschen Mentor*innen sein.

Wenn ihr zu den Privilegierten des Gesundheitssystems in Deutschland gehört, dann könnt ihr lernen, für die Betroffenen eine ›Ally‹ zu sein und euch mit ihnen zu verbünden. Dabei ist es wichtig, von den Betroffenen zu lernen, welche Art von Unterstützung hilfreich und angemessen ist. ›Ally‹ ist keine Selbstbezeichnung, sondern Allyship ist etwas, das die Betroffenen euch gegenüber empfinden. Dazu gehört, sich in dem Thema zu bilden, mit den eigenen Vorurteilen und Privilegien auseinanderzusetzen, Fragen auf Augenhöhe zu stellen und mit Betroffenen in einen Dialog zu treten – aber niemals aus Mitleid, sondern aus einem authentischen zwischenmenschlichen Mitgefühl heraus –, und dass man zuhört. Zuhört, zuhört, zuhört.

Und auch wenn es manchmal wehtut: Andere und ja, auch sich selbst, zur Verantwortung ziehen, wenn Vorurteile deutlich werden. Aber ganz wichtig ist dabei: Diese öffentliche Problembenennung geht nur mit ausdrücklicher Zustimmung der Betroffenen. Die diskriminierte Person sollte stets in einer Position bleiben, in der sie eure Hilfe auch ablehnen kann, wenn es nicht die Art von Unterstützung ist, die sie benötigt oder wünscht.[31]

Selbstverständlich erheben wir keinen Anspruch auf Vollständigkeit. Sehr viele Menschen haben Sexismus und Diskriminierung erfahren und sicherlich auch sehr viele unterschiedliche Lösungsansätze. Lernen und Verlernen sind aktive und interaktive Prozesse. Wir profitieren voneinander und vom Dialog miteinander, das Ganze ist ein Weg, für den wir uns als Gesellschaft entscheiden, entscheiden sollten. Es ist ein Weg, der zu einer zivilisierteren Gemeinschaft führt und einem gerechteren und gesünderen Medizinsystem. Für uns alle.

unlearn literatur

Nicole Seifert

Sollte das Geschlecht der Autor*in eine Rolle spielen bei der Entscheidung, welche Romane wir lesen? Die meisten würden wohl sagen: Nein. Wichtig ist schließlich, dass Inhalt und Stil gefallen – egal, wer das Buch geschrieben hat. So hätte ich selbst geantwortet, aus Überzeugung, noch vor ein paar Jahren. Bevor mir auffiel, dass Autorinnen bei der Schullektüre praktisch keine Rolle spielen, dass auch in meinem eigenen Bücherregal sehr viel mehr Autoren stehen als Autorinnen und bevor ich den Eindruck hatte, dass Werke von Autorinnen im Feuilleton und im Literaturfernsehen deutlich weniger besprochen und oft geringgeschätzt werden, was die Studie #frauenzählen der Universität Rostock inzwischen belegt hat.[1] Die Untersuchung kam zu dem Ergebnis, dass Bücher von Männern doppelt (!) so oft besprochen werden wie Bücher von Frauen – und nicht nur häufiger, sie bekommen auch messbar mehr Raum. Eine besonders aufschlussreiche Zahl: Männliche Rezensenten besprechen zu drei Vierteln Bücher von Autoren und nur zu einem Viertel Bücher von Autorinnen. Die Rezensentinnen dagegen besprechen in ausgewogenem Maße Bücher von Männern und Frauen. Was Autorinnen schreiben, scheint sich also vor allem an Frauen zu richten, was Autoren schreiben, dagegen an alle, genauso wie Bücher von Schwarzen Menschen sich vermeintlich an Schwarze

Menschen richten und Bücher von *weißen* Menschen an alle. Die Studie attestiert damit dem Literaturbetrieb »ein strukturell nachweisbares, geschlechterbezogenes Bias, eine Voreingenommenheit«, was sich mit den Ergebnissen anderer europäischer und internationaler Studien zu Geschlechterverhältnissen im Medienbetrieb deckt. Die Antwort auf die eingangs gestellte Frage lautet also: Tatsächlich *spielt* das Geschlecht eine Rolle bei dem, was wir lesen – männliche Autoren werden qua Geschlecht bevorzugt.

Der Kanon als Abbild der Gesellschaft

So ist es auch im sogenannten literarischen Kanon. Bei diesen Aufstellungen herausragender Bücher, die »man kennen sollte« und von denen man annimmt, dass sie ihre Zeit überdauern werden, sind kaum Werke von Schriftstellerinnen dabei. Der Kanon wird immer wieder herangezogen, wenn es darum geht, was literarischen Wert hat und was nicht. Einflussreiche Literaturkritiker von Marcel Reich-Ranicki bis Denis Scheck haben es unternommen, selbst einen Kanon aufzustellen, und auch die Feuilletonredaktionen mischen alle paar Jahre mit. Mit Blick auf Autorinnen hat sich bei diesen kanonischen Bücherlisten in den letzten Jahrzehnten sehr, sehr wenig getan, ihr Anteil liegt meist irgendwo zwischen 10 und 20 Prozent. Warum ist das so? Gibt es womöglich weniger Autorinnen als Autoren? Kennen die Kritiker vielleicht einfach nicht genug Autorinnen? Oder finden sie sie nur nicht relevant?

Den *weißen,* deutschen Männern, die zuletzt so einen Kanon aufstellten, ist dieses Missverhältnis nicht etwa versehentlich unterlaufen, sondern schon beim Zusammenstellen der Titel bewusst gewesen. Der Journalist Thomas Kerstan, der 2018 einen Kanon für die *Zeit* zusammengestellt hat, bedauert sogar, dass so wenige Werke von Frauen stammten. Sicher werde ihm nun vorgeworfen, »die Werke ›toter weißer Männer‹ seien überrepräsentiert«. Aber: »Das liegt daran, dass die stilprägenden, typischen, populären Werke der Vergangenheit vorwiegend von Männern stammen«, belehrt er seine Leser*innen. »Sehr bald wird ein neuer Kanon in dieser Hinsicht sicher ganz anders aussehen.«[2] Der Literaturkritiker Denis Scheck fragt ebenfalls: »Und wie sieht's mit der Männer- und Frauenquote in meinem Kanon aus?« Er leiht sich die Antwort von dem Autor und Herausgeber Hans Magnus Enzensberger: »Beschweren Sie sich beim Patriarchat!« Und fügt selbst an: »Ich war nicht bereit, Rabatt aufgrund Geschlechtszugehörigkeit oder Nationalität zu gewähren.«[3] Dass Scheck diese letzten beiden Sätze einfach nebeneinanderstellt, macht sehr deutlich, dass er seine Möglichkeiten als prominenter Literaturkritiker nicht ausgeschöpft hat. Denn wie soll sich ändern, was populär ist, wenn immer wieder das hochgehalten wird, was schon populär war? Beide sprechen das Thema Geschlecht in der Literatur nur alibimäßig an, um es im selben Atemzug abzutun. Schecks Erklärung gleicht übrigens bis ins Detail der Antwort Reich-Ranickis, der 2002 vom *Spiegel* auf den geringen Frauenanteil in seinem gerade veröffentlichten Kanon hingewiesen, erklärte, dies nicht ändern zu können, denn er sei nicht bereit, »einen ermäßigten Tarif wegen Geschlechtszugehörigkeit anzuwenden«.[4]

Ich fasse zusammen: Die Großkritiker wollen in ihrem Kanon keinen Rabatt geben, keinen ermäßigten Tarif, und merken dabei nicht, dass sie genau das tun: Freifahrtscheine vergeben für das, was schon immer dabei war. Die Werke von Autorinnen seien, soweit es sie überhaupt gegeben habe, bedauerlicherweise eben nicht »stilprägend, typisch, populär« gewesen. Die Kritiker stützen sich bei ihrer erneuten Abwertung der Werke von Autorinnen im Wesentlichen auf zwei Behauptungen: Erstens, Frauen hätten kaum geschrieben. Zweitens, was sie geschrieben haben, sei leider von mangelhafter Qualität und könne nicht mithalten mit den Werken der Männer. Beides ist falsch. Frauen haben schon immer geschrieben, im Mittelalter beispielsweise in Klöstern, wie Hrotsvit von Gandersheim, fern von familiären Verpflichtungen, und im 20. Jahrhundert mithilfe von Kaffee und Cola, bevor die Kinder wach wurden, wie etwa die Literaturnobelpreisträgerin Toni Morrison, oder nachdem sie im Bett waren und bevor der Mann aufstand, wie die österreichische Autorin Marlen Haushofer, deren Zahnarztgatte es gar nicht gern sah, dass seine Frau schrieb. Während beim ersten Punkt immerhin gilt, dass Frauen lange von Bildung ausgeschlossen waren und deshalb lange Zeit nicht so viele von ihnen geschrieben haben, ist der zweite Punkt meist nichts als eine leere Behauptung, eine gern wiederholte Überzeugung, anzusiedeln irgendwo zwischen Verachtung und Ignoranz.

Scheck, Kerstan und Reich-Ranicki sind sich einig: In der Vergangenheit war es nun mal leider so, dass Schriftstellerinnen nicht gewürdigt wurden, in Zukunft werde sich das automatisch ändern. Dabei verkennen sie ihre eigenen heutigen Aufgaben und Möglichkeiten – und tun so, als könnten sie nichts anderes tun, als hilflos zu reproduzieren, was immer schon war. Ihre Aussagen stehen beispielhaft dafür, dass in der etablierten Literaturkritik niemand daran interessiert ist, der Diskriminierung von Autorinnen auf den Grund zu gehen oder ein Bewusstsein für die Zusammenhänge herzustellen. Es gilt nur, dem Vorwurf zuvorzukommen, es seien zu wenige Autorinnen im Kanon. Die Zukunft werde es schon richten – aus dieser Behauptung wird so nie etwas werden. Denn von nichts kommt nichts.

Nun könnte man annehmen, diese Kanon-Diskussionen seien vor allem für Kulturschaffende und die Elite des Literaturbetriebs interessant, nicht unbedingt für ganz normale Leser*innen. Ein Trugschluss. So ein schriftlich fixierter Bildungskanon wirkt sich sehr wohl auch auf diejenigen aus, die sich weniger für ihn interessieren – denn solche Debatten haben eine große Strahlkraft in die Gesellschaft hinein. Sie beeinflussen nicht nur Lektürelisten für Schulklassen und Uni-Seminare, sondern steuern auch, was in den Buchhandlungen im Schaufenster liegt, was Bibliotheken anschaffen – was man also überhaupt erst mal zu sehen bekommt, woraus ausgewählt werden kann und: was ›man gelesen haben muss‹.

Das wiederum wirkt sich auf die Kauf- und Leseentscheidungen von uns allen aus. Wer welches Buch empfiehlt – sei es der Buchhändler, eine Rezensentin oder eine Freundin –, auch das ist eine Form der Wertzuschreibung, der Auswahl, der Kanonisierung. Die Literaturwissenschaftlerin und Kuratorin Son Lewandowski nennt das im Gegensatz zu dem schriftlich fixierten einen »gesummten Kanon«. Dieser sei zwar einlullend und flüchtig, aber er »hat in seiner impliziten Wirkweise dennoch einen enormen Einfluss auf unseren literarischen Wertekompass« und spiegele oftmals eine männlich dominierte literarische Kultur, die sich konkret auf unsere Vorstellung von guter und schlechter Literatur auswirke.[5] »Was wir gegenwärtig lesen, ist nicht zuletzt eine Folge dessen, was wir zu lesen gelernt haben«, schreibt die Autorin Isabelle Lehn.[6] Und wenn Kritiker*innen und Lehrende ganze Bibliotheken weiblichen Schreibens nicht kennen, kann auch nicht darauf Bezug genommen, können sie nicht lebendig gehalten und Leser*innen zugänglich gemacht werden. So gehen ganze Kapitel der Literaturgeschichte verloren.

Von Pfarrerstöchtern und Monstern – die Abwertung weiblichen Schreibens

Dass vielen Menschen auf Nachfrage kaum Namen von Schriftstellerinnen einfallen, liegt also nicht daran, dass es keine gegeben hätte. Schuld ist die Abwertung weiblichen Schreibens, die in einer langen Tradition steht und aus der voreingenommenen Betrachtung folgt, der Autorinnen ausgesetzt waren und sind. Ein eindrücklicher Beleg dafür ist der 1847 erschienene Roman *Sturmhöhe* von Emily Brontë, der zunächst unter dem Pseudonym Ellis Bell veröffentlicht wurde. Denn in diesem Fall gibt es beides: Rezensenten, die glaubten, der Roman stamme von einem Mann, und Rezensenten, die das Buch besprachen, nachdem das Pseudonym gelüftet war. Erstere lobten Inhalt, Sprache und Moral von »Ellis Bell«. Beim selben Roman von Emily Brontë wurden die Jugend und beschränkenden Lebensumstände der Autorin herausgestellt sowie die ›femininen‹ Attribute des Textes. Der Autor Bell wurde mit einem rauen Seemann verglichen, die Pfarrerstochter Emily mit einem flatternden und bald erschöpften Vogel im Käfig.[7] Das zeigt besonders deutlich, was die Literaturwissenschaft auch an anderen Beispielen belegt hat: Im 19. Jahrhundert wird Literatur von Frauen zuallererst nach der Prämisse des Geschlechts beurteilt.

Und: Je deutlicher eine Autorin von den Erwartungen abwich, die an ihr Geschlecht gestellt wurden, desto heftiger die (Literatur-)Kritik, mit der sie sich konfrontiert sah. Eins von vielen weiteren Beispielen aus dem 20. Jahrhundert ist Françoise Sagan, die 1954 kurz nach ihrem Abitur mit ihrem Roman *Bonjour tristesse* riesigen Erfolg hatte und auf einen Schlag berühmt wurde. Dass eine so junge Frau so selbstbewusst über Lust und Liebe schrieb und sich anmaßte, vorherrschende Formen der Erziehung und des gesellschaftlichen Umgangs mit Kindern zu kritisieren, faszinierte und schockierte das Nachkriegsfrankreich. Als die Autorin im Zuge ihres kommerziellen Erfolgs auch noch begann, ein ausschweifendes Leben zu führen, inklusive Drogen, Glücksspiel, schnellen Autos und wechselnden Geliebten, war es vorbei. Bis in die Nachrufe hinein wurde Françoise Sagan mit einer Verachtung gestraft, die ihresgleichen sucht: Vom »vorwitzigen Weibchen« und vom »Monster« war da die Rede, auch in deutschsprachigen Artikeln anlässlich ihres Todes im Jahr 2004.[8] Wurde *Bonjour tristesse* bei Erscheinen und noch lange danach überwiegend als Geschichte eines verwöhnten Biests gelesen, das eifersüchtig über seinen Vater wacht und sich nimmt, was es will, erkennen heutige Leser*innen, wie auch die britische Schriftstellerin Rachel Cusk, in dem Roman »ein meisterhaftes Porträt früher menschlicher Bindungen und Bedürfnisse«.[9] Françoise Sagan hatte sich einen Lebensstil erlaubt, der für einen Mann nicht so ungewöhnlich gewesen wäre, für Frauen aber nicht vorgesehen war – darüber mochten Leser*innen und Kritik bei der Beurteilung ihres Werkes nicht hinwegsehen. Nicht nur bei ihrer Lebensweise wurde mit zweierlei Maß gemessen, auch ihre literarische Arbeit wurde nach dieser Doppelmoral beurteilt.

Wir kennen auch deshalb so wenige Werke früherer Autorinnen, weil fast nichts dafür getan wurde, dass sie in Erinnerung bleiben: Oft bildeten diskriminierende zeitgenössische Kritiken die Basis dafür, dass Autorinnen nicht als wichtig genug erachtet wurden, um ihre Werke in Literaturgeschichten und akademische Handbücher aufzunehmen. Auf diese Weise wurden Erwähnungen dieser Frauen auch in Forschung und Lehre verhindert, so werden Autorinnen schlechter kontextualisiert und weniger kanonisiert als ihre männlichen Kollegen. Woraus wiederum folgt, dass ihre Werke irgendwann nicht mehr aufgelegt werden, im schlimmsten Fall auch nicht archiviert und digitalisiert. Es wird dann auch schwierig, etwa anlässlich des Todes oder eines Gedenktages, Expert*innen für diese Künstlerinnen zu finden und sie medial zu würdigen. Also wird gar nicht über sie berichtet. Sie verschwinden. Und lassen sich dementsprechend schwer wiederentdecken.

»Nicht das Erinnern, sondern das Vergessen ist der Normalfall in Kultur und Gesellschaft«, so die Kulturwissenschaftlerin Aleida Assmann. »Vergessen geschieht lautlos, unspektakulär und allüberall, Erinnern ist demgegenüber die unwahrscheinliche Ausnahme, die auf bestimmten Voraussetzungen beruht.«[10] Damit Künstlerinnen und ihre Werke erinnert werden, müsste demnach aktiv darauf hingearbeitet werden. So, wie es bei Autoren der Fall ist, deren Bewunderer und Epigonen dafür gesorgt haben, dass sie nicht in Vergessenheit geraten, indem Männer Männern beharrlich Ruhm und Ehre zugeschrieben haben. Unterbleibt das – und so war es, weil Literaturkritik und Literaturgeschichtsschreibung bis heute männerdominiert sind –, entsteht im Laufe der Jahrhunderte der falsche Eindruck, Frauen hätten eben nichts Wichtiges geschrieben.

Was wir in der Schule lesen und fürs Leben lernen

Die schulischen Rahmenlehrpläne der Bundesländer führen die mangelnde Wertschätzung für Autorinnen bis heute massiv fort, indem sie sie weitgehend aus dem Deutschunterricht ausschließen. Tatsächlich lässt sich in Deutschland nach wie vor Abitur machen, ohne auch nur ein einziges Buch einer Frau lesen zu müssen. Aktuell beliebt sind neben den Klassikern Hermann Hesse, E. T. A. Hoffmann und Johann Wolfgang von Goethe die zeitgenössischen Schriftsteller Daniel Kehlmann, Wolfgang Herrndorf und Saša Stanišić. Einzig in Sachsen, Bremen und Nordrhein-Westfalen ist unter den Pflichtlektüren jeweils auch ein Werk einer Autorin: *Corpus Delicti* von Juli Zeh beziehungsweise *Sommerhaus, später* von Judith Hermann. »Bei allem Föderalismus, bei der Übergehung von Frauen sind sich alle Bundesländer einig«, schrieb Simon Sales Prado im Mai 2020 im *Süddeutsche Zeitung Magazin*.[11] Er hat sehr gut auf den Punkt gebracht, wo das Problem liegt: »Dabei geht es bei der Frage nach der Abitur-Lektüre um viel mehr als Bücher. Es geht um Repräsentation und Vorbilder. Darum, wer mitreden darf und wer nur zuhören, wessen Geschichte erzählt wird und wessen Perspektive außen vor bleibt.« Schon in der Schule wird von Jungen eben nicht verlangt, »daß sie sich der Anstrengung unterziehen, die für Mädchen eine Gegebenheit ist, nämlich den Standpunkt des anderen Geschlechts nachzuvollziehen«[12], schrieb die Schriftstellerin und Holocaust-Überlebende Ruth Klüger. Die Botschaft, die alle Geschlechter bis heute in der Schule lernen, lautet, noch mal in den Worten von Simon Sales Prado: »Erzählen ist männlich, was ihr kennen müsst, ist die Welt, wie Männer sie sehen, wie Männer sie einschätzen, was ihr nachvollziehen sollt, ist, woran Männer leiden und was sie beglückt.« Wir haben gelernt, und Schulkinder lernen bis heute, *weiße* Männerstimmen überzubewerten und alle anderen Stimmen abzuwerten, weibliche und queere Literatur und die von Autor*innen of Color für irrelevant zu halten. Es ist ein »Kanon der Defizite«, wie Saša Stanišić schrieb. Damit ist dieser Kanon kein Argument, sondern vielmehr der Beweis für einen Missstand.

Das hat Folgen. Autorin Isabelle Lehn fragt, was es mit Frauen mache, wenn sie von klein auf lernten, die Welt aus der Perspektive eines Mannes zu betrachten, wenn die Literatur keine weiblichen Vorbilder biete und sie lernten, dass die Themen von Mädchen und Frauen zu trivial seien, um ernst genommen zu werden. »Ganz richtig: Sie übernehmen diese Haltung. Sie fangen an, den männlichen Blick, männliche Ausdrucksformen und männliche Themen – oder das, was ihnen als solche vermittelt wird – als höherwertig einzuschätzen. Wenn sie ernstzunehmende Literatur lesen wollen, dann greifen sie zu männlichen Autoren, und wenn sie selbst zu schreiben beginnen, dann imitieren sie männliche Stimmen.« Das ist eine in der Praxis gewonnene Beobachtung, keine Vermutung, denn Isabelle Lehn gibt regelmäßig Schreibworkshops und hat dabei festgestellt, dass junge Frauen, wenn sie anfangen zu schreiben, oft darauf verfallen, die Perspektive eines älteren Mannes einzunehmen. »Weil sie denken, dass nur das Literatur sein kann. Weil sie gelernt haben, dass Literatur nur dann ernstzunehmen ist, wenn sie aus der Perspektive eines älteren Mannes erzählt.« Deshalb versucht Lehn in diesen Kursen als Erstes, den Literaturbegriff wieder zu öffnen, die Vielfalt der Möglichkeiten anzudeuten, den Studentinnen zu zeigen, dass Literatur »nach ihnen selbst klingen darf. Dass sie mit ihrer eigenen Stimme schreiben dürfen, über Themen, die für sie, in ihrer Lebenswelt relevant sind. In der Regel erstaunt sie das sehr.« Genauso verblüfft sind die Kursteilnehmer*innen bei genauerem Nachdenken, wie wenige Autorinnen sie überhaupt kennen. »Kein Grund, sich zu schämen«, schreibt Isabelle Lehn, denn es handelt »sich um ein strukturelles Problem – Stichwort Kanonisierung.« Aber ein Grund, sich diese Zusammenhänge bewusst zu machen, die noch mal mehr für Leser*innen und Autor*innen of Color gelten. Denn wenn sie in der Schule lernen, die Welt aus der Sicht eines *weißen* Mannes wahrzunehmen, verinnerlichen sie seine Perspektive, die einer Abwertung der eigenen Stimme gleichkommt. So wird an den Schulen bis heute auch Rassismus weitergegeben, statt dass *weiße* Schüler*innen sich per Rahmenlehrplan auch mit der Literatur Schwarzer Schreibender beschäftigen dürfen.

Ein radikal weiblicher Roman

Hochinteressant ist in diesem Zusammenhang *Verführungen*, der 1996 erschienene Debütroman der österreichischen Schriftstellerin Marlene Streeruwitz, in dem das Leben einer verlassenen berufstätigen Frau, die ihre zwei Töchter alleine großzieht, konsequent in all seinen Facetten erzählt wird. Ohne Rücksicht auf Konventionen stellt Marlene Streeruwitz das körperliche und emotionale Erleben ihrer Figur genau dar, von der Hausarbeit und den Ambivalenzen des Mutterseins über den Sexismus am Arbeitsplatz und den Verlegenheiten, in die sie durch ihre Menstruation gerät, bis hin zu ihrer Sehnsucht nach einem Mann. Das war 1996 etwas radikal Neues. Im *Literarischen Quartett* im ZDF rief diese Darstellung damals heftigen Widerspruch hervor, zunächst von Marcel Reich-Ranicki.[13] Zu beweisen, dass das Leben einer Frau, die von ihrem Mann verlassen wurde, traurig sei, mit allem Kummer und allen Katastrophen des Alltags, hielt er für überflüssig. Die Natur habe es leider so eingerichtet, dass allen Ärger die Frau habe. Der Literaturkritiker Hajo Steinert blieb sachlicher, konnte in diesem weiblichen Alltag aber auch kein literaturfähiges Sujet erkennen. Sigrid Löffler hielt dagegen: Die Banalitäten des Alltags seien ja gerade Thema dieses Romans, und wenn man verstehen wolle, warum Frauen es so schwer hätten, zu sich selbst zu finden, dann müsse man das so beschreiben. Löffler sah in Streeruwitz' Debüt einen weiblichen Bildungsroman – was Hajo Steinert abwegig fand.

Die Sendung war exemplarisch für eine misogyne Wahrnehmung, die weit verbreitet ist. Die italienische Bestsellerautorin Elena Ferrante sagt, sie sei in der Überzeugung groß geworden, nur zu existieren, wenn sie sich möglichst stark von der Welt der Männer und ihren Fähigkeiten beeinflussen lasse und mit Bravour deren Prüfungen bestehe. Erst später habe sie verstanden, dass sie genau das Gegenteil tun müsse: »Dann las ich Bücher, die die Kraft des Weiblichen herausstellten, und in meinem Kopf drehte sich alles um. Ich musste von mir selbst ausgehen und von meiner Beziehung zu anderen – auch dies ist eine grundlegende Formel –, wenn ich wirklich mir selbst Form geben wollte.« Es gelte, »Worte für den Teil unserer Erfahrungen zu finden, der verborgen und stumm geblieben ist«.[14]

Wie Streeruwitz und Ferrante sehen es heute viele Autorinnen. Die Britin Sarah Moss erkennt darin nicht nur eine literarische Entscheidung, sondern auch eine politische. Wenn Hausarbeit und Sorgearbeit, die immer noch sehr überwiegend von Frauen geleistet werden, es nicht wert seien, beschrieben zu werden, dann heiße das, das Leben von Frauen sei es nicht wert, beschrieben zu werden. Schon aus Prinzip müsse deshalb auch der Badezimmerputz vorkommen in Romanen.[15]

Ermächtigen sich Frauen, die eigene Geschichte selbst zu erzählen, und sprechen sie in ihren Romanen über tabuisierte Themen, birgt dies für Autorinnen jedoch immer die Gefahr, dass ihre Texte von der Literaturkritik qua Thema als zweitklassig eingestuft werden. Nicht wenige Autorinnen wehren sich genau wegen dieser Abwertung gegen Begriffe wie »Frauenliteratur« oder »weibliches Schreiben«. Warum überhaupt nach Geschlecht unterscheiden? Schriftstellerinnen wollen doch nicht immer als Frau, sondern einfach gleichwertig als Schreibende wahrgenommen werden. Die international gefeierte französische Schriftstellerin Virginie Despentes lässt deshalb nur ihren Nachnamen auf die Cover ihrer Bücher drucken.[16] Auf den Büchern der Autorin A. M. Homes stehen bis heute nur ihre Initialen, um diese Falle nicht zuschnappen zu lassen, und sie schreibt häufig aus männlicher Perspektive, mit männlichen Hauptfiguren. Genau wie die Harry-Potter-Erfinderin J. K. Rowling, der am Beginn ihrer noch nicht absehbaren Karriere gesagt wurde, mit einem weiblichen Vornamen hätte sie keine Chance, von Jungen gelesen zu werden. Auch die 1984 geborene Schriftstellerin Antonia Baum wollte, als sie zu schreiben begann, nicht als weibliche Autorin wahrgenommen werden. Mit der Vorstellung einer lebensunfähigen, von Männern abhängigen Frau, die doch nie so gut sein würde wie diese, wollte sie nichts zu tun haben. Das Label »weibliches Schreiben« empfand sie geradezu als Beleidigung.[17] Haltungen wie die von Antonia Baum und A. M. Homes zeigen, wie tief verinnerlicht die Abwertung von Frauen und ihrer Literatur ist, die Biografen, Professoren und Literaturgeschichtsschreiber über Jahrhunderte betrieben haben, wie schwer ihr zu entkommen ist.

Inzwischen kommt Antonia Baum zu dem Schluss, dass ihr Versuch, dem Klischee des »weiblichen Schreibens« zu entkommen, zu keinem Zeitpunkt funktioniert habe. Wenn eine Frau offen und ehrlich schreibe, dann habe sie ganz automatisch einen genderspezifischen Blick und dann spiele dieser auch eine Rolle. »Und auch wenn die Bezeichnung ›weibliches Schreiben‹ bei mir noch immer Affekte auslöst, verstehe ich, warum es sie gibt. Und dass nicht das ›weibliche Schreiben‹ eine Beleidigung ist, sondern die Bedingungen, unter denen man in dieser Gesellschaft eine Frau ist.«[18]

Empathisch vs. analytisch – was Kritiker loben

Schon beim Inhalt misst die Literaturkritik die Werke von Frauen und Männern mit zweierlei Maß. Es wird unterschiedlich bewertet, selbst wenn Männer und Frauen über das Gleiche schreiben. Die Literaturwissenschaftlerin Veronika Schuchter hat genau diese Zusammenhänge untersucht und festgestellt, dass bestimmte Texteigenschaften in der Literaturkritik klar ›männlich‹ oder ›weiblich‹ konnotiert sind. Werden einem Text weibliche Eigenschaften zugeschrieben, etwa hohe Emotionalität oder »empathisches Schreiben, aus dem Leben gegriffenes Schreiben, große Authentizität«, so wird er zumeist als trivial eingeordnet, als unliterarisch. ›Männlich‹ konnotierte Texteigenschaften sind bei weiten Teilen der Literaturkritik dagegen mit der Aufwertung eines Werks verbunden. Da wird dann »seziert«, da ist ein Text »analytisch«, »distanziert« oder »rasiermesserscharf«, was positiv verwendet wird. Und auch hier liegt in der Zuschreibung bereits die Wertung, für die keine genauere Betrachtung mehr nötig scheint.[19]

Müssen Autorinnen sich also einen »männlichen Stil« aneignen oder sich Themen widmen, die Männer als wichtig erachten, um von der noch immer männlich dominierten Literaturkritik ernst genommen zu werden? Die Autorin Isabelle Lehn sieht darin keine Lösung. Ihr erster Roman handelte vom Krieg und erhielt dafür zwar Anerkennung, allerdings mit der Einschränkung, er sei »verkopft«. »Anders ausgedrückt«, so Lehn, »er galt als zu konstruiert, zu erdacht, er wurde mir nicht geglaubt als Teil meiner (weiblichen) Erfahrungswelt.« Klingt, als könnte man als Autorin nicht gewinnen und als hätte sich so viel seit dem 19. Jahrhundert doch nicht geändert. Auch heute noch spüre man, so die deutsche Kulturwissenschaftlerin Mithu M. Sanyal, dass man »als Frau, die selber schriftstellerisch aktiv wird, etwas tut, was ihrer Geschlechterrolle nicht angemessen zu sein scheint«.[20] Bereits der Wunsch von Frauen, zu schreiben, so Isabelle Lehn, das Einnehmen einer eigenständigen Perspektive, der Anspruch auf Ausdruck der eigenen Gedanken und Gefühle werde bis heute häufig als Provokation wahrgenommen. Das macht auch die Art und die Heftigkeit deutlich, mit der Kritiker noch immer regelmäßig nicht nur über Texte von Frauen sprechen, sondern auch über die Autorinnen selbst.

Geschlechtsspezifische Diskriminierung im literarischen Feld ist also keine Sache der Vergangenheit.

Gegen den Ausschluss marginalisierter Stimmen

Der US-amerikanische Literaturwissenschaftler Todd McGowan stellt im Zusammenhang mit dem oft verwendeten Begriff des »Vergessens« eine interessante Frage: Warum wurden denn so viele Werke »vergessen«?[21] Seine Antwort: weil die Traumata, die Frauen und Schwarze, BIPoC und LGBTQIA+ erlebten und beschrieben, sich nicht in die Weltsicht des bestehenden Kanons integrieren ließen. Sie wurden gar nicht vergessen, sondern vielmehr abgewehrt und verdrängt. Weil die Gesellschaft sich andernfalls mit der Lebenswirklichkeit und Geschichte dieser Menschen hätte auseinandersetzen müssen. Und das wiederum hätte bedeutet, dass eine ethische Verantwortung hätte übernommen werden müssen. Angesichts der Sklaverei, der Kolonialgeschichte, der jahrhundertelangen Unterdrückung der Frau und der Verfolgung queerer Menschen war der Ausschluss dieser »anderen« Stimmen demnach immer schon politisch begründet, war die angeblich ästhetische Begründung tatsächlich eine politische. »Vergessen« ist in diesem Zusammenhang ein Euphemismus. Denn hier geht es nicht um etwas Passives, nicht um etwas, das dem Literaturbetrieb unbewusst passiert wäre. Tatsächlich sind es aktive und bewusste Entscheidungen, ein Werk nicht zu lesen, es nicht zu besprechen, es nicht neu aufzulegen, es nicht in eine geschriebene Literaturgeschichte aufzunehmen, es nicht zu lehren und es nicht für einen Kanon zu berücksichtigen. Es ist ein Akt des Unterlassens, des Ignorierens, der in jedem Fall eine Nichtwürdigung darstellt. Und der oft aus einer Voreingenommenheit und Arroganz resultiert, beispielsweise Themen gegenüber, die aufgrund eigener Privilegien irrelevant oder uninteressant erscheinen und deshalb als »unliterarisch« diskreditiert werden.

Folgt man McGowans schlüssigen Argumenten, so wurden bestimmte Literaturen schon immer aktiv ausgeschlossen. Besonders gut lässt sich McGowans Theorie am Beispiel der Literatur Schwarzer Autor*innen nachvollziehen. Noch in der ersten Hälfte des 19. Jahrhunderts war es versklavten Menschen in den Vereinigten Staaten von Amerika bei Strafe verboten, Lesen und Schreiben zu lernen. Die Literatur Schwarzer Autor*innen ist bis heute durchzogen vom Trauma des gewaltsam auferlegten Schweigens – vom gleich zu Beginn in *Die Farbe Lila* der Pulitzer-Preisträgerin Alice Walker zitierten Sprechverbot über deren

Figur der Louvinie im Roman *Meridian*, der die Sklavenhalter die Zunge herausschneiden über die sprachlosen Protagonistinnen in den Romanen von Gayl Jones bis zu den autobiografischen Texten der Schriftstellerin und Bürgerrechtlerin Maya Angelou. Sie schließen an die Tradition der *slave narratives* an, autobiografische Berichte geflohener versklavter Menschen, die den Kampf gegen die Sklaverei unterstützen sollten. Deren literarische Traditionslinie zieht sich bis ins 20. Jahrhundert zu Autor*innen wie Ann Petry, die in naturalistisch geprägten *protest novels* wie *Die Straße* für die Gleichberechtigung Schwarzer Menschen eintritt. In den Romanen all dieser Autorinnen lassen sich die Schilderung und Erfahrung patriarchaler und rassistischer Gewalt, oft repräsentiert von denselben Figuren, nicht voneinander trennen. Ein zentrales Thema bei diesen Autorinnen ist das rein physische Überleben, ein anderes die Erfahrung der Mutterschaft, die unter den gegebenen Umständen als etwas ausgeprägt Ambivalentes dargestellt wird. Hätte man die Literatur Schwarzer Autor*innen in den USA von den *slave narratives* an als literarisch anerkannt, wäre sie breit gelesen und diskutiert worden, wie hätte man einer Auseinandersetzung mit der Sklaverei, der gesellschaftlichen Verantwortung und dem immer noch wirkenden Rassismus aus dem Weg gehen sollen?

Wie *weiß* ist der Literaturbetrieb?

All das gilt weitgehend auch noch für die Gegenwart. Die britisch-deutsche Schwarze Schriftstellerin und Ingeborg-Bachmann-Preisträgerin Sharon Dodua Otoo hat sich bei einer Veranstaltung zum Thema Rassismus 2020 in Frankfurt am Main ironisch darüber geäußert, dass es in Deutschland ja keinen Rassismus gebe.[22] Er sei schließlich verboten. Deshalb brauche es auch gar keine Studie. Dazu ließ sie im Hintergrund eine Powerpoint-Präsentation laufen mit Fotos, auf denen deutsche Verlagsteams,

Literaturpreisjurys und die dazugehörigen Preisträger*innen zu sehen waren. Sie zeigten fast ausschließlich *weiße* Menschen. »Wie würde sich diese Präsentation«, fragte Otoo, »von der Präsentation eines Deutschlands unterscheiden, in dem es aus rassistischen Gründen Schwarzen Menschen verboten wäre, als Autor*innen zu leben, in Verlagshäusern zu arbeiten oder in Literaturjurys zu sitzen?«

Natürlich weiß sie, das sagte sie explizit dazu, dass es Autor*innen, Journalist*innen, Literaturkritiker*innen of Color gibt. Und dass auf den Fotos vielleicht auch Menschen abgebildet sind, denen ihre ethnische Herkunft nicht anzusehen ist. Sie weiß auch, dass BIPoC in der Vergangenheit Preise gewonnen und in Jurys gesessen haben. Es ist, wie sie ausdrücklich sagt, nicht ihre Absicht, sie oder deren Arbeit zu verleugnen. »Wir sind aber verdammt wenige. Und das ist nicht nur peinlich. Es ist schmerzhaft. Und zutiefst schädlich.« Auch hier braucht es konkrete Maßnahmen. Deshalb fordert Sharon Dodua Otoo dazu auf, größer, gewagter und kreativer zu denken. »Wie wäre es mit einer Challenge? Ein Ingeborg-Bachmann-Wettbewerb mit ausschließlich Schwarzen Literaturkritiker*innen und Autor*innen?« Ihrem Verlag, dem S. Fischer Verlag, schlägt sie vor, so etwas zu wagen wie der britische unabhängige Kleinverlag Jacaranda Books, der sich 2020 verpflichtete, zwanzig Bücher von zwanzig Schwarzen britischen Autor*innen zu veröffentlichen. *Weißen* Autor*innen schlägt sie vor, bei Anthologien oder an Podiumsdiskussionen nur noch teilzunehmen, wenn auch eine Schwarze Autor*in dabei ist. Radikal? Vielleicht. Aber durch Abwarten konnte Ungleichbehandlung noch nie gestoppt werden, ohne radikale Experimente wird sich die Wahrnehmung und auch die Wirklichkeit nicht ändern.

Wie wäre es also mit Quoten bei Stipendien und Zuschüssen, um bisher benachteiligte Gruppen gezielt zu unterstützen? Wie wäre es, wenn die vielen literarischen Förderprogramme, die es dankenswerterweise in Deutschland gibt, die Lebensumstände von Autor*innen, die auch Eltern kleiner Kinder sind, bewusst berücksichtigen würden? Wer Sorgearbeit leistet, kann nicht monatelang als »Schmuck-Eremitin«[23] auf einer Insel arbeiten oder am anderen Ende des Landes ein Schreibstipendium annehmen. Wie wäre es also, die Vereinbarkeit von Arbeit und Familie so zu unterstützen, damit Autor*innen mit Familie das Schreiben erleichtert wird? Das ginge beispielsweise durch finanzielle Zuwendungen, mit denen eine Haushaltshilfe oder ein Babysitter bezahlt werden können, während die Autorin in einem dadurch leichter finanzierbaren Büroraum in der Nähe arbeitet.

Toxische Männlichkeit im Literaturbetrieb

Sobald Frauen Forderungen stellen und in Bereiche vordringen, die ihnen lange verwehrt waren, sobald sie dort Erfolge verzeichnen und selbstbewusst auftreten, treibt die jahrtausendealte Verachtung des Weiblichen absurde neue Blüten. Das zeigt sich in politischen Reden genauso wie in den Kommentarspalten der Zeitungen und in den sozialen Medien. Es ist der Versuch, die Frauen unten zu halten – *Down, Girl* lautet dementsprechend der Titel des Buches über die Logik der Misogynie von der Philosophieprofessorin Kate Manne.[24] Dies geschieht durch die Verächtlichmachung weiblichen Schaffens und die wirtschaftliche Benachteiligung von Frauen (für das literarische Feld von der deutschen Künstlersozialkasse nachgewiesen) sowie durch Machtmissbrauch und sexualisierte Gewalt. Dass Männer in leitenden Positionen Autorinnen damit gedroht haben, ihre Werke in ihrer Sendung nie wieder zu besprechen oder sie nie wieder in ihrem Literaturhaus oder bei ihrem Festival auftreten zu lassen, wenn sie auf ihre sexuellen Avancen nicht eingehen oder über diese sprechen, ist unter Autorinnen kein Geheimnis. In solchen

Fällen ist das Klima so vergiftet, dass Frauen nur sehr bedingt frei schreiben und mit ihren Büchern auftreten können. Und auch ganz grundsätzlich ist der Preis, den Autorinnen für öffentliche Sichtbarkeit zahlen, nicht selten unerträglich hoch. Es ist kein Einzelfall, dass Frauen deshalb ganz aufhören, mit ihren literarischen Werken an die Öffentlichkeit zu gehen oder ganz aufhören zu schreiben. Diese Art von Machtmissbrauch ist möglich, weil männliches Fehlverhalten an den entscheidenden Stellen nach wie vor toleriert, verharmlost und gedeckt wird, auch in der Buchbranche und in den Medien.

Misogynie und Machtmissbrauch – das sind die großen Hebel, an denen angesetzt werden kann und muss. An der Spitze der Gewaltpyramide stehen sexualisierte Gewalt und Femizid, ihre Basis sind mangelnde Empathie, Ausgrenzung und Geringschätzung. Es baut alles aufeinander auf. Das Problem lässt sich nur an der Wurzel bekämpfen: Indem es gesellschaftlich nicht mehr hingenommen wird, wenn Frauen, wenn queere Menschen, wenn BIPoC gezielt unsichtbar gemacht, benachteiligt und verächtlich gemacht werden. Dafür müssen die Missstände gesehen und anerkannt werden, statt »normal« zu sein. Ruth Klüger schlug deshalb schon 1994 vor, feministische Theorie und Kritik zum Pflichtfach in der Schule zu machen, heute würde ich dieses sehr wünschenswerte Fach um postkoloniale und Queer-Theorie ergänzen.[25] Denn es ist zunächst eine Frage der Bildung, des Informiertseins, eine Frage der Aufklärung.

In jedem Fall helfen gegen strukturelle Probleme nur strukturelle Veränderungen. Diese sind nur zu erreichen, wenn genug Menschen aus unterschiedlichen Bereichen dabei sind und sich für die Benachteiligten einsetzen – in den Verlagen, in den Redaktionen, in den Kultusministerien und Lehrer*innenzimmern. Und auch Leser*innen und Konsument*innen können dazu beitragen.

Bei vielen Autorinnen wächst die Wut darüber, wie sie behandelt werden. Auch darüber, dass einigen Themen immer noch implizit die Literarizität abgesprochen wird, dass sie als »Trend« abgetan werden, herrscht Ärger. Einige reagieren darauf, indem sie auf traditionell männliche Erzählmuster und Perspektiven ausweichen, um vom Lesepublikum und Kritiker*innen ernst genommen zu werden. Andere sehen das gar nicht ein und wagen die Flucht nach vorn, machen, wie Isabelle Lehn schreibt, »Ehrlichkeit gegenüber der eigenen Erfahrung zum Maßstab« und erzählen mit Schärfe und Wut von Mutterschaft, sozialer Isolation und finanzieller Benachteiligung. »Sie lassen die zynische, kritische, machthungrige Frau zu Wort kommen, die aggressive, vulgäre Frau, die unzufriedene, impulsive und sexuell aktive Frau. Es spricht die egoistische, unberechenbare, irrationale Frau. Die kühle, die peinliche, die wütende Frau. Es sollen alle Anteile laut werden, die wir sonst vor der Welt zu verbergen suchen.«

Der Mainstream will das doch aber gar nicht hören und schon gar nicht lesen? Genau das ist Misogynie: Die tief verankerte Ablehnung und Abwertung des Weiblichen, die seit Jahrtausenden in unserer Kultur steckt, die für die Überhöhung des Männlichen mitverantwortlich ist und für Homophobie und Transfeindlichkeit sowieso. Und die sich leider auch nicht so einfach abschütteln lässt. Doch man kann sie sich bewusst machen und gegensteuern. Zum Beispiel, indem man mehr Bücher von Autorinnen kauft, liest und aktiv weiterempfiehlt, von queeren und Schwarzen Autor*innen, indem man die Perspektive wechselt, den marginalisierten Stimmen zuhört, sie ernst nimmt. Denn es reicht nicht, festzustellen, dass Texte von Männern und Frauen unterschiedlich aufgenommen werden und dass die Ungleichheit der Geschlechter sich in der Welt der Literatur in Zahlen ausdrücken lässt. Es ist – um es mit den Worten der US-Autorin

Siri Hustvedt zu sagen – »absolut wesentlich, dass es für jede*n Einzelne*n von uns sonnenklar ist, dass in unseren Lesegewohnheiten etwas zugleich Schädliches und Törichtes am Werk ist«.[26]

die autor*innen

Ireti Amojo

spielte Basketball und studierte an der Washington State University, USA. Anschließend spielte sie in der Ersten Bundesliga, bestritt 21 Länderspiele für die Frauennationalmannschaft und absolvierte ihr Masterstudium an der Universität Duisburg-Essen. 2017 zog sie aus persönlichen Gründen zurück nach Berlin und beendete dadurch ihre Karriere in der Ersten Bundesliga. Zuletzt spielte Ireti in der Zweiten Bundesliga und erhielt ein Stipendium für ihre Promotion in Wirtschaftsinformatik an der Freien Universität Berlin. Ireti beendete 2020 ihre Karriere als Basketballspielerin und engagierte sich anschließend in verschiedenen Funktionen für den Frauenbasketball. Seit 2020 übernimmt sie Aufgaben als Koordinatorin für den Mädchen- und Frauenbasketball bei ALBA Berlin und ist Teil einer Initiative für FLINTA*-Sichtbarkeit im Basketball. Nach ihrer Promotion wechselte Ireti in den Mobilitätssektor und arbeitet heute in der IT und Digitalisierung.

Melina Borčak

ist bosniakische Journalistin, Filmemacherin und Medienkritikerin. Als genderwahnsinnige Asyltouristin islamisiert sie die Lügenpresse, u.a. CNN, Deutsche Welle und arte. Seit fast 15 Jahren wird sie dafür bezahlt, seit sechs von deutschen Steuergeldern. Somit schafft sie den von Rassisten umheulten Balanceakt zwischen »Deutschen Jobs klauen« und »deutschen Steuerzahlern auf der Tasche liegen«. Sie arbeitet u. a. zu Feminismus, Rassismus, Genoziden und antirassistischer Medienkritik – genau die Themen, die random Jochen aus Hoppedorf gemacht hätte, wenn Ausländer nicht seinen Job geklaut hätten. Bei Insta macht sie Journalismus direkt für ihre Community und ihr Buch *Mekka hier, Mekka da – Wie wir über antimuslimischen Rassismus sprechen müssen* zeigt, wie Framing und Sprache Rassimus stärken – und was wir dagegen tun können.

Yassamin-Sophia (Mino) Boussaoud

wurde 1990 in Prien am Chiemsee geboren. Als Kind eines Tunesiers und Arbeiter*innenkind gestaltete sich deren Leben im zutiefst konservativen und sehr wohlhabenden Chiemgau als emotionale Herausforderung. Rassismus, Klassismus und Fettfeindlichkeit waren stets präsent. Unter dem Namen @minoandtheirchaos schreibt Mino heute über ebendiese Erfahrungen. They hat mehrere Gedichtbände herausgebracht. In deren Lyrik versucht Mino, sich sprachlich zwischen radikaler Sanftheit und sanfter Radikalität einzuordnen. Im Herbst 2024 erscheint Boussaouds erster Roman im Haymon Verlag. Yassamin-Sophia (Mino) Boussaoud identifiziert sich als queere, fette, nicht binäre Person. Privat ist Mino Elternteil von zwei Kindern, verheiratet und lebt mit deren Familie in München.

Miriam Davoudvandi

ist freie Journalistin, Moderatorin, Autorin und DJ aus Berlin mit iranischen und rumänischen Wurzeln. Als ehemalige Chefredakteurin des Musikmagazins *splash! Mag* nahm sie sich vor, »Rap wieder weich« zu machen, arbeitet seitdem zu großen Teilen in musikjournalistischen Kontexten und hatte schon alle wichtigen Musiker*innen vor der Linse. In ihrem Podcast *Danke, gut. Der Podcast über Pop und Psyche*, der bei WDR Cosmo erscheint, spricht sie seit fast vier Jahren regelmäßig mit Personen aus der Öffentlichkeit sowie Expert*innen über mentale Gesundheit. Für ihre Arbeit wurde sie mehrfach ausgezeichnet, zum Beispiel als »Musikjournalistin des Jahres« beim International Music Journalism Award (IMJA) oder als eine der »Top 30 unter 30«-Journalist*innen vom *Medium Magazin*. Unter ihrem DJ-Pseudonym Cashmiri hat sie schon auf allen wichtigen Club- und Festivalbühnen des Landes aufgelegt.

Anne Dittmann

ist *Spiegel*-Bestseller-Autorin (*Solo, selbst & ständig – Was Alleinerziehende wirklich brauchen*), schreibt als Journalistin über familienpolitische Themen, u. a. für *Zeit Online*, *SZ* und *Brigitte*-Titel, und spricht in ihrem wöchentlichen Podcast *SOLO MOMS* mit Expert*innen, um Allein- und Getrennterziehende zu ermutigen und zu inspirieren. Sie produziert achtsame, moderne und diverse Freund*innenbücher (*Meine Crew*) und macht sich ehrenamtlich für Kinderrechte stark; 2023 hat sie mit ihrer Petition für eine wirksame Kindergrundsicherung über 50.000 Stimmen eingesammelt und ihre Forderung für mehr Geld gegen Kinderarmut im Bundestag verteidigt. Sie lebt mit ihrem Kind in Berlin.

Karin Hartmann

ist Architektin und Autorin. Sie schreibt, spricht und forscht zu Architektur und Stadtplanung aus intersektional-feministischer Sicht. Ihr 2022 erschienenes Buch *Schwarzer Rolli, Hornbrille. Plädoyer für einen Wandel in der Planungskultur* zur strukturellen Diskriminierung innerhalb der Architekturbranche avancierte innerhalb der Fachszene zum Bestseller. Erfahrungen als selbstständige Architektin und Aktivistin, als Referentin und Mutter prägen ihren Fokus und Schreibstil. Sie ist Mitglied im Bund Deutscher Architektinnen und Architekten (BDA) und erste Vorsitzende des Karrierenetzwerks architektinnen initiative nw. Im Wintersemester 2023/2024 war Karin Hartmann Gastprofessorin des Claiming*Spaces Collective an der Technischen Universität Wien.

Asha Hedayati

arbeitet als Anwältin im Familienrecht und vertritt hierbei schwerpunktmäßig gewaltbetroffene Frauen bei Trennungen und Scheidungsverfahren. Neben der Arbeit als Anwältin bildet sie Sozialarbeiter*innen von Frauenhäusern und Frauenberatungsstellen im gesamten Bundesgebiet aus und ist Gastdozentin für Familienrecht und Kinder- und Jugendhilferecht an der Alice-Salomon-Hochschule und der Paritätischen Akademie. Sie ist Vorstandsvorsitzende einer Schutzeinrichtung in Berlin. Als Panelistin und Speakerin spricht sie regelmäßig öffentlich zu den Themen häusliche Gewalt und Gewalt gegen Frauen. Im September 2023 ist ihr Buch *Die stille Gewalt – Wie der Staat Frauen alleinlässt* im Rowohlt Verlag erschienen, das zum Bestseller wurde.

Silvie Horch

schrieb schon als Teenagerin Ende der 1980er eine feministische Glosse für die Schülerzeitung, was ihr nicht nur Freund*innen einbrachte. Als Erste in der Familie mit Abitur machte sie sicherheitshalber eine Ausbildung zur Verlagskauffrau, bevor sie in Frankfurt/Main Germanistik, Soziologie und Psychologie studierte. Nebenbei jobbte sie als Korrektorin bei der *FAZ* und schrieb Rezensionen über literarische Neuerscheinungen und

Porträts für den »Berühmte-Frauen-Kalender«. Seit 2005 akquiriert und lektoriert sie Sachbücher für die Ullstein Buchverlage in Berlin – darunter als Mitherausgeberin den Bestseller *Unlearn Patriarchy*. Sie ist außerdem Herausgeberin der bei Ullstein erscheinenden feministischen und gesellschaftstransformativen Buchreihe *Wie wir leben wollen*.

Mandy Mangler

ist als Professorin Dr. med. Chefärztin zweier Vivantes-Kliniken für Gynäkologie und Geburtsmedizin in Berlin tätig. Sie ist Autorin des Podcasts *Gyncast* und Trägerin des Berliner Frauenpreises 2022. Sie unterstützt die Frauenheilkunde wissenschaftlich und gesellschaftspolitisch auf dem Weg, geschlechtergerechter und qualitativ besser zu werden. Dabei engagiert sie sich als Expertin für »feministische Gynäkologie«. Mandy Mangler ist Vorsitzende der Gesellschaft für Gynäkologie und Geburtsmedizin Berlin und Vorsitzende der Berliner Chefärzte und Chefärztinnen der BLFG e. V., der Bundesarbeitsgemeinschaft Leitender Ärztinnen und Ärzte in der Frauenheilkunde und Geburtshilfe e. V.

Rebecca Maskos

ist Psychologin, nach einem Volontariat bei Radio Bremen freie Journalistin und Wissenschaftlerin in den *Disability Studies*. Dort promovierte sie 2023 zu internalisiertem Ableismus und Rollstuhlnutzung. Sie ist der Behindertenbewegung eng verbunden und kommentiert als freie Journalistin Behindertenpolitik und Inklusion. Sie leitete Projekte zum Thema Gewalt gegen behinderte Frauen und Mädchen, hob das Onlineprojekt *Leidmedien.de* mit aus der Taufe, war Redakteurin behindertenpolitischer Zeitschriften. Im Jahr 2023 schrieb sie zusammen mit Mareice Kaiser das Buch *Bist du behindert, oder was?* Den Begriff *ableism* lernte sie bereits 2001 beim Studium in den USA kennen und schätzen. Seitdem arbeitet sie mit daran, die *Disability Studies* auch im deutschsprachigen Bereich zu verankern, zum Beispiel als Mitherausgeberin der Zeitschrift für *Disability Studies*.

Saboura Manpreet Naqshband

(sie/they) ist muslimische Feminist*in, Politikwissenschaftler*in und Kunstpädagog*in. Gegenwärtig forscht und lehrt sie zu postkolonial-feministischer Ästhetik und Bildung an der Universität der Künste Berlin. Ihre Schwerpunkte liegen an der Schnittstelle von Islam und (Queer-)Feminismus, Rassismuskritik, Intersektionalität, migrantischer Selbstorganisation, Klasse und Ästhetischer Bildung in der (Post-)Migrationsgesellschaft. Sie ist Mitgründer*in des Kollektivs Berlin Muslim Feminists (BMF), Mitglied im postkolonialen bildungsLab* sowie Transformative Dance-Trainer*in. Saboura nahm als Performer*in und Berater*in an diversen Filmprojekten teil (3x3x6 2019, Welten 2021, Zwischenwelt 2022). Zuletzt erschienen ihre Beiträge in *Double Bind postkolonial* (Transcript 2023), *Erziehungswissenschaften dekolonisieren* (Beltz 2023), und in *(K)ein Kopftuchbuch* (Transcript 2023).

Gonza Ngoumou

Gonza Balbina Ngoumou (Dr. med.) ist Fachärztin für Kinder- und Jugendmedizin. Sie hat über 15 Jahre klinische Erfahrung aus mehreren Kinderkliniken in Deutschland. Seit 2016 arbeitet sie an der Charité in Berlin. Nach einem klassischen Medizinstudium wurde im Laufe ihrer Karriere ihr Blick auf den Menschen und auf Gesundheit und Krankheit immer ganzheitlicher. Ein solcher Blick schließt unter anderem Soziales, Geschichtliches und Emotionales sowie die Gesundheit des Lebensraums mit ein. So wechselte sie ab dem Jahr 2020 sukzessive in die Integrative Medizin an der Charité, wo sie bis heute forscht und lehrt. Gleichzeitig ist Gonza Teil der Berliner Band 3Women.

Emilia Zenzile Roig

ist promovierte Politikwissenschaftlerin, Gründerin des Center for Intersectional Justice (CIJ) und Autorin der viel besprochenen Bestseller *Why We Matter* (2021) und *Das Ende der Ehe* (2023). Sie lehrt regelmäßig in Deutschland, Frankreich und den USA Intersektionalität, Critical Race Theory, Gender Studies und Postkoloniale Studien sowie Völkerrecht und Europarecht. Sie hält europaweit Keynotes und Vorträge und berät zu den Themen Feminismus, Rassismus, Diskriminierung, Vielfalt und Inklusion und ist Autorin zahlreicher Publikationen auf Deutsch, Englisch und Französisch. Sie ist Ashoka Fellow und wurde mehrfach mit Preisen ausgezeichnet, u.a. mit dem Edition F Award und dem Impact of Diversity Prize als »Most influental Woman of the Year« (2022).

Nicole Seifert

ist gelernte Verlagsbuchhändlerin und promovierte Literaturwissenschaftlerin. Nach Stationen in den Lektoraten verschiedener Buchverlage ist sie seit 2010 freie Autorin und Übersetzerin. Ihr Literaturblog *nachtundtag.blog* wurde 2019 vom Börsenverein des Deutschen Buchhandels als bester Buchblog ausgezeichnet. 2021 erschien bei Kiepenheuer & Witsch ihr Sachbuch *FRAUEN LITERATUR: Abgewertet, vergessen, wiederentdeckt*, das eine Debatte über Frauen im Literaturbetrieb auslöste. 2024 folgte *Einige Herren sagten etwas dazu. Die Autorinnen der Gruppe 47.* Nicole Seifert ist Mitherausgeberin der Reihe *rororo Entdeckungen*, in der Romane vergessener Schriftstellerinnen (wieder)erscheinen.

Sarah Vecera

hat Theologie, Religions- und Sozialpädagogik in Kassel und Bochum studiert und arbeitet im internationalen Bildungsteam der Vereinten Evangelischen Mission. Durch ihr Buch *Wie ist Jesus weiß geworden? Mein Traum von einer Kirche ohne Rassismus* ist sie die stärkste Stimme gegen Rassismus in der deutschen evangelischen Kirche geworden. In ihrem Podcast *Stachel&Herz* klärt sie mit ihrer Kollegin Thea Hummel regelmäßig über Diskriminierung in der Kirche auf und auf ihrem Instagram-Account @moyo.me kann man täglich ihre kirchliche Antirassismus- und Empowermentarbeit verfolgen. Sie initiierte die vielfaltssensible *Alle-Kinder-Bibel*, in der erstmalig im deutschsprachigen Raum diskriminierungskritisch Bibelgeschichten für Kinder zugänglich gemacht wurden.

Alexandra Zykunov

ist studierte Journalistin und bei der *Brigitte* zuständig für feministische und gesellschaftliche Themen. Sie ist Autorin des *Spiegel*-Bestsellers *Wir sind doch alle längst gleichberechtigt!* und von *Was wollt ihr denn noch alles?!* Als Speakerin hält sie Keynotes in internationalen Unternehmen zu Themen wie Feminismus, Care-Arbeit oder Gender Bias und ist als @alexandra___z eine reichweitenstarke Stimme auf Social Media. 2021 co-initiierte Zykunov zusammen mit der gemeinnützigen Pro-Parents-Initiative die mediale Kampagne »Gleiches Recht für Eltern« gegen Mütterdiskriminierung im Job und für die Aufnahme von Elternschaft ins deutsche Antidiskriminierungsgesetz. Die Forderungen sind daraufhin in Teilen in den Koalitionsvertrag der Bundesregierung eingeflossen. Ihre Texte und Analysen zur Unsichtbarkeit von frauen- und familienpolitischen Themen gehen regelmäßig viral.

anmerkungen

unlearn körper – **Yassamin-Sophia Boussaoud**

1 Da'Shaun Harrison: *Belly of the Beast. The Politics of Anti-Fatness as Anti-Blackness*, aus dem Amerikanischen von Anna von Rath, Berkeley, CA 2021, S. 12 f.

2 Ebd., S. 18 f.

3 Esther Rothblum/Sondra Solovay (Hg.): *The Fat Studies Reader*, New York 2009.

unlearn architektur – **Karin Hartmann**

1 Bundeszentrale für politische Bildung (10. 08. 2020): https://www.bpb.de/kurz-knapp/zahlen-und-fakten/soziale-situation-in-deutschland/61538/bevoelkerung-nach-altersgruppen-und-geschlecht/

2 The Economist Intelligence Unit Limited: »The Global Liveability Index 2023«, https://www.eiu.com/n/campaigns/global-liveability-index-2023/

3 City of Copenhagen: »A Metropolis for People«, Copenhagen 2009, S. 7. Originalzitat: »Our goal is: by 2015, Copenhageners will spend 20 % more time in urban space than they do today.«

4 Jane Jacobs: *Tod und Leben großer amerikanischer Städte*, Braunschweig/Wiesbaden 1993.

5 Jan Gehl: *Life Between Buildings. Using Public Space*, New York 1987.

6 Karin Hartmann: *Schwarzer Rolli, Hornbrille. Plädoyer für einen Wandel in der Planungskultur*, Berlin 2022, S. 92–94.

7 makespaceforgirls.co.uk, Originalzitat: »Most councils have spent more time and money on dog waste than they have for teenage girls.«

8 Yorkshire Sport Foundation: »More Space for Us. Insight Report«, 2022, S. 19.

9 Make Space for Girls: »Research Report 2023«, makespaceforgirls.co.uk, Originalzitat: »Why should I go to the park? There's nothing there for me.«

10 makespaceforgirls.co.uk/case-studies/malmo

11 unpleasant.pravi.me

12 Alex Rühle: »Diese Wohnung ist meine einzige Chance, wieder ein Mensch zu werden.«, 17. 01. 2023, in: *SZ.de*

13 Eva Kail: »It's the Care Work, Stupid!« in: *die Architekt* 1 (2023), S. 50.

14 Hartmann, *Schwarzer Rolli, Hornbrille*, S. 93–94.

15 Tina Groll im Gespräch mit Eva Kail: »Wir müssen das Dorf zurück in die Stadt bringen.«, 13. 02. 2021, in: *Zeit.de*

16 Leslie Kern: *Feminist City. Claiming Space in a Man-made World*, London 2020, S. 158.

17 Anna Barker/George Holmes/Rizwaa Alam/Lauren Cape-Davenhill/Sally Osei-Appiah und Sybilla Warrington Brown: »What Makes a Park Feel Safe or Unsafe? The views of women, girls and professionals in West Yorkshire«, in: *The University of Leeds*, Leeds 2022, Originalzitat: »Whilst 89 % of professionals interviewed think parks in their area of West Yorkshire are very or fairly safe for women and girls, this compares with only 37 % of women and 22 % of girls interviewed.«

18 Asha Hedayati: *Die stille Gewalt. Wie der Staat Frauen alleinlässt*, Hamburg 2023, S. 167.

19 Ebd.

20 Jane Darke: »The Man-shaped City«, in: Christine Booth/Jane Darke/Susan Yeandle (Hg.): *Changing Places. Women's Lives in the City*, London 1996, S. 88 f.

21 Elke Krasny: »Architecture and Care«, in: Angelika Fitz/Elke Krasny (Hg.): *Critical Care. Architecture and Urbanism for a Broken Planet*, Architekturzentrum Wien 2019, S. 33–41.

22 Hartmann, *Schwarzer Rolli, Hornbrille*, S. 48.

23 Bundesarchitektenkammer (2022): https://bak.de/wp-content/uploads/2022/09/Absolventen_Architektur_bis2021.pdf

24 Bundesarchitektenkammer (2020): https://bak.de/wp-content/uploads/2021/02/2020_bak_strukturbefragung_sonderbericht-gehaltsunterschiede-nach-geschlecht_2021.pdf

25 Bundesministerium für Familie, Senioren, Frauen und Jugend (Hg.): *Zweiter Gleichstellungsbericht der Bundesregierung*, Berlin 2018.

26 Matrix: *Making Space. Women and the Man-made Environment*, London 1984, S. 13–15, Originalzitat: »Their replies revealed the tremendous gap between themselves and the users of their buildings.«

27 Matrix: *Making Space*, S. 13, Originalzitat: »Architects resent their dependence on clients, just as some doctors hate patients.«

28 Karin Hartmann: »Arbeiten ist kein Ponyhof?«, in: *die Architekt* 5 (2023), S. 38–43.

29 Eidgenössische Technische Hochschule Zürich (Departement Architektur): »ENGAGE D-ARCH Report«, Brüssel 2021 (unveröffentlichter interner Bericht), Originalzitat: »Academic, intellectual, male, white, western, straight, wealthy background or coming from a family with architects, studied at ETH (or other elitist university), workaholic, [...] childless or not taking up parental responsibility, [...] individualistic, ego-driven, not interested in architecture as a service, not focused on societal or environmental questions [...].«

30 Telefongespräch mit Wiebke Ahues am 12. 09. 2023.

31 Bundesministerium für Verkehr und digitale Infrastruktur: *Mobilität in Deutschland-MiD. Ergebnisbericht*, Bonn 2019.

32 o. A.: »Das Wunder von Hannover«, 02. 06. 1959, in: *Spiegel.de*

33 Civitas: »Smart Choices for Cities. Gender Equality and Mobility: Mind the Gap!«, 2023, S. 23.

34 Bundesministerium für Familie, Senioren, Frauen und Jugend (Hg.): »Alleinerziehende in Deutschland – Lebenssituationen und Lebenswirklichkeiten von Müttern und Kindern«, in: *Monitor Familienforschung* 28 (2012), S. 21.

35 Leslie Kern: *Gentrifizierung lässt sich nicht aufhalten und andere Lügen*, aus dem Englischen von Leo Kühberger, Münster 2023, S. 144.

36 Ebd.

37 Rebecca Solnit: *Whose Story Is This? Old Conflicts, New Chapters*, Chicago 2019.

unlearn erziehung – **Anne Dittmann**

1 Sarah Carol und Karsten Hank: »Natives' and Immigrants' Gender Preferences for Children in Germany«, in: *European Journal of Population* 36 (2020), S. 235–246, https://link.springer.com/article/10.1007/s10680-019-09527-y

2 Ewa Cukrowska-Torzewska und Magdalena Grabowska: »The sex preference for children in Europe: Children's sex and the probability and timing of births«, in: *Demographic Research* 48 (2023), S. 203–232, https://www.demographic-research.org/volumes/vol48/8/48-8.pdf

3 Klaus Raab: »Hauptsache, sie ist gesund!«, 14. 04. 2023, in: *Die Zeit*, https://www.zeit.de/gesellschaft/2023-04/familienplanung-tochter-sohn-rollenbilder

4 Bundesministerium für Familie, Senioren, Frauen und Jugend: »Akuthilfe für pflegende Angehörige beschlossen«, 14.05.2020, *bmfsfj.de*, https://www.bmfsfj.de/bmfsfj/aktuelles/alle-meldungen/akuthilfe-fuer-pflegende-angehoerige-beschlossen-155552

5 Bertelsmann Stiftung (Hrsg.): »Wer gewinnt? Wer verliert? Die Entwicklung und Prognose von Lebenserwerbseinkommen in Deutschland«, 17.03.2023, *bertelsmann-stiftung.de*, https://www.bertelsmann-stiftung.de/de/publikationen/publikation/did/wer-gewinnt-wer-verliert-2020, DOI: 10.11586/2019055

6 Katharina Heisig: »Vom Sinn einer geschlechtsneutralen Erziehung und Bildung«, in: *ifo Dresden berichtet* 2 (2019), S.12–16; S.12; https://www.ifo.de/DocDL/ifoDD_1902_gesamt-PDF

7 Timm Giesbers: »Geschlechtsneutrale Erziehung: Tut das Kindern gut?«, in: *reporter.de*, *funk.de*, YouTube-Video vom 11.05.2022, https://www.youtube.com/watch?v=XtoeBVhZwrM

8 Meike Stoverock: *Female Choice. Vom Anfang und Ende der männlichen Zivilisation*, Stuttgart 2021, S.37.

9 Silke Weber im Gespräch mit Volker Sigusch: »Es gibt so viele Geschlechter, wie es Menschen gibt«, 01.02.2018, in: *Zeit Campus*, https://www.zeit.de/campus/2018/01/sexualitaet-sexualmedizin-volkmar-sigusch-interview

10 Anne Waak: *Kümmern und Kämpfen. Warum Geschlechtergerechtigkeit in Erziehung und Familie uns alle freier macht*, München 2023, S.23.

11 Susanne Mierau: *New Moms for Rebel Girls. Unsere Töchter für ein gleichberechtigtes Leben stärken*, Weinheim–Basel 2022, S.73.

12 Ver.di: »Trotz Vollzeitjob: Millionen Frauen droht Altersarmut«, 16.01.2023, *verdi.de*, https://www.verdi.de/themen/rente-soziales/++co++b0ea0e24-95a3-11ed-848f-001a4a16012a

Statistisches Bundesamt: »Todesursachen: Suizide«, 2023, *destatis.de*, https://www.destatis.de/DE/Themen/Gesellschaft-Umwelt/Gesundheit/Todesursachen/Tabellen/suizide.html

13 Malcolm Ohanwe: »Ist helle Haut wirklich die schönere Haut?«, 25. 08. 2016, *br.de*, https://www.br.de/puls/themen/leben/bleaching-in-deutschland-helle-haut-dunkle-haut-100.html
Ciani-Sophia Hoeder: »Die harte Wahrheit über Relaxer: So ungesund ist die chemische Glättung«, 08. 06. 2019, *rosa-mag.de*, https://rosa-mag.de/die-harte-wahrheit-ueber-relaxer-so-ungesund-ist-die-chemische-glaettung/

14 Sonora Jha: *How to Raise a Feminist Son. Das Buch für alle Eltern, die Gleichberechtigung leben wollen*, München 2023, S. 71.

15 Annabel Wahba im Gespräch mit Maria Neophytou: »Wie sollte man damit umgehen, wenn die Tochter bauchfreie Tops tragen möchte?«, 03. 11. 2022, in: *Zeit Magazin*, https://www.zeit.de/zeit-magazin/2022/45/eltern-kind-beziehung-kleidung-tochter

16 Unabhängige Beauftragte für Fragen des sexuellen Kindesmissbrauchs: »Wo findet Missbrauch statt?«, https://beauftragte-missbrauch.de/themen/definition/wo-findet-missbrauch-statt#:~:text=Missbrauch%20findet%20vor%20allem%20im%20nahen%20sozialen%20Umfeld%20statt&text=Dazu%20geh%C3%B6ren%20Angeh%C3%B6rige%2C%20oder%20Freundes,sexuelle%20Gewalt%20in%20ihrer%20Kernfamilie

17 Bundesministerium für Familie, Senioren, Frauen und Jugend: »Gewalt gegen Frauen mit Behinderungen«, 29. 11. 2021, *bmfsfj.de*, https://www.bmfsfj.de/bmfsfj/themen/gleichstellung/frauen-vor-gewalt-schuetzen/frauen-mit-behinderungen-schuetzen/gewalt-gegen-frauen-mit-behinderungen-80650

18 Einar H. Dyvik: »The global gender gap index 2023«, 07. 11. 2023, in: *statista.com*, https://www.statista.com/statistics/244387/the-global-gender-gap-index/#:~:text=In%202023%2C%20the%20country%20offering,with%20a%20score%20of%200.91

19 Hjalli-Modell von Hjallastefnan, https://www.hjallimodel.com/

20 https://www.nbcnews.com/news/world/iceland-s-answer-gender-equality-compensate-differences

21 Mierau: *New Moms for Rebel Girls*, S. 220.

22 Phyllis A. Katz: »Raising Feminists«, in: *Psychology of Women Quarterly* 20, 3 (1996), S. 323–340, https://journals.sagepub.com/doi/10.1111/j.1471-6402.1996.tb00303.x

23 Matthias Keller, Thomas Körner: »Closing the Gap? Erwerbstätigkeit und Arbeitszeit von Müttern und Vätern nach 15 Jahren Elterngeld«, 08.2023, *destatis.de*, https://www.destatis.de/DE/Methoden/WISTA-Wirtschaft-und-Statistik/2023/04/erwerbstaetigkeit-arbeitszeit-042023.pdf?__blob=publicationFile

24 Jha: *How to Raise a Feminist Son*, S. 28.

25 Susanne Mierau: *Frei und unverbogen. Kinder ohne Druck begleiten und bedingungslos annehmen,* Weinheim 2021, S. 25.

unlearn sport – **Ireti Amojo**

1 Die Verwendung der Wörter »Frauen« und »Männer« ohne Gender-Sternchen bezeichnet in meinem Text bewusst nur *cisgender* Menschen, deren Geschlechtsidentität mit ihrem biologischen Geschlecht übereinstimmt.

2 Carlos Gomez-Gonzales, Helmut Dietl, David Berri und Cornel Nesseler: »Gender information and perceived quality. An experiment with professional soccer performance«, in: *Sport Management Review* 22 (2023).

3 Lukas Thiele: »›Equal Pay‹ im US-Fußball jetzt offiziell«, 18. 05. 2022, in: *Deutschlandfunk*, https://www.deutschlandfunk.de/fussball-usa-equal-pay-100.html

4 Frank Hellmann: »DFB stockt Prämien für Popp und Co nicht auf«, 26. 06. 2023, in: *ZDF*, https://www.zdf.de/nachrichten/sport/fussball-dfb-frauen-wm-praemie-keine-aufstockung-100.html

5 Ebd.

6 Silke Wichert: »Der bessere Antrieb«, 30. 06. 2021, in: *Süddeutsche*

Zeitung Magazin, https://sz-magazin.sueddeutsche.de/vorgeknoepft-die-modekolumne/allyson-felix-schuhe-saysh-90382

7 Rainer Sommerhalder: »Sechsfache Olympiasiegerin bricht mit Nike«, 01.09.2019, in: *Aargauer Zeitung*, https://www.aargauerzeitung.ch/sport/sechsfache-olympiasiegerin-bricht-mit-nike-ld.1147729

8 Ebd.

9 Martin Ganslmeier: »Wer schwanger wird, bekommt weniger Geld«, 01.06.2019, in: *Deutschlandfunk Kultur*, https://www.deutschlandfunkkultur.de/protest-gegen-nike-sponsorenvertraege-wer-schwanger-wird-100.html#:~:text=Branche%20etwas%20ändert.-,«›hervorragende%20Markenbotschafterin%20für%20Nike%20war

10 »Executive Order 10730. Desegregation of Central High School (1957)«, 08.02.2022, in: *National Archives*, https://www.archives.gov/milestone-documents/executive-order-10730

11 »Equal Access to Education. Forty Years of Title IX«, 13.06.2012, in: *Department of Justice*, https://www.justice.gov/sites/default/files/crt/legacy/2012/06/20/titleixreport.pdf

12 E. Staurowsky, Courtney Flowers, Erin Buzuvis, Lindsay Darvin und Natalie Welch: »The Women's Sports Foundation 50 Years of Title IX. We're Not Done«, in: *Women in Sport and Physical Activity Journal* 13 (2022).

13 Ebd.

14 Ebd.

15 Deutscher Basketball Bund: »Präsidium«, 16.08.2023, in: *basketball-bund.de*, https://www.basketball-bund.de/dbb/uber-uns/praesidium/

16 Fédération Internationale de Basketball (FIBA) ist der Weltbasketballverband.

17 Thomas Renggli: »Männer dominieren das Sport-Business: Warum Frauen der Branche gut tun«, 08.03.2019, in: *Tagblatt*, https://www.tagblatt.ch/sport/keine-quotenfrauen-ld.1100329

18 Bundesministerium für Familie, Senioren, Frauen und Jugend:

»Mehr Frauen in Führungspositionen im öffentlichen Dienst«, 25. 04. 2023, in: *bmfsfj.de*, https://www.bmfsfj.de/bmfsfj/themen/gleichstellung/frauen-und-arbeitswelt/quote-oeffentlicher-dienst

19 Annika Röcker: »Macht ein Testosteronlimit den Sport gerechter?«, 07. 07. 2021, in: *spektrum.de*, https://www.spektrum.de/news/intersexualitaet-macht-ein-testosteronlimit-den-sport-gerechter/1688878

20 »Semenya-Urteil: Weltverband hält an Testosteronregeln fest«, 11. 07. 2023, in: *ARD*, https://www.sportschau.de/newsticker/dpa-semenya-urteil-weltverband-haelt-an-testosteronregeln-fest-100.html

21 Röcker: »Macht ein Testosteronlimit den Sport gerechter?«.

22 Ebd.

23 Ebd.

24 Emilia Roig: *Das Ende der Ehe*, Berlin 2023.

25 E. A. Arendt, J. Agel und R. Dick: »Anterior Cruciate Ligament Injury Patterns Among Collegiate Men and Women«, in: *Journal of Athletic Training* 34, 2 (1999), S. 86–92.

unlearn ableismus – **Rebecca Maskos**

1 Der Begriff des »Anderen« bzw. »the Other« wurde in Bezug auf Gender entwickelt von Simone de Beauvoir (*Das andere Geschlecht*, Hamburg 2000 [1949]) und in Bezug auf Kolonialismus von Edward W. Said (*Orientalismus*, Frankfurt am Main 2009 [1978]). Der Prozess des Otherings wurde zuerst von Gayatri Chakravorty Spivak geprägt (z. B. »Can the Subaltern Speak?«, in: Cary Nelson (Hg.): *Marxism and the Interpretation of Culture*, Champaign 1988, S. 271–313).

2 Vertiefend zu Ableismus auf Deutsch z. B. Swantje Köbsell: »Ab-

leism. Neue Qualität oder ›alter Wein‹ in neuen Schläuchen?«, in: Iman Attia u. a. (Hg.): *Dominanzkultur reloaded*, Bielefeld 2015, S. 21–34 oder Rebecca Maskos: »Ableism und das Ideal des autonomen Fähig-Seins in der kapitalistischen Gesellschaft«, in: *Zeitschrift für Inklusion* 2 (2015), http://www.inklusion-online.net/index.php/inklusion-online/article/view/277

3 Einen guten Überblick über das Thema NS-»Euthanasie« bietet die Webseite https://gedenkort-t4.eu/

4 Englischsprachige »Klassiker« zum Thema Ableismus sind z. B. Fiona Kumari Campbell: *Contours of Ableism. The Production of Disability and Abledness*, Basingstoke 2009 und Dan Goodley: *Dis/ability Studies. Theorizing Disablism and Ableism*, London 2014.

5 Anja Tervooren: »Der verletzliche Körper. Überlegungen zu einer Systematik der Disability Studies«, in: Anne Waldschmidt (Hg.): *Kulturwissenschaftliche Perspektiven der Disability Studies*, Kassel 2003, S. 37–48.

6 Carola Ewinkel u. a. (Hg.): *Geschlecht: behindert. Besonderes Merkmal: Frau. Ein Buch von behinderten Frauen*, München 1985.

7 Hierzu auch: Jutta Jacob u. a. (Hg.): *Gendering Disability. Intersektionale Aspekte von Behinderung und Geschlecht*, Bielefeld 2010.

8 Monika Schröttle u. a. (Hg.): »Lebenssituation und Belastungen von Frauen mit Beeinträchtigungen und Behinderungen in Deutschland« (Kurzfassung), 20. 02. 2012, in: *Bundesministerium für Familie, Senioren, Frauen und Jugend*, https://www.bmfsfj.de/resource/blob/94204/3bf4ebb02f108a31d5906d75dd9af8cf/lebenssituation-und-belastungen-von-frauen-mit-behinderungen-kurzfassung-data.pdf

9 Rosemarie Garland Thomson: *Extraordinary Bodies. Figuring Physical Disability in American Culture and Literature*, New York City 1997; Susan Wendell: *The Rejected Body. Feminist Philosophical Reflections on Disability*, London 1996; Carol Thomas: *Female Forms. Experiencing and Understanding Disability*, Buckingham-Philadelphia 1999;

Swantje Köbsell: »Gendering Disability. Behinderung, Geschlecht und Körper«, in: Jacob (Hg.): *Gendering Disability*, S. 17–33.

10 Abilitywatch e. V.: https://ableismus.de

11 Einen Überblick über den aktuellen Stand im Gewaltschutz behinderter Frauen und Gewalt in Einrichtungen der Behindertenhilfe bietet Martina Puschke: »Umfassender Schutz vor Gewalt gegen Frauen mit Beeinträchtigungen«, in: Katja von Auer u. a. (Hg.): *Intersektionalität und Gewalt. Verwundbarkeiten von marginalisierten Personen und Gruppen sichtbar machen*, Münster 2023.

12 Übereinkommen über die Rechte von Menschen mit Behinderungen: https://www.behindertenrechtskonvention.info/

13 Deutsches Institut für Menschenrechte, Monitoringstelle UN-Behindertenrechtskonvention (2023): »Staatenberichtsverfahren«, https://www.institut-fuer-menschenrechte.de/das-institut/abteilungen/monitoring-stelle-un-behindertenrechtskonvention/staatenberichtsverfahren

unlearn recht – **Asha Hedayati**

1 Arno Gruen: *Wider den Gehorsam*, Stuttgart 2017, S. 10.

2 Bundesverfassungsgericht, Urteil vom 25. 02. 1975 – 1 BvF 1, 2, 3, 4, 5, 6/74.

3 Committee on the Elimination of Discrimination against Women: »General recommendation No. 35 on gender-based violence against women, updating general recommendation No. 19«, 26. 07. 2017, UN Doc. CEDAW/C/GC/35, para. 18.

4 Der Europäische Gerichtshof für Menschenrechte, Urteil vom 13. 02. 2020, AZ 8675/15 und 8697/15, https://hudoc.echr.coe.int/eng#{%22itemid%22:[%22001-209108%22]}

5 Der Europäische Gerichtshof für Menschenrechte, Urteil vom 3. 10. 2017, AZ 8675/15.

6 Bundesministerium des Innern und für Heimat (2023): »Fakten zur Reform des Gemeinsamen Europäischen Asylsystems (GEAS)«, in: *BMI.BUND.de*, https://www.bmi.bund.de/DE/themen/migration/asyl-fluechtlingsschutz/asylsystem-geas.html

7 Sebastian Kemnitzer und Lisabell Shewafera: »Warum werden so wenige Täter verurteilt?«, 01. 11. 2019, in: *Tagesschau.de*, https://www.tagesschau.de/investigativ/report-muenchen/verurteilungen-vergewaltigung-101.html

8 Dorothee Beck, Thomas Gesterkamp, Andreas Kemper, Barbara Stiegler und Henning von Bargen: »Antifeminismus auf dem Weg durch die Institutionen«, 10.2021, in: *boell.de*, https://www.boell.de/sites/default/files/2021-10/E-Paper%20%C2%ABAntifeminismus%C2%BB%20Endf.pdf; Gabriele Keller: »Väterrechtler auf dem Vormarsch«, 19. 09. 2023, in: *correctiv.org*, https://correctiv.org/aktuelles/haeusliche-gewalt/2023/09/19/die-netzwerke-der-vaeterrechtler/

unlearn mental mealth – **Miriam Davoudvandi**

1 Inga Wonnemann im Gespräch mit Margarethe Hochleitner: »In der Medizin macht das Geschlecht den Unterschied«, 27. 02. 2023, *Tagesschau*, https://www.tagesschau.de/wissen/forschung/gendermedizin-103.html

2 Helen Kreimer: »Menstruationsbeschwerden: Ein Simulator zwingt Mann vor Schmerzen in die Knie«, 15. 07. 2022, in: *Brigitte,* https://www.brigitte.de/gesund/menstruationsbeschwerden--ein-simulator-zwingt-mann-vor-schmerzen-in-die-knie-13356952.html

3 Beate Hausbichler: »#FrauenBeimArzt: Noch immer gilt es als ›Hysterie‹«, 20. 01. 2022, in: *Der Standard*, https://www.derstandard.de/story/2000132644445/frauenbeimarztnoch-immer-gilt-es-als-hysterie

4 Udo Rauchfleisch: »Medizinische Einordnung von Trans*identität«, 08.08.2018, in: *Bundeszentrale für politische Bildung,* https://www.bpb.de/themen/gender-diversitaet/geschlechtliche-vielfalt-trans/245353/medizinische-einordnung-von-trans-identitaet/

5 Peet Thesing: *Feministische Psychiatriekritik*, Münster 2017.

6 Bei neurodivergenten Menschen werden die aus der Umwelt eintreffenden Reize und Informationen im Gehirn anders verarbeitet als bei neurotypischen Menschen. Neurodiversität ist daher keine Krankheit. ADHS und Autismus zählen beispielsweise dazu.

7 Shishira Sreenivas: »ADHD in Women«, 15.05.2023, in: *WebMD.com,* https://www.webmd.com/add-adhd/adhd-in-women

8 Nicole Crawford: »ADHD: A women's issue«, in: *American Psychological Association* 34(2) (2003), S. 28, https://www.apa.org/monitor/feb03/adhd

9 Komorbidität bedeutet, dass neben einer Grunderkrankung eine oder mehrere weitere Krankheiten vorliegen.

10 Nicole Washington: »ADHD Masking: What It Is and More«, 10.05.2022, in: *Psych Central.com,* https://psychcentral.com/adhd/adhd-masking#effects

11 Dr. Ruth Shim, zitiert nach Yuki Noguchi: »›Bear Our Pain‹: The Plea For More Black Mental Health Workers Black Americans Face Higher Barriers To Getting Good Mental Health Support«, 25.06.2020, in: *Shots – Health News, NPR.org,* https://www.npr.org/sections/health-shots/2020/06/25/877549715/bear-our-pain-the-plea-for-more-black-mental-health-workers

12 Corinne Rocca u. a.: »Emotions and decision rightness over five years following an abortion: An examination of decision difficulty and abortion stigma«, in: *Social Science & Medicine* 248 (2020), https://www.sciencedirect.com/science/article/pii/S0277953619306999

13 Kelli Bolling und Kevin Hull: »Undisclosed Information-Serial Is My Favorite Murder: Examining Motivations in the True Crime Podcast Audience«, in: *Journal of Radio & Audio Media* 25(1) (2018), S. 92–

108, https://www.tandfonline.com/doi/abs/10.1080/19376529.2017.1370714

14 Lea Susemichel im Gespräch mit Bettina Zehetner: »Das Leiden an Geschlechternormen«, in: *an.schläge – Das feministische Magazin* 6 (2017), https://anschlaege.at/das-leiden-an-geschlechternormen/

unlearn klasse – **Saboura Naqshband**

1 Urmila Goel (2016): »A History of Indian Migration to Europe«, http://www.urmila.de/english/germany.html

2 https://www.bpb.de/kurz-knapp/lexika/glossar-migration-integration/270369/gastarbeiter/

3 Gabriele Metzler: »Die ›Anderen‹ in den Metropolen«, in: *Europa zwischen Kolonialismus und Dekolonisierung. Informationen zur politischen Bildung* 338, Bonn 2018, S. 60.

4 Michael Rothberg: *Multidirectional Memory and the Universalization of the Holocaust*, Oxford 2009.

5 Da das deutsche Adjektiv »pandschabisch« wenig im Umlauf ist, verwende ich hier wie beim Sprechen die eher geläufige englische Schreibweise ›Punjabi‹. (Ich lehne mich hier an die widerständige Schreibpraxis der Chicana und Feministin Gloria Anzaldúa an, die in ihrem Text *Borderlands/La Frontera* (1987) bilinguales Code-Switching betreibt, also manche community-internen Begriffe verwendet, ohne sie zu übersetzen.)

6 MENA steht als Akronym für Middle East and North Africa.

7 »Armutsgefährdung sowie materielle und soziale Entbehrung bei älteren Menschen«, https://www.destatis.de/DE/Themen/Querschnitt/Demografischer-Wandel/Aeltere-Menschen/armutsgefaehrdung.html#:~:text=Ältere%20Frauen%20stärker%20armutsgefährdet%20als,bei%20Männern%2013%2C9%20%25

8 Dodo Karsay: »Trans & Poverty. Poverty and economic insecurity

in trans communities in the EU«, 11.2021, in: *Transgender Europe (TGEU)*, https://tgeu.org/wp-content/uploads/2021/11/TGEU-trans-poverty-report-2021.pdf

9 Gilmore definiert Rassismus als Form der materiell-gesellschaftlichen Unterdrückung und Ausbeutung folgendermaßen: »Rassismus ist die staatlich gebilligte und/oder außerrechtliche Erzeugung und Ausbeutung gruppenbezogener Vulnerabilität für vorzeitigen Tod.« (Ruth Wilson Gilmore, *Golden Gulag: Prisons, surplus, crisis, and opposition in globalizing California*, Berkeley 2007, S. 247, Übersetzung der Autor*in).

10 Schader-Stiftung: »Eine offene Gesellschaft? Klassen und Schichten«, 02. 03. 2004, https://www.schader-stiftung.de/themen/demographie-und-strukturwandel/fokus/sozialer-wandel/artikel/eine-offene-gesellschaft-klassen-und-schichten

11 Lisa Jaspers: »Unlearn Kapitalismus«, in: dies. u. a. (Hg.): *Unlearn Patriarchy*, Berlin 2022, S. 202.

12 Carsten Schröder u. a.: »Millionaires under the Microscope. Data Gap on Top Wealth Holders Closed: Wealth Concentration Higher than Presumed«, in: *DIW Weekly Report* 30–31 (2020), S. 313–332.

13 Thilo N. H. Albers u. a.: »The Distribution of Wealth in Germany 1895–2018«, in: *ECONtribute. Policy Brief No. 001*, Bonn 2020.

14 Nadine Oberhuber: »Die Deutschen sind vermögender als gedacht«, 19. 09. 2022, in: *Capital*, https://www.capital.de/geld-versicherungen/neue-studie--die-deutschen-sind-vermoegender-als-gedacht-32682592.html

15 Simon Schaupp: »Algorithmische Arbeitssteuerung und marktorientiertes Migrationsregime. Eine verkannte Wahlverwandtschaft«, in: *Wirtschafts- und Sozialwissenschaftliches Institut, WSI-Mitteilungen* 2 (2023).

16 Simon Schaupp: »Die neue Unterschicht«, *Hans Böckler Stiftung, Böckler Impuls* 7 (2023), https://www.boeckler.de/de/boeckler-impuls-die-neue-unterschicht-48966.htm

17 Friedrich Engels: »Der Ursprung der Familie, des Privateigentums und des Staats«, in: Karl Marx/Friedrich Engels, *Werke*, Band 21, Berlin/DDR 1975, S. 36–84.

18 Ebd.

19 Karl Marx/Friedrich Engels, *Werke*, Band 21, Berlin 2023, S. 25–173.

20 Siehe weitere marxistisch-feministische Positionen, u. a. Silvia Federici: *Wages against housework*, Bristol 1975; Zillah Eisenstein: »The Combahee river collective statement« (1977), in: Barbara Smith (Hg.): *Home girls. A Black feminist anthology*, New Brunswick 2024, S. 264–274; Angela Y. Davis: *Women, race & class*, New York 1983; Lise Vogel: *Marxism and the oppression of women. Toward a unitary theory*, New Brunswick 1983.

21 Nisha Varia: »This is How Women are Exploited in Today's Global Workforce«, 08. 03. 2016, in: *Human Rights Watch*, https://www.hrw.org/news/2016/03/08/how-women-are-exploited-todays-global-workforce

22 Rhacel Parreñas: »Migrant Filipina Domestic Workers and the International Division of Reproductive Labor«, in: *Gender and Society* 14, 4, S. 560–580.

23 Allianz-Studie: »Gender Pension Gap 2020«, https://www.allianz.de/vorsorge/rente/gender-pension-gap/#:~:text=Deutschland%20liegt%20im%20Ländervergleich%20oder,Monat%2C%20Frauen%20nur%20832%20Euro

24 Silvia Federici: *Revolution at Point Zero: Housework, Reproduction, and Feminist Struggle*, Oakland 2012, S. 22.

25 »The Campaign for Wages for Housework«, in: *Barnard Center for Research on Women*, 1975, https://bcrw.barnard.edu/archive/workforce/Wages_for_Housework.pdf

26 Angela Y. Davis: *Women, Race & Class*, New York City 1981.

27 Encarnación Gutiérrez Rodríguez und Pinar Tuzcu: *Migrantischer Feminismus in der Frauen:bewegung in Deutschland 1985–2000*, Münster 2021.

28 Dachverband der Migrantinnenorganisationen: »Sichtbarkeit ist gut – Gleichberechtigung ist besser!«, 30. 03. 2023, https://www.damigra.de/meldungen/sichtbarkeit-ist-gut-gleichberechtigung-ist-besser

29 Präambel der Französischen Arbeiterpartei *Marx und Engels* (1989): »Die Emanzipation der Klasse der Produzent*innen involviert die ganze Menschheit, ohne Unterscheidung von Geschlecht und Rasse«, zitiert in: Holly Lewis: *The Politics of Everybody: Feminism. Queer Theory, and Marxism at the Intersection*, S. 117, Übersetzung der Autor*in.

30 Efsun Kızılay: »Migration und Arbeitskämpfe. Ein Blick zurück in die Zeit der ›Gastarbeiter*innen‹ und ihre Kämpfe in der BRD der 1970er Jahre«, 08.2020, in: *Rosa Luxemburg Stiftung*, https://www.rosalux.de/publikation/id/42811/migration-und-arbeitskaempfe

31 Nuria Cafaro: »Selbstorganisierung von Migrantinnen in Westdeutschland«, 21. 07. 2023, in: *Digitales Deutsches Frauenarchiv*, https://www.digitales-deutsches-frauenarchiv.de/themen/selbstorganisierung-von-migrantinnen-westdeutschland

32 Margot Badran: *Feminists, Islam, and Nation: Gender and the Making of Modern Egypt*, Princeton 1996, S. 228.

33 Céline Barry (2023): »Die Produktion der binären Geschlechterordnung in der kapitalistischen politischen Ökonomie. Materialistische Perspektiven auf das Verhältnis von Geschlecht, Rassismus und Kolonialismus«, in: *Academia*, https://www.jstor.org/stable/pdf/jj.4163724.8.pdf
Mohammed Elnaiem: »The ›Deviant‹ African Genders That Colonialism Condemned«, 29. 04. 2021, in: *JStor Daily*, https://daily.jstor.org/the-deviant-african-genders-that-colonialism-condemned/

34 Vgl. Jules Joanne Gleeson und Elle O'Rourke (Hg.): *Transgender Marxism*, London 2021.

35 Woman* Life Freedom Collective: »Diasporic activism during Jina-Revolution«, 24. 04. 2023, https://telegra.ph/Diasporic-activism-during-Jina-Revolution-04-24, Übersetzung der Autor*in.

unlearn gender pay gap – **Alexandra Zykunov**

1 https://www.wsi.de/fpdf/HBS-008516/p_wsi_report_80_2023.pdf

2 https://ec.europa.eu/eurostat/databrowser/view/sdg_05_20/default/bar?lang=de

3 https://de.statista.com/statistik/daten/studie/1098738/umfrage/anteil-der-teilzeitbeschaeftigung-in-den-eu-laendern/

4 https://de.statista.com/themen/293/durchschnittseinkommen/#topicOverview

5 Wirtschafts- und sozialwissenschaftliches Institut der Heinrich-Böll-Stiftung: »Gender Pay Gap – die geschlechtsspezifische Lohnlücke und ihre Ursachen«, S.7, https://www.boeckler.de/fpdf/HBS-006394/p_wsi_pb_7_2016.pdf

6 https://www.esf.de/portal/SharedDocs/Meldungen/DE/2022/2022_03_08_gender_pay_gap.html

7 https://www.personalwirtschaft.de/news/verguetung/deutschland-hat-den-zweithoechsten-bereinigten-gender-pay-gap-99931/

8 Ebd.

9 https://magazin.nzz.ch/wirtschaft/arbeitsmarkt-auslaendische-namen-werden-aussortiert-ld.1599225?reduced=true

10 https://www.dw.com/de/afrozensus-verbreiteter-rassismus-gegen-schwarze-in-deutschland/a-59977715

11 https://www.antidiskriminierungsstelle.de/SharedDocs/Glossar_Entgeltgleichheit/DE/19_Migration_Pay_Gap.html

12 Ebd.

13 Ebd.

14 https://www.destatis.de/DE/Presse/Pressemitteilungen/2020/07/PD20_279_12511.html

15 Karim Fereidooni (2022): https://www.instagram.com/p/CnERTndsEx6

16 KPMG (2018): »She's price(d)less. The economics of the gender pay-gap«, S. 33, https://www.wgea.gov.au/sites/default/files/

17 Giorgio Brunello, Béatrice D'Hombres (2006): »Does body weight affect wages? Evidence from Europe«, in: *Economics and Human Biology* 5, 1, S. 1–19.

18 https://www.economist.com/christmas-specials/2022/12/20/the-economics-of-thinness

19 Sabrina Strings: *Fearing the Black Body. The Racial Origins of Fat Phobia*, New York 2019.

20 https://www.freitag.de/autoren/the-guardian/class-pay-gap-wenn-die-klassenherkunft-ueber-den-lohn-entscheidet

21 Ebd.

22 https://www.zeit.de/arbeit/2022-11/class-pay-gap-einkommens-unterschiede-soziale-herkunft-akademiker

23 https://www.verivox.de/kredit/nachrichten/gender-pay-gap-frauen-zahlen-hoehere-kreditzinsen-1116639/

24 Ebd.

25 https://dip21.bundestag.de/dip21/btd/19/189/1918921.pdf

26 Anne Dittmann: *Solo, selbst & ständig. Was Alleinerziehende wirklich brauchen*, München 2023, S. 127.

27 https://www.zeit.de/arbeit/2022-08/helma-sick-finanzielle-unabhaengigkeit-frauen-feminismus/seite-2

28 Dittmann: *Solo, selbst & ständig*, S. 129.

29 https://de.statista.com/statistik/daten/studie/1328920/umfrage/berufstaetigkeit-von-alleinerziehenden-und-eltern-in-paarfamilien-in-deutschland/

30 Ebd.; https://de.statista.com/infografik/27659/erwerbsumfang-von-alleinerziehenden-muettern-und-muettern-in-paar familien/

31 https://www.bertelsmann-stiftung.de/de/themen/aktuelle-meldungen/2021/juli/armutsrisiko-von-alleinerziehenden-verharrt-auf-hohem-niveau#link-tab-201378-10
32 Christian Lindner (2023): https://www.instagram.com/p/CwfT1iPM9m9/
33 https://www.gesetze-im-internet.de/bgb/__616.html
34 https://www.gesetze-im-internet.de/sgb_5/__45.html
35 https://www.apotheken-umschau.de/familie/freizeit-alltag/kind-krank-bekomme-ich-urlaubstage-zurueck-946809.html
36 https://www.mdr.de/nachrichten/sachsen-anhalt/kind-krank-muetter-oefter-zuhause-100.html
37 https://www.zeit.de/wirtschaft/2022-12/erbschaftsteuer-steuerreform-debatte-erbe-vermoegen/seite-2
38 https://www.zeit.de/geld/2023-10/frauen-erbschaftssteuer-schenkungssteuer-gender-tax-gap
39 Ebd.
40 https://editionf.com/wie-unser-steuersystem-frauen-benachteiligt/
41 OECD (2021): »Pensions at a glance 2021. OECD and G20 Indicators«, Paris, S. 175.
42 Bündnis Sorgearbeit fair teilen (2021): »Factsheet: Der Gender Care Gap und seine Folgen«, S. 2.
43 https://www.bertelsmann-stiftung.de/de/themen/aktuelle-meldungen/2020/maerz/die-grosse-kluft-frauen-verdienen-im-leben-nur-halb-so-viel-wie-maenner
44 Ebd.

unlearn krieg und genozid – **Melina Borčak**

1 Remembering Srebrenica: »Bakira Hasečić«, in: *Survivor Stories*, https://srebrenica.org.uk/survivor-stories/bakira-hasecic; Asim

Bešlija: »Muslimani su genetski deformisani« (Muslime sind genetisch entstellt), in: *Klix*, https://www.klix.ba/vijesti/bih/muslimani-su-genetski-deformisani/090917133

2 Patrick Bishop: »Genocide Charges Expected Today for Serbs' Iron Lady«, 11. 01. 2001, in: *The Telegraph*, https://www.telegraph.co.uk/news/worldnews/europe/bosnia/1314344/Genocide-charges-expected-today-for-Serbs-Iron-Lady.html

3 Islamska Zajednice U Bosni I Hercegovini: »Seksualnim nasiljem agresori su nastojali uništiti temelje naše porodice«, 17. 06. 2022, https://islamskazajednica.ba/index.php/dini-islam-m/prijedlog-teme-za-hutbu/30608-sek%20sualnim-nasiljem-agresori-su-nastojali-unistiti-temelje-nase-porodice

4 Remembering Srebrenica: »Bakira Hasečić«.

5 Raphaël Viana David: »Uyghur camp survivor reminds UN of duty to urgently start remote reporting«, 25. 06. 2021, in: *International Service for Human Rights*, https://ishr.ch/latest-updates/china-uyghur-camp-survivor-reminds-un-of-duty-to-urgently-start-remote-reporting/

6 Brett Carter und Erin Baggott Carter: »Exporting the Tools of Dictatorship: The Politics of China's Technology Transfers to Africa«, 05. 01. 2023, in: *Stanford University*, https://fsi.stanford.edu/publication/exporting-tools-dictatorship-politics-chinas-technology-transfers-africa; Jane Wakefield: »AI emotion-detection software tested on Uyghurs«, 26. 06. 2021, in: *BBC*, https://www.bbc.com/news/technology-57101248; Paul Mozur: »One Month, 500,000 Face Scans: How China Is Using A. I. to Profile a Minority«, 14. 04. 2019, in: *New York Times*, https://www.nytimes.com/2019/04/14/technology/china-surveillance-artificial-intelligence-racial-profiling.html; Human Rights Watch: »Phone Search Program Tramples Uyghur Rights«, https://www.hrw.org/news/2023/05/04/china-phone-search-program-tramples-uyghur-rights

7 Eleanor Stephenson: »How Western medics can help end forced organ harvesting in China«, 09. 06. 2023, in: *The Telegraph*, https://www.telegraph.co.uk/global-health/climate-and-people/china-forced-organ-harvesting-prisoners-uyghurs-falun-gong; UN – OHCHR: »UN human rights experts alarmed by ›organ harvesting‹ allegations«, 14. 06. 2021, https://www.ohchr.org/en/press-releases/2021/06/china-un-human-rights-experts-alarmed-organ-harvesting-allegations; China Tribunal: »Final Judgement & Summary Report 2019. Independent Tribunal Into Forced Organ Harvesting of Prisoners of Conscience in China«, https://chinatribunal.com/wp-content/uploads/2019/06/China-Tribunal-SUMMARY-JUDGMENT_FINAL.pdf; James S. Robbins: »Tool of genocide: Chinese government is forcibly removing organs from prisoners' bodies«, in: *USA Today*, https://eu.usatoday.com/story/opinion/columnist/2022/06/07/china-genocide-organ-traffic king/7495979001; Jimmy Quinn: »Tens of Thousands of Xinjiang Detainees Killed by Organ Harvesting«, 13. 06. 2022, in: *National Review*, https://www.nationalreview.com/corner/tens-of-thousands-of-xinjiang-detainees-killed-by-organ-harvesting-expert-says/

8 Senate Foreign Relations Committee Subcommittee On East Asia, The Pacific, And International Cybersecurity Policy: »Testimony of Deputy Assistant Secretary Scott Busby«, https://www.foreign.senate.gov/imo/media/doc/120418_Busby_Testimony.pdf

9 Übrigens wurde keiner der deutschen Neonazis, die damals mit ihren kroatischen Gleichgesinnten mitmordeten, je verurteilt. Im Gegenteil, sie machten Karriere in der Führung der NPD und anderer rechtsextremer Organisationen. Den Angriffskrieg gegen Bosnien zu ignorieren ist also nicht »nur« für Bosniak*innen brandgefährlich.

10 Françoise Nduwimana: »Women and Rwanda's genocide: What goes unsaid«, in: *Sister Namibia* 16, 5–6 (2004).

11 Lindsey Hilsum: »Rwandan genocide survivors denied AIDS treat-

ment«, 17. 04. 2004, in: *National Library of Medicine*, https://www.ncbi.nlm.nih.gov/pmc/articles/PMC390156/

12 Peter Maas: »peter handke Won the Nobel Prize. Then His Publisher Quietly Circulated a Strange Defense of His Genocide Denialism«, 09. 11. 2019, in: *The Intercept*, https://theintercept.com/2019/11/09/peter-handke-won-the-nobel-prize-then-his-publisher-quietly-circulated-a-strange-defense-of-his-genocide-denialism/

13 Save the Children: »Gaza: 3,195 children killed in three weeks surpasses annual number of children killed in conflict zones since 2019«, 29. 10. 2023, https://www.savethechildren.net/news/gaza-3195-children-killed-three-weeks-surpasses-annual-number-children-killed-conflict-zones

14 Kateryna Kozlova: »›If You Keep Silent, the World Will Hear the Rapist's Lies‹. Former Inmate of Serbian Concentration Camp on Courts After War«, 01. 07. 2022, in: *Bird in Flight*, https://birdinflight.com/en/inspiration/experience/20220701-nusreta-sivac.html

unlearn kirche – **Sarah Vecera**

1 Ich verwende die Begriffe »Mann« und »Frau« nicht im biologischen Sinne, sondern als soziale, politische und historische Konstrukte.

2 Ich schreibe Gott* mit *, um deutlich zu machen, dass Gott* außerhalb der binären Geschlechtskonstruktionen existiert.

3 Evangelische Kirche in Deutschland (Hg.): »Zwischen Nächstenliebe und Abgrenzung – Eine von der EKD geförderte, interdisziplinäre Studie zu Kirche und politischer Kultur«, https://www.ekd.de/zwischen-naechstenliebe-und-abgrenzung-72929.htm

4 *Die Bibel*, »Matthäusevangelium 28«.

5 Nurith Aizenman: »U. S. Missionary With No Medical Training Settles Suit Over Child Deaths At Her Center«, 31. 07. 2020, in: *NPR.org*, https://www.npr.org/sections/goatsandsoda/2020/07/-

31/897773274/u-s-missionary-with-no-medical-training-settles-suit-over-child-deaths-at-her-ce

6 Sojourner Truth: »Bin ich etwa keine Frau*? (1851)« in: Natasha A. Kelly (Hg.): *Schwarzer Feminismus. Grundlagentexte*, Münster 2019, S. 16.

7 *Decolonize Theology Hamburg*, https://decolonizetheology.jimdosite.com/

8 *Theoversity Leipzig*, https://www.theoversity.com/

9 Lukasevangelium Kapitel 1, Vers 52 nach der Bibelübersetzung in gerechter Sprache. In dieser Übersetzung wird für Gott* häufig das Pronomen »sie« verwendet.

10 Mira Ungewitter: *Gott ist Feministin*, Freiburg 2023, S. 64.

11 Ebd., S. 42.

12 *Die Bibel*, »Apostelgeschichte«.

13 Aus Respekt und Ehrfurcht vor Gott* wird in jüdischer Tradition der Name Gottes* nicht genannt und daher das »o« in G-tt ausgelassen, wie im Hebräischen Urtext, in dem es keine Vokale gibt.

14 Jill Hammer: *The Jewish Book of Days. A Companion for All Seasons*, 2006.

15 Andrea Karimé: *Alle-Kinder-Bibel*, Neukirchen-Vluyn 2023, S. 49.

16 *Die Bibel*, »Hosea 11,9«.

17 *Die Bibel*, »Genesis 1,27«.

18 Thorsten Dietz: »Ist Gott queer?«, 16. 06. 2023, in: *meine-kirchenzeitung.de*, https://www.meine-kirchenzeitung.de/c-aktuell/ist-gott-queer_a41301

19 *Halleluja* von Tarik Tesfu, https://www.youtube.com/watch?v=k64pGj8v8TY

20 Desmond Tutu: *Keine Zukunft ohne Versöhnung*, Stuttgart 2001, S. 34.

21 Audre Lorde: »The Master's Tools Will Never Dismantle the Master's House«, https://collectiveliberation.org/wp-content/uploads/2013/01/Lorde_The_Masters_Tools.pdf

22 bell hooks: *Alles über Liebe*, Hamburg, S. 300.

1 Susanne Bartig u. a.: »Diskriminierungsrisiken und Diskriminierungsschutz im Gesundheitswesen. Wissensstand und Forschungsbedarfe für die Antidiskriminierungsforschung«, in: *Antidiskriminierungsstelle des Bundes*, Berlin 2021.

2 Deutsches Zentrum für Integrations- und Migrationsforschung: »Rassismus und seine Symptome: Bericht des Nationalen Diskriminierungs- und Rassismusmonitors«, in: *DeZIM*, Berlin 2023.

3 Muna AnNisa Aikins u. a.: »Afrozensus 2020: Perspektiven, Anti-Schwarze Rassismuserfahrungen und Engagement Schwarzer, afrikanischer und afrodiasporischer Menschen in Deutschland«, Berlin 2021, https://afrozensus.de/reports/2020/

4 Ruth Rach: »200. Geburtstag der Ärztin Elizabeth Blackwell. Man riet ihr, sich als Mann zu verkleiden«, 03. 02. 2021, in: *Deutschlandfunk*, https://www.deutschlandfunk.de/200-geburtstag-der-aerztin-elizabeth-blackwell-man-riet-ihr-100.html

5 Ann-Cathrin Hebel: »Der lange Kampf um Gleichberechtigung. Das Frauenstudium«, 08. 03. 2023, in: *Studis Online*, https://www.studis-online.de/Studieren/frauenstudium.php

6 Heinz Fiedler: »Frauen in Medizin und Wissenschaft«, 04. 06. 20, in: *MT im Dialog*, https://www.mtdialog.de/artikel/frauen-in-medizin-und-wissenschaft

7 Rudolf Wallossek: »Philatelie: Die ersten Ärztinnen«, in: *Dtsch Arztebl International* 99, 16 (2002), A-1109 / B-922 / C-864.

8 Michael Schwarz: »100 Jahre Frauenstudium – Baden lag an der Spitze«, 14. 04. 1999, in: *Informationsdienst Wissenschaft*, https://idw-online.de/de/news10367

9 RWTH-Aachen (Archiv): »Pionierinnen der Wissenschaft – Frauen an den Universitäten«, https://www.archiv.rwth-aachen.de/web/online-pionierinnen/objektevitrine1.htm

10 LMU-München (Frauenbeauftragte): »*1918 – Einführung des Frauen-*

wahlrechts«, https://www.frauenbeauftragte.uni-muenchen.de/frauenbeauftr/jubilaeum/frauenwahlrecht_hartmann/index.html
11 Deutscher Ärztinnenbund: »Medical Women on Top. Update 2022«, https://www.aerztinnenbund.de/downloads/8/MWoT2022_Web.pdf
12 Franziska Giffey: »Gemischte Teams sind erfolgreicher und müssen selbstverständlich werden«, Interview mit Franziska Giffey, 10. 03. 2021, in: *Handelsblatt*, https://www.bmfsfj.de/bmfsfj/aktuelles/reden-und-interviews/gemischte-teams-sind-erfolgreicher-und-muessen-selbstverstaendlich-werden-174274
13 Nele Langosch: »Auf der Suche nach der Klitoris«, 26. 11. 2021, in: *Spektrum*, https://www.spektrum.de/news/weibliche-sexualitaet-auf-der-suche-nach-der-klitoris/1951363
14 Solmaz Golsabahi-Broclawski: »Rassismus im medizinischen Alltag und in der Lehre«, in: *Impu!se für Gesundheitsförderung* 110 (2021), S. 8 f.
15 »Geschlechterverteilung unter sozialversicherungspflichtig Beschäftigten in der Pflege und insgesamt in Deutschland im Jahr 2022« (Graph), 05.2023, in: *Statista*, https://de.statista.com/statistik/daten/studie/1029877/umfrage/verteilung-von-pflegekraefte-in-deutschland-nach-pflegeart-und-geschlecht/
16 Institució CERCA: »Recruitment Bias in Research Institutes« (Video), 2016, https://www.youtube.com/watch?v=g978T58gELo
17 Ophira Ginsburg u. a.: »Women, power, and cancer: a Lancet Commission«, 26. 09. 2023, in: *The Lancet* 402, 10417, S. 2113–2166.
18 Madeline Y. Sutton u. a.: »Racial and Ethnic Disparities in Reproductive Health Services and Outcomes, 2020«, 02.2021, in: *Obstet Gynecol* 137, 2, S. 225–233.
19 Clarence C. Gravlee: »Systemic racism, chronic health inequities, and COVID-19: A syndemic in the making?«, in: *American Journal of Human Biology* 32, 5 (2020), S. e23482.
20 Stefanie G. Ames u. a.: »Perceived Disability-Based Discrimination

in Health Care for Children With Medical Complexity«, 01. 07. 2023, in: *Pediatrics* 152, 1.

21 Tobias Skuban-Eiseler u. a.: »Why do transgender individuals experience discrimination in healthcare and thereby limited access to healthcare? An interview study exploring the perspective of German transgender individuals«, 10. 10. 2023, in: *International Journal for Equity in Health* 22, 211, https://doi.org/10.1186/s12939-023-02023-0

22 Robert Marlin, u. a.: »Physician Attitudes Toward Homosexuality and HIV: The PATHH-III Survey«, 01. 10. 2018, in: *LGBT Health* 5, 7, S. 431–442, https://www.ncbi.nlm.nih.gov/pmc/articles/PMC6207160/

23 Lisa M. Meeks u. a.: »Removing Barriers and Facilitating Access: Increasing the Number of Physicians With Disabilities«, 04.2018, in: *Academic Medicine* 93, 4, S. 540–543, https://journals.lww.com/academicmedicine/Fulltext/2018/04000/Removing_Barriers_and_Facilitating_Access_.27.aspx

24 Hilmar Schmundt: »Diskriminierung im Krankenhaus. Eine Klinik voller Machos«, 13. 07. 2023, in: *Spiegel*, https://www.spiegel.de/karriere/sexismus-an-deutschen-unikliniken-ein-krankenhaus-voller-machos-a-b6d6edda-5c86-4f09-88a0-2306b1d7515d

25 Abigail Tucker: *Was es bedeutet, eine Mutter zu werden*, Berlin 2021, S. 20.

26 Lisa A. Cooper u. a.: »Patient-Centered Communication, Ratings of Care, and Concordance of Patient and Physician Race«, 02. 12. 2003, in: *Annals of Internal Medicine* 139, 11, S. 907–915.
Brad N. Greenwood u. a.: »Patient-physician gender concordance and increased mortality among female heart attack patients«, 21. 08. 2018, in: *Proceedings of the National Academy of Sciences* 115, 34, S. 8569–8574, https://www.ncbi.nlm.nih.gov/pmc/articles/PMC6112736/
Jyoti Malhotra u. a.: »Impact of Patient-Provider Race, Ethnicity, and

Gender Concordance on Cancer Screening: Findings from Medical Expenditure Panel Survey«, 12.2017, in: *Cancer Epidemiology, Biomarkers & Prevention* 26, 12, S. 1804–1811.

Junko Takeshita u.a.: »Association of Racial/Ethnic and Gender Concordance Between Patients and Physicians With Patient Experience Ratings«, 01.11.2020, in: *JAMA Network Open* 3, 11, S. e2024583–e2024583.

27 Yin Paradies u.a.: »Racism as a Determinant of Health: A Systematic Review and Meta-Analysis«, 23.09.2015, in: *PloS one* 10, 9, e0138511.

28 Hae Lin Cho: »Can intersectionality help lead to more accurate diagnosis?«, 02.2019, in: *The American Journal of Bioethics* 19, 2, S. 37–39.

29 Jasmine R. Marcelin u.a.: »The Impact of Unconscious Bias in Health-care: How to Recognize and Mitigate It«, 20.08.2019, in: *The Journal of Infectious Diseases* 220, Supplement 2, S. S62–S73.

30 Malika Sharma: »Applying feminist theory to medical education«, 09.02.2019, in: *The Lancet* 393, 10171, S. 570–578, https://www.thelancet.com/journals/lancet/article/PIIS0140-6736(18)32595-9/fulltext

31 Damien Noone u.a.: »Unlocking the Power of Allyship: Giving Health Care Workers the Tools to Take Action Against Inequities and Racism«, 04.05.2022, in: *New England Journal of Medicine*, https://catalyst.nejm.org/doi/full/10.1056/CAT.21.0358

unlearn literatur – **Nicole Seifert**

1 #frauenzählen, Sichtbarkeit von Frauen in Medien und im Literaturbetrieb. Ein Forschungsprojekt der verbandsübergreifenden AG Diversität*, http://www.frauenzählen.de/index.html

2 Thomas Kerstan: »Wir brauchen einen neuen Kanon«, 15.8.2018, in: *Die Zeit*, https://www.zeit.de/2018/34/allgemeinwissen-kanon-globalisierungdigitalisierung-jugend-bildung

3 Denis Scheck: *Schecks Kanon. Die 1000 wichtigsten Werke der Weltliteratur von Krieg und Frieden bis Tim und Struppi*, München 2019.

4 »›Literatur muss Spaß machen‹. Marcel Reich-Ranicki über einen neuen Kanon lesenswerter deutschsprachiger Werke«, in: *Der Spiegel* 25 (2001).

5 Son Lewandowski: »Der gesummte Kanon – Homosoziale Empfehlungen im literarischen Gespräch«, Goethe-Institut Schweden, https://www.goethe.de/ins/se/de/kul/sup/ltk/21680084.html

6 Isabelle Lehn: »Weibliches Schreiben in der deutschsprachigen Gegenwartsliteratur«, fischerverlage.de, https://www.fischerverlage.de/magazin/extras/weibliches-schreiben-gegenwartsliteratur

7 Carol Ohmann: »Emily Brontë in the Hands of Male Critics«, in: *College English* 32, 8 (1971), S. 906–913.

8 Verena Auffermann: »Traurigkeit – komm, Traurigkeit«, in: dies., u. a. (Hg.): *Leidenschaften. 99 Autorinnen der Weltliteratur*, München 2009, S. 487–492. Sowie Kristina Maidt-Zinke: »So charmant war dieses Monster«, 27. 9. 2004, in: *Süddeutsche Zeitung.*

9 Rachel Cusk: »On Françoise Sagan«, in: dies.: *Coventry*, London 2019, S. 209–217, hier S. 214, eigene Übersetzung.

10 Aleida Assmann: *Formen des Vergessens*, Göttingen 2016.

11 Simon Sales Prado: »Warum in der Schule nur männliche Autoren gelesen werden«, 19. 05. 2020, in: *Süddeutsche Zeitung Magazin*, https://szmagazin.sueddeutsche.de/literatur/frauen-literatur-schullektuere-88783?reduced=true

12 Ruth Klüger: *Lesen Frauen anders?*, Heidelberg 1994.

13 *Das Literarische Quartett* vom 13. 06. 1996 mit Marcel Reich-Ranicki, Hellmuth Karasek, Sigrid Löffler und Hajo Steinert ist nachzusehen auf YouTube: https://www.youtube.com/watch?v=cNjLoBRopSo

14 Elena Ferrante: »Das Magma unter den Konventionen, Antworten auf die Fragen von Elissa Scheppell«, in: dies.: *Frantumaglia. Mein geschriebenes Leben*, Berlin 2019, S. 428.

15 »Unhappy Campers«, Sarah Moss interviewt von Lennie Goodings, Edinburgh International Book Festival 2020, https://www.edbookfest.co.uk/media-gallery/item/sarah-moss-unhappy-campers

16 »Schreiben ist wie Licht machen«, Virginie Despentes im Gespräch mit Gabriela Herpell, 17. 10. 2018, in: *Süddeutsche Zeitung Magazin*, https://sz-magazin.sueddeutsche.de/literatur/schreiben-ist-wie-licht-machen-86206.

17 Antonia Baum: »Das Problem ist das Problem«, in: Ilka Piepgras (Hg.): *Schreibtisch mit Aussicht. Schriftstellerinnen über ihr Schreiben*, S.76–92.

18 Ebd.

19 »Der Kanon ist einfach ein männlich dominierter«, Veronika Schuchter im Gespräch mit Tanya Lieske, 19. 07. 2018, in: *Deutschlandradio*, https://www.deutschlandfunk.de/gender-und-literatur-derkanon-ist-einfach-ein-maennlich.700.de.html?dram:article_id=423310

20 »Gebären ist ein Synonym für alle Formen des Schaffens«, Mithu M. Sanyal im Gespräch mit Carolin Callies, in: *Poetin* 25 (2019), S. 249.

21 Todd McGowan: *The Feminine No! Psychoanalysis and the New Canon*, Albany 2001.

22 Sharon Dodua Otoo: *Textland Salon: Macht.Worte.Widerworte – Sprechen über Rassismus*, Oktober 2020, Frankfurt am Main. Die Autorin hat mir ihre Präsentation freundlicherweise zur Verfügung gestellt.

23 Elisabeth R. Hager vom Autorinnen-Netzwerk Writing with Care/ Writing with Rage: »Zwischen literarischer Produktion und Reproduktion«, 17. 06. 2020, in: *Deutschlandfunk Kultur*.

24 Kate Manne: *Down Girl. Die Logik der Misogynie*, Berlin 2019.

25 Klüger: *Lesen Frauen anders?*, S. 17.

26 Siri Hustvedt: »Keine Konkurrenz«, in: dies.: *Eine Frau schaut auf Männer, die auf Frauen schauen. Essays über Kunst, Geschlecht und Geist*, Reinbek 2019.

Besuchen Sie uns im Internet:
www.ullstein.de

Wir verpflichten uns zu Nachhaltigkeit
- Papiere aus nachhaltiger Waldwirtschaft und anderen kontrollierten Quellen
- Druckfarben auf pflanzlicher Basis
- ullstein.de/nachhaltigkeit

Ein Buch der Ullstein-Reihe *Wie wir leben wollen*,
herausgegeben von Silvie Horch

MIX
Papier
FSC FSC® C014496

Ullstein ist ein Verlag der
Ullstein Buchverlage GmbH

1. Auflage 2024
ISBN: 978-3-550-20277-3

Covergestaltung: Favoritbüro, Büro für Gestaltung, München
Covermotiv: © Shutterstock

Gesetzt aus der DTLDocumentaST
Satz: LVD GmbH, Berlin
Druck und Bindearbeiten: GGP Media GmbH, Pößneck